主编　凌翔

当代作家精品·散文卷

漫步雨花亭

湛岳　著

文化发展出版社
Cultural Development Press

图书在版编目（CIP）数据

漫步雨花亭 / 湛岳著．— 北京：文化发展出版社，
2020.11
ISBN 978-7-5142-3244-8

Ⅰ．①漫… Ⅱ．①湛… Ⅲ．①散文集－中国－当代
Ⅳ．①I267

中国版本图书馆CIP数据核字（2020）第203120号

漫步雨花亭

湛岳 著

责任编辑：武　赫
出版发行：文化发展出版社（北京市翠微路2号 邮编：100036）
网　　址：www.wenhuafazhan.com
经　　销：各地新华书店
印　　刷：三河市龙大印装有限公司

开　　本：710mm×1000mm　1/16
字　　数：200千字
印　　张：13
印　　次：2021年1月第1版　　2021年1月第1次印刷
定　　价：49.80元
I S B N：978-7-5142-3244-8

自序　初心

该书所收文章都是散文随笔。大部分是写校园生活，写老师写学生，写一个从教三十多年的教师的教育情怀，表达自己对社会对世界的爱与期望，书中有我的思考和困惑，也有欣慰和希望。我是中学老师，我热爱这份工作。老师是最获人心最具人气的工作。老师有时记不起某个学生的名字了，但学生永远记得老师。毕业之后，无论他们走到哪里，都不会忘记老师，他们给老师打电话，发信息，放假时几个一组来看老师，情深深意浓浓。学生见到老师时亲切的称呼，灿烂的笑容，一句暖心的话，一束小小鲜花，一张小小贺卡，都让老师感到幸福。当你七老八十，学生们会来为你拜寿，那时你会感动得一塌糊涂。

老师有爱心更有诗心。爱心让老师像太阳。诗心让老师像星空。老师面朝大海，春暖花开，学生仰望星空，上下求索。老师因爱学生而对世界充满爱，因有远方和诗而激情满怀。老师听惯了学生无邪的笑声，琅琅的书声，才有一颗质朴敏感的心。

工作之余，我写点小文。心有所感，便诉诸笔端。不是哗众取宠，不是为名利，完全是发人生之感叹。观点可能片面，但仁者见仁智者见智，这世界正是因为有各种声音共鸣才充满生机。一个人到了五十几岁对人生的看法，肯定与四十岁三十岁时有很大的不同。越年轻气盛，越易目中无人，越易好高骛远。只有当你走了很多弯路，爬了很多山坡，见识了太多的人事，看穿了人间喜剧或悲剧的幕后真相，你方才领悟真正的人生是什么，才有来自灵魂深处的感触。你才发现你一生有很多东西与生命无关，或者说于生命无益，它们只是加快了生命的耗散和死亡。当你为某种欲望的满足或某种虚荣的实现而痴迷时，是不会关注脚下的泥土，身边的草木的。生命，只是一种简单的存在，越简单越接近生命的真谛。

我是以玩的心态来写作的。写自己的经历，自己的感悟。没有特别地去选材布局，结构谋篇，有什么感触，就写什么。我不能说我表达了我所有的真实思想，事实上做不到。有谁能把自己的真话都讲出来？但我尽量做到写出来的是真情实感。我对有些写作者，是不屑的。他们所写东西，似乎与时俱进，实际上是人云亦云，没有一点骨力，一副御用文人的嘴脸。有些人写吹捧名人的文章抬高自己的身价，一副奴才相。有的，总是用文字来教训别人，给人一个忠告，一句哲理，俨然一个道学家，似乎只有他才懂生活，才是正能量，其实，他写的，就是当下流行的空话套话。

正能量不是特指出于某种团体的需要而强行植于人们头脑中的理念。被反复宣扬的某些正能量脱离了实际，现实不是这回事。文学反映生活，生活中有光与暗，美与丑，用文字写出美丑，让人们去审美，产生情绪感应，正是文学的责任。一切存在于人心中的感受，从某种意义上讲都是正能量。假如文学只有一种模式，只有一种作用，或者说只有符合某种价值观或某人的嗜好才算文学，那是文学的没落。蚊子的叫声有另一类的美。狗的驯服是一种畸变，可以让人沉思，想到健全的人格。能碰触黑暗恰恰是寻找正能量。正能量不是只有一个标准。罗素说，参差多态才是常态。

自从我有了自己的公众号，我向别的平台投稿的热情趋冷。自己写的文章自己发，想发就发。之前，某些平台发了我文章，我转发，想让更多人看到我的文章。去年高考，我写过一篇短文，发出去之后，阅读量一下超千。我再看一下拙作，也并无特别的语言，思想或情感，只是如实讲出了对高考的评价。我当时总结出一条经验：写文章，要真实。很多名家写的文章，哪怕是虚构之类的，都让读者看到了生活的真实，他们把许多细节写得入木三分。

如何提高写作水平？我想，除了读和写，无他法。学而思，思而写，用心揣摩名家文章结构语言诸方面的特点，慢慢在写作实践中运用。这是一个漫长的过程。酒好不怕巷子深，文章写得好，自然是有人读的。

大部头小说，空闲之时，我读了许多。正如落在温柔乡里，你再冷血，还是有些冲动，小说读多了，也想写。写作有什么意义？意义就在写作本身。我写我心，有种比恋爱更漫溢血骨的快感。写了，快感没有了，不久又有冲动，又写。写作是一种内心表达的需要，沉下心，写自己的人生感悟。写作也是自己的一种生存形式，“我以我血荐轩辕”，如果写作，为名利所驱动，就违背了写作的初心。

目　录

第三辑 和谐相处

第四辑 家常话

第五辑　真情

第一辑　又是高考时节

我走到讲台前，双手握拳，举过头顶，高呼:“祝同学们考试顺利！”快两点半了，快到出征时候了。班主任组织宣誓，弟子们起立，发出雷鸣般的声：“沉着冷静，分秒必争；坚定信心，挑战自我；攻坚克难，直捣黄龙；高考必胜，马到成功！”

铁娘子

我和胡莉萍老师同年来二十一中。她从武钢一中来，原来学校条件不错。她来长沙，是因为先生在长沙工作，在“世界之窗”附近买了房。我小孩与她儿子同龄，我没有什么选择，就近把小孩放雨花亭小学读书。根本不知不远处还有一所名校砂子塘小学。知道也没用，也没有能力进，她把小孩放那里读书了。

刚来都教高二。我有种自卑情结，对一切都仰视。她工作状态好，如鱼得水。到了高三，她当五班班主任。当时，同事开玩笑，说五班是“重点班”。其实，当时没分重点班。因为她管理到位，班上各方面出色，年级前五十名中占的份额最高。她工作投入，起早贪黑，找学生谈心，与老师和家长沟通，有条不紊地忙碌着。学生称她为“铁娘子”，认为她有撒切尔夫人的风采，说到做到，雷厉风行。她往教室一站，立马静悄悄，学生怕她又亲她，有心思主动讲给她听。

有一天，在校门口，看见她从一台红色小车里出来。她买车了！世界之窗，离二十一中远，刚调来时，她租房子住学校附近。房子小，生活质量差。送完高三，她就住到世界之窗新房去了。照她的个性，学车，买车，搬家应是早就计划好的，她一步步实施了。后来，她在学校附近一个楼盘买了房，就走路上班。

那年暑假，我们几人准备骑单车远足。买什么单车呢？我当时想都没想。她上网查，有些什么品牌，价位如何，哪种型号的车，有几个专卖店可买，我们适合买哪几款。按我的行事方式，随便跑到某单车行，买台算了。

无论是工作中还是生活上，她都有深刻的洞察力，明智的判断力。她不是小鸟依人那种，她是木棉，自爱自强，不会埋怨橡树没有给她挡风遮雨。她处事做人如开车选择最安全最谨慎的路线，有一种韬光养晦的策略或智慧。目前，工作上得心应手，生活回归本真，心态怡然，“户庭无尘杂，虚室有余闲”。常走入“一畦春韭绿，十里稻花香”的风景中去。

她健谈，引发话题，然后像领舞一样控制着你。她不急不慢地讲，不露底色，别人笑起来了，她倒平静。她的幽默是一种与生俱来的智慧，让人发笑，在笑声中思考生活的美与丑。

她原来不戴眼镜，“面若中秋之月，色如春晓之花”。天然风韵，万种情思，全在眉梢。现在架一副眼镜，添学究之气，转盼多情，又显神秘之感。不知怎的，有时感觉她的眼光，如鹰一样锐利。

桃之夭夭

张南平老师带学生参加日本守山中学交流活动时，把每天的主要活动，和拍摄的照片一起发微信圈上。我特别喜欢她第三天上午发的那组风景照，蓝天、白云、稻田、平房、街道等，街道是净净的，静静的，车子很少，各种标记如洗过一般，那长方条斑马线，洁白如雪。天蓝得透彻，蓝到人的灵魂中去了。白云像一朵朵花像一盆盆花，开在蓝宝石上。

她先生是画家，头发染了秋霜似的灰白，自然卷曲，向后梳理得波浪起伏，艺术家风范。先生平地立一画架，站着写生，她呢，就去欣赏风景。她在葡萄架下流连，坐在石头上看奔逐的溪水出神，随“静静的沩水绕村向东流”，又“为正在逝去的老屋留下一点明天的念想”，看“相传为南洞庭湖汊口之一的团头湖，岸芷汀兰，水天一色”。有一回，她头上包一毛巾，只露出眼鼻嘴唇，穿土色衣服，斜坐于草地，活脱脱一村姑，做她先生画中人。

她先生画的画，她常发微信上，并配以美文感悟。先生画的是有形的美，她懂他的心思，她感悟到了无形的美，画中的诗。开婉约一脉的名门闺秀李清照，她的老公是两任宰相赵挺之公子赵明诚，门当户对，才学人品无不相当。两人志趣相同，琴瑟和谐，有“赌书斗茶”的雅事流传。张南平和先生，也拥有这种夫妻唱和不绝，甘之如饴的生活情调。

单从外表看，她显大气，丰实。五官端方，棱角俊美，尽管岁月让她褪出些新艳，仍是美女的骨架胚子。短的秀发如丝缎，鸭蛋脸，凝脂色。丹凤眼，柳叶眉，顾盼神飞，庄重高贵。她豆蔻年华的样子肯定养眼，但不会像今天有分量。一路走来，她经历了太多的酸甜苦辣，积攒了太多的感悟情怀，所以显得厚重。

她的历史课我没听过。听学生讲，她的字如字贴漂亮，上课风趣，学生爱上她的课。她大小会上的讲话，我听得多。台上一坐，风度端凝，哪怕即兴发言，材料顺手拈来，条分缕析，头头是道，文彩飞扬。若整理出来，便是好文章。

上届高三研讨会在桃江召开。她会上发言。开场白讲花，讲高三美女，夸年级组充满浪漫情调，有诗情画意。再讲桃花江，人杰地灵。桃江山多，水多，美女多，竹子多。“桃之夭夭，灼灼其华……”，她引用《诗经》中《风》里名句，把会场气氛调动起来了。然后言归正传，娓娓道来，令人折服。最后祝本届高三沾桃花江的灵气，来年高考取得好成绩。

晚上，我们一行人，游桃花江。晚餐小酌，都有点浅浅的醉意。江边两排路灯，也在夜色中微醺，揉着醉眼。她走队伍前头，当时有凉风吹拂，她欲乘风飞起。在这灯火阑珊的夜空下，许多栖居心头的梦境像这街灯在闪腾，转而化作远山茫茫……她感悟人生，滔滔的言说，可惜大多忘记了。依稀记得她开头几句“桃之夭夭，江水涛涛。人生几何，世事蹉跎……”

何大姐

何大姐精致而典尚，她如一部字典，虽无俏丽的金装，但博大精深，可以解读人生。她是一尊活佛，虽无咄咄训示，但每个淡然的笑，每句浅吟的话，总给人以温馨，让人松开心的郁结。

参加活动时，她是快乐的鸟。穿得色彩新艳，模样别致。她过知天命的年龄了，是高三美女群里的大姐大，自己好像一点儿不知道，或者认为自己仍是青春年岁。小妹们哪次活动，她没参加呢？美女们游山望水，留下多少精彩照片，几乎每张照片都可以看到何大姐那酣酣的笑靥。其中一张是五人合照，个个神彩飞扬。何大姐更显特别，如鸦羽漆黑的头发散开，然后齐齐后披，一幅墨镜挂在额头上方，似乎长发里还有双眼睛。穿的是套裙，上身是天蓝色，腰间一环雪白，下面又是花色和蓝色交汇相嵌！还有很多照片，何大姐都是“闺阁雅女”的打扮，“笑随戏伴后园中，秋千架上春衫薄！”她向往的是这种无忧生活的情趣。晚上，舞蹈队中少不了她活泼的影子。美女们穿红色上衣，有白色圆环的短裙。音乐骤然响起，她们轻盈如燕，起伏，俯仰，旋腾，变化多彩。在这跳动的红色花朵中，何大姐特别耀眼。她身高，手如雁飞，腰似蛇舞，旋转时像绽放的硕硕花瓣。

上周某天，何大姐手摔成骨折，我是后来才知道的。大概是要开党员民主生活会，迟到要点名批评。她刚准备走，一个学生来问题。她耐心地讲，离开会只有两分钟了。糟了！她当时在六楼，要下到一楼，然后要绕过迎春花墙，再下十几级阶梯，才能入会场。她是敬畏纪律的。她除非飞，方可准时。跑！可怜何大姐，一脚失控，踏空，滚了几级阶梯。我当时想，学生问题，你可以走啊，要开会嘛。就算迟到了，怕什么呢，替学生答疑呀。慢点走，迟到几分钟，芝麻大的事？这都不是她的思维，她敬畏纪律，看重自我形象。

记得当时办公室兑了一份人情，托老师送达，她住院了。有天，她突然来办公室了，脖子上挎一白色绶带，吊着绑着石膏，绷着一层纱布的右手。她买了许多水果瓜子，叫人往办公桌上分发。她一脸的歉意，似乎，她做错了一件大事，向大家认错来了，大家破费了。

她不愿让我们分担她的痛苦，她的喜悦总让我们同享。有一天，办公桌上有一份糖果。我纳闷，哪个有喜事？答日：何大姐收媳妇。这是大喜事，吃了糖，也就分享了她内心的快乐了。老子说：“上善若水，水善利万物而不争。”何大姐，上善若水。她总是一副慈母般的笑脸，遇事不急不躁，不愠不怒。她干工作，领导是最放心的。她不做表面文章，扎扎实实做事。她以尽力做事为乐，以淡泊宁静为怀。

奇迹

医生说邓珊患有先天性心脏病：法乐四联症。所谓法乐四联症（TOF），是一种先天性心脏畸形，其基本病理为室间隔缺损、肺动脉狭窄、主动脉骑跨和右心室肥厚。医学临床诊疗表明，法乐四联症重症者有 25% ～35% 在 1 岁内即死亡，50% 病人死于 3 岁内，70% ～75% 死于 10 岁内，90% 病人会夭折。患有此病的邓珊，能顽强地将生命延续到现在，本就是伟大奇迹！

我和她因文相识有三年多了。她从未讲过有这病。前前后后，我听她讲过生病住院，她轻描淡写，我也没多问。她来长沙看过病，我知道的有两次。我想去看她，被她婉拒。她不告诉我具体医院，我以为她不欢迎我去看她。

之前，她几次在《珊号》群上讲因事要休息一段时间，请人代理编发文章。我们当时真以为她是有事，多半与个人生活有关，是个人隐私，没有多问。她一直瞒着我们。

一种失落的恐慌，一种无奈的怜惜，一种既诅咒命运又祈求命运的复杂情绪在心头涌动。

女子是柔弱的，何况有先天性心脏病的女子。她已经创造奇迹了，证明她有颗强大的心。这是一颗充满爱和善的心！

她热爱写作，发表了大量诗歌、散文，出版有《田园里的轻吟浅唱》作品集等。

她创办了知名文化类微信公众号《赤山阅读吧》并担任主编，悉心打理，引领孩子家长阅读，多次举办大型读书活动。

为了方便初学者有发表文章的机会，她还创办《珊号》纯文学平台。她花费了很多时间和精力，为人作嫁，编发了许多新人的习作，为初学者加油鼓劲。

两年前，我写了许多随笔，沾沾自喜，想发表以慰虚荣之心。当时，我只在《草根叙事》上发过一两文，不知有其他平台。《珊号》刚创刊不久，扶持初学者。我刚好在对的时间遇到了对的人。记得那年暑假，我把我之前所写的文章全都拿出来，一边修改，一边投《珊号》，她收到邮件第二天便发。我积攒下来的文章都发了。一段时间后，我陷入一种迷离失望中，不想再写了。她鼓励我写，总会有提高，不要在意其他，写作是寂寞的，好像在夜色中与看不见的星辰在对话。

后来，我文友增多，投稿的平台增多，我也向其他平台投稿，她为我高兴，不时，对我提出许多宝贵意见。

她除主编两个公众平台，组织大型读书活动，组织征文评奖活动之外，还做志愿者，参加社会公益活动。我多次看见她参加志愿者献爱心的活动图片。谁知道她一直与疾病为伴呢？

猪年说猪

猪年初八晚上，华银园乒乓球队球友聚餐。黄教授带了两瓶酒给球友们喝。我们球队成立九年多，聚餐多次，酒是肯定要喝的。以往，黄教授白酒不沾，啤酒最多喝一杯，再怎么劝，也不喝。今天，他喝了一两多白酒，美女敬酒，他没有像从前那样把杯子移开。当天晚上，黄教授在乒乓球群里发了一段话：球友们，今天湛老师关于如何懂猪一事，由于感觉今天观众不够多，经他本人申请，大家同意留待下次聚餐时详细分解，让我们一起期待湛老师不同凡响的研究成果。

怎么回事呢？我简要从头说起。初七晚上，我在私号上发了一篇随笔《过年散记》，我把该文转到了乒乓球群上，一些球友看到了，发表了些评论。该文的最末一段话是：猪年，硬要我希望一点什么？我希望有猪一样的睡眠，我经常在噩梦中醒来，再也不能入梦了，猪是不做噩梦的，因为它不希望什么。黄教授肯定看了。他是林科大教授，带研究生，出了许多专著，经常提着笔记本到全国各地讲学。据说，每次他讲学，礼堂快要挤破，美女的手掌差点拍烂，他讲得太好了，和我同年，但比我至少帅二十个百分点。他能屈尊看我的文章，我受宠若惊。他在群上发了一句话：@湛岳　你不是猪，怎么知道猪是不做噩梦的？

他这样一问，我马上想到了“子非鱼，安知鱼之乐”的典故来。庄子与惠子游于濠梁之上。庄子曰：“儵鱼出游从容，是鱼之乐也。”惠子曰：“子非鱼，安知鱼之乐？”庄子曰：“子非我，安知我不知鱼之乐？”惠子曰：“我非子，固不知子矣；子固非鱼也，子之不知鱼之乐全矣！”庄子曰：“请循其本。子曰‘汝安知鱼乐’云者，既已知吾知之而问我，我知之濠上也。”

黄教授肯定知道这个故事。他是想跟我演一场戏，让我做庄子，他做惠子。他多半想好了剧本：

黄：你不是猪，怎么知道猪是不做噩梦的？

湛：你不是我，怎么知道我不知道猪是不做噩梦的？

黄：我不是你，我不知你，你不是猪，也不知猪。

湛：回到你当初的问题，你问我怎么知道猪是不做噩梦的，说明你清楚知道我知道猪是不做噩梦的，只是问我怎么知道的。我妈喂猪时猪潲有一大桶，妈一个人提不起，我帮她提。我看过好多次猪吃潲。我家喂过猪婆，猪仔长大一点儿，钻出猪栏，到屋前屋后追逐戏耍，我跟猪一起玩过。猪饿了，就叫着吃，吃饱了，就睡，猪不做梦，什么梦都不做。

黄：……

可惜，当时，我没有领会他的用心，没有按如上的路数进入他的剧情。我的回复是：我不是猪，我懂猪！用他的前提，套上我的结论。当时，十一点左右了，我发完，便关机睡觉了。

第二天上午，黄教授在群上发话：@湛岳　你自称懂猪，这点我高度持疑。第一，你没有与猪一起同窗读书，没有一起吃过饭，没有一起睡过觉，没有一起K过歌，最重要的是没有一起打过球，你怎么说你懂猪？而且目前还没有哪头猪能够证明你懂它，所以你的说法缺乏依据，请你用数学思维回答这个问题，此事甚大，不可小瞧，事关你是否在讲台上误人子弟。

我看到后，一秒钟就来气了！主要是最后那句“讲台上误人子弟”刺激了我。我教书不长，也有三十五年了，一直凭着良心和爱心在干工作。我怎么误人子弟了？你否定我的工作，也就把我全盘否定了，把我全盘否定了，我还跟你争猪干什么？我回复：我不想和你争论了！黄教授回复：你不争，就是举白旗，承认你不懂猪！我回复：我尊重你，而你对我极不尊重！

也许是，球友们见我和黄教授在争吵，想分散我们的注意力，提议晚上聚餐喝酒，多人响应。黄教授赞同并表示晚上他带酒来，并把家中的酒拍照发到群上，说欢迎湛老师酒后畅谈如何懂猪。

我把黄教授发的那段话再看一遍，马上意识到我错了！他并没讲我在讲台上误人子弟，只是强调要我把问题论述清楚，如果这个问题论述不清楚，那么其他问题我也可能论述不清，这就会导致误人子弟。这是对的！他还是以一贯的风格在玩智力游戏。他把他在治学上的寻根问底的探究方法，逻辑思维迁移过来，用来调侃，用来幽默，用来提升生活的情调趣味，我生气干什么呢？我立即点对点发了一条信息给黄教授：我错了！他回复：好，晚上喝酒，你再回答如何懂猪。其实，对他那一串问题，我只需反问：有哪头猪告诉你我不懂猪呢？没有猪告诉你我不懂猪，猪也不知道我懂不懂猪，那就只有我自己知道了，不需要猪来证明，我也只告诉人我懂猪就行了。

下午，两点半左右，黄教授在乒乓群上对我发信息：我去金冠体育用品商店换胶皮，同去不？

我：不去，我等你回来打球。

他：好，我几年才换一次胶皮，我要把它的第一次献给你。

三点半后，还没有收到他打球的信息，我发过去：回来吗？打球去！

他：刚回，胶皮上的膜还在，我还买了新球，两个第一次都献给你！

我窃笑。一个男人，把他喜欢的玩物的第一次献给你，这个男人对你够尊重了。我再次为之前的生气汗颜，我气量太小了。

晚上喝酒，没谈猪的事，并不是如他发在群上讲的，是人少，而是其他人对这个话题没兴趣。我也知趣，不提猪事。我的球友有企业董事长、总工程师、医师、老师，等等，涉及很多行业，猪年第一次见面，谈的话题很多，我主要是洗耳恭听。毕竟，平日我的圈子小，很多世事不懂，听他（她）们交谈，我长见识。

初十上午，我有空。我把黄教授发在群上的诘问，又详细看了一遍。再争论，无必要，但想和黄教授再打打嘴巴仗，乐一乐。我在群上发声：黄教授，你不是我，怎么知道我不懂猪？你不是我，怎么知道我不知道猪是不做噩梦的？猪做不做噩梦，猪没有告诉你。再者，目前你也没有听哪头猪说，我讲猪不做噩梦是错的。

大约过了一个小时，黄教授回话了：你天赋异禀，不仅懂人，还懂猪，这是我等凡夫俗子做不到的，我已经五体投地了，应该发挥你的特长，不仅花时间打球，还要多为人类和猪类做贡献。我在考虑给你做个推荐。鉴于你懂猪知猪这一特长，特别是对本地猪不会做噩梦这一重大发现，特别推荐你凭此在3月申报国家自然科学基金委特别资助项目：中国湘阴猪不做噩梦机理研究。研究目标：理论上论证猪为什么不做噩梦的原理，实证上充分展示猪不做噩梦的证据。希望你早出成果，并将成果推广应用，提高广大猪类的幸福指数。

我窃笑，黄教授已不质疑我懂猪，实际已承认我懂猪了。我回复：建议你申报联合国教科文麾下的世界课题：猪会做噩梦。最后研究的成果是：猪做噩梦比人类有过之而无不及，人类不可羡慕猪类的好吃好睡，从而提高人类的幸福感。

球友邵博士

邵昭宇博士，一个健壮威武的小伙子。他是我球友中年龄最小，学历最高，球技最全面的。他衣着朴素，为人低调，初见他的人，可能不会认为他是博士。浓眉大眼，阳光俊朗，虽已为人夫，看起来仍是英俊少年。

二十一中初中毕业，雅礼中学读高中，在双一流（985，211）大学，山东大学完成本科学业。大学毕业，先赴英国读硕，后到新加坡读博，今年上半年博士毕业。春节回来后，他还没去新加坡。博士课业已修完，只等 4 月博士论文答辩。妻子是他在英国留学时认识的，现在在沿海某大学教书。博士证书还没到手，国内外多家科研院所、企业公司，要他去创业，他选择在离妻子近的上海市发展。

从小，他爱活动，兴趣广泛。打乒乓球是读大学时开始的，那时，他还跑步，练哑铃，翻单双杠，练出了一身好肌肉。他看视频，看《乒乓世界》，对乒乓球各种技术有全面了解，并在打的过程中加以运用。寒暑假，我和他几乎天天打，他长球快，我赢他越来越吃力。

当年他用的球拍，就是初学者用的那种球拍。现在，他打球用的工具全是品牌。他常更换球板，以寻找最适合自己的球板。他的球袋里有几个球拍。有时，手感发生变化，突然想到过去打过的某个板子，就换那个板子打。胶皮，当然要选择，他网购，自己贴。胶皮，打几个月，就老化了，须不断更新。他同样选择最适合自己打法的胶皮。目前，他球拍正面用狂飚，反面用德国挺拨。他和专业运动员一样，常把胶皮撕下来，刷几轮胶，再贴上，这样胶皮就能保持很好的弹性。

他球技提升是在新加坡读博这几年。他请教练指导，搞多球训练，苦练各种技术。南洋大学，每年都有乒乓球赛，先小组赛，再循环赛，直打出全校十强。每届，他参加，从十强之外逐步跻身十强，最近的一次比赛，他进入前五。这个成绩不简单，南洋大学打乒乓球的人多，高手云集，小组出线都难。他因此结识了一帮球友，每到公休日，便相约打球。各种打法的人都有，他是直板，两面反胶。他与打长胶的人打，与打正胶的打。博采众长，融会贯通，形成自己独特的打法。他打球出名了，有许多人慕名而来，拜师学艺。他的球技主要是自己琢磨，一板一板练出来的，他讲起来有板有眼，指导性强。

读博，第一年，他回长沙休假。打球时，我发现他直拍横打有模有样了。我直拍横打好几年了，有一定的攻防能力，他来势凶猛，咄咄逼人。第二年，发现他反手能挡能搓能攻能拉。第三年，我发现他各种技术运用自如了。我和别人打，反手有一定的优势，在他面前，已是劣势了。他球控制得稳妥，我反打的机会少，而我接发到他反手位的球，无论出不出台，他都可击打，小臂一挥，“啪”的一声，常一板定乾坤。

近几次打球，他是教练又是陪练。我们每次打两个小时，练一小时，比赛一小时。他把他掌握的技术讲给我听。比如，发球，要发得短，要力争对方不抢攻；发球要有变化，让对方难受，不好起板；发什么球 ，要想对方会怎么接，大概接到什么位置，自己如何抢得制高点，等等。

常是他为某项技术动作做个示范，讲一下要领，便练。练到某个时候，他收球又讲解动作要领。我们练接发球，对拉弧圈球。练得最多的是：反手击打。我反手习惯拧拉，稳定性好点，但易被对手攻打。他讲解如何握拍，板面要直，用小臂发力，身体前压，步伐要跟上，在上升期打。然后，反手对反手，反复练习，现在我反手击打的意识变强了。

我最大的问题在接发球方面。吃别人发球，自己发球对别人不构成威胁。其次，我过于急躁，动作没有做到位，就出手，很多机会球白白丢分。邵昭宇说："打球不可急躁，尤其是与高手过招，不要企图一板打死，要有过渡球，出现了机会球，再发狠力；正手攻球，要先看准，迎球，这个过程要慢，一旦出手，要快，最好用击打，威胁大。"

他打球，有儒雅气质，不急不躁，稳打稳扎，一旦上手，对方就被动了，而他游刃有余，把球打得风生水起。他说："看清来球，从从容容，就可以把握先机，撑控局势。"他不是专业选手，没有童子功，打乒乓球时间也不长，为什么能达到如此高的水平呢？

孩童时代，他蹲在树下看蚂蚁搬东西，可以看一两个小时。他喜欢各种变形金刚、玩具汽车。他把这些玩具，拆开又装拢，装拢又拆开，乐在其中。从小，他专注自己感兴趣的事，爱动筋，追本溯源。读小学时，他爸教他下象棋。后来，作业一做完，他就吵着要下棋。再后来，父子对弈，父亲甘拜下风了。下棋，走一步，要想后面几步，打球也是一样，打这一板，要想后面第 N 板。

诗人湛蓝

湛蓝是我本家，比我大几岁，与我二姐是高中同学。我们同属一个公社（现改为镇），但相距十几里，之前，我和他不认识。我分到湘阴七中教书时，他已在那里教化学，我才认识他。他热情、豪爽、豁达、洒脱，既有狮虎威猛之气，又具侠骨柔肠，教得书，打得球，喝得酒，是一条汉子！

我性格内向，但这不妨碍我们交往。我们一起打球，一起喝酒，留下许多美好回忆。

那时，我是单身汉，他好早就找了一个学医的美女结了婚，生了个女孩叫小 F。当时，我对这个称呼好生奇怪，认为他是一个非凡之人。F 是氟的元素符号，氟的化学性质活泼，氟与福同音。直到现在，我再没遇到一个用英文字母来称呼自己小孩的人。

一天，我到他家，发现他在写诗。在我的印象中，诗是李白杜甫这些神圣玩的，我等凡夫俗子只能拜读。高中时，他就写诗，写好多年了，写好几本了。我是学数学的，我怀着十分好奇又十二分崇拜的心情去读他写的诗。读不太懂，觉得他的思维在跳舞，不是大妈们跳的广场舞，是深深吸引我眼球但我不解其意的芭蕾舞。我看不懂，就问他。于是，他像音乐会的指挥师那样全身心投入诗的意境之中，对他的诗进行再创作，讲出的一句句话，其实又是一行行诗，我于云里雾里之中略懂皮毛。

不久，发现他还写得一手好毛笔字。他家客厅书房挂着的那些谶言警句，都是他的书法作品，他确乎是一个非凡之人！

三年后，我离开七中，其间换了几个单位，与他失联三十多年，直到猪年正月初三晚上，我们方才见面。他后来到了湘阴五中，再后来，辞职到了长沙。创办某刊物，办得红红火火；还创办过与文化教育有关的实体经济，别人晚几年甚至十几年想干的事他早就想到了，并且付诸行动了。

初三晚上，我们几个人在一个茶楼的大厅围坐，抽烟喝酒聊天。当时还有闵兄、冯哥。他对过去的事不提，我也没问，过去的，就让它过去。

室内开了空调，温暖如春，大家谈兴愈浓。主要是他在讲，讲的大都是诗。他这几年写了很多诗，其中有一首长诗，写非洲的，写了1000多行。几十上百行的诗更多了。他好像生下来就是写诗的！诗好像在某个地方等他，他走到那地方，便看见了诗。像在春天的山野行走，俯拾即是花，他的眼中总有诗之花绽放飘香，他写诗是即兴发挥，来了灵感，就记下来，一气呵成，如出水的芙蓉，早晨的露水一样自然充满灵动之气。

我想，他之所以能走出一条常人不敢走的人生路，是缘于他本非凡之人。写诗需要超人的想象，所以，他的生活不循规蹈矩，总有惊人之举，这需要勇气，更需要智慧。

他读书时写诗，教书时写诗，他辞职办刊办公司时仍写诗。命运或许对他不公，但诗一直与他不离不弃，这也许就是命运最好的安排！他抽烟喝酒时，烟是诗的氤氲，酒是诗的韵律，这时他每一个意念便串成了诗行。

我的学生吴新怀

带高三那年，我担任文科 6 班班主任。英语老师是个美女，叫方蕊。结婚才几年，小孩两岁半。皮肤白，衣着时尚。夫家有钱，家里请了保姆，她回家只做堂客。身材保养得很好，生了小孩，身体并未走样，一身紧绷绷的。她爱收拾，也懂搭配。扎发髻，要留点红缨贴于发梢；长裙及踝，上身挂着披巾；若穿短裙，腿用肉丝袜包着，黑皮茄克似的上衣实际是一高级绸缎做的短装，头发黑瀑布一样垂下。

美女上课，自然魅力足。所有男生被她镇住，都规规矩矩听课。那几个上其他课睡觉，涎水流半桌的男生，上她的课，坐得笔直的，眼睛勾勾地看看黑板。爱俏的女生暗中学她的发型，学她讲话的轻盈的语调。一下课，几个胆大的男生抢着为她拿电脑，备课本。没抢到事做的男生，拿着书本说要问问题，跟着她来办公室。每次下课，她像明星退场，总有一帮男生护卫。

其中有一位，叫吴新怀。

他读书不大用功，人聪明。初中三年，他稍微用点功的话，中考考

6A 没问题。初一好多科作业也不做，但每次考试中上。初二生地会考，别人作死的背，他有空就去打篮球，结果地理只打 90 分，生地和体育合一门，他只得了 B 等。他对历史政治教科书不感兴趣，上这两门课时经常看课外书，被老师发现批评，不悔不改。喊家长也没用，家长委婉表达的意思是随他。其他课程，他听课，作业只要不是太多，也做，但不多做，周末也不去补课。他就是这样完成初中学业的。到高中后，他延续着自己的学习习惯，凭兴趣读书，绝不是那种硬要把成绩弄到名列前茅要考上什么 211 大学的学生。他喜欢某科，就学那科。与其他学生不同的是，他常去学校阅览室看报刊杂志，去图书室借大部头书来看。老师布置的作业，他有选择性地做些。老师批评，他不顶嘴，但不改。某科，成绩不好就不好，他不去补课，他认为自己成绩差，不是学不好，而是懒得学，去补什么课。高二文理选修，重新分班，他选文科，刚好在我班上，所以我对他比较了解。我与他爸联系几次，他爸讲这孩子从小就是这性格，他妈还欣赏他这种性格。我想，既然父母随他，老师也只能由他了。

高三，科任老师作了调整，英语换了方蕊老师，他好像变了一个人。开学一周，他毛遂自荐要当英语课代表。他很负责，每天的作业本收得齐。按组放，每一组的本子是一本套一本放的，上个本子是插在下个本子有作业的那两页之间，这样老师看作业方便多了。本是大大咧咧的小伙，突然变得细心起来了。之前，我多次找他谈心，劝他在功课上多下功夫，课外书少看些，教材是最好的书，要钻透。我看他那漫不经心的神色，知道他并不认可我的训导。每次找他谈话之后，他见我能躲就躲，躲不开时也不理不睬，而现在，他见了我，老远打着招呼，他的行为习惯变了。

吴新怀身高一米七五以上，长得健壮。乌黑的头发，从左上脑微微弯到右后脑。国字型脸，肤色有些像女孩的肤色。嘴宽，但唇不厚，常常像有意抿着似的。这张嘴，给他的武气增添了灵秀。他爱打篮球。高三百日誓师时，每个班都要宣誓，要有一个人站在队伍前面领誓。声音要洪亮，普通话要标准，形象要好，他是班上当之无愧的人选。据学生讲，本班，还有外班，有漂亮女孩主动接近他，他都婉拒。

每堂英语课前，他必来办公室帮方老师拿电脑备课本。如果方老师咳嗽，哪怕是轻轻的喘一声，他送方老师到教室后，必返回办公室，把方老师的茶杯端去。有一次，端去一个空茶杯，自己不知道。到了高三，他英语成绩火箭上升，每次考试，成绩班上第一。其他各科成绩，也大幅度提高。他的基础好，智商高，只要用心，考上清华北大都可能。现在这种状态，是我乐意看到的。

某次英语考试，吴新怀分数不是班上最高分，方老师拿出试卷，当面讲评，讲他不细心，不该错的，错了。不知怎么，她突然想到他拿空茶杯的事，她说："你有一次，拿着我空茶杯到了教室，竟没有发现杯中无水，刚好说明你不细心。"他羞红着脸说："真的吗，怎么可能？"以后，他学习上自然细心了。其他事当然也细心。每次端茶杯，他要拿起茶杯拧开盖子看看里面水多不多，不多的话便到饮水机下接满水，再轻轻盖上，小心翼翼端到教室去。

这些，我是通过他写的日记知道的。那天，我收作文本，他把他的日记本也交来了。我特意看了吴新怀的日记。

摘录两则如下：

星期二

今天第四节英语课，方老师拖堂。唐奇文起哄，喊肚子饿。他就坐我旁边，我说："叫什么，老师肚子也饿。"他不服气："关你什么事？"我说："你干扰了我听课。"他说："已经下课了。"我说："你有本事就走呀！"这时，方老师听到我们争吵，望着我们。其他同学，没吱声，好像什么事也没发生。当时，我肠胃在腹中滚动嚯嚯作响，但我不觉得饿。

星期四

早自习，我迟到了。班主任贾老师罚我扫三天教室。我很少迟到。这次迟到，与方老师有关。昨天，早读下课后，我送作业本到办公室，看见方老师泡方便面吃。我说："早餐，就吃方便面？"她说："早自习，我7点半要到，等下第一节又有课，只能吃方便面了。"我说："平日，早餐，你喜欢吃什么？"她说："有时间的话，我到校门口面店吃粉，有时，到学校对面那个巷子里买葱花饼吃，那饼好吃，我最爱吃。"我心里说："那我明天去买。"回教室后，我看了一下课表，星期四第一节我班是英语课，方老师，在另一班下早班，肯定没时间吃早饭。今早来上学时，我下车，穿过地下通道，再横过一马路，小跑到买葱花饼的地方，但要排队，气煞我也。我只好排队。买回来时，早自习开始了。我进教室之前已把香喷喷的葱花饼放方老师办公桌上了。这时贾老师到了教室，督促同学晨读。他问我："怎么迟到了？"我说："起晚了。"方老师在教室带读，贾老师批评我时，她望了望我，眼神充满疑惑。我漠然与她对视一下，心里说：我替你买葱花饼去了。早自习下课，我送作业本去时，方老师正在吃葱花饼。她说："谢谢你呀。"我说："确定是我买的？"她说："你昨天问了我。"她又说："不要再买了。"我说："没事，顺便。"

我把他写的日记给方老师看了。

她说："我对他讲了，不要给我买早餐。他那样子，五大三粗，笑的样子像个小男孩，但情商很高。那天，大课间休息，他问我几岁了，我说快四十了。这时，他拿出他的手机，给我看一张像，是他和一个美女的合照。那女人，年龄讲不定，面目清秀，白白嫩嫩的皮肤，长发从前额斜斜地弯向脑后再散落肩颈。那双眼，像山泉清亮 又如虹彩炫人，是一个女人味十足的女人。美女着半长裙，身材高挑匀称。吴新怀比她高一个头，微微屈了一下身子，头部向右倾斜，与美女拉近距离。我问：'这美女是谁？'他说：'你猜。'我讲：'你姐姐，不对。你女朋友？'他说：'可以这么说，是姐姐，是女朋友，她是我妈。'我准备问他妈妈更多信息，铃响了。他迅速回教室去了。当时，我想，他有一个这样多姿多娇的妈妈，应该是很幸福的。他这种性格，应该是受到家庭气氛的熏陶。第二天，趁他送作业本时，我问了他一些情况。他妈妈今年四十一岁。原来是某机关公务员，后来，辞职办实体。现在长沙开连锁公司，卖高档皮具。父亲是领导干部。爷爷奶奶与他们住一起，家人十分和睦。他还讲，'妈妈比照片中还美。我与父亲在一起的时间少些。妈妈请了许多员工守店。周末，总要带我出去散散心，然后吃一顿美食。假如，我约同学去打篮球，她就在家等我，再到外面吃饭。长沙的美食，我们吃遍了。晚上，我做作业打瞌睡，她就陪我到小区散步。她挽着我的手散步，晚上光线不太好，别人以为我们是一对恋人。妈妈很少问我学习上的事，她对我讲过：你的青春你做主，读书靠自觉，读书不读书，将来生活不一样。妈妈知道，我现在读书用功了，十分高兴，经常给我买衣服，买好吃的。我喜欢打篮球，她送我李宁牌球衣球鞋，有 NBA 球赛，还叫我看。'他十分喜欢妈妈。三八节或妈妈生日，他送礼物给妈。妈妈心情不好时，他嘘寒问暖，逗妈妈开心。"

我开玩笑说："男孩子是以他妈妈为标准找女朋友的。"

方老师说："他可能把我当作他妈妈了。"

以后，一段时间，我没发现什么异常情况。高三，学习本紧张。早晨七点半到校，上午四节课，大课间不做操，在教室自习。中午，可以休息个把小时。下午最后一节课五点四十下课，晚自习六点二十开始了，到十点四十结束。学生除了吃饭睡觉，就是上课。各科都是复习，每天都是做题考试，天天连轴转，他也没有时间做别的，他学习状态比以前好多了。只是每周两节体育课，别的同学在教室自习，他要去打篮球。我找他父亲交流时，讲了吴新怀的变化。他父亲说：“我和他妈早就想他把英语学好，高中毕业到国外读大学，小孩有变化了，感谢老师。”

校本课程赞

从 2019 年这届高一起，不再分文理。校本课程，采取走班制。凡开设的课程，学生都可参加。高一校本课程种类多，有十四个门类，教师根据学科特点，参照现代教育理念，综合我校学生实际来编写教义。

学生关注时政新闻，那就去《时事政治》；喜欢文史哲，那你就去《湖湘文化代表人物讲座》；《生活与物理》《探索化学化工未来世界》《植物栽培》会让你明确学理化生有何意义。你是否觉得数学过于抽象，学了没用?《生活中的数学》会告诉你如何在生活中找数学模型，数学知识如何运用到生活当中去。你是否感到有理难辩，有理讲不清?《议论文序列写作与指导》告诉你如何摆事实讲道理。*Travel English* 带你走进异国他乡。还有《桥牌》《声乐技巧》《篮球》《漫画》《科学就在你身边》《快乐编程之 Python 应用》等等，学生非常感兴趣。他们想在球场上驰骋，想在歌声中摇摆，想在信息世界中遨游，想在桥牌游戏中斗智斗勇，想在科学殿堂里探索地球的经纬，天地的奥妙。

一个班的学生分到许多班去了，新的课堂汇集了来自不同班级，有共同爱好的学生。老师教给学生的知识总有限，但学生的潜力无限。教育要着眼于学生未来的发展。老师要培养学生的学习兴趣、科学精神、思想情怀、艺术修养。校本课程就是培养学生的优秀品质的。

又是高考时节

6月3日，星期天

5月29日到30日，三模考试。31日分析试卷。从6月1日到4日，学生不上早自习，八点十五到校。这主要是让学生慢慢调整生物钟。之前，学生通常在晚上十二点左右睡觉，第二天早自习七点半开始，势必六点多要起床，睡眠严重不足。一些学生，上午第一节课，就打瞌睡。大课间时，伏在课桌上睡觉的人很多。他们实在太困了。高考两天，上午九点动笔答题，人必须进入兴奋状态。不上第四节晚自习，不上早自习，就是让学生，早点睡，晚点起，这样上午八九点便进入思维的积极状态。中午，午休个把小时，下午的精力也是饱满的。

学生自习。老师按课表进班，没课时坐班，替学生答疑。星期天，师生都不休息。高三一年下来，多少个法定假日被打折，多少个晚上像白天一样上班，没有谁去统计，这已变成常态了。

学生自主总结。主要做这几件事：看教材，把没记牢的知识点理解重记；失分多的章节，选些习题练习；把模拟卷、月考卷、复习丛书上的错题重做；完整地做一两套模拟卷，等等。随时可以问老师。这是一个十分重要的时段，做得好，高考提高十几分是很可能的。

班上有几个学生，老师讲课时，他们跟着老师做几个题。自习，要他们自己看书做题，他们不知从何做起。其实，这几个学生智商高，为人处世甚至比那些沉在课本中的学生要好，就是没有入当今教育的轨。虽然天天来读书，但对课本无兴趣，其他的兴趣又被师长压制，所以他们身不由已地踯躅于常规与判逆的中间地带，虚掷青春。这些不太读书的学生，他们从教育上得到的利好，是很少的。我对他们从不另眼相看，如果说另眼相看，那是用更有爱的眼光去关注他们。

6 月 4 日，星期一

今天上午，我到班上最后一节课。明天上午学生自习，老师不进堂，下午就放假了。最后一节课，讲什么？知识点、思想方法、考试策略等等都反复讲过了，再重复没必要。我讲了下面意思。

我希望大家考好。假如没考好，也不要认为未来是悲惨的。高考固然重要，但再重要也只是一次考试。试卷只是一张纸，人生才是一幅画。考试好比一场球赛，你赢，下次一定会赢吗？输了就输了，还有很多机会可以拼搏。人一生考试多的是，怎么可能一考定终生？高考，说实在一点，它仅是一个过程，一次经历。无论输赢，你经受了锻炼，就是赢家，输也是赢。心中碧空如洗，处处太阳升起。从来没有人因考试赢得一切，或输掉所有。考试是点，人生是线。“成败转头空，青山依旧在”，须知很多杰出人才，并没有读一流大学。很多读了一流大学的人，并没有做出一流事业。倒是许多没有读一流大学的人在工作中做出了超一流的成绩。将来的造化，取决于你的心态和智慧。我不是说读书不重要，我的意思恰恰是读书很重要，只要你有心，在任何学校任何时候都可以读好书。当下大学录取率这么高，可以说人人可以上大学。那些高考失利，就想自杀的人，就算考好了，也将一事无成，因为他人生的唯一目的就是高考。失去了高考，他的人生就没了。

这两天大家放松下来，坦然面对要来的一切，像海滩应对海浪，像树应对风沙，你就那样怀一颗平常心去面对。

下课后，有两个女生要与我照相。我吃一惊。今天才4号，就照？一般是在高考完后第二天，即6月9日，分班照毕业相时，学生们才纷纷找老师合影留念的。她们一脸纯真的笑，笑中那种对老师的爱，尊敬或崇拜，表露无遗。我是爹爹级的人，秃头黑肤，枯眉皱脸，平日又不修边幅，弯腰曲背，她们何以要与我合影呢？也许，我的朴拙简陋，与众不同，她们竟以为美了。其时，走廊上很多学生来来往往，我支支吾吾地说："现在不照，下午吧。"她们互相击掌，似乎更激动了。

今天，阴天，间或下些小雨，刚好树叶发亮，路面出现奇奇怪怪的图案时就停了。风若有若无，无风也凉爽，不是那种闷热的天气。印象中高考这几天总是雨天，凉快。前几天，大雨连连，快高考了，雨便停停落落。天灰蓝，清纯一色，依稀有酡红细细碎碎地洇散。没有看见雨，手上脸上感到有绿豆大小的雨滴贴来。下午，那些蓝色变成了雾，不断地涂抹着楼房，街道，树木，一切浑然天成，一切是最好的安排。

今晚，我值最后一个晚班。学生们不时来问我一些问题。看他们的表情，看不出有何过度的紧张神态，他们的紧张已是一种常态。课间休息时，他们开开玩笑，追追打打，别开生面。明天下午，学生就放假了。之后，整班坐一起学习，不可能。这样的晚班，也不可能再有。想到此，觉得这个晚班值得有意义。我坐在讲台前，饶有兴趣地看着他们，从左至右看过去，又从右至左看过来，想把他们看到脑中去。这些可爱的学生，有些我一生可能再也见不到了，再见就是永别。现在，趁他们身边，多看看。得闲时，我在教室空处反剪着双手，一圈圈地走，灯光下沉思默想的高三学子怎么看也看不厌。他们听课的神态，顽皮的模样，他们的笑，他们生气的样子，失意的样子，焦急的样子，等等，像树的年轮已刻在我心上了。将来，会怀念也会伤感。当老师，感情最丰盛，情怀最饱满，全都是因为工作的对象是人。一届届学生走了，一届届学生又来。学生带走了我的嘱咐，我的叮咛，我的爱，也给我留下他们成长的轨迹，留下他们的欢歌笑语喜怒哀乐。

6月5日，星期二

上午四节课，前三节，仍是学生自习。这是高三学生最后的课堂学习。我八点半赶到六楼小办公室。高三六位数学老师集中坐这里。这是站最后一班岗，有一种庄严感，神圣感。下午就放假了，当然老师们送考时，可以见到学生，但在课堂这个时空相处的日子再不会有。大家这么早来，其实没什么具体事。上午八点半开始，给高三学生统一放英语听力，学生不能出来问问题。这时候，学生也没有多少问题可问了。

听力结束之后，来办公室的学生不多。有的老师，坐不住了，便到所任教的班去。走到教室，又不知要讲什么，有些话不好讲，现在不是讲这种话的节点。希望学生问问题，这样可多待会儿。有人举手了，老师如发现新大陆般迅速过去，用比平时更和蔼可亲的口气详详细细分析。讲完，环视四周，看还有没有新大陆。不经意，就走上了讲台，给同学们送最美好的祝福。不经意，同学们就鼓起掌来。不经意，老师感到有一粒水珠在眼眶里打滚，他控制住滚动的水珠不出眼眶，也压着那些想冲出鼻腔的声音。昨天在上最后一节课时，发生过，不经意今又重现。

鲁志文老师印好了一套试卷，答案也印出来了。并不是硬要每个学生做，学生有空，选些题做，做完对下答案。那几个大题，都详细写过程，到每一步，得多少分，都同步标明了，提请学生们认真看一下，注意格式规范，大题，能做几步写几步，是分步计分的。第二节课，我们便去教室分发资料，这是临门一脚。昨天，我认定我上的是最后一节课，没打算今天又进了课堂，又讲了几分钟，又在掌声中感动得一塌糊涂。

第四节课，大扫除。高三，再不上课了，不备课了，不做题了。数学，试卷多，题目多，个个题目自己要先做，才可取舍。另外，学生做些五花八门的资料，不会的，来问，你要向他讲解。天天做不完的题，做得手发麻，眼发黑，头昏脑涨脚抽筋。中午在学校食堂吃口饭，午休只能伏办公桌上睡一下。这种日子结束了，至少近三个月内没有了。其实，我们还揽了许多非职责范围内的事。也就是说，老师们把家长的事，学生自主的事，甚至社会应承担的事，揽很多过来，一厢情愿或一往情深或一腔热血地认为这些是老师职责范围内的事。老师越来越辛苦，是自己使然，或者说是逼着老师越俎代庖的那些权势使然。

6 月 6 日，星期三

下午，三点半，我去学校。学生，四点进考室，熟悉场地，听《考前的话》。前几天，阴雨。今天，天晴。有太阳的地方，特别光亮，白中有红黄。天空，花样盛开的云与山峦一样的云之间，有一片片峡谷低坡，像有雪花在起舞。那些蓝，那些白，似乎又在变幻着，像液体在天空流动，流到那山下那云之花盛开的地方。树，特别的绿，是那种丰盛的嫩黄的绿。树的影与太阳的光，分界十分鲜明，像镶嵌着的图案。阳光是满满的，像一种弥漫的雾，光的微尘在旋转。矮矮的花草，有一种特别的静美，一种幸福生活的酣态。树叶，呈现一种融融切切的绿。气温升高了，但远没有达到燥热的地步。这几天，树木吮够了雨，地面渗透了水，不会闷热的。

考生都进来了。警戒线外，都是学生。虽然太阳晒，树下，楼下阶基，站的人并不多。越是光照的地方，人越密集。他们没有觉得热。其实，他们脸上、额头上、嘴巴上方、脖子上都是湿漉漉的，挂有露水似的汗珠。他们对即将到来的考试充满期待，有恐慌，有困感，有跃跃欲试的冲动。这种复杂的情绪翻滚于心中，表现出来的是平静。站在一起的都是同学，并没有像往日在一起时嬉笑打闹喧哗，都有一种肃穆的神情。好像朝圣者，从很远的地方来，翻山越岭，一路叩拜，终于到了殿堂，准备叩见圣体活佛了。本校的考生都在田径场那几棵大樟树下集中。他们站在树荫下，有些站到田径场中间来了。

6月7日，星期四

是你去高考，我却来了。因为我是老师，我们并肩作战，这一天是我们共同的期盼。你没到，我已到了，我的心比你更迫切，也更不安，因为我是老师，我希望你考好，但不可替你去考，所以担心所以不安。

你到时，我到了好久。我到了你们集合的教室，替有的同学解答了几个问题。差不多到齐了。大家情绪蛮好。我早知道语文考试后，你们的情绪不会大起大落，反正都动得笔，虽然，最后出来的分数比你想的低些，但你当时以为是考出了水平的。

下午，考数学。数学试卷，难不难？你们比我先知道。平日，你们感到困难的科就是数学。不管难易，我们都去面对，难乎易乎，对谁都一样。充满信心去考，把会做的，做对，拿到分，就不后悔。把不会的，都蒙对，这就是运气。神保佑你们。你们看，考点外站岗的民警，考点内保卫的老师，早早就到校的老师，还有在围墙外等你们回家吃饭的父母亲人，这些人就是你们的神，他们会保佑你们。今天天气多好。昨天，是晴天，我以为今天晴，气温会高，担心你们难受。今天，是阴天，不落一点雨，那种下雨后的凉爽丝毫不减。

你们说什么？下午考数学，你们要沾我的光？那好，今天我就做神，为你们添光增色。我端坐讲台前，双掌合十，举过头顶，双眼紧闭，心中默念：天神地神，各方诸神，保佑我21弟子马到成功，数学个个打满分，少一点也打个120分！我祈祷三遍后，走下神坛，告诉弟子们：“我祈福了，你们下笔如有神。”

要和我握手？好，刚才我求了神，我是神的代言人了。我手变成天线，能收下神的意念。和我握手，你们的手也变成天线了。

我走过去，很多手在挥动，我不可一下握这么多手。我从右边第一组握起。我伸出双手，紧握一只只稚嫩的手。有一位弟子，情急之中伸出右手，我握了，又叫我重握，因为他是左撇子，他要我握他的左手，我满口答应。今天，我要像明星与粉丝握手一样，亲握每一个学生的手。我要向他们传导一种激情，一种希望，即神的意念。我从一组，握到四组，同学们的兴奋感动，还有手的余温都留在我手上，当然也传导了我心中。我走到讲台前，双手握拳，举过头顶，高呼："祝同学们考试顺利！"

快两点半了，快到出征时候了。班主任组织宣誓，弟子们起立，发出雷鸣般的声："沉着冷静，分秒必争；坚定信心，挑战自我；攻坚克难，直捣黄龙；高考必胜，马到成功！"

第二辑　说梦

稻花，是我心中最美的花。它开在夏季，开在田地。稻花的颜色是太阳的颜色，也是泥土的颜色。稻花飘着饭香，酒香，稻花香里百虫和鸣，鸟蝶起舞。

评重庆公交车坠江

2018 年 10 月 28 日重庆公交车坠江导致 15 人死亡。原因是女乘客刘某与司机斗殴导致公交车失控坠江。很多人骂刘某，认为她是垃圾人，号令天下远离这种垃圾人。这是对的。但是，你想过没有，为什么有刘某这种垃圾人横行霸道？为什么我们周围有这么多或明或暗的垃圾人？假如大多数人都是疾恶如仇的人，都是敢于发表意见表达诉求仗义执言的人，刘某这种垃圾人有生存空间吗？我们骂刘某这类人，更应该唤醒习惯于看热闹的大多数人，即我们自己。在家里，你认为老婆讲的，总是对的，家里不是讲理的地方。国是家组成的，那在其他场合，你会据理力争吗？不会。在单位上，你会相信领导讲的总是对的，你对那些错的，表面是对实则是错的，表面是公开公正实则是愚弄百姓的做法，你敢讲吗？那些事与大家休戚相关，谁都知道，但谁都无言。大家都知道领导后面，后面的更后面，是一支庞大的队伍，大家惧怕那支队伍。

再谈司机和“垃圾人”之外的 13 个人。当时，他们为什么没有一个人站出来制止这种疯狂的行为？他们不知道，刘某和司机的争执斗殴会导致车毁人亡吗？不是，肯定不是。他们手无寸铁，制服不了刘某吗？刘某是 1 个，他们是 13 个呀。但他们听之任之，抱着不关我的事，看热闹的心态，冷漠围观。其实，大家都在同一辆车上，一个人不安全，所有的人都不安全。这么简单的道理，每一个人都懂的。懂，也是白懂，因为他们不会有行动。

这 13 个人到死也没有明白，在生死悠关命悬一线时，他们为什么会集体失声。鲁迅早就说过，不在沉默中爆发，就在沉默中灭亡，他们灭亡了。他们潜意识里有这个意思：我先发声，先出手，要闹出麻烦来，我就是首犯，第一批抓走的就是我。所以他们一如既往地沉默。

一种空气，一种阴冷，一种网，一种雾霾，一种呼啸，一种天眼与他们形影相随，引导他们走向毁灭。在他们心中，公交车司机和女乘客代表一种强力，因为畏惧，所以冷漠，因为冷漠，所以毁灭。这一辆公交车其实就是现实生活的真实写照。

反省

江苏响水“3·21”化工厂爆炸事故死亡78人。4月1日，在扑灭四川凉山木里县立尔村的森林火灾时，30名扑火队员不幸殉职。其中27人是凉山州森林消防支队的消防员，1个“80后”，24个“90后”，2个“00后”。更早的非自然死亡，实在太多，就不说了。

响水爆炸中死亡的78人，生前，是活生生的人，一声爆炸，人就没了。他们是在毫不知情的情况下，被剥夺了生的权利，等价于判处死刑，立即执行。他们被炸得四分五裂或被烧烤得面目全非，要验明证身都很难，亲人们只能呼天呛地。之后的报道，都是当地政府部门如何搜救幸存者，如何救死扶伤，如何善后，等等。这些工作，是必须的，毫不为过。

但是，这种事故的真实原因是什么？这种爆炸有没有先例？化工厂的专家领导想到稍有不慎，会引发爆炸吗？如果专家不作为，那要专家干什么？我以小人之心猜测专家们是知道有爆炸的可能，但为了稳住员工，故意隐瞒或淡化。据说，这次大爆炸之前，那地方已发生过小爆炸，死伤人不多，厂家赔钱了难，反正化工行业利润大，厂家不差钱。这就验证了我的猜测。

这 78 个死难者，那天走出家门，便永远回不来了。其实，自从他们进入化工厂，就搭上死亡快车了。应该对事故及时查处，找出原因，对负有责任的人严惩，以告慰不明不白被执行死刑的人。事实是，这样的惩罚总是太轻，那些既得利益者，不得已鞠躬道歉，赔钱买命后，仍然做着同样的事业。有关部门趁势发文要求下级部门整改，不久，便风平浪静，待另一个事故冲天而出，又故技重演。呜呼！

与化工厂爆炸中死亡的 78 名工人，爆炸前不知道自己会死不同，消防员出警前，尤其是去危险的地方灭火前，是想到会有牺牲的。这次出警，或许他们认为可以平安归来，没有向亲人交待后事。与大火搏斗几天了，他们只顾灭火，置生死于度外了。他们用手机拍了一些现场，发到朋友圈，足见他们是以乐观的心态在与烈火作战。突变的风向引发林火燃爆，巨大的火球瞬间吞噬了他们！

他们是在凯旋而归的信念中瞬间死亡的，尤使活着的人倍感伤痛！他们最后发在朋友圈上的图片文字，让人唏嘘不已。30 条鲜活的生命，还有两个“00 后”，就这样一下没了！这两个“00 后”，可能还没有享受爱情的甜蜜，但有父母亲人，当父母得知死讯，是如何撕心裂肺！中队长张浩，刚结婚不久，新婚妻子情何以堪！不知她怀上了英雄的血肉没有。那些已有妻室儿女的死难者，父母妻儿的痛此刻正像烈火一样烧烤着！

英烈走了，朋友圈有大量悼念的图文，想必政府会对他们厚葬，会给他们的亲人经济补偿，这些都是必须的。可是，人死了，虽然死的伟大，重于泰山，但人毕竟死了。伟大的死，渺小的死，都是一瞬间的事。消防英烈，不惧死亡的威胁，这是一种职业操守，更是一种精神信仰。他们同样是热爱生命的，渴望天长地久地活着，在一种神圣的使命面前，他们灰飞烟灭了。

我总是傻傻地想：有没有办法可以更好地保护消防员的生命？当时，风向突变，导致30人死亡，这个情况有可能预测吗？有人去预测吗？我们的科技已走在世界的前列，假如预测到风向会变，早点让他们撤退，他们就不会在烈火中永生了。或者，动用更高级的设备，比如飞机来灭火，是不是可以避免死亡？生命诚可贵，生命只有一次！

写到这里，我突然想到衡阳2003年11月3日特大火灾。凌晨，湖南省衡阳市九层高的衡州大厦五个单元发生特大火灾。大楼垮塌造成了衡阳市消防支队20名正在灭火的官兵牺牲。衡州大厦94户共412名居民全部安全撤出。这牺牲的20名官兵，换来了412名居民安全撤出，他们的死，重于泰山。我同样傻傻地想：指挥救火的领导，想到这种建筑经不起火烧火燎会塌吗？一塌下来，人会压成肉饼呀。是不愿去想，还是想到了，也要心存侥幸呢？假如想到了，也许可以想出办法来。

说梦

1

睡觉时，我对自己说：今晚做个梦。我好久没做过梦了。特别想梦，金庸圆了多少人的侠梦，就是没圆自己的夏梦，他年轻时就想夏梦，那时夏梦已为人妇，他痴心不改，一直想她。夏梦八十多岁早他而去，他带第三任妻子去悼唁，他的梦永远圆不了。梦，可做，不一定实现。很多人正是因为实现不了梦而做梦的。我就是这种人。比如我懂炒菜，会炒蛋炒饭，不懂炒房，我一朋友炒了五套房，房租月收入比我工资多多了。他不上班了，天天喝酒打麻将。我眼红，也想炒房，可没本钱，不会炒。我天天上班，为五斗米折腰，患得患失，怕这怕那，节衣缩食，方有一点余钱，我不想做炒房梦。那做什么梦？生二胎？一把年纪了，那年代计划生育，鼓吹独生子女光荣，现在又说生一胎不好，生二胎刚好。我做梦也生不出，孙五岁了。升官？我现在还是科员，先副科再正科，先副县再正县，先副省再正省，要熬多少年？当媳妇熬成婆，已耄耋之年，那时提拔我当总统，我也不干了。我感谢党，政府和人民，每月发我薪水，饿我不死，胀我不死，我简单生活，知足常乐。我这一世，升官无望，发财无门，我不做升官发财梦。做什么梦呢？这有点费神。平时烦躁时有梦想，好一做梦，又漫无目的。

想起某晚七点多，我和妻子在小区草坪散步。还有其他人在散步，还有人在遛狗。我讨厌狗，它们把屎屙到路上，草堆里。我踩过狗屎，当时，没发现，回到家，进门，换鞋，才知道鞋底有狗屎，那狗屎很黏，我花了好久时间才把狗屎戳落。路灯离草坪较远，草坪夜色浓些，这样最好，不去留意有没有人留意你，专心想着自己的心思。这时，一只大白狗向我奔来，妻子惊叫着跑开了。我故作镇静。狗一身白毛，即使在晚上，那种洁白仍耀眼。毛很深，尾巴先弯下再上翘，像一个倒放的拖把，耳朵大，竖着，鼻子宽，两只鼻孔像汽车的尾气管出着粗气，颈脖上的长毛覆盖到眼上方。狗眼在黑夜中越发明亮，是那种绿光。狗向我奔来，有一个长发飘飘的美女跟着狗跑。白狗，在我周围跑来跑去，摇着那拖把一样的大尾巴，不断地用嘴拱我。我盯着狗，跟着狗打转转。美女叫："虎哥，虎哥。"我错觉是叫我，两秒钟后，我知道虎哥是白狗的大名。虎哥不理她。估计这狗认错人了，也许把我认成了她男友。狗，怎么会弄错呢？美女一袭长裙，身体圆满，曲线玲珑，衣紧贴着肌肤，那种女性的魅力朝外飞散。一些头发拂到脸上，我仍看出这是一张好看的脸，柔情似水的脸，渴望爱情而又充满爱情的脸。那只狗仍是缠着我，它的舌头一阵阵伸出来像瀑布，舔着我的裤头鞋帮。我看狗看美女，不知所措，竟然忘记妻子站在那路灯下等我。美女，不停地叫"虎哥，走！虎哥，走！"虎哥向后一跳，一下跑到很远的地方去了。我就做狗梦吧。

2

我看见一条蛇爬过来了，它像龙一样长，像蚯蚓一样细，像马一样奔，那蛇到我面前突然立起来，像某个专家，它说："你配姓赵？"我马上意识到，我是阿Q。我怎么成了阿Q呢？他要我圆就圆，喊我扁就扁。我不听话，赵本家就打我，我的腿打断了，我用手走路，我不能想吴妈。我偷东西去，发财去，"得得，锵锵！好，……我要什么，就是什么。"许多车像泥石流滚来了，蛇不见了。我掉头就跑，前面有灯光像蟒蛇摆动，像鳄鱼伸出利齿，像鲨鱼跳舞，我无路可逃了，不被蟒蛇吃掉，就会被鲨鱼吃掉，我故作镇定，像元首出访走下舷梯前故意站立三十秒，看有没有美女来献花。我在一块长长的，伸在水池之上的跳板上跳三下，翻到空中去了。我变成一盏灯，我的手消失了，双腿合二为一，变成一根电杆，两眼合成灯。泥石流呢？蛇、鲨鱼、鳄鱼呢？天苍苍，夜茫茫，它们都不见了。黄蜂向我飞来。我让它们扑向我，当是我从小到大所看见的，没有看见但想看见的所有美女向我扑来。灯变暗了，我被飞蛾遮掩了。我变成太阳多好，美女们就变成月亮。我刚想到月亮，橘子洲头放焰火，港珠澳大桥通车。

她乘一朵烟花来了，穿着光怪陆离的旗袍，身上开了许多窗口，像一块块白布。她胸前有两排扣襻，是珍珠霓虹灯，一会儿从上到下，一会儿从下到上，闪着媚眼。旗袍与肉身最贴近，像皇帝的新装。她的腰带是许多吐着信子的眼镜蛇。我不敢揽她的纤纤蛇腰。她笑，胸前那两排襻子，闪着光。她眼睛呢？那双像星星月亮，像萤火篝火，像湖水河水海波秋波的眼睛呢？海水冲来了。那些树影，斑斑点点，晃晃悠悠，像闪光的鱼。鲨鱼又来了，还有海马海豚海蜇，一桌又一桌蒸得红红的螃蟹，一袋又一袋准备活剐的青蛙。树叶长出海带，那些长好又被挖掉的，挖了又栽的，栽了又不全死，不全死又挖掉的那些花那些树，连同那长颈鹿一样的挖机都变成了海带。海带又变成彩票彩虹彩霞彩旗，变成长龙，变成龙的传人，变成湘一桥、湘二桥、猴子石大桥、南京长江大桥、港珠澳大桥。

她对我说她要去看港珠澳大桥。我好生诧异，她怎么认识我？她怎么来了，她怎么知道我梦见她。什么？不去看港珠澳大桥通车了？游街去？好！我们手牵着手，走到了有几绺白线的地方。海水，把街头冲洗得干干净净，比迎接任何一次国际国内评比检查都要干净百倍。白线变暗，比高空远方的夜色还黑，漆黑的河流顺街道流淌，像游行示威，两边警察荷枪实弹，护卫这污黑的河流卷起垃圾，环绕着无灯无光的宫殿。大山像烟雾一样升腾，宫殿下降，变成了孤岛礁石。

那排树下有几个人蹲着，有几只狗在人和树之间的坪地上追逐戏闹。一只大白狗躺在地上，把脑壳抬起，像卧着的牛，只是没反刍。那几只小狗，往它身上冲，它就用嘴去挡，哼的一声，上下腭分得很宽，牙齿雪亮。小狗马上后退，彼此之间碰头接尾，搂背抱腰。其中有两只小狗手牵着手，互相支撑着，跳动着，站起来了，正当亲吻时，大狗翻身跃起，冲向那两只小狗。小狗立马分散跑开。这时，来了一只大黑狗，黑狗不全是黑的，有些花斑花块，黑色为主，毛很深。白狗迎上去，和黑狗很快勾搭上了，它们肢体碰撞着，嘴啃着对方的身体，喘着粗气。那些小狗追打调情，没有谁关注大狗。那几棵树特别高，地面上除一些灰白的光点，都是黑色，这些颜色刚好和狗的颜色一致。她发现了那只白狗，她大叫“虎哥！虎哥！”虎哥耳朵竖起，狂奔过来，爬在它的背上的黑狗滚到地上汪汪大叫。

这时，飞船来了，我和她坐上去时才发现，这不是飞船，是美国F—35战斗机，前面还有两架B—50轰炸机，一架P—8预警机。这些飞机飞到南海之上时，中国四架歼—30，四架歼—31立即起飞跟踪驱赶。趁歼—30，歼—31飞到F—35前面排成一列，做鹞子翻身之际，我和她抱一起，一个鲤鱼打挺，她跳到了歼—30上，我被摔到了歼—31上。我们飞到钓鱼岛，在钓鱼岛上拍照，她抱着我，我抱着她，像那白狗抱着黑狗。这时日本首相安培到了钓鱼岛，先和她再和我握手，欢迎我们莅临钓鱼岛垂钓，并说，钓到的所有鱼，包括鲸鱼、鲨鱼都给我们带回中国。

我和她又坐上中国刚造的水陆两用飞机，先后到了黄岩岛，太平岛，马欢岛，南洲岛，中洲礁，永署礁，仁爱礁等岛礁上停留观，后来驶到港珠澳大桥下面人造岛的旁边。岛上好多人，挤不下了，好多在水中游，有的悬浮在空中。我们又飞到花果山，唐僧峨冠博带，带一群黑熊夹道欢迎。她像企鹅一歪一歪踱方步，检阅黑熊仪仗队。我成猴子了，想站直，但站不直，我全身在发抖，因为我看见孙悟空来了，他要把我当猴耍。我吓死了。……

我好像一夜未睡，都在做梦。我做梦是睡着的，但又知道自己在做梦，好像做梦的是一个我，我是另一人，我在观察记录我的梦。我看见自己在做梦，我鼓励自己好好做梦。我起床，洗漱，吃完早点后，还恍恍惚惚的，梦中的景象还在回放。

青年节

今天第 69 个青年节。我朋友圈不大，除了同事和亲戚，大都是与我相近的人，年岁差不多，奔六之人。还是有人发图像发链节，庆祝五四。有人把自己的青涩照晒出来了，意思是：我年轻过。很明显，这是阿 Q 精神胜利法。青年节，一帮中老年人在热之闹之，在追忆逝去的青春。

真正的青年，却没有因节日而特别地表示什么。他们本就快乐着，不在乎节不节的。他们像朝阳，心里亮堂堂；像春天花草树木，蓬勃着生机，不会去想春天的逝去。年轻人正享受着美好的岁月，快乐无须直白，或者说他们的热情快乐就是他们的直白。花，开得那么娇艳；树，绿得那么丰盈，他们正处在生命力最旺盛的阶段。娃娃羡慕年轻人长大了，中老年人羡慕年轻人年轻。年轻人是小于他们或大于他们的人的共同的偶像，但他们可能没有领悟到这点。也难怪，他们没有老过。

老，首先是身体在老。身体经过一个鼎盛的生长期，必然走向衰败。很多病症，开始出现了。这都是自然的。假如人年龄越来越大，身体越来越好，什么病也没有，那人就不会死，这是不可能的，在死的面前，人人平等。所以岁数变大了，心要放宽，该来的都来吧，敢于面对一切。老了就老了，不可怕更不可悲。老了自然力不从心，若心不甘不服老，痛苦哀怨就来了。你到了人生某一阶段，就应该具有某一阶段的心态，也就是顺乎自己的身体实际。有病就吃药；饭菜不能多吃，就少吃；不能熬夜，就早睡早起；不能跑万米千米，就慢走打太极；经不起折腾，就安分；好多事，做不了，做不了那样多，就不做，少做。你以为这世界少了你就不转了？

有人说，青春不是年龄，是心态。我认为青春是属于年轻人的，青春的本质在年轻。青春的心态是火一样燃烧的气势，是朝霞。老年心态，就算是阳光的，也是一种夕阳红，不是朝霞。朝霞是八九点钟太阳，夕阳怎么可比？老人心态好，基于认识到自己老了，人生自古谁不老？头发白了，就白了，白是美的。头秃了，就秃了，秃不是虚无，是放下，是一个哲学命题。脸上有黑痣，沟一样的皱褶，手上有老年班，这都是我的，是我生命的一部分，我欣赏我有这样自然的美纹。我背有点弯，就弯着走路，树枝不也是弯的吗，弯是一种常态。老年心态，如果是青春态，那就惨了。年轻人，谁不是“曲颈向天歌”呢，他们想的是天空远方。你老了，才知道，能走到的地方才是远方。达不到的地方，不去想了，你关注的是实实在在的自己，真真实实的生活。年轻时，也许不懂得爱惜生命，过多耗损着生命，现在调养一下，不是很好吗？

年轻人的心态，要有年轻人的身体才可承载。“老夫聊发少年狂”，是严重的失态。“老牛吃嫩草”就是嘲笑老人的自不量力的。比如走路，心想快走，心跑到前面去了，脚只能停下来，等那个慢悠悠的你。年轻人，疾走而过，你当然羡慕年轻人了，于是感叹老了，这种伤感多的是。因为你总把老了的你与年轻的你作比较，总在想要是年轻时我如何如何，天若有情，天亦老，不服老不行。

所以，老年心态是一种最接近生命本原的心态。这种心态只有老年人才有，像青春心态只有年轻人才有一样。这种心态是秋的天高云淡，是冬的深藏不露，是一种大彻大悟之后的返璞归真。

读《余秋雨散文》有感

这几天，细读《余秋雨散文》。好酒不能一口闷，好书不可一目十行地读，要细品。之前，我读过他的《文化苦旅》也是选本。接着，读了《千年一叹》《行者无疆》。为写《行者无疆》，余大师考察了欧洲九十六座城市。《千年一叹》是一本考察日记，他冒着生命危险贴地穿越世界上最恐怖的地区，完成了对世界上其他文明古遗址的对比性考察，对比出了中华文明的生命力优势。本书最后在尼泊尔山谷对各大文明的总结思考，是一场思想的盛宴，读完之后有种像饥饿之人大块朵颐之后的荡气回肠之感。《文化苦旅》是散文集，写他中国之旅、世界之旅、人生之旅中的情怀，读来有茅塞顿开之感。《余秋雨散文》里主要是他对中国文脉、中国美学、中国人格的著述，有许多是他到国内外知名大学讲学的讲稿。他的文字是朴实的，又是绚烂的，精简而深邃，是诗又是散文，是论文体又具抒情范，篇篇是范文，文字功夫真是“千年一叹”。白先勇说余秋雨先生把唐宋八大家所建立的散文尊严又一次唤醒了。

我读该书时，除了被他文字优美文思开阔而结构紧凑折服之外，更佩服他对中国文脉认识如此全面透彻。从有文字记录的历史到今天，一切文化经典，都通读通晓。他用一根线把各个时段的代表人物，相应的著述典籍串起来。他对这些人作评价，考虑当时的历史条件，更注重这些人对整个中华文明的影响。古今中外，文化名人，科学巨匠，何其多也。他像对家人一样十分熟悉，横向比，纵向比，再提出自己的见地。我惊叹的是：他怎么读了那么多书，并且记得那样全面，领悟得那样深刻？他要把古往今来的文脉理通，非得读遍所有或绝大部分的名人作品才行。这是一般人想都不敢想象的。他做到了，他何止只读了古今中外文化典籍，他还游遍世界，对各地新旧文明作实地考察，“行者无疆”，他当之无愧是引领读者泛舟世界文河的引路人。我也曾想多读点经典文籍，坚持不了多久，便放弃。我读得慢，很多字不认识，一些字词，不知其意，要翻字典看注释，忙乎一阵，读不了多少篇目，过几天，又几乎忘得一干二净，觉得白读了。现在，我知道，其实，没有白读，那些文字到你的脑际中去了，充实了自己的灵魂，只是一时感觉不到，以为无所得。沉下来读书，提高档次，“高松出众木，伴我向天涯”。（李文山）

名人论

名人之所以成名，总有两下子。就算是徒有空名，也是名。佛说地水火风，各自有名，都无我者，四大皆空。空名实际上是一种大名。我不反对傍名人。名人一身光鲜，可以借光以亮自身，可以向名人学习，争取早日成名。名利名利，有名则利，有利则名，何乐而不为呢？很多标榜淡泊名利的人，实则是看重名利的。

我觉得傍名人，首先要有平常心。不论自己是不是名人，你不能只对名人趋之若骛，对无名之大众不屑一顾。假如你唯名人是仰，你就是势利之徒。很多人会鄙视你的。

其次，一朝傍上名人，不能瞎起哄。名人明明是个鱼泡，你把他吹成 LV 包，会让人指责，说你没长脑壳。正确的态度是：像新郎揭去新娘的面纱，揭去名人的红盖帽，看看他有没有秃头，就是说看清他的真面目，再作个独立的判断，此人是徒有虚名，还是名副其实。

再次，就算人家浪得虚名，你要保持一颗平常心。现实社会告诉你：凡是被一个单位或一个阶层或一个集团推介的名人，常为民间所不屑。

真正的名人，不在电视中，不在报纸上，不在各种宣传画册中。他是一种口碑，在大众的心中。在喧嚣浪峰上的世人常常是不会注意到这种名人的。

最后一点，也是最重要的，要做最好的自己。名人，其实是活出了自己真我本性的人。

有的人

有的人也算是读了点书的人，对事物的认知能力实在太低。只看到现象的浅层，作出的结论牵强附会，甚至与真实南辕北辙。

有的人，本就胸无点墨，平日更不读书，或者说读了些让自习变蠢的经书，蝇营狗苟，满足于动物生活那种幸福感，精神处于一种麻木的状态。别人说什么，他就以为什么，他没有自己的思想，也不能独立思考。他们只有生存的本能冲动，这种人的一个共同特征是：别人吱一声，他们就像哈巴狗往前冲；某人发表一个“高见”，他们便举大拇指。

有的人，自以为是，实则才疏学浅，可悲的是一些人跟着起哄，为他鼓掌，竟以为是。

现在潜心读书的人不多，读书之后有自己的思想，能独立思考的人很少。大多为自己的一亩三分地忙，想多赚钱，想多买房，早日过上土豪生活。至于他人的福址，民族的前途懒得去想。

有的人，也算知识分子，他难得糊涂，明哲保身。

有的人，也是知识分子，早已成市侩，满嘴空话假话套话，越过一个知识分子应有的良知和道德底线。早两天，网络报道某院士谈食品安全时说：目前食品安全最大的问题是广大人民对食品安全信心不足。这是人讲的话吗?

比比皆是的是拿虎皮当大旗，挂羊头卖狗肉的人。这种人，无论他讲得如何动听，他的最终目的是搞钱。这种人，被利益所驱动，他看到的，想到的，都是利益。常常为了自己的小利，不惜牺牲他人集体的大利。

教师节有感

又到教师节。作为教师，属于自己的节日来临，几乎没什么感觉。如果说还是有点感觉，那是郁闷，痛苦的感觉。这种感觉也只是一个闪念，很快回到无感觉。给老师的高帽太多了，无须再注入一种精神鸦片。每个学校照例要开庆祝会，领导振振有词祝老师们节日快乐。优秀教师戴着红花，一波一波走到前台，从领导手中接过红本本，双手捧着，面向观众，庄严肃穆，被摄像师拍照存档。

二十世纪八九十年代，我还是很乐意过教师节的。到了这天，学校给每个教师发红包，并且红包是逐年增多的。拿着红包，慢慢拆封，慢慢抽出几张毛爷爷的像，那种感觉是幸福的。除发红包之外，晚上全校老师聚餐，吃的是粗茶淡饭也开心。这是真的过节，有仪式感，归属感，最重要的是这种方式有普适性，像阳光照顾了所有人。

从本世纪某年开始，教师节成了表彰节，成了少数教师的节。当然，留下标准照的那些佼佼者，是快乐的，他们拿到奖金，又在大众前亮了相，名利之心空前膨胀。教师节本是属于每一个人的，让每一个教师都感到尊重关爱，幸福快乐才对。教师节变味了，我就不喜欢教师节了。不可能人人先进，后进的是大多数。我工作扎扎实实做，很少被评为先进，自然很少受到奖励。教师节的荣光就被少数人独享了。这些独领风骚的先进是怎样认定的？你只要想想中科院院士评审也要靠关系，屠呦呦这样能获诺贝尔奖的科学家几次都评不上，你就知道这些先进是怎样出炉的。

尤其近几年，各校教师节表彰会上领导总要训话，要老师廉政，就更让人憋屈。这些话，换个时间说可以吧，今天是过节呀，讲些让人高兴的话。教师节已经堕落为领导训话日，少数人的表演日，大多数人的沉默日。

教师节表彰会的压轴戏是所有老师起立，举起右手宣誓，一人带读，其余跟读，誓词在屏幕上，都是些伟大和崇高的要求。按这种要求，老师都会成圣人。这种仪式相当于一次精神化疗，把老师意识里不安分的苗头统统杀死。老师们歪歪斜斜举起右手，好像举不起许多愁，声音一开始就有气无力。这种宣誓到底有什么效果？大家有口无心在念，好像是梦中呓语，但领导需要这种热闹，他们统一了声音，你有想法也是空的。

文化是一种精神，教育是一种信仰，教书人和读书人应该享有充分的精神自由才能感受到文化的神奇，教育的魅力。诸如这种集体训话，集体宣誓的行为只能进一步恶化教育的人文环境。这种举手宣誓的场景，让我想到“文革”时期那些疯狂的场面，成千上万人戴着红袖章，举着红本本，挥舞着叫喊着。每过一次教师节，都让我对这个群体伤感一次。

这个节是 1984 年人大立法通过的，1985 年正式执行。当时定教师节，是因为经过十年“文革”的浩劫，老师到了“臭老九”的位置，亟待提高。现在老师是天底下最光辉的事业，成为学生家长社会的香饽饽，够崇高了。很多人羡慕老师有寒暑假，工资又高，家长爱子重生生，平日对老师恭之敬之。再提高地位，老师将与日月齐辉，老师天下第一，岂有此理。

其实所有国家工作人员都是人民的公仆，都是平等的，每种工作都重要，每个人都值得尊重。把工作分三六九等甚至分个高低贵贱，这是人为地制造人格分裂。强调教师重要，工人就不重要？农民就不重要？医生就不重要？宾馆饭店服务员不重要？单独为教师立个节，也就轻视打击一大片。除非每个行业都立个节，这才合理。每个行业都立节，那就等于每个人是先进也就没有先进一样，没必要了。

每到这一天，我心里唯一的愿望就是希望社会能够把教师当作普通人，教师真的是普通人，与环卫工一样普通。希望媒体能够把教师当作普通人，不要运用生花妙笔把老师神化。希望党和政府，不再通过教师节来唤起人们对教师的尊重，平时尊重就可以，又何必集中到一天来尊重表爱心呢。希望教师做真正的教育工作者，希望教育回归本质。不要被别人一哄，就以为自已是神，是无限责任公司，把所有问题一起扛。

当下家长十分重视孩子读书，但他们鄙视老师的程度与重视的程度是同时增加的。教育在异化在反教育，家长无可奈何地将孩子送入这种模式，他们把内心的焦灼失望痛苦愤懑都加在老师的身上。这种矛盾的心态，靠教师节喊几句口号是无济于事的。

当下的教师受到来自上层和家长的双重高压，身心是劳累的，渴望在一种宽松舒展的精神环境下教书。这种自然的要求已是奢望了。就连教师节这一天也不能做到。作为教师，我多么希望在这一天，也静静也歇歇，也面朝大海春暖花开！

护学岗

护学岗附近的两条路成T形，护学岗建在直角内。四个柱子，撑着一个往四方倾斜的顶盖。

那条直道是新建的，距今有一年多。路侧贴的是瓷砖，最开始贴的时候，就没贴好。有的翘起来了，有的踩起松动，下雨时里面有积水，踩上去，水冲到鞋面裤子上。还有许多是缺角开裂的烂砖。通行后不久，很多瓷砖部分或整体离开了原位置，街面大洞小洞。之后，不断有人来维护。几个人，懒懒散散，修几个洞，搞半天。每次修后，不几天又出现碎瓷凹洞，又修。前段时间，在大修，用一线蓝灰色的板子把岗亭这一侧封闭了。把最开始砌的石条，贴的瓷砖挖掉，再砌上石条贴好瓷砖，和最开始的搞法一样。一些单位，总是挖挖补补，与街道上的做法是相同的。

当时，正值文明创建，需要这么一个岗亭，说明社会对学生的关爱。开始几天早晨真有戴着红袖章的老人，拿着电棒有模有样站在那里。学生在不远的公交站下车后必须经过这里到学校去。岗亭离校门四五十米的样子，校门口当然有穿制服的保安站岗，两头照应就形成一道安全屏障。

大约两天后，没有人站那里了，检查组走了。来来往往的行人倏忽一瞥，知道是空架子，专做给人看的，见怪不怪了。严格地讲，这岗亭是做给那几个人看的，那几个人看到了，这岗亭的使命就完成了。假如那几个来了，看不过来，没看到这小巧玲珑但事关学生人身安危的岗亭，这岗亭的使命也完成了。

为什么不拆除呢？空在那里占空间，又不美。因为过一段时间，要复查，这个空架子又是实架子了，可以派上用场。护学岗，是为护学生而设的岗位，是为学生保驾护航的，万一，周围的学生遭遇什么伤害，可以第一时间得到保护。当然，社会和谐，学生出入平安，这个岗位就不必要了。如果建岗的初心是应付检查，这就成为一个形式主义的靶子，让老百姓看到虚假丑恶，从而对制造虚假丑恶的风气或人失望。失望者把失望放在心里，表面不流露失望。这正是制假者希望看到的局面。

杂感三章

1 考试

晚上八点学法考试。早几年，是发试卷下来，老师们纸上作答。答案，现成的，抄一遍就完事，试卷交上去，人人都过关。

不知哪一年开始，采取网上学习考试的形式。先网上报名，进行法律知识学习，修满 100 分（必修 60 分）方有资格参加考试。这 100 分，一小时左右可以搞定。打开网上要学的内容，拖到每节后的题目，把答案填上去就行。考试时，有把握做的，就做。感到模棱两可的，查题库，也可以拿手机上百度查。打开两台电脑，一台考一台查，更快。年轻人手脚快，复制粘贴，很快搜出答案。年纪大点的人，会感到考试时间不够，年年都有几个补考的。这种改革只是为老师增加麻烦，实际效果一样：没有任何效果。估计上级部门组织普法考试，是迫使大家知法守法，这种考试还会继续。不知为何，大家对这些法不太感兴趣。现实生活中存在很多有法不依，执法不严，人治大于法治的现象，大家觉得这些法是纸上谈兵，像时下许多标语口号一样，时政需要就拿来摆设，平日束之高阁。如此这般，谁会花时间去学呢？

老师当然要学习，但他要有时间学，要他愿意学，要学可致用。强迫老师去搞形式主义的学习，学他们不以为然，既与现实脱节又于精神无益的东西，这就有点不仁道。无论什么纲领文件，人们想学，自会去学的，人们不感兴趣，逼他就范也没用，他有口无心应付了事，学也是白学。当应付成为习惯，造假就成为时尚了。再说，一个人读什么书什么时候读，是个人行为，怎么可以一刀切地规定呢。

联想到，与老师学分挂钩的许多学习培训，绝大多数是流于形式，劳民伤财，没有效果或说效果甚微。为什么上面热衷于搞，并且势头不减？多半是一部分人闲得无聊总要找事做。这种学习项目是有专项经费下拨的，不设计几个软件程序又如何好拿钱。立了项，有窗口可打开学，钱就可进口袋，至于效果之有无，那些设计者是不太关注的。下面的人只能按照他们设计的套路来玩，被他们忽悠，自然也忽悠他们。这种培训学习有市场化趋势，一些挂靠教育的机构举办所谓高端讲座，请一些到处讲学讲出名气的专家莅临胡侃，再以教育的名义向各学校发出通知，要求派人来学习。地点一般选在大城市，保证辛苦学习之余可以放松一下身心。这种培训要交报名费，由派出单位报销。去镀金的人自然享受到一种特殊福利。领导愿意派人去学，财政费用中有这么一项开销，派谁去就看领导意思了。

2 晚自习

寄宿生上晚自习，另当别论。但学校要求通宿生也上晚自习，就属于越俎代庖。家长撂担子，还对老师品头论足，学校要收点劳务费，要像乞丐去讨。晚自习是学生自主学习，不是老师工作时段，要老师加班，是不是一种侵权行为？很多时候，老师知道被侵权但无可奈何。按领导潜意识，做一只老实的羊羔就是讲政治。讲政治不应与国家法律冲突，而法律是保障每个公民休息的权利的。在法定工作时间之外又没有征得本人同意要老师加班，至少是一种不道德行为。老师白天工作时间就多于八小时，学生越来越难教，家长越来越难缠，一天下来，身心憔悴，还要老师晚上上课辅导，这是透支生命，“老师是太阳底下最光荣的职业”，难道就是这种保姆式的劳动光荣？老师实际上是平凡的职业，和凡人一样需要休息。目前，各学校把应是学生自主完成的，应是家长负责的很多事都揽过来了，周六补课司空见惯，其他节日也大打折扣。上面并没要求老师这么奉献，如果有人举报某校假日补课，是要追责的，可见，这是学校自找活来干。在剧场效应下，各学校都这样做，且相互较着劲儿，生怕老师奉献少了。其实，家长对此并不领情，他们认为现在小孩学习负担重，就是老师功利心重，利用假日补课提高升学率，又赚了钱，一举多得。你看老师冤不冤。

3　名师

名师录了课，放到网上，不是名师的人可以共享，当然其他名师也可以学习。现在是信息化时代，强调资源共享。具体教学手段很多，但教学原则就是那几条，名师运用得娴熟而已。任何老师都可以成名师，扎扎实实把基本能力提高，再加入自己的特色，你就是名师。

现在成名成家快，自己还是要有几个招式，利用媒体吹一吹，你就可快速成名。任何名师，不论真假如何，他课堂上的方式是不可复制的，教学教学，学占一半，学生不同教就不同，教无定法就是这个意思。名师录播课，是就他的学情设计的，生搬硬套，多半适得其反。

当然，可以学名师的教学理念，教学手法，甚至教育情怀，但这些有更多更好的方式可以学，比如读教育相关的典籍。据我所知名师一大片，真正有思想情怀的却凤毛麟角，大多数名师最多算个匠人，更何况有很多名师课堂是作秀，你去学就太弱智了。

很多人想录课想成名，这可以理解，功成名就是人一生的奋斗目标。一所学校想让更多的人走出去，被同行认可，这是对的。名师多，学校就是名校，校长就是名校长，其他人都可沾点光。

每个学校总有不想出名的人，他们扎扎实实教学，教育情怀甚至超过那些所谓名师。这些老师潜心教学，像屠呦呦只顾做研究评不上院士，他们也就与名师无缘。屠呦呦最后获得诺贝尔医学奖，正是她不在乎名，恰恰成就了她的美名。一所学校没有录播课，从另一个侧面看又是好现象，说明广大教师沉得住气，安得下心教书育人。

板凳要坐十年冷，文章不写一句空。硬功夫，真本事，要有时间的沉淀积累，不可像一夜暴富那样一夜成名。热之闹之，浪得虚名，有什么用呢，人皆不当回事。有人哄哄你，你别以为你真牛。电媒网络可以介于教学，有些事可以借助于网络平台，提高工作的效率，但对于教学的核心部分，还是要靠人脑。人有思想情怀，有道义骨气等，教学需要这些东西参与。过多地依赖电媒网络，甚至只想利用网络造势，是有悖教育的根本的。

第三辑　和谐相处

今生，无论贵贱贫富，总有一天都要走到最后一步。到了天国，蓦然回首，我们的这一生形同虚度。所以，从现在起，我们要用心生活，天天开心快乐就好。三千繁华，弹指刹那，百年之后，不过一捧黄沙。请善待每个人，因为没有下辈子。

和谐相处

为什么那么多人热心养狗？可能是“世道浇漓，人心不古”，不如找个狐朋狗友。眼下动物不多了，唯独狗生生不息。

狗有许多优点：之一，就是忠于主子，受人滴水之恩，必效犬马之劳。之二，就是狗能受得住误解打骂，一旦跟定人站定队，就痴心不改至死不悔。之三，就是狗有些特质让人望尘莫及，尤其是那些体型大的狗，比如藏獒军犬狼狗之类的狗，它们野性十足，勇猛顽强，这些狗经过训练可做人难以完成的工作。

人千差万别，狗形形色色。有的狗，清丽可人，有的狗，阳光帅气；有的狗，柔情似水，有的狗，狂野不羁；有的狗，温婉内秀，有的狗，霸气冲天；有的狗，讨好卖乖，有的狗，八面玲珑。最懂狗的动物是人，最懂人的动物是狗。这就不难理解为什么很多人养狗。

我看到过很多人狗相处的温馨场景。有人骑单车，让狗坐在前面货架上。狗像坐敞篷车检阅的首长，环视四周。有人开车，让狗坐在副驾驶位上。狗乖乖地坐着，目视前方，狗模人样。还有人像抱小孩一样抱着狗逛街购物，那狗幸福地缩成一团。上次，我看见一个年轻靓丽的美女戴一副墨镜，在敞开外衣的胸怀中抱着一只毛绒绒的狗。狗和美女这么亲密接触，令人羡慕。

狗的忠诚感恩是怎么来的呢？“人之初，性本善”，“狗之初”，也是“性本善”的，这是人和动物能够和谐相处的根本。和狗一起散步时，你由它去也，你走你的路，它看见你走远自会跑向你。你走了一阵，没看到它，回头一望，它刚好望着你，那种感觉很美。狗来了兴致，跑远了，你叫两声，它便以最快速度跑来，蹦蹦跳跳陪你走。看见花圃绿地，它跑去磨蹭，不时看看你，好像表演给你看。

我看见过两只被牵着的狗相遇时的情形。甲狗被甲人牵着走，后面乙狗看见了，于是大叫，不顾一切地冲向甲狗，乙人想扯住，却被乙狗扯着小跑，乙狗隐匿的野性爆发了，以比平时大好几倍的力气像纤夫拉纤一样拉着锁链向前冲。这时，甲狗也叫起来。甲狗迅捷转身向乙狗奔去，甲人同样只能小跑跟着。两狗近了，喊声激越，它们跳起前爪向对方扑去，却被人扯开。甲狗趁甲人手中链子略微松懈之时便向乙狗猛冲过去，两狗抱到一起了，头彼此碰撞着，又伸到各自背上一顿乱啃，前爪对接了，好像握手一般，然后缠绕在一起翻滚着。它们纯是嬉闹，就像两小孩打耍架。它们被扯开了，反方向走开，不时回首。狗看见同类只管让它奔去，不要担心狗咬狗，它们是打耍架，不会伤害同类。

现在，城市除人之外，动物很少。山村动物也少，除了那些自然保护区。由于缺少对森林的保护，动物，尤其是那些大型动物没有生存空间，再加上滥捕滥杀，仅存下来的动物稀少。动物的栖息地不断被挤占毒化，很多物种绝迹了。

任何动物和人一样是生命，是地球文明进化的伟大奇迹。任何一个生命物种的形成进化要成千上万年，把它灭绝很短时间就可以实现。每一种生命，人都应该尊重，值得去爱。鸟儿为什么见人就飞开呢？它们充满了对人的恐惧。长时间以来，人们开枪打它，拿石子砸它，这种恐惧一代代继承下来，所以鸟看见人就远走高飞。鸟对人的恐惧，何年何月能消失呢？假如从现在起全社会每个人，看见鸟不吼叫不追赶，鸟会慢慢感知人的爱心的。我们到一些公园玩时看到过鸽园，成群结对的鸽子栖落在树上地面上，人走过去，它们并不走开。它们知道你不会伤害它们，还买了美食给它们吃。它们往你头上飞肩上飞，对你十分亲近。

据说，某些西欧国家环保很好，人和动物和谐相处。公园，很多鸟与人同走，好像是你的宠物。吃饭时，鸟从窗口飞进来，落到你饭碗旁边的空处啄食吃，那些国家的人都养成了文明习惯，爱鸟护鸟，鸟对人毫无戒备之心。很多动物，来到人当中，像到自己的群体中一样，坦然自若，人也视而不见。小河边的鱼，一条一条清晰可见，在水中嬉闹，人伸手，它们也不走，当地规定不准捕捉，人人自觉遵守。湖中浮有大量野鸭天鹅等，见人来了，便飞向岸边，知道人不会伤害它们，还会喂食给它们吃。人和动物相处到这种程度，是基于整个社会的爱心，也彰显了一个国家的文明程度。

遛狗的人

早晨，我跑步时，常碰到遛狗的人。一般情况下，遛狗的人都是牵着狗。这些宠物狗，通人性，跟着人走的地方走，要屙尿拉屎，便往旁边草木处一站，把一腿抬起。我跑步时，几次发现路中央有狗屎，说明有些狗不懂规矩，随意大小便，但狗主应及时处理。有的狗，架子大，吓人，我跑步时绕开一些，其实它不伤人。一次，我壮起胆子从一只大狗身边跑过，没发生什么，但我还是怕狗咬人，在我潜意识里狗是咬人的。看见小狗，我当然一点儿不怕。

狗，毕竟是狗也幸亏是狗，不然学的和人一样凶恶，人还会养狗吗？狗模人样，不是狗装的，是狗长期与人亲近之后的结果。狗仅从表面上学人，不可能学到人的骨子里去。人骂狗或赞扬狗的那些方面，除了“狗之初”的基因，其余都是仿效人的。狗学人当然难，它不可能有人的头脑。

有三个遛狗的人，比较有趣。

第一个是帅哥。小伙子高高大大，颈脖上一条黄灿灿的像蛇一样粗的项链非常耀眼。那狗一身棕色，骨架粗，十分威猛。单独看人或看狗，是爽心悦目的，当两者因一条链子连一起时，我总感到有些不爽。当然，任何人都可以养狗，只要他愿意。养了狗，自然要遛狗，养狗之乐在于遛也。我为什么不爽，我表达不清。是不是我嫉妒小伙戴那样粗的项链，养那样大的狗呢？绝对不是。项链，送我也不会戴，那与狗颈上的链圈一样，是枷锁。再名贵的狗，我也不会豢养为私物的。我曾见过老人遛狗，一种温馨感油然而生。能陪伴老人的人，太少了，而老人年纪大了最需要陪伴。老人不知道以后的路还有多长，病弱之躯如何走到终点，死是怎么一回事。他孤独又无奈，姑且让狗作伴吧。小狗走得慢，老人走得慢，老人走到路边石凳子上坐下来歇会儿，小狗便退回来在老人脚下躺下，不时看看老人。

第二个遛狗人，中年男人，四十几岁的样子。人单瘦，脸面略显短窄。浅发，总是长衣长裤，人很精致。他那只狗，全白，三四个月大，比一只大老鼠大不了多少，耳朵像一朵花，尾巴向上翘起。颈圈上挂有一响铃，听见响声，就知道它来了。

它习惯在两水池之间的那条宽路上玩耍。他牵着绳，另一手拿一个装有水的小瓶。小狗走到水池边坐着，前脚撑起看热闹。路上有散步的跑步的，有带小伢的，有其他遛狗的，十分热闹。它头摆几下，就是不起身。他轻轻扯一下绳子，它仍不动。他说："崽呀，快走，走咯，我这么早起来，就是陪你散步，走。"它似乎听懂了，走一两尺远，又一屁股坐着。他停下来，扯绳子，做思想工作。它要赖皮不走，他掐着它颈部，走几步，再放下来。这时小狗跑起来了。突然，小狗停下来，嗅着路面，似乎在寻找食物。他说："崽呀，地上邋遢，走。"小狗往水边跑。池浅，水面与路面比较接近。小狗嗅探着到了水边，身子匍匐着，做饮水状，他连忙给小狗喂水。那瓶子上头安了一个像枪口的装饰，按一下，枪口就往狗口喷水。它张口接了两口水，不喝了，仍然往水边靠近，它看见了水中的鱼。这时，有几个爹爹娭毑正在逗孙伢看鱼。那个原本抱着小伢的爹爹，蹲下身子，指着那些游走的鱼叫小伢看。小狗是不是想到池中跟小鱼玩呢？它那样子是要往水中去。他抓起它，放到路中间，这时，它生气似的一个劲地往前走，他跟着走。很快走到池的那一头了。这时，有妇人牵着比它大得多的狗来了。它们很快凑到了一起，十分热乎。大狗嗅着小狗的屁屁，小狗摇着小尾巴围着大狗转。大狗用嘴拱小狗，小狗趁势倒地翻滚。大狗想再玩，妇人不想玩了，连发几道口令要大狗离开。大狗跳几下，走了。这时小狗踅身去追，他说："崽呀，哥哥跑开了，不与你玩了，往这边走。"他想要它朝前往池的另一侧走。小狗心领神会，他心满意足。

他是在给小狗做早教。告诉它如何让路，不到脏地方去。它有时随地大小便，他告诉它屎尿要屙到草丛树下没人走的地方去。他把小狗抓到路边草堆中，用卫生纸捏着那一小节屎丢到垃圾桶里去。这时，小狗已跑到路中间，拖着长长链绳，一个劲地跑。他跑过来，捡起绳子，牵着狗。一个暑假，小狗长大一些了，它走得更快了。早两天，看见他跟在它后面慢跑着。小狗变乖了。

第三个遛狗人，是一个五十多岁的男人。他口里叼着烟，左手牵狗链，右手拿一根长竹条。那是一条小狗，脑袋小，嘴唇尖，毛薄，肚皮下方光光的。走路时鼻子不时嗅着路面，像寻找食物，好像又不是，怪可怜的。它的链套是从前脚的下方往上套着的，十分牢固。狗生得再丑再弱小，我也并不以为丑，恶心的是他拿的竹条。什么情形下，他要用竹条打狗呢？它见人做进攻状？它见了人，好怕，往路侧拐，它对人充满恐怖。它走慢了？那根链条是紧绷着的，证明它行走的速度是符合主人意图的。它走错了道？它走过一段直路后，走到一个分岔路口，刚好有往右的趋势，他抖一下链子，狗马上往左走，这说明狗是绝对服从主人指使的。宠物狗能听懂人语，听不懂的，也能从人的语气神态听出主人的意图，用得着竹条吗？狗在竹条的高悬之下，心是绷紧的，全身皮肉也是硬着的，随时准备接受打击。这种狗对人如奴隶对主子，有发乎内在的感情交流吗？

竹条代表武力，一方对另一方只能绝对服从，稍有不轨，便加鞭笞。狗之所以被人宠爱，是因为人在某些方面或某些时候视它为人，借此唤起狗身上蕴藏的人性，从而找到一种心灵感应，感受一种美。这位仁兄是因孤寂而找伴吗？他拿着棍棒遛狗，把狗视为一种可以随便打骂的对象，不可能有这种心灵感应。

美女与狗

我一同事美女，三十多岁了，各方面条件可以，但一直未嫁，男友谈了几个，都不了了之。她自己租房住，养了条叫“花花”的狗。花花，鼻子是白的，眼睛周围是黑的，背脊一线黑色，腰身黑白杂生，白为主色，毛很深，从脊背两边分开向下覆盖。她去上班时，就把它关在家里，它不吵不闹。通过训练，它拉屎拉尿上卫生间，阳台上有它的独立别墅，但很少睡。中午，她睡沙发，它就傍沙发席地而睡，懒洋洋伸开四肢。晚上，美女睡床，它就睡沙发，赶也赶不走。每次她回家，只要听见开门声，它前爪搭在门上跳着叫。她推开门，它就去衔拖鞋。我开玩笑说：“你与狗这么亲密，男朋友是不是吃醋而离开的？”她笑着说：“跟狗吃醋，算人吗？”

那天晨跑，我看见一个美女遛狗。她戴副眼镜，二十岁左右。身材高挑，长发披肩，白色长裙几乎触地。美中不足的是头发乱得有些狂野，拖一双凉鞋，白色长裙皱皱褶褶有些暗淡。她站在篮球场西头樟树下，使唤三条狗，两条黑狗一条棕色的狗，中等大小，她放养，没有牵绳。三条狗在她附近追逐戏弄，有时，跑出去老远，她叫两声，狗们飞奔而返。狗听话。其他遛狗的人牵着狗来了，这三条狗便一窝蜂跑向那狗。有的啃尾巴，有的啃肚腹，有的啃嘴。那小狗想反抗，这三条狗便来了兴致，变着法儿挑逗那狗。那小狗的主人吼不住别人的狗，只好把自家的狗抱起来，离开。这三条狗，还前前后后跟一程叫着跳着。美女也不管，看她的手机，直到有老人在训斥狗，她才发号施令，狗飞奔而返。其实，在她站的那棵树下方不远的两棵树之间扯了一条横幅：你又不是二郎神，为何遛狗不牵绳。不知她注意没有。

一个穿着睡衣遛狗的妇人，趿着拖鞋，披头散发，脸色阴郁。狗毛蓬蓬恰如妇人睡衣蓬蓬。狗只顾朝前赶，链条绷得笔直，狗全然不顾妇人的存在，好像要挣脱绳索。看样子，这狗和妇人各怀心思。狗是孤独的，牵狗的妇人更孤独。狗在力争摆脱，她却不能放下。

某天傍晚我在橘园立交桥下那块绿地散步，我看到一台红色宝马停下来了。一个美女，长发散乱至肩颈，蹬皮靴，穿黑色超短裙，花白色T恤，从驾驶室下来了。她打开另一扇车门，这时，两只高大的狗飞奔下来。比我所见过的狗都大，可能是狼狗类。一只纯黑，一只棕色。狼狗像百米冲刺朝前奔，几下就奔到绿地边界，若再往前冲，就会跌到低于绿地一丈多高的马路上了。我当时被狗的威猛和美女的美镇住了。这是现实生活中的美女和野兽？正在我纳闷时，美女一声口哨，两只狗飞奔而来，美女再呵斥一声，它们蹿到树下，抬起一只脚撒尿。这时，美女打开车门，两只狗撒完尿便直奔车中，美女开车轰然而去。这美女年纪轻轻开宝马，养两条狗，是富豪的千金，还是富豪的情人呢？她为什么喜欢这种高大威猛的狗？是不是她内心的渴望与现实的约束之间有许多尖锐的矛盾，她只能通过狗的狂野恣肆来释放发泄心中的积郁呢？

狗的变异

狗由野狗变成家狗，再变成宠物狗，每次驯化经过多长时间，我不知道。我只知道狗的驯化都是在人的引导下按人的意志来转变的。我不知道现在哪些地方还有野狗。肯定有，野生大熊猫都有，野狗也是有的，动物还没全部灭绝。我在中央台播放的《动物世界》里看见过野狗。野狗远离人类，不屑与人为伍，绝不吃人的残羹冷炙，它们可捕捉到比它们大得多的猎物，生活自由自在。

小时候，我喂过狗，看见人家的狗婆下了崽崽，就吵着母亲早点去订一只。狗崽还没满月，我就吵着母亲把幼崽捉回来，如获至宝。开始几天狗崽想家，晚上一个劲地叫，吵得人睡不着。第二天，父亲威胁着要把狗送回去，我自然保护着小狗，父亲只好作罢。那种嗷—嗷—嗷的声音，我现在想得起，还可以学着叫。狗喂大后，某天发现它不回来了，永远不回来了，母亲说狗被没良心的人吃了。于是，我又喂。一般，主家是不吃自家狗的，有感情了，下不了手。

那年代人吃不饱，就顾不上狗，最多倒点剩饭给狗吃。狗跑几个村子寻食物。狗是吃屎的，那年代农村长辈骂一个人恶性难改，是这样骂的：狗改变不了吃屎的本性。女人们两手端着幼儿臀部，叫他拉屎时，“喔—喔—喔”地叫着，近处的狗马上来了。等女人起身，狗就跑来了大口吃着，滋滋有味。有时，几只狗抢一坨屎。那年代，人缺衣少食，给狗吃的自然少。

下雪时，天地白花花一片，鸟雀啄雪籽，狗就去追鸟，有时真逮上了。狗衔着鸟不松口，等鸟不挣扎了，就开始吃。狗看见生人，凶凶地叫；看见同类，猛猛地叫。晚上，狗眼特别亮，能看到黑暗中的幽灵，狗听见一点响动就叫，叫得人心惶惶，以为贼来了鬼来了。大人起来一看，有时真的看见了贼。狗远足而不忘路，它在某些关隘处撒尿，回家时，这些尿味像 GPS 定位系统。

城市人养的狗是宠物狗。我第一次看见狗穿衣，十分惊讶。狗衣狗裤是连一起的，狗腿上部套着裤衩，腰肚被花绿衣布紧紧裹住，像旗袍似的。那狗水桶腰，穿上旗袍更显肥胖，走路肚皮快贴着地面了。宠物狗不太吭声。我有时吹着口哨，同时把右手平展低低放下做抚摸状，朝狗打招呼，狗最多瞟你一眼。小区有很多狗，我几乎没听到过狗叫声。狗是不想叫，还是叫不出呢？时下，很多人养狗。了解一个人，如果他养了狗，就多了一条途径。我是小人物，常见之人是平常百姓，所见之狗，自然是些平常的狗。

俄罗斯总统普京养过很多狗，都是名贵的狗。2000 年时，当时俄罗斯外交部长送给普京一条纯种的拉布拉多母猎犬名叫 Koni（科尼）。科尼自小就在犬术训练中心接受过侦察、搜救等课程的训练，智商颇高，性情温和，深得普京的喜爱。普京经常把它带在身边，还亲自对科尼进行训练，带着它接见外宾和参加各种政治活动，科尼因此获得了‘政治家’的美称。2007 年的时候，普京和德国总理默克尔在索契会面，科尼跑到会见地点探头探脑，把默克尔给吓坏了。能成为普京的狗，是狗的三生有幸。

狗是主人的一个身份。你一身品牌，狗自然傲首。你鄙视谁，狗对谁不屑。你要整谁，狗便扑上去了。狗是怎样看自己的身份呢？狗凭主贵。假如狗的世界没有人，狗不会有什么花花肠子，不会被人辱骂为“走狗”或“狗腿子”等。

宠物狗吃特供的狗粮，生病到宠物医院打针吃药，冬天有衣穿，夏天吹空调，养得腰肥腿粗。它们只要向主人撒撒娇扮扮媚态，让主子开开心就行。它们行走或奔跑的速度，搏杀能力明显不如家狗。它们绝大部时间被关在笼中，从祖祖辈辈继承下来的野性消失殆尽。

农村的看家狗是不上锁链的，白天来去自由，晚上睡在室外阶基柴草堆里。乡村田野山庄都是它活动的地方。家狗远比宠物狗的幸福指数高。宠物狗离开了人的庇护，很难生存。我看见过一只孤独的狗在街上急急地朝前走，不知要到什么地方去，碰见人就往花草丛中钻，低头嗅着，似乎在寻找食物。一身毛发沾满了泥巴，黑毛白毛分不清，大部分地方结了痂，长成黑壳。它们应该高兴才对，毕竟自由了。可怜它们被宠坏了，已失去了野外求生的本能。况且在城市，除了街道，便是高楼，也很难有它们充分自由的地方。它们流浪着，把那些垃圾袋咬破，翻寻里面的垃圾吃。有时，也看见几只狗同行，这些狗，有的尾把像扫帚拖地，有的没有尾白，一身脏兮兮，它们互相追逐撕咬，春天发情时就在人前交配。

好酒之人

好酒之人最开始是如何喝上酒的？各人经历不同，多半是出于偶然。偶然多次就是必然，于是，就爱上酒。如同爱上一个人，有点莫明其妙，爱上酒也是鬼使神差，这也是酒色不分家的原因。喝酒喝到一定岁数，假如伤了肝伤了胃，医师要你戒酒，你也发誓戒酒，那为什么七戒八戒，就是酒戒不了呢？喝酒变成心理需要了。

好酒之人几天不沾酒，喉咙里像有人伸着手在挠，挠得你痒痒的只想酒，脑海到处美酒飘香，人变得十分单纯：我要喝酒，晚来天欲雪，能饮一杯无。一旦喝上酒，像久旱逢甘霖，全身心受到洗礼。色的欲望与日渐减，而酒的渴望与日俱增。酒色完美统一时，应该是一个人的黄金岁月。

据说，人喝酒后，身体会产生一种叫“多巴胺”的化学物质让人兴奋。所以，你不高兴时，想喝酒；高兴时，想喝酒，酒真有这作用。好酒者，体内脏器，习惯了酒的滋润，如土地习惯了雨水的浇灌。有雨水，土地才生长万物，有酒浇灌，人心才五彩缤纷，许多海市蜃楼的美景向他走来，这些是不喝酒的人无法看到的。

喝酒，尤其是与对路的人喝酒，越喝越兴奋。人说他醉了，他说我未醉，他眼中的那个世界还未出现，他还要喝，要喝到那个坎才行。喝到那个坎，他真醉了不能再喝了，他就完成了涅槃。这时，他感到自己一脚踩在高山上，一脚蹬在云梯上，对另一个遥不可及而又朝思默想的世界顶礼膜拜，口中念念有词，他与刚出世的自己对话，也可能是与两百年后的自己说再见。

很多人不理解诗也写不出诗，其实酒醉者之话就是诗。为什么李白斗酒诗百篇？就是这个道理。所以你要写诗，喝酒吧。想天天诗一样生活，那天天喝酒。想把诗写好，先把酒喝好，喝到异想天开胡言乱语，你就成大诗人了。诗不在远方，诗在酒中，当然也在美色中。可你近不了美色，你喝酒吧。话说回来，真正的诗人不喝酒，也能写诗，但他写的诗，你如果不喝酒或喝了但没有喝到量上，你还是看不懂那些诗的。

好酒之人喜欢那种疯疯癫癫的状态。你说他酒精中毒也好，神经错乱也好，他一概听不见。世界是他的，他不停地向世界作报告，非常任性。这时，黑夜与白天没有区别，现实与未来可以倒置。路无所谓宽窄高低，他勇往直前，只是身动跟不上心动，人东倒西歪，他用这种方式跳舞。他睁一只眼闭一只眼看世界，想看到那些看不到的地方。他坐下来时，感到是坐在飞船上，向看不见的地方进发。他躺下来时，听见自己的鼾声，他以为那是来自另一个世界的呼唤，那个世界是他的乐土。

有人说酒喝到半醒半醉是最高境界，为什么呢？他到了两个世界的交会地带，他明白这边的无奈，也懂那边的无奈，姑且享受着这种没有冲突没有烦恼的短暂时光吧。

酒话

我不喝酒，不讲多话，喝了酒就变成另一个人。酒喝到那个坎上时，看见酒就像绿茶，不记得喝多少了。像往血液中打了气，想讲话的欲望膨胀。酒喝到那坎上，停不下来的，明知是个坎，云里雾里想往那边跳。

我被一些人蔑视，这从他们那种不可一世的神态看得分明，我也无所谓，我是我，你蔑视，我还是我。我不以牙还牙，我只睁大眼睛看着你，有点“但将冷眼观螃蟹，看你横行到几时”的意思。有时，我喝了酒，便把这点意思表达出来了。我讲出来，惹来更多人的怨恨，反而将自己置于不利的局面。懂你的人，认为你讲的是真话；不懂你的人，认为你不像一个文化人在讲话，我们生活好好的，应该感谢上苍才对。

有时，喝酒，话题中讲起了某人，我脱口而出讲出自己的感触来。那些恶而假装善的人，给我的印象深，一旦讲起来，是没有好话的。这些话，传到那人耳朵中去。恶人，从不以为自己恶，所以，他认为我是诽谤他，于是他便无中生有，讲得你一无是处。我去反驳吗？那会死多少脑细胞。如果因他的恶而让自己彰显恶，那要花多大的代价才能恢复常态呀。我干脆让别人讲去好了。

我回家乡，与亲人团聚，喝了酒，总喜欢讲这个不是，那个不是，并且不分长幼尊卑一顿乱讲。事后还自我安慰：我是出于真情和期望才讲那些话。当着众人的面讲某人的不是，就是捅别人的疮疤，当别人感到蒙羞或痛苦，就会反击，也要捅你的疮疤，让你蒙羞。因喝酒口角而反目成仇，大动干戈的事常有。我讲亲人的不是，因亲情的缘故，倒是没有出现过这种反目成仇的情况。当我们再聚，聊起家常，他们对我前次喝酒时讲到的他们的不是，细作说明，意思是我不了解详情。他们之所以选择过后再解释，是不想当面冲突。某天我刚开口讲话，就有人提醒："喝酒就喝酒，莫讲空话。"即使亲人，你嘴巴讨人嫌，同样遭人恨。我有许多缺点陋习，讲别人时以为自己是圣人，一身光鲜，真是人不嫌自丑。

喝酒话多，那我讲什么呢？我夸人，尤其夸美女如何美得让人垂涎三尺。我揭自己的丑。讲自己读二年级时，偷一个女同学的钢笔，被老师诈出来了；讲自己读初中时，喜欢上女学习委员，她与我同村，后来她考上大学，分配到长沙某大学教书，现在是博导，我到长沙后去看她，她推说有事，不见我；讲自己教书之初，喜欢上一个女生，她美若天仙，我与她有过一次促膝相谈的夜晚，后来杳无音讯，再后来，有音讯，但无缘相见，徒增伤悲，等等。这些事有一点儿真实的影子，是自己添油加醋而成，不是如我讲的那样煞有介事。

每次喝酒，喝到那坎上，有酒友发言："岳哥，讲故事。"讲什么？有人附和："讲女同学为什么不见你，以后去见过没有。"于是，有人鼓掌。这时，我还是有些腼腆，像处男第一次见美女，笑笑，摇摇头。酒友们起哄了："不讲，酒不能喝了。"我说："不喝了，正好，再喝会醉。"这种局面，是酒友们不愿看到的，有人替我斟满酒，另有人端着酒杯来敬酒。

我有什么本事讲别人呢？就算某方面我有点儿本事，那些有权鉴定你的人是视而不见的，即所谓“说你不行就不行，行也不行”。我到过很多地方工作，当我按领导要求申请来期工作时，总不能如愿。那些工作，被指派给另一些人干，事实上，他们有些做得不如我好，但领导认为你不行。所以，以后每到期末申请来期工作时，我只填填与不填都会安排的工作。但领导在总结会上又批评，有些人工作拈轻怕重，需要多奉献的岗位就不申请。我像个哑巴做自己的事，自得其乐。有人调侃我活在自己的世界里。这是对的。

我对一些问题的看法，很多是不宜表达出来的。这些想法要么与当前大气候相斥，要么会说破某些人，说出来会带来许多麻烦。古往今来，因言获罪，甚至掉脑袋的事，多的是。除非你有足够的本事不惧怕任何恐吓或打击，你就可以表露心中的憎恶。我没有这本事，所以应谨言慎行，我惹不起躲得起。

蜕变

我原来晚上打麻将，打到深更半夜才睡觉，周末通宵达旦。大部分时间输钱，但我还是要打。妻子开玩笑说，与我打牌的某某生活费都是我给她的，我笑着说，赠人玫瑰，手有余香，香到我时来运转，我要收回本金加高额利息。夕阳依旧红但我手不红，我郁郁寡欢，菜饭不思。

一个偶然机会，我用上智能手机，不打麻将了。除了睡觉、上班外，其他时间，我是首长，手机像我的贴手警卫或生活秘书不离我身。有事没事有人没人，我总要打开看看，看朋友圈看信息看段子看视频。我下载了许多软件，显示在桌面上。点开七七八八的群，聊天信息，足够我看个死去活来。不想看这些时我一顿乱按，什么“摇一摇”呀，什么“搜一搜”，什么“看一看”呀，什么“漂流瓶”呀，都点进去玩一玩。漂流瓶很好玩。点一下，翻上来一个啤酒瓶，你不感兴趣，就扔回海里，再点，又翻上来一个，像宠物狗打跟头转体 720 度。有时，翻上来的，是美女图像，还有一句赤裸裸的表白，都是诱饵，正等着好色的人上钩。我看看而已。“附近的人”很好。假如想艳遇，这里应该是百花园，是最好的狩猎场。我对离自己一百米的，二百米的美女打个招呼。若美女回复，就有戏。我把自己减去二十岁，与真真假假老老少少的美女胡侃，玩玩而已。

后来，我下载了许多游戏软件。游戏太刺激，太过瘾。朋友，假如你没有钱玩别的什么，就玩游戏吧。玩游戏，玩的就是心跳，玩的就是激情四射，玩的就是天翻地覆。好多婴儿，一看那些游戏画面，不哭了，不闹了，吃饭的不吃饭了，不吃饭的吃饭了，拉尿的不拉了，不拉尿的尿个没完没了。一个学生，只要偶尔几次上网玩电游，就欲罢不能了，上课躲在书堆后玩，睡觉躲在被褥里玩，玩到做梦，做梦还在玩。书本老师同学，教室上课补课，他不感兴趣了。

游戏引人入胜，游戏给人插上想象的翅膀，游戏让人有坚定的信念，拼搏的精神，游戏让人对人生对未来永不绝望，就算绝望，打一个盹，吃一碗方便面，喝一瓶啤酒，又迎来黎明的曙光。发明游戏的专家比发明电灯的爱迪生，比发现炸药的诺贝尔，比爱因斯坦，比当今一切靠虚拟经济大发横财的所有人都伟大十倍。游戏，能实现你游戏人生的崇高理想，比玩牌过瘾，比玩球过瘾，比吃饭睡觉都过瘾。

实践出真知，我是通过自己的切身经历，才领悟到这些的。我教育儿子时，我没有智能手机，没玩游戏，不知其中的奥妙。儿子读高中时，不爱电子产品，一心只读圣贤书，相信书中自有颜如玉。我想，假如我儿子，真的爱上网络游戏，我是阻止不了的。

智能手机呀，你是世界的救世主，你是阿门我的上帝，你是太阳月亮，你是人间四月天，你是秋高气爽，你是冬天一把火，你是夏天下场雪！发明智能手机的人比发明游戏的人还伟大。没有智能手机，那又如何用手机玩游戏呢？祝发明游戏的人，以及呕心沥血正在编程的人千岁，祝发明手机的人，以及想尽千方百计，在手机核“芯”技术上取得重大突破的人千千岁。你们是人类进步的阶梯，是社会的脊背。

我晚上不出门，玩到深更半夜。妻子不管我，我没输钱，她管什么呢。不花钱的事，男人尽管玩，玩得不知魏晋不知有汉，没事。周末不上班，我常玩通宵，凌晨小寐一会儿。吃饭要妻子喊三遍才吃，匆匆吃几口，又玩。不到一年，我视力变差了。妻子几次看见我走向她似乎看着她又像没看到她，直到她走来打招呼，我才反应过来。她说，你痴痴呆呆的，只怕会变成陈景润，撞了电杆，还以为谁撞了他。她要我少玩手机，照这样玩下去，我眼睛会瞎。我唯唯诺诺说好，背地里照玩不误。她不知道，像我这种胸无大志、不以天下为己任的男人，玩物就上瘾。况且，我不玩物，玩什么？能玩人吗？假如我有那能耐，玩人于股掌之间，我就不会玩手机玩游戏。我只能被人玩，玩成猴子，我无所谓，人本是猴子变的。

视力每况愈下，只要我积分越来越多，级别越来越高，我就高兴。我到爱尔眼科医院去做个手术，视力就像刚从妈肚子里出来时那样好。逝者如斯夫，我不舍昼夜玩游戏。我俯首低头几乎贴着屏幕看，手机与我脸皮之间的距离越来越近了。

某天，我发现世界发生了奇妙的变化，是一种模模糊糊的清清白白，清清白白的模模糊糊。世界变得焕然一新，换了人间，我的一切更生了，一切的我更生了，更生了更生了！感谢手机，感谢游戏！这是我的新时代！我的视力到了一个最佳视点，它在现实的，过去的，未来的，虚拟的，梦与非梦，人间非人间之间找到了一个最佳平衡点，让我看到虚实一体，真假共存，丑恶同生，明亮交融的美景。我被这些诗境吸引着，有种感觉正从我的灵魂深处升起，我全身发怵，牙龈打战，喉结发痒，我感到我要成大诗人了，比屈原还大。

我是望远镜又是放大镜，其实是变色镜。我把小的看成大的，大的看成小的。直的，看歪了；歪的，看直了。树看成草，草看成树。车看成乌龟，狗看成车。好事看成坏事，坏事看成好事。我可以从有看到无，从无看到有；从表看到内，从内看到更内。开始，我有些不适用，后来，我就为自己有这种高境界欢欣鼓舞，我因玩手机游戏而成为伟大的观察家思想家哲学家道家佛家了。

五十而知冷

晚上六点多一点，我开了灯，外面什么也看不见，黑咕隆咚的。感到房间里有冷风吹，身体哆嗦着，以为是窗户未关，走近看，窗户不知什么时候早关了。当时，我穿一条裤子，裤子与腿之间有较大的空间，我感到冷风正往我裤管钻，连忙加了条内裤，那种冷浸浸的感觉才消了些。这是什么时候？农历九月十四，还没有到冬季。

六年前，我买了一件棉袄，当时穿过两次，就再没穿过。棉袄厚实膨大，人本矮，穿着更显萎缩。稍微活动，做点什么事，就出汗，又要脱下来。我是个爱活动之人，觉得这样实在麻烦，干脆不穿了。

近两年，在冬季最冷的那段时间，我穿一套保暖内衣，外加罩衣罩裤，特别冷的时候，上身加一件羊毛衫。看到一些年岁比我小的人穿得比我多，我感到自己身体还可以，穿这些够了，没有冷的感觉。

看样子，今年非得穿棉袄了。岁月不饶人。

我二十几岁时，冬天穿一条裤子，穿两件衣服，外面的罩衣，扣子还不扣，北风吹时我的衣服往两侧敞开，我索性伸开双臂，让风吹个够，感觉很爽。三四十岁时，我穿两条裤子，上身衬衣之外加一件薄薄的羊毛衫，再罩一件破西装，西装经常是敞开的。

2004 年下半年调到长沙，我还是穿那样的衣服过冬。有同事问我："冷吗？我看你这穿这么少，我就冷。"我笑说："我每天打球，穿这些衣服够了。"几年后的冬天，妻子见我在冬天总是佝偻着背，瑟瑟发抖的样子，断言我穿少了，硬要我穿保暖内衣内裤。保暖内衣内裤，买了几套，塞在衣柜，没穿过。我解释说："我弯腰驼背，是习惯性的奴才相，我夏天也是这样子，我冷的话肯定要加衣，我又不是没衣过冬。"妻子说："你也是奔五之人，穿得少，身体就要调动更多的能量来抵挡寒冷，身体吃亏。"从那年冬天起，我就加保暖内衣内裤过冬。

早些年，我到岳父家去，第一件事就是把客厅卫生间的窗户都打开。岳父爱关窗户，尤其是冬天。那时，我不理解他老人家为什么要关窗户。屋里是那种热乎乎的混合气味。窗户打开，空气对流，坐家里能呼吸到室外饱含雨雪风霜，花草树木，天地万物的空气。我打开不久，岳父又悄悄关上了，他也不说什么。我坐一会儿，便到阳台上去吐气。我去阳台，特意把门打开，这时冷风直往房间钻。岳父走过来了，说："进来，外面冷。"他手扶着门框的边缘，做关门状，我只好进来了。

那时，岳父七十多岁了，我现在知道他是怕冷。我才五十多岁，也怕冷了，正所谓五十而知冷。去年秋末冬初，不是这样，至少我不会主动关窗户的。晚上，妻子把客厅窗户，卫生间窗户，都关了。她说女人比男人怕冷些。这个我懂。

血压计

因为体检血压偏高了，我买个血压计量血压。

医生说，上午九点以前，血压最高。我常在早晨量血压。其他时间段也量，天天量一两次。

脱衣，缠手臂，按“开始”，于是，一股强大的力不断箍紧被缠的手臂，屏幕上的数字不断飙升，一下冲到两百多，然后，那些黑格子载着数字往下落，箍手臂的力在慢慢放松，这时响起看不见的美女说话声“你的血压偏高”。

一些让血压升高的话少说，让血压升高的事少做。医生说我是一级高血压，调整饮食，可以恢复正常。

唉，年龄变大了，身体便出问题。先是血脂高，后来，血压高。

我的生活实在有规律，除了喝酒，没有什么不良爱好。每天打球，很少间断。体检，血脂高，我怀疑医师搞错了。后来，每年体检都有血脂高，我知道，身体出问题了。去年体检，医师说我肥胖，高血压一级，我相信。我球打得多，但吃得更多，尤其喜欢吃肉食，还爱喝口猫尿，身体开始发福了。父母有血管病，我血压高可能性大得很。

没办法，想血压降下来，血脂降下来，只能管住自己的嘴。肉食，少吃或不吃；咸菜，少吃或不吃；酒，少喝或不喝。

特别，我不能生气，气压高，血压就高，会脑溢血的。生什么气呢？爱你的人，不会让你生气。恨你的人，就是要气死你，你去气，你就中计了 。聊发少年狂也不行，一激动，血压就高。见花，不能动心；闻香，不可惜玉。看别人趾高气扬，我像菩萨，岿然不动，阿弥陀佛！

我快成食草动物了，荤菜就吃点鱼或鸡蛋。早两天，小孩从一个什么网站看见一则资料，讲一个人每周吃三个鸡蛋，早死的可能性就增大了百分之多少。看来鸡蛋，也要少吃了。

这也吃不得，那也吃不得，这生活少了许多乐趣。但从另一方面想，现在不吃是为了将来吃，现在不喝是为了将来喝，现在不生气是为了将来生气。这样想来，血压高，真好！我情操高了，不以物喜，不以己悲，我是活佛肉身了。

穷人家的孩子

1

一对兄妹，在街边小店吃早餐，准备上学去。爸妈是干什么的？不知道，多半混得不好。从兄妹二人的穿着打扮可以看出。妹妹头发乌黑浓密凌乱。春天时节，时雨时晴，时冷时热，易着凉感冒，妹妹只穿两件薄衣，外面一件前襟敞开。父母多半没有闲心管得这样细，兄妹风里来雨里去，多半锻炼出了好身体。从星期一到星期五，兄妹在这店里吃面。五元一碗，每天十元，每周五十元，由爸爸付账。今天吃面时，妹妹嚷着要吃蛋，哥哥要店主加蛋。店主不同意。这不能怪店主，因为爸爸给的面钱不包括蛋，吃蛋就不止五元一碗了。哥哥不懂，还是要求加蛋，见店主不吭声，哥哥降低要求，自己不要，只给妹妹加一个。哥哥比妹妹大不了几岁，高矮差不多。他没有其他方法，只有哀求。妹妹没作声，可能在想那煎得黄黄的薄薄的鸡蛋的美味。见店主不肯，妹妹噘着嘴，显然生气了。这时，在店里吃面的一个小哥哥，拍下了哥哥求店主加蛋的场景，出钱要店主为兄妹二人加了蛋，兄妹二人吃上爱心鸡蛋了。当店主不为所动，哥哥是不是对店主失望，进而对大人世界失望呢？这位小哥哥，小小年纪，知道爱人，让人感动。这位好心人，虽然出钱不多，但倾注的是人间真爱，同样让人感动。

2

3 月 16 日，星期六，麻阳苗族自治县板栗树乡枣子喇村，小女孩因为妈妈外出做事，她背着小妹妹，一边放牛一边看书。这张照片被网友发到红网论坛。网友发照的初衷应该是赞赏这女孩在背着哭闹的妹妹，一手牵着牛绳的条件下，还用另一手拿着书读。我们见得太多戴着耳机，玩电子产品的孩子。我看到这张照片，第一是感觉亲切。我好像回到哥哥姐姐带我玩耍时的儿童时代，母亲喊我们回家吃饭的声音也依稀响起。小时，我也放过牛，牵着牛绳沿着田埂塘边坝边慢慢腾腾地走，牛伸出镰刀似的舌头吃草，发出嗜嗜的切割声。我割过牛草，骑过牛背。那是二十世纪七八十年代，犁田耙地都需要牛出力，大人们出工时，肩着犁头，牵着牛，走向待耕的田地。散工后，牛在树下吃着已经备好的青草。现在，家乡早已不用牛耕地了。第二是感动。照片的主角是女孩（姐姐）。小小年纪，就在帮父母做事，带小孩，看牛，很懂事。枣子喇村仍是牛耕，可见那地方还欠发达。穷人的孩子早当家，纯朴憨厚的父母自然养育出诚实感恩的孩子。弟弟哭闹着，可能是想妈妈，也可能是驮在姐姐的背上不舒服，吵着要下来。小女孩专心看书，没有在意。若干年后，弟弟看到这张相片有何感想？可以肯定，他对姐姐充满感激之情。第三是个歪想。这小女孩上过幼儿园吗？估计没有，那样落后的乡村，即使有幼儿园，她也是上不起的。她更没上过七七八八的特长班，比起城市的同龄孩子，她已经输在起跑线了。我发现这些从幼儿园起，就上艺术班奥数班作文班以及其他五花八门文化补习班的城市孩子，到了中学，相当一部分人厌恶读书。听课不专心，稍微动点脑筋可以想清的问题，不去想，也不愿意去想，等待老师给一个现成答案。不想动笔，不想做题。考试不及格，也无所谓，好像读书是父母与老师的事。这一部分孩子对课本没多少兴趣，被逼无奈，才翻翻，坚持不了多久。没有老师的监管，他们不知道做什么，与同桌闲谈打闹，虚度年华。他们读书的自觉性或自主性，就在父母不让他们输在起跑线上的时候，开始被扭曲压制，变成了被动学习的惰性或奴性。至于那些与考试无直接关联，但提供丰富的精神营养的课外书，他们更没有兴趣去读。他们感兴趣的是各种垃圾食品，电子游戏，那些低俗的垃圾书籍。时令已是春天，油菜花开得正艳，水牛正吃着嫩草。在书的字里行间，她感受到了春天的气息。她这种如饥似渴读书的精神来自于她内在的动力。假如这女孩生在城市人家，多半也是个娇娇女。贫穷和苦难确实磨炼人造就人。也许冥冥之中，她意识到读书可以改变命运，所以，她发狠读书。将来读初中读高中，她不会只把考上一个理想的学校作为读书的目的，会始终把读书作为一种精神追求，作为一种生活方式，作为认识世界，改变人生的一种手段。像鸟要天空飞，鱼要水中游，她要读书。乡下民间，那种坐在夏季的夜空下数星星的小孩，看见火车要去追赶的小孩，遇到问题想追本溯源的小孩，虽然输在起跑线，但不会输掉人生！因为她们心里有强劲的动力，那是对知识的渴望，对梦想的追求！

第四辑 家常话

今天，你最美。肤色与衣袖白红相衬，秀发与上衣同色，如青山绿水般清纯，你这羞涩的模样，好像十七岁。你捏着花，凝视着花，花如一面镜子，你在花中。那些白的、红的、白里透红的花，也把你当镜子，花贴到你脸上了。

七夕如何过

农历七月初七，谓之七夕，称为中国的情人节。

七夕，出自牛郎织女的传说。牛郎和织女的故事，我小时候就听过。听过之后，我常想牛哥生活不容易，与织女一年只能在七夕这一天见一次面，而且要喜鹊搭桥才能过银河。假如喜鹊不搭桥，他们就只能天各一方，望河兴叹。

夏夜乘凉时，我望着缀满星星的天空，问母亲："银河在哪里？"母亲用手指着幽幽亮亮的星空，说："看见了吗，那就是银河。"我尽量睁大眼睛看，却看不到河。母亲仍指着，说："看见了吗，那里有一条长线，暗淡些，弯弯曲曲像河流。"我好像看到了。母亲说："河那边有一颗星最亮，那是织女星，这边有颗星又大又亮，是牛郎星，七夕那天，喜鹊便在河中搭一桥让牛郎过去相会。"那时我少不懂事，对母亲说："牛郎过去，见了织女，就不要回来了。"母亲说："他们见面是背着天帝的，天神惩戒他们不许见面。"当时，我还问了一些问题，惹得母亲生气，因为她不好回答。我记得最后一个问题是："天神为何要惩戒，不见面就不见面，牛郎再去找一个就是。”我后来才知道，织女是被人骗到了天庭，牛郎知道消息去追，据说，他还担着一担箩筐，里面各坐一个孩子。孩子要见妈妈，丈夫要见妻子，这是至真至情。这个故事，有不同的版本，情节相同，只是细节有异，代代相传，家喻户晓。

牛郎织女在世人心中永远年轻，今夕是何夕？七夕也。牛郎会去与织女相会。

我蜗居城市，白天看到车流如织，晚上看到灯红酒绿。我仰望天空时，犹如井中之蛙看天，四周高楼如悬崖绝壁，只能看到很窄的一块。我绕开熙熙攘攘的人群，来到那些较为开阔的地方，看到的天大一点，但仍不及我在乡村看到的辽阔。况且，那种夜色下的明亮的天空，早已看不见，我现在看到的是铅灰色的天，城市的夜灯倒像星星，天上的星星却看不见。我想牛郎这么痴情，无论天色如何，他仍会去与织女相会的。他去会好了，这沉重的天幕阻挡了世人的视线，他们正好有一个私密的时空，讲些悄悄话 。

我想，这个故事大概就是告诉我们要珍惜爱情吧，再广而言之，就是懂得爱，执着地去爱吧。爱是复杂的，不同的人爱的方式不同。别人如何爱，我不去想，更不愿去学。真正的爱，如呼吸一样自然，何须刻意为之。牛郎只留下追赶织女的故事，并没有留下什么豪言壮语。可见，真爱常是无声的，水对鱼的爱，水何曾讲过什么。那些夸夸其谈的表白，没有多少真情，想把无情变有情罢了。正所谓，你缺什么，你就炫耀什么。我什么都缺，唯独不缺爱，所以，我爱你但我不造势，更不会用一种空泛的形式或用一种俗不可耐的形式来表示爱。但爱如果只在心里，所爱之人不知情，那岂不同等于没有爱吗？爱是要表现出来的，用发乎真情的言行来诠释，像泥土对树木，像阳光对万物那样，发乎本心本意。

妻子开玩笑，问我：“七夕如何过？”我说：“和六夕一样，顺其自然过。”现在，还是暑假，早晨，我照常买菜，做早餐，上午八点半去打球。妻子做中饭，下午去小区活动中心打麻将。晚饭我做，晚上，一家人坐下来看电视，七夕就这样过去了。我想，八夕，九夕，N夕，之后每一天，也都是顺其自然过。

我想去爱一个女人

七夕，我想去爱一个女人。她有娇羞的面容和柔软的身段，她的眼睛也会说话。她的嘴抿着如樱桃。她仪态万千。她是一个崭新的人，飘逸的身体掀起波浪，那一头秀发就是爱的缠绕。她会唱歌也会跳舞，她爱追星也爱美食，她爱那些美好的事物和善良的人。

确是当时想法，也是现在想法。年龄大了，仍有爱的权利，可能更懂得爱。爱，没有对错，男人爱女人，很正常。爱女人，如果仅仅是将她作为发泄对象，这是低层次的爱，也只能爱上低层次的女人。我爱的这种女人，在现实生活中多半不存在，是我对某个欣赏的女人的理想化，让她集中了自己想要的特质。这种爱，就如同我爱春天一朵花一样，是单向的。

一个人真正的魅力来自于内在的美。比如，她的智慧，学识，才情，品德，信仰等，即精神层面的东西。我始终认为一个人的美和高贵是超越物质的，是“形而上学”的唯心的东西，与她拥有多少财富无关。

她外在是性感的，女性气质明显，甚至张扬。女人的美是建立在性感之上的，不性感，不女人，不动人。一个美丽的女人，第一重要的，让人感觉她是女人，有女人味。这种女人味，唯有男人，感受最深，也特别敏感。没有女人味的女人，像没有酒味的酒，哪个去喝呢？那些强悍的，像男人一样威猛的女人，无论多么能干，没有男人会真正喜欢的。

她有女人味了，你再欣赏她其他特质。其实，女人味包含了许多其他特质。

她不爱虚荣。她欣赏别人出类拔萃，但有自己的价值取向，做独立的自己。虚荣心都有，男人有虚荣心，就猥琐不堪。女人有点虚荣心，无妨，太多了就俗气。女人不爱虚荣，爱什么？自立，自尊，自爱。自爱，就是爱自己。真正爱自己的女人，她会跟风吗？盲从吗？不会。别人穿戴什么，饮食什么，嗜好什么，那是别人的事，她依据自己的需要行事。要知道，跟风只是增加了被仿效者的虚荣，而你变成了别人的旁衬。

我想爱的女人不是所谓潮流中的人，潮流意味着个人意识的丧失，是一种集体无意识。

她是单纯的，她永远怀着一颗童心，或一颗少女心，就是说，她不阴郁，不阴险，不耍花招，不耍手段，她的笑是明亮的，心是纯善的，她总看到美，善于从不足中发现美，她讲出来的话知心贴心，让人舒服，像冬天里的一把火。

这种女人，是黑夜中的星光，沙漠中的泉水，草原上的鲜花，是秋天的暖阳，冬天的太阳，她总给人以温暖，以清凉，以希望，以力量。

提高品质的最好办法是读书。当然不是去读某些规定的书籍，读那些书会让人变蠢。要读古今中外的经典。读书会让你接触许多人，知晓不同的生活方式，接受各种思想理念，你对自身对他人会有深层次的理解，你就会去选择自己要的生活。

她一直在自爱，自我完美。她是一个爱读书的人。任何时候，她不会迷失自我，像荷花开在田田荷叶之中，她总是特别的美丽。她吸收了书中各种精神思想，更尊重他人。也许这人，不是她欣赏的对象，甚至是她厌恶的人，她以自身的美德的光辉感化他人。她无须标榜读了什么书，读书多的女人，一见面就让人感觉得到。她读过的书，她持有的生活信念，从她的神采，从她的举手投足散溢出来，像花香从花朵中散溢出来，像晨曦从太阳那里散射出来一样。

假如与她在一起，肯定是快乐的！看看她的眼神，听听她的话语，就心满意足，所谓秀色可餐，就是这个意思。当然，与她交谈，会有更多收获。与可爱的女人一席话，不仅是“胜读十年书”，还有那种说不清，道不明的情绪震颤，也就是“暧昧”。她的话柔和圆润，甚至带点港台嗲声，把你许多情绪磁化了。她看问题有独到的视角，善于把握你的所思所想，帮你指点迷津。她把你一点儿潜能成倍放大，你飘飘欲仙起来，以为自己了得。这时，你感觉是置身在春天的花海里，春风拂面，鸟飞蝶舞，花香醉人。或者是坐在轻舟之上，荡起双桨，水声哗哗，两岸猿声如歌，你想飞。

牵手

在我所住的小区，我经常看见一对八十多岁的老人手牵手并排走。脸上是那种淡淡的，慈祥的笑，好像是跟你打招呼。他们穿着精致得体。娭毑盘在头顶的银发，像一朵花。爹爹像影视片中的老教授，满头银丝。爹爹魁梧，年轻时肯定英俊，这从他挺拨的身架可以看出。娭毑比爹爹矮一个头，身段匀称，年轻时肯定是美女，这从她依然优雅的身姿可以看出。

他们手牵手互相关爱着，谁也不落后，谁也不超前，步履沉稳有力。他们年岁虽高，但身体硬朗，牵手，更多的是一种精神上的相互慰藉，情感上的互相温暖。在他们面前一切功名利禄，一切显摆的装饰都苍白无力。

生命是坚强的，又是脆弱的，好多人走着走着就不见了，他们到了这把年纪，还这么健康，这么恩爱，真令人羡慕。有许多比他们小的，已成烟灰，还有些老人躺在床上生活不能自理，生不如死。有的老人，老伴先走了，只留下他（她）一人形影相吊，打发余生。他们一路挺过来了，真正做到了白头偕老。

婚姻好比一场马拉松。新婚的鞭炮声，就是起跑的哨声，最好的结果就是同时跑到终点。一方跑快了，就要等一等对方，跑慢的一方也要加油跑。假如一方跌倒了，另一方就要去搀扶。如果你只顾自己朝前跑，双方就会渐行渐远，另一方就会退出长跑，去找新的跑伴了。爱情马拉松需要力量和速度，需要热情和希望，需要耐心和意志，需要宽容和大度，需要付出和奉献，一句总话，需要爱。心中有爱，你才会等待，才会包容，才会把对方的幸福作为自身的幸福，哪怕你正经历着痛苦伤悲，你不改初衷。抽象的爱情是不存在的，爱是生活，生活是爱的形式，一个个琐碎的日子是爱的步履阶梯。

夫妻双方都会变老。妻身体不再光鲜，皮肤起了皱，脸上有蜡黄斑斓，肌肉松弛下垂，头发枯黄。夫也不再英俊，背有点弯，发少而软，中间已荒漠，当年那虎虎生风的神态不见了。心中有爱，就会感到与相爱的人慢慢变老是世间最快乐的事。工作的压力，理想与现实的矛盾等，诸多因素都会影响人的性格脾气处事方式。婚姻是否经得住考验，就看爱是否经得住考验。离婚的原因成千上万，实际上只有一个：相爱的双方不再爱了。有爱，很多裂缝不会有，有也可以弥合。你不爱他（她）了，你会觉得他（她）简直一无是处。你爱上一个人，你会发现他（她）太完美了，任何人都比不上他（她）。

看见这对相亲相爱的老人，我想到我父母，他们可以算白头偕老，同时跑到终点。他们在世的话，也是八十多快九十岁了。母亲死时八十一岁，不到一年，父亲随母亲而去，当年八十五岁。我父母晚年是独立生活的。父亲六十多岁就中风，后来又中过几次风，左边手脚不灵活，开始，还可一瘸一拐地走，后来，要拄拐杖才能慢慢移动，最后坐轮椅。父亲的饮食起居全是母亲照料。早晨，母亲把洗脸水、漱口水、挤上了牙膏的牙刷，放在桌子上，桌边放一把椅子，椅子前放一铁桶，父亲起来后就坐在椅子漱口，口水吐到桶子里。冬季，衣多，父亲单靠自己是穿不好衣服的，这时，母亲帮他把棉衣棉裤，一样一样穿好。他右手可举起伸缩，左手像死去一般，要母亲拿着他的僵硬的手往袖子里捅。他左脚僵硬，穿裤子时，也要母亲搬起脚往裤管里伸。衣服多，行走越发困难，母亲要扶着他上厕所，然后，扶着他坐到椅子上洗漱。他洗脸，拧不干手巾，也要母亲拧干，再撒开，才能给他洗脸。一日三餐，都是母亲做好饭菜，端到桌上，叫父亲吃饭。没有母亲侍候，父亲早死了。父母经常发生口角，一般都是为小事。你一句来，我一句去，半小时一小时就过去了，要做饭了便停止争吵。有时，事情闹大了，双方都有一股气。这时，母亲便打电话给我们控拆父亲的不是，我们对父亲狠狠地批评。母亲，气也消了，还是按部就班地做家务。父亲中风二十几年，我没有听见母亲讲过她如何爱父亲，连与爱相近的词都没讲过，倒是多次听到她对父亲的抱怨。但她默默地，无微不至地，二十几年如一日地照料父亲的生活。她五十多岁就查出冠心病，她最后就是死于心脏病。她一直患有风湿病，手指慢慢弯曲凸起变形僵硬不能伸缩，她强忍着自身的痛苦，无怨无悔地做牺牲。有一次，父亲半夜发病，生命垂危，母亲半夜一两点钟去叫医生，那时她近八十岁了。

家常话

家常话是一些实实在在的话，真真切切的话。这种话有时顺耳有时逆耳，但都发自心底，带着深情。听这种话，冬天时感到暖；夏天时感到凉；秋天时恰似天高云淡；春天时好比春风习习。显然，回到家里夫妻之间亲人之间，只要关系正常，彼此讲的就是家常话。贴心的朋友之间讲的话多半也是家常话。无论是痛苦的事还是高兴的事，都可以讲，反正是自家人。外面不便讲的话，到家里想说只管说。若在家里，还顾虑这顾虑那，讲套话空话假话，那有什么意思呢?

回到家，抖落在外面奔波的风尘，揭掉虚伪的装饰，急切切想回到自然状态。渴了，就倒水喝；饿了，就吃饭，饭没弄好，茶几上有什么吃的，拿来就吃。如果在外面受了气，就在家消消气，发几句怨言牢骚。当然，你在单位受到表扬晋级，同事面前故作谦虚谨慎之态，在家也可趾高气扬一番。你在外面累了，拖着沉重的步履回到家，多想歇一歇，于是，你躺在沙发上，脚翘到茶几上舒展筋骨，有什么不可呢？在众人面前，你的言行受到方方面面的制约，想有为而不能为，有所思可不敢讲，只能无可奈何地做些违心的事讲些违心的话，在家就不必再为自己设套，可以舒展筋骨，更可以放松身心，享受民主自由的家庭氛围。当然，家里若有老小，自有尊老爱幼的规矩，讲话不能没大没小的，同样的一个意思，要换种方式。这些规矩是出自亲情，与外面的套路不同，这是你内心愿意做的。

假若夫妻之间，他讲话要琢磨她喜欢听，还是不喜欢听，不喜欢听的话，她听了之后会不会发脾气，发脾气的话会恶劣到什么程度，这不心累吗？在一个屋檐下生活，在一个床上睡觉，几十年如一日，讲什么如何讲，有什么大不了的问题？“我不同意你的观点，但我尊重你讲话的权力”，他讲得对路，你听听；讲得不对，当放屁，何必放到心上去，大动肝火呢？只要没有原则性错误，一切唠唠嗑嗑，都是一种交流。他有什么话，直言不讳地讲出来，你也知道他想什么，有什么需求，听了之后，岂不是更了解另一半吗？比如，你做了饭菜，确是辛苦，尤其是在炎炎夏日，做一顿饭不知要流多少汗。当然，他可以唱赞歌，哄你是家里的功臣，为他吃上可口的饭菜立下了汗马功劳，不过当他煞有介事讲这话时，你是否认为他变得怪怪的了：咦，一家人怎么讲起客套来了？是不是他有事求于我，或在外面做了亏心事，想讨好我，让我原谅他？所以，在家里讲套话，就会把人的思维引到套路上去，长此以往，家人彼此都隔着一层膜，互相提防着揣摩着，陷入明争暗斗的怪圈，这个家有什么意义呢？

假若你煮饭，总是煮得太多，餐餐要吃剩饭，他想提醒你少煮点，长期吃剩饭不好。这也是为你好，为全家好。又假若你炒菜，盐确实放得多，吃咸于身体有害，他提醒你少放盐，也是心平气和讲的，并没有什么恶意，有什么大不了的呢？下次炒菜少放点盐，你们的生活不更健康吗？他是好心，没有贬损你的意思。你一听就火冒三丈：“吃现成的，就要得，还讲三讲四，嘴巴讨死嫌，吃不得，莫吃！”话说到这分上，他就只能沉默了，以后就不敢讲了。假如你还说，某某吃饭，从不挑三拣四，从不说三道四，哪像你总是品头论足！这样就等于雪上加霜了。他是他，他有他的个性，为什么要学别人？别人只代表别人，又怎么可以作为衡量其他人的标准呢？人与人的不同不只是外貌不同，更重要的就是性格思想等精神方面的不同，他能去学别人吗？

我想问你：你是成年人，一把年纪了，为什么听不得别人的意见呢？你是完人吗？你是女皇太后至高无上吗？既然你做得并非十全十美，为什么不能听听别人的意见，把事做得更完美呢？为什么别人一句并无恶意的话，竟引起你那样强烈的愤怒，好像有杀父之仇一样？

明知对方某些事做得不好或是生活方式有问题，但基于一种恐惧不敢讲，双方多半早已是同床异梦了。这时，家就比外面更恐怖了，家的空间那么小，双方低头不见抬头见，你看我不顺眼，我看你亦如是，多余话一个字也不说，怕说多了，引发矛盾，彼此如路人，这是一种怎样的心灵煎熬呀？

苟活

苟活就是苟且偷生，得过且过。作为多种活法之一，苟活不能被认为是贬义词，应算中性词。有班上有饭吃，无大病无大忧，空余时间自由，亲朋好友常聚，领导讲什么我都听，妻子要我做什么我都做，不能做的，也努力去做，态度好，这些是苟活的基本内容。

要做到真正苟活不是一件容易的事。你得没有什么想法，没有什么与众不同的做法。假如你对事对人有想法，那如何办？好办，你不说，就是了。你不说，人家不能钻到你肚子里去掏。古人云：祸从口出。管好嘴巴，是苟活的关键。

我这人是苟活的天然标本。我小时候长期感冒发烧，那年代又没钱去打针吃药，只能烧到自然冷。幸亏我贱，就算高烧不退，我不死，只是把脑壳烧坏了，智商比很多人低。我一天到晚机械地上班下班，傻乎乎过日子，别人是聪明难得糊涂，我是糊涂本就糊涂。糊涂好，真糊涂最好。糊涂等价于无知，无知等价于全知，我不知自己有知，也不知自己无知，不就是全知么？无知而全知，全知而无知，就是苟活，苟活并不难。

我不想那些意识形态里面的事，那些属于上层建筑。一带一路修好了，旧房拆了，新房盖了，我生活超小康奔大康，多幸福。这是来之不易的福祉，应该好好苟活才对。

当前，世界格局正发生变化，美国总统特朗普不断地退群，我们面临诸多挑战，我们要拧成一股绳，十三亿颗心变成一颗心，同心同力，去反抗美国的霸权主义，单边主义。这种时候，你就不要为现实生活中不可能改变的事，不可能实现的事而分心拆力了。你最好也不要去想什么天下大事，把职责范围内的事做好就好。最重要的是要把领导安排的事做好，要把妻子安排的事做好，这两类事，做好了，你苟活的前提就具备了。

科学家说人类的平均寿命比预期的要少五十年，为什么？一个重要原因，就是思虑过盛。思伤肝，虑伤胃，牢骚满腹肠易碎。不想事，少想事，做好分内事，心态平和，延年益寿，活着就是成功。

那些普适的或不普适的，那些真理或假理，那些远方或后方，那些现代的或反现代的，那些宗教或迷信，那些标语或遮羞布，总之，你想想弄清但又确实弄不明白，好像别人讲得十分明白，你还是十分不明白的那些东西，以及你自己不明白也许下一代或再下一代再再下一代会取得共识的那些东西，于你都是身外之物。那些东西，肉食者谋之。

天下事，太多了。很多事，你不可能知道，你无法去关心。就你知道的事来看，也无能为力。龙卷风袭击墨西哥沿海地区，吹走汽车吹倒房屋，造成人员伤亡财产损失，你有办法吗？意大利威尼斯水城，下特大暴雨，街道如河，许多房屋成水中礁岛，你有办法吗？印尼发生海啸，海边村镇被海浪冲成废墟，许多人被埋在砖石瓦砾中等待救援，你赶不去，赶到也错过了救援期，关心也是瞎折腾。巴勒斯坦青少年用石头打以色列士兵，结果被以色列士兵开枪打死。你要巴勒斯坦青少年，安分守己莫去做无谓的牺牲？你要以色列士兵莫开枪？他们会喊你“滚”。

“天下兴亡，匹夫有责”，我想为兴亡尽匹夫之勇，尽微薄之力。有些事，人家不报道，我听到的都是非官方认可的小道消息，真伪如何，不得而知，怎么去关心。有些事，公布于众的又不是那么一回事，你越去关注越糊涂。电视新闻报刊杂志，我极少看，我视野狭窄鼠目寸光，所以我苟活。有些人，去过日本欧美等国，切身感受了那些国家的政治经济，风土人情，宗教信仰，生活状态等诸多方面。他们亲眼所见的，与我们平日听到的，出入很大。这些人，见多识广，有忧国忧民的情怀，想为兴亡尽匹夫之勇，但他们只背地里嚷嚷，显得郁郁寡欢。我苟活，所以我眉开眼笑。

病态

张三是我球友。他爱喝口小酒，我也好喝口酒。他喜欢打球，我也喜欢打球。我们常在一起喝酒，但不能称为酒肉朋友，我们喝酒时不吃肉，只要一碟花生米加一份干菜，比如白辣椒炒干豆角。两份菜上齐，我们就叫服务员拿饭来，每人先吃一大碗饭，给肠胃打个底，然后喝酒。喝一口酒，吃两粒花生米，三根干豆角。每次一瓶酒，平半分，谁也不多占，谁也不吃亏。喝酒时偶尔碰碰杯，各喝各的酒，喝到杯见底，再加一碗饭。我们不能称为酒肉朋友，还有一个原因，就是我们纯交情，没有利益关系。我们在不同的部门上班，周末或晚上相约打球，打完球就到附近小店吃个便饭。我们谈工作，谈国际国内天下地上古今中外男男女女老老少少大事小事，谈人生观世界观等，无话不谈无事不讲。

这个周末，我们打完球，我说："喝酒去，今天轮到我请客了。"我们轮流埋单。他说："身体查出病了，不能喝酒。"我好奇怪。他除了喝口小酒，没有其他不良爱好，身体一直很好，怎么有病。我问："什么病？"他说："放心，不是癌症，是那种要几十年才生成，陪我到死的那种病。”我说：“这种病算什么病，我也有。我左太阳穴痛，读高中时就痛，现在还痛。”

有一次他对我讲过，他精神出了点问题，晚上失眠，白天打不起精神，郁闷烦躁，茶饭不思，坐卧不宁，他怀疑自己患上抑郁症。妻子陪他到脑科医院做检查，医生问了他一些问题，他答得比正常人还正常。

见他那欲言又止的样子，我想他是否真出现了抑郁症或精神病呢？我问他：“近来，精神状况好吧？”他说：“我们边吃饭边谈吧，我先申明我不喝酒。”我说：“你喝瓶啤酒可以吧。”于是，我们到了上次吃饭旁边那个小店。我要了半斤装的邵大，为他点了一瓶哈啤。我们照例先吃一大碗饭，然后喝酒。这次，他主讲，我主听。下面都是他讲的。

我有心病，但不严重。我郁闷，算不上抑郁症。我的筋骨既硬又软，尤其是脑神经，像吉他上的弦，可以弹，可以拨，经弦不断。在这样的时代，各种看得见的、看不见的、物质的、精神的、家里的、家外的、远方的、当前的、自身的、他人的压力太多，得些心理疾病像伤风感冒一样正常。我曾看见不公就发表评论，结果我碰壁挨整，吃亏上当，我的心病就是那段时间产生的。我现在学乖了，但身体生病了。我感受到了来自腹腔肠肌的，持续不断的，剜肉一样的痛。我对这种痛无可奈何。我只能去看医生。医生说，我尿道被石头卡住了。我听从医嘱，买了中药，也买了西药。一早起来熬药，天天喝药汤，吃药丸子。我对医生，对那一堆瓶瓶罐罐顶礼膜拜。

我是喝酒的，喝酒的历史不长，只有三十年。我天天吃药打针，这个酒还能不能喝？我带着满肚子的疑惑去问医师。其中一位医师说，你再不能喝酒了。这是一位助理医师，大学毕业不久。这个回答大失我所望。我又去问另一位医师，他说你可以喝酒。这是一位主治医师，到底水平高些。我还是有些拿不定注意，又去问第三位医师，他说要喝也只能喝一点点，最好莫喝。这是个主任医师，教授级的医师，比主治医师高级。我听谁的呢？听助理医师的，戒酒？听主治医师的，喝酒？还是听教授的，喝，但不过量？喝酒的人都知道一旦端杯，量就难以控制，尤其遇到三五知己一起就更难控制了。一个重大问题摆我面前：喝还是不喝。

我不能擅自作主，上报妻子解决。

我家三口，妻子是总统，没有副总统，也无其他官员。我，儿子都是平民。儿子三十岁，还没处上对象。将来，有儿媳有孙子，可能就要增设官位了。妻子某天爬上总统宝座后，就不打算下野。她的很多施政方案，没有征求民意，全体民众反对，她强制推行。对闹事的公民，她调动国际维和部队即她的亲友团来镇压，但茶水费饭费要民众分摊，说是我们闹事，才动用维和部队的。我和儿子最终屈服，一致同意她的所有施政方案。我心有不快又不敢吱声，吱声只能讲妻子高兴的话，否则她由总统立马变成母老虎。我拖地把拖把拖成两截，洗碗打破一只碗或一个勺子。妻子意识到我对她不满。某天，她微服私访下到民间，问我和儿子对家政有何意见？儿子想了半天说："你和爸爸轮流执政，一届半年。执政当中另两个意见一致，可以罢免总统。"妻子生气了。她望着我说："这个家怎么来的？只有你，有这个家吗？不是我怀胎十月，生一儿子，这个家有新生代公民吗？我的执政地位是由历史决定了的！这是我们家唯一正确的选择！"我连忙赔小心说儿子不了解历史，我们怎么可以罢免你呢。你看，这样好不，我们刚好三人，搞三权分立，可以吗？妻子火气更大了："那是美国的玩意，不适合我们家实际。我们生在新社会，长在红旗下，我们不学资本主义那一套。"我和儿子异口同声地说："美国是纸老虎！"妻子说："这就对了。以后，你们再不要在家制问题上讲三讲四！"

妻子听了我的报告后，说："这个月支出同比上涨百分之九十，收入上涨为零，月财政出现巨大赤字，我正想收紧银根压缩开支。生病了，喝什么猫尿！”我说：“遵旨！”从此往后，再温柔的酒，我也不能喝了。再见，我的酒！我的酒，再见！我与家中没有喝完的酒一一亲吻再见，像荆轲要去刺秦王，有些悲怆。妻子安抚我：“你有病，喝酒，病会加重。”我说谢谢殿下！

所以，今天我不喝酒。至于啤酒可不可以喝，总统未讲可也未讲不可，我打擦边球，喝口啤酒。你想过没有，面对美酒不能喝，比面对美女不能动，还痛苦万倍。当然，你体会不到这点。上了一定岁数，对美女没有多少冲动了。廉颇老矣，尚能酒，可我不能喝，哀莫大于此焉。当你喝酒三十年，一旦不能喝了，你才会发现酒是多神奇的东西！酒是文化，有文化的人，喝了酒更文化，“李白斗酒诗百篇”，就是一个典例。很多人喝了酒，就变成了学者教授，讲什么都是一套一套的。没文化的人喝了酒比有文化的人更有文化，他说：“酒就是文化，谁酒喝得多，谁就有文化。”喝醉之人“醉”有文化了。

我不能喝酒了，就是不能喝文化了。蓝墨水是文化，我想改喝墨水，我想喝一万瓶墨水，争取与一个函授博士有相当的文化。可我跑了附近大大小小的商店商场，都没有蓝墨水卖，店员说现在什么时代了？谁还用蓝墨水？都是用水芯笔！是的，现在除了学生拿笔写字，很少有人写字了，用电脑打字。水芯笔多好，一次性消费，短平快，拉动经济，增加 GDP。店员要我网购。假如我买到假墨水，里面掺了三聚氰胺，我会变成大头爷爷。以防万一，我不喝墨水。有人说茶是文化。那些普洱茶、红茶、黑茶、菊花茶、桂花茶、降脂茶、降压茶、壮阳茶等，我不爱喝。我一直是喝家乡绿茶的，文化没增加什么，倒是喝出了尿结石，痛得我差点做狗爬做猪叫做猫滚。绿茶再绿，我也不喝了。我只能喝白开水了，白开水是文盲，我慢慢变成文盲。好，从今往后，我是文盲，我怕谁呢？我不怕普京不怕特郎普不怕本拉登不怕伊斯兰国，只怕我家总统。

我喝酒，可装有文化，现在不喝了，没办法装。我再不能像那些实则没有多少文化，没有多少真本事的专家那样装逼了。我不喝酒了，对什么酒文化、烟文化、饭文化、茶文化、奴才文化、傻子文化以及其他与这些文化相关的所有文化，都不感兴趣，我想夹着尾巴逃离各种文化人的聚会。我没文化，我逃离，我也不喜欢现实中沉重的文化。有这样的情形，到了某个地方，朋友问我：到什么地方转转去？我这样回答：有山有水没文化就行。朋友们往往觉得很奇怪，你也算个文化人啊，怎么对文化不感兴趣呢？我不喝酒了。

晨跑散记

1

有人说，跑步减肥。今年暑假，我早晨跑步。

我住的楼房前面有两个水池，中间是一条东西向直路。我从水池西头出发，绕过小池，再沿着一条南北向大路跑。这路东西两边是楼房，两栋一排，有三排，到最南的那排后有两个方向。一个方向：左拐，进入两边树木撑起如隧道的一段直路，再左转沿围墙（这三排楼房的东侧）跑几十米，右拐进入两个水池的中间直道。这是小圈，跑一圈四分钟，15 个圈刚好一小时。另一个方向：右拐弯，走一段下坡便到了小区最后一栋楼房的后面，横过去，就到小区西边围墙（这三排楼房的西侧）下的公路。向北跑几十米，右拐就到了水池西头，我出发时的地方。这也是小圈，用时差不多。沿小区围墙下公路跑大圈，一圈 1.6 公里，跑十二分钟，跑五个圈刚好一小时。周末，我一般跑大圈，路上出入的车少。

有时，我就先跑一两个大圈，再跑几个小圈，反正要跑足一小时。

小区有几千常住人口，晨练人多，老年人居多。腿脚还灵活的散步，累了，便坐下来休息，等下再走。好多是老相识，便坐一起聊天。有的，走一程，慢跑一程，再走。有的，到树下做操，先双手朝前合击，又反到身后合击，反复打几次；再双手握拳，傍着脸向上，慢慢举过头顶又下来，同时人往下蹲，直到拳头抵地，反复几次；最后，伸开十指，从前往后，用劲梳理头发，重复数次，多半都是自创的，活动筋骨就行。有的老人，身体柔韧性还可以，把脚搁在高处压腿。一些人，玩安放在路边的健身器材。有少数几个孤单老人，就坐在那些健身器材旁的椅子上发呆。一群老人打太极，个别老人独立舞剑。还有人跳绳，双脚轻轻点地，绳在闪，人在飞，让人看到运动的旋律和美感。有抱孙的爹爹，走走停停，看见池中的游鱼，路上的小狗，树上的飞鸟，就叫孙儿看，孙儿哇哇叫，表示看见了。推车的多些，在这些推车的老人中女性占绝大多数。有个娭毑，推着车，手里拿着蒲扇，不时为孙儿扇风，走几米，停下来，探身向前，逗一下孙儿，孙儿大笑，又退身推着车走，走几米，又做个夸张的表情逗得孙儿大笑，如此这般。这些娭毑彼此都熟悉。她们把车停在一起，互相逗着孙伢。孙伢受到这么多人逗玩，自然开心，咿呀咿呀，手忙脚乱。见孙子这么开心，她们笑得灿烂。她们经常把婴儿车停在水池东头，那里有一大块空地。逗玩久了，便把婴儿车推到池边看鱼。她们指着鱼叫孙伢看，孙伢身子往上蹿，呜呜哇哇叫，好像要去抓鱼。这些小伢是否真的看到了，不清楚，娭毑以为小伢看见了。那些鱼很机灵，听见叫声，折身往中间游。有娭毑用扇子在水面上扇，一部分鱼儿又往回游，一部分便冲到更远的地方去了。

2

开始几天，我跑十分钟左右时心堵，呼吸急促，只想更快地吸气，吸的气好像没有入肺就呼出来了。心脏在膨胀，想冲出身体的包裹。跑三十分钟，再也坚持不下了。后来，有人告诉我，速度莫太快，慢跑，用鼻吸两口气，再张口慢慢出气，如此重复。我照做，几天后感觉呼吸平和些，耐力加强了。一个星期后，我把时间加到一小时。

有时，早晨起来，身体有乏力之感，不想跑。在家里，磨磨蹭蹭一阵后心还是不安，觉得一件该做的事没做，其他事也不能安心做，还是去跑。路径基本固定，估计跑半小时了，看一下手机，发现只跑了二十几分钟，心不免沉重。像爬山，爬到半途，易望而生畏，退下阵来，跑步也一样，但到半途需努力。这时汗流进眼中流进口中，我不停地抬起手臂，用衣袖抹汗，衣衫湿透了。跑几个圈后，我再看一下手机，近四十分钟了。心里窃喜只差二十分钟了。我不急不躁地跑，估计快到点了，突然有股冲劲，提速跑，停下来一看，一个小时十分钟了。我再走一阵，让呼吸平稳，让汗出个够。跑的时候，感觉汗在流，这时身体好像被一层热毛巾包裹着，汗在涌在冒。回到家，汗仍在涌，一二十分钟才慢慢停下来。这时，衣服像从水中捞出一样水淋淋的。

我六点左右开始跑。夏季，我跑大圈的话，跑到第三圈时，阳光像一条白亮的布铺在路上，路侧斑斑点点。这束阳光是从东边高楼一角斜射下来，被树挡住一部分才倾泻到地上的。这块布在加长加宽，布满长长一段路。这个光景总是如期而至，刚立秋时，还是一样。这几天，这种景色消失了。高楼树木犹在，只是没那种斜射过来的阳光了。

夏季，头顶上的天色大体是这样变化的。先淡蓝，后深蓝，接着白云一块块一朵朵，像叫不出名字的动物植物，像小山小岛，海水若隐若现，最后天空越发炽亮，那些深蓝的海水都浸洇在白云之中了。东方的天空，我零零碎碎看到一些。头顶之上蓝色为主时，东方就亮起来了。开始，白云如花似絮像春天的草园，有一大块特别亮，那些暗黑的云烟一丝丝一绺绺夹在白色或绯红的云彩之间。太阳出来了，像一个银色圆盘，东边红白相嵌，白里透红，十分鲜艳，很快，周围的云彩都变成白色了，像一座座高山，连绵起伏，十分醒目。这时，头顶之上的云就由蓝变白了。不久，太阳变成一个炽亮的火球，东边的天空如熊熊大火烧着一样发亮，强烈的阳光透过楼顶树梢照射到地上。我想看一下太阳，坚持不了两秒钟，再看前面，有许多绿色的小圆碟在飞腾，眨眨眼后，仍有小碟在飞。

立秋后，我起跑时，感觉阳光暗淡一些，那些静静的树叶，略带干枯之色的小草有秋的肃穆，我也闻到了地面散发的那种清凉，这时外面乌黑，过六点，才蒙蒙亮，而夏天，这时天就很亮了。锻炼的人少了，头上的天，蓝得纯粹。东方像灰乌的柴烟，后来，像一个巨大的旋涡，颜色也变蓝了，变亮了，变明澈了，许多白云浮现出来了。与此同时，头上明镜似的蓝云，变得浑浊一些，太阳躲在云中迟迟不现身。

3

晨练人中比较有特色的，简单记录一下。

* 他七十岁左右，瘦，浓密的头发全白。脸长，眼球有些外鼓，走路时腰身颈脖前倾，右侧比左侧更朝前。他每天早晨劲走，右手肘横搁腰侧，像挎着冲锋枪。

* 他大约五十岁，平头，黑发，偏胖，下腹微微凸起。早晨总穿同一套衣服：青黑短裤，白色圆领 T 恤。他散步，把两手直平着，不时做鸟飞状。他有时边走边旋转身子好像在跳舞。

* 他六十岁上下，瘦，不高，1 米 65 左右。走得很快，大多数人是走小圈，他绕大圈劲走。总是穿那套长衣长裤，裤子黑色，上衣淡绿色，戴一副墨镜，镜面很大，看起来神秘兮兮。

* 他是所有晨练男人中最帅的，四十岁左右。1 米 75 以上，浅发，

根根向上，额宽，脸颊平展，鼻梁隆起如小山。骨骼粗壮，身材魁梧，肩宽，腰宽，身板直厚实。走路抬头挺胸，他先走小圈，再到篮球场做俯卧撑。有妇人遛狗，那狗往他那方向叫，跑，跳。妇人用力扯着，狗还是往边跳，妇人也就听任狗与他亲近。他做俯卧撑时，还逗狗玩，狗越发叫得欢，尾巴不停地摇摆，整个身子立起来。他站起来时，狗后退一步，旋即又朝他摇尾乞怜。他从美女手中拉起狗绳，牵着狗，沿篮球场跑圈。狗白色，毛深，跑时好多毛扬起来了。

*他五十多岁吧，好像单身，原来住七栋一个夹空层，后来，搬出来了，那地方被在隔壁架空层卖菜的夫妇租住了。他一天到晚，无所事事。烟，一根接一根地抽；槟榔，一个接一个地嚼。有时，他坐小区坪地的椅子上；有时，坐七栋那一线架空层店铺前后摆的凳子上；有时，坐在楼前路端防车进入而安放的石凳上。总是一个人坐着，抽烟，嚼槟榔。“五一”开始，他基本上就是一条肥大的短裤，一个赤膊，夏天轰轰烈烈过去了，他还是一个赤膊。他的身体框架大气，1米75以上，但看上去显矮。头大，光秃秃的，眼大口宽，国字脸，像武夫。腰身粗，背中缝如沟，两边如高原。肚子从胸窝下就往外挺，不堪负重似的下垂，像一个怀双胞胎的快临产的孕妇。两只乳头，比发育不全的某些女人的大，走路时乳房抖动。他的短裤实在够肥大了，背部看见皮带，前面皮带不见，陷入肚皮深处。他好早起来，坐在水池西头那铁长靠背椅上抽烟。左手放在靠背椅高处，眼睛微眯，头微后仰，然后慢慢吮吸，不见一丝烟出来。他连续吸完几支烟，就起身，这时，嘴巴仍在动，槟榔壳子还没有嚼透。他走路两手叉开像八字，尽管走得慢，肚腹上的肉还是在颤动。

*他应该七十多岁了，头发稀稀疏疏，全白。个子不高，精瘦，手脚灵活，穿一身白衣到篮球场练功。不知他练的什么功，打的什么拳。时而压腿，马步，时而挥手如鸟飞，如猴爬树，有模有样搞一阵，再走

几个圈，便不见了。

＊他七十多岁，一米八以上。年轻时，多半爱好打篮球，现在他自个儿玩。每天早晨七点左右，他来球场打球。拍几下，投篮，不管中不中，跑步接到球，又拍，然后，来个三步跨，上篮，不中，补篮。不久，那个做俯卧撑的中年男就来了，那个遛狗的美女也到了。让人惊叹的是他一个人打全场。他站在一篮球架下，把球抛出，然后，跑步运球，想象前面有人阻挡，他突然改变方向，把球从背后传到他左手，再传到右手，快速运球到篮下投篮。接到球后，又往另一头运球，设想不同的人在阻挡，他尝试用不同的技术，运球过人。有时，球脱手了，他抢到球，就地起跳，投三分，竟然投中了。全场跑来回，是要体力的。一身大汗之后，他收场，然后坐在球场边高阶上，看那中年男做俯卧撑，看那只狗如何与他嬉闹。

＊他七十岁上下，每天来得早。在篮球场一侧，双手撑在一个钢筋架上走步，移一下钢筋架，就走一步。钢筋架的左右两边分别由一根钢筋弯成弧形，弯弧在上，两根横梁把两个弧形连在一起。他手撑在那弯弧上，慢慢向前。他中风了，还不算厉害，凭一个简陋的钢筋架，还可以“自由行走”。

＊他也是一位中风的爹爹，他弯腰推着一个装有四只轮的椅子往前走，座位在扶手后面，他是反推着车子在走。娭毑在后面跟着他，拿一把大蒲扇，不断地为他扇风。估计，走不动时，他就坐在椅子上，娭毑推他走。

＊她二十多岁，微胖，短发。红色短裤，汗衫的袖口很短。白色运动鞋，手脚都戴有护套。从背影看，腰背显长，腿脚显短。正面看，眉清目秀，算得上窈窕淑女。腰身比较厚重，乳房把衣撑得高高的，跑时如兔蹦。

＊我每天碰见她。这几天穿牛仔裤，两裤脚有不对称的大洞小洞，

上身着紧身T恤衫，露胳膊。胳膊上都画了图案，还写了一些字。头发半黄半青，后脑壳扎一个与地面平行，被什么东西固定着的长马尾。瓜子脸，柳叶眉，眼睛显扁小，脸上雀斑多，一脸漠然，慵慵懒懒的样子。早段时间，她穿的是短裤加T恤衫，露胳膊露腿，大腿以下也描了青，画了些动物图案，右腿上写“十八岁”。

*她三四十岁吧，圆中见方的脸，圆圆的眼睛，肤色不美白也不暗黑。头发青秀，往后扎两个短辫。身材好，该曲的，凸的，身上都有体现。我与她有过短暂的对视，她微笑，有羞赧之态。常穿长裤，短袖上衣，多数情况下衣饰颜色平淡，样式也平常。今早，衣服有些奇异，右侧衣领起到下面衣摆是青色，其余地方是灰白，有淡淡的红。她散步时，大部分时间，左手拿着手机，边走边看。有时慢跑，跑的时候不看手机。走几个圈后，她就到水池西头的平地，像跳绳那样跳动双脚，同时双手朝两个不同方向做单摆，还扭动腰肢，样子可爱。一路跳，一路看手机。

*她年轻。穿白色短袖圆领衫，青色短裤，胳膊腿露出一大节，身材好，肤白，不瘦不肥。短发染成淡淡黄色，向后绾个髻。她的白，不是花之红白，不是雪之洁白，而是如秋霜冬雾那种白。她年轻而不茁壮，张扬而缺少气质。她一个圈又一个圈地走，走时，一直看着手机，左手拿着，伸展在前面，手机离她眼的距离不变，好像是别人拿着手机，她不急不慢地走步。

*这美女不到三十岁。她是快走，常穿上部青黛色，再慢慢变浅变黄的T恤衫。身材匀称性感，不高，多半是丰满拉矮了视觉。蓝短裤，镶白边，胳膊腿白嫩，长发斜斜地往右扎个辫子。苹果似的脸丰满圆润，眼有摄魂之光，笑有荡魄之力。猜想她晨练的目的是减肥，我认为她这样子最好看。这是一种丰盈，有一种本色美。她让那些瘦弱的，干瘪的，蔫不拉唧的美女相形见拙。

*这两个媄驰，年龄差不多，一高一矮，白头发像秋天霜打的丝茅，

但梳理得齐整。面容枯黄，有皱纹。她们应是约好的，两人并排走，步调一致，边走边谈心，都背着一个与中学生书包差不多的黑包。有时，只一个人走，大概另一人有事缺席。

*这三个爹爹结伴散步很多年了。每次散步一小时以上。三人一般呈品字形或倒品字形走。穿着差不多，白汗衫，青色长裤，凉皮鞋。他们天天散步，下雨打伞走。一次，我从他们后面超过去时，撞了其中一个的手肘，他一缩手对我笑一下。这么多年这么多早晨一起走，他们总有好多话讲。一次，听他们在谈湖南花鼓戏，谈国学。最近两次，听他们在谈香港激进分子的暴行。

*结伴散步的夫妻，我看见两对。这对是中年夫妻，两人比较壮实。女的，有高度也有厚度，水桶腰。男人高一个头，肚腹凸起。他慢慢腾腾走八字路。女的，抬头挺胸，笔挺挺地走，有首长检阅仪仗队的风范。男的穿睡衣，花白底色上有许多小圆圈图案，像铜钱又像花瓣。女的，穿直桶长裙，也是花白底色，上面的花都是大朵大朵的。两人的衣饰，形态十分和谐。

*这一对，属耄耋之年。爹爹，高大，光头，浓眉大眼，年轻时肯定帅。娭毑一头银发，一脸笑容，讲话还带些娇气嗲声，那种小鸟依人的情态还在。他们手牵手走一两个圈，便不走了，坐在路边长椅上看人散步，手还是牵着。走过路过的人，常要看他们一下，他们笑着示意。

守岁年年只相似

今年在长沙过年，弟弟一家来我家团年。上午他们早早到了。两家齐动手做团年饭。侄孙湛嘉志，去年此时还要人抱，今年进门就满屋跑，见空地方就钻。矮矮的身躯，可爱的笑容，担心他会摔跤，当你跑过去想扶他扯他时，他很快掌握了平衡，马上又朝前跑。够得着的东西就拿，拿起玩几下就丢，又去拿一样。很多东西，他想要，可手短，他就叫，像哑巴一样发声，他只能情急之下偶尔叫声“妈”，讲不出句子。食品盒中的食物，他捏起就往口中放。那些有皮的或带壳的瓜果，他捏起往大人手里放，口中嗯啊嗯啊，意思是要你剥壳给他吃。脑袋瓜子聪明得很。你叫他时，他总是一副笑脸，圆圆的稚嫩的脸蛋如花苞。不如他意时，他也不蛮缠，很快转移兴奋点，玩另一样东西去了。弟弟带了两瓶好酒。四人喝，接近酒量的上限，但都没醉。酒进入血液，泵入心中，把激情放射出来了，身心如洗，十分舒爽。

大年三十，天气是恰到好处的温暖。太阳在云的上方，天空澄澈明媚。不时听见鞭炮声，小孩的喊叫声。我不时接到学生的电话，收到学生的信息，祝老师狗年吉祥，也不时收到同事好友的信息，祝新春快乐。我期待着新年的钟声响起，又想这一时刻慢点儿来，这时刻一到，年就过了。

吃完团年饭，看春晚，边看边等那“一夜连双岁，五更分二年”的时刻。晋人周处在《风土记》里说：“至除夕达旦不眠，谓之守岁。”每年除夕，我都守岁。

接近零点时，鞭炮轰轰响起，我到楼顶平台看实况。四面八方火光冲天，夜空盛开着花朵，又像无数流星在飞舞，地上的灯失色了，幽冥的夜色变成了彤红。在炮光烟影中，依稀可见一座座山峰，那是烟花开放后留下的烟雾。爆竹声不断，那些烟山雾峰在火海中飘浮，谷底红亮，峰顶灰白。此起彼伏的爆竹声如飓风海啸一波接一波，持续了半小时左右。

“人生代代无穷已，守岁年年只相似。”此时此刻，我想起那些逝去的年岁，它们永远回不来了。有人说：“一年难过，一生易过。”好像真是这么回事。好多人走着走着，突然消失了。过完年，我又老去一岁，人生已越过中点，岁月不饶人。时间的长河永不枯竭，所有人都是匆匆过客。“江畔何人初见月？江月何年初照人？”此时此刻我自然想起给我生命而又离我远去的父母，唏嘘不已。母死四年了，父迟一年离去。他们在那边是否听见这天崩地裂的爆竹声？我望着火光之外的天庭，设想他们在某个黑洞中望着我，我祝他们无牵无挂地生活。此时此刻我想起那些爱我的人和我爱的人，百感交集。

从楼顶下来后，还听到零零散散的鞭炮声。诗人贾岛有除夕“祭诗”的习惯。每至除夕，他必取一岁之作置几上焚香再拜，酹酒祝曰：“此吾终年苦心也。”他以一年的成果告慰神明。我在过去一年里做过什么？过去的一年，无非就是吃饭睡觉，上班下班，本分地工作，本真地生活。新年，我仍按自己的信念生活。我工资不高，基本够用就好，让生活慢下来，闲下来，除非是工作的无可推卸，我不再牺牲自己的假日。有空闲，便做些“无用”之事，比如读书，打球，写点文字，与同趣之人虚度时光。没有家财万贯，感觉拥有茫茫世界。心的容量增大了，什么艰难痛苦，心都可以接纳并消融，像捧一捧泥沙丢入水中，最多水面起短暂的涟漪，尔后便平静如旧。“逝者如斯夫，不舍昼夜”，我只能往前走，直走到上苍为我预设的终点。

误会

李爹生活有规律。他起床，喊李娭毑起床，两人围绕小区大道散步。早餐，他吃面她吃粥。他起床第一件事就是插上汤锅熬粥。上午他去三里路之外的集市买菜，有时叫上婆婆同去，来回一趟两小时。稍事休息，他便开始做中餐。他睡午觉，两点半左右起来，把地板擦一遍，把沙发茶几桌椅抹一遍，这时近四点钟，他烧水泡茶。他不喝什么普洱茶、铁观音、其他乱七八糟的高级茶，更不懂什么茶文化。他就是喝茶，喝原味绿茶，放些茶叶泡两道。绿茶不厚，最多泡两道，他喝两杯够了。边喝茶，边打开收音机放红歌，他最喜欢听三十几年前的老歌。四点半淘米放电饭煲煮饭，这时茶也喝完了，准备做晚饭了。

李娭毑上午在家里磨磨蹭蹭，主要是做些纯个人方面的事，比如穿什么衣饰，梳什么发型等。她还注意形象，不论在家或外出总是精精致致。下午去社区打小麻将。

今天吃完中饭，李娭毑照例打麻将去了。在小区打，小区有专门的棋牌室，有管理人员，每桌每人出两元水钱。大都是爹爹娭毑，打得细，放小炮两元，放大炮四元，门清每人四元。手气不好时，也可输五六十元，手气好可赢一百多元。中午十二点开始了，五点散场。李娭毑每天下午到家时间是五点十分。

下午，李爹刚喝完第一道茶，就听见开门声。李娭毑回来了？他连忙起身："怎么回事，这么早回来了？"李娭毑嘴巴翘着，好像呼出的气没出来把嘴腔撑大了。脸色好像被夏日的阳光晒黑了，可现在是初冬，暖阳也不会这么厉害的，肯定有不愉快的事！平日，回来，赢钱了，一进门便老头老头地叫，恨不得亲他两口。输钱也不是这样子！今天情况异常，肯定是遇到比输钱更坏的事。他的心有些沉重，但不急于追问，怕引发她的火气。

既然娭毑早回了，早点做晚饭吧，没心情喝二道茶了。他关掉收音机，淘米煮饭，洗菜切菜。炒两个青菜，煎一碟葱花蛋。不到五点，饭菜搞好了。他喊："娭毑，吃饭啦。"没动静，娭毑回来后径直入内室。又喊一声。娭毑出来了，脸上的肌肉松驰了一些，脸上白了许多，神情放松些了。李爹细细地问："到底怎么回事？"

娭毑说："我做了个自摸，每人要出四元。我收了两人的钱，坐我对门的王爹，这时要我找六元钱给他。我正准备提醒他出钱呢。他没给我钱，我怎么找钱？他讲他明明出了十元钱。我说我没拿钱，可以对天发誓！王爹说他硬拿十元钱出来了，如果谁讲假话，就断子绝孙。我火腾地起来了，这分明是骂我呀，我真的没收他的钱。他像发神经骂个不停。我本来强忍着，后来再也忍不下去了，站起来，把牌一推，说几十岁像几十斤一样！我一气之下，冲回来了。"李爹说："你说你没收钱，他说他给了钱，怎么讲得清呢。你受这么大的气，不值。当时，你依他，找他六元钱如何？皆大欢喜。"

娭毑说："我进钱，反倒要我拿六元给他！世上哪有这等事呢？"李爹说："那王爹认为他出钱了，并且以为你收了。幸亏，你血压不高，心脏还好，假如他一骂，你生气，血冲脑门而猝死，就更不合算了。”

“我是冤枉的呀！”李嫔驰说。李爹说：“谁认为你是冤枉的？王爹也许真的出了钱，谁知道呢？他气愤，他赌咒发誓，他不死细胞？他的血压肯定飙升了，幸亏没有晕死。被你骂作是长了几十斤肉的畜生，他心里好受吗？这件事，你们都受到了伤害。”李嫔驰觉得李爹言之有理，不作声了。也许是生气把胃胀大了，她吃了一碗半饭，平时最多吃一碗饭的。她想，要是当初王老头要找钱就给他六元钱，不就没事了吗？她可以多玩一个小时牌，说不定，马上又做个门清，钱不是回了吗？这一个多小时的不愉快给身体造成多少伤害呢。吃完饭，李爹连忙去洗碗，说：“你消消气，等下散步。”

他们刚下楼，走出大厅，就看见王爹从右边小道上朝他们走来。大厅出口一左一右两条小道都通向一条横着的宽路。王爹看到李嫔驰时，明显加快了脚步，喊着什么，向前举着手像打招呼又像要打人的气势。李嫔驰想不到王爹还要来找麻烦，我惹不起躲得起。她转身走左边的小道，想快速逃离。王爹显然激动了，从右道退回，走横道想追上她，口里咕噜咕噜讲个不停。他平时讲话有点结巴，激动之时更结巴，像哑巴那样“啊啊”，不知讲什么。李嫔驰芳龄六十五岁，平时李爹照顾得好，看上去不超六十岁，王爹七十五岁了，他怎么追得上她？他想追上她，他看见她踅入靠围墙的大公路去了，像百米冲刺到了最后时刻，他想发力，可惜脚不听使唤，张口吐气，像夏天鱼缺氧伸头出水面那样。

李爹看见李嫔驰跑开，想喊住她，他在这里，怕什么，就算打架，我们二对一。看她跑的身姿灵动，他想到当年恋爱，有回她从他手中抢走他保存的一个女孩照片，那照片的反面有那女孩的留言，那是他的初恋情人，他不肯让她知道。她跑，他就追，当时她穿着裙子，留着长发，他本可以追上她，但他放慢脚步，看她风中跑动的背影，长发飘起裙子飘起笑声飘起，很美，他欣赏这种动感的柔情之美。他觉得自己是站在当年那棵树下看她跑。

他见王爹跑不动了喘着粗气。他走过去，扶他在路边铁椅子上坐下。王爹上气不接下气，想说又讲不清，断断续续讲的意思是：那天，那十元钱带进麻将机了，后来，又带出来了，李娭毑走了，不知道。他抖索着手从荷包抠出四张一块钞票，要李爹给李娭毑，那是一场误会，对不起……

中风

我和蒋哥住同一小区，都喜欢打球。小区有一个乒乓球室，不打不相识，一打便成交。他比我大十来岁。他从小打球。小时，把门板托下来，搁在两把长板凳上，捡几块砖头放中间当栏网，抡起光拍子，就和伙伴打起来了。他把打球当作一个爱好，一种消磨时间的方式，一种锻炼身体的方式。没刻意去学什么技术，再打几十年，估计还是这个样子。

开始，出于尊敬，我喊他蒋爹。我侄孙早喊我爹爹了，我同学中也有人做爹爹了，他应该是爹爹级别了。谁知他不高兴，说我把他喊老了，要我喊蒋哥。从那时我喊他蒋哥。蒋哥个子不高，不是大腹便便，而是从上到下，直桶桶一样厚实。他酒量，饭量都行。年轻时，喝酒如喝茶。与别人打赌吃扣肉，一碗肥嘟嘟的扣肉，像吃萝卜一样，几大口就到肚里去了。

他体力确实好，连打两小时，不喊累。他动作幅度大，力度大，又善跑，边边角角的球都去救，体力消耗更大。他有的是劲，不像快七十岁的人。与他打球，不兴奋不行，他感染着你，激发着你。他打球，不像有些高手先练球，运动员正式比赛前是要对练几个来回的。他才不练什么球，也不知要练什么，他只一个概念打球，练就是打，打也是练，一上桌，就喊比赛。我说："莫这么性急，先好玩打一会儿，让身体适应一下。"他说："好玩打，你就不认真，打比赛，你就认真打了。"

与他打球，过瘾，刺激，但压根儿不紧张。为什么呢？他虽然吵着打比赛，却只是想一本正经打球，不在乎输赢，他身心放松地打，输赢都高兴，只要球有回合相持就爽。他这种状态，逼得你也只能把重心放在如何把球打好上，按自己的想法打，不畏首畏尾，患得患失，让自己酣畅淋漓，也给他击打扣杀的机会。常打出一些"十佳球"。

有时，明明是在打比赛，又好像是在练球。他喂球，我便发力攻，我不打偏的位置，让他稳稳当当地接，一打十几板，我也喂球，他马上攻。打久了，我们配合默契。他攻防能力可以，和他打半小时，即使在冬季也会一身汗。

他打球，除肢体动作大之外，还爱大喊大叫。第一次与他打的人，常被他的喊叫声唬住，多打几次，也就适应了。哪天，他不叫，不大喊大叫，觉得不适应，以为他身体不适。他常是别人的手下败将。一些人，功力水平明显不如他，也能轻松赢他。有时，他大比分领先，完全可以赢，他好像不知道他有几个赛点了，还在玩球，基至使些怪招，结果输了。输就输，他高兴，他主动叫别人师父。

蒋哥的儿子晚婚又晚育。他做爹爹后，专心带孙，再不打球。我喊他打球，他说想打，没有时间。他推着童车，童车里坐着他的孙子，他婆婆拿一把扇子，与他并肩走着，时不时给孙扇扇风。

前天，我发现他坐轮椅里了，他婆婆推着他。我连忙喊蒋哥，他嘴还是那样翕动，讲不出一个完整的字，像哑巴一样嗷嗷。他的手，冰凉僵硬，我本想和他握一下手，他的手动不了。他一个多月前中风了，幸亏抢救及时，才成现在这样子。

球品

余爹，七十多岁了，但看上去六十挂零。认识他比蒋哥晚几年，当时，他做爹爹了。我喊他余爹，他高兴。他住附近小区，有一个亲戚，住在我所在的小区。

那天，他带着已上幼儿园的孙子来小区玩，到了球室附近，看见有人打球，就进来看。我和球友们在打球，谁也没在意。见他久看不走，猜他也是打球之人，我就问："你贵姓？"他说："免贵姓余。"我说："余爹，打几局。"他说："好！"球室还有一位小朋友。他要孙子同那个小姐姐玩。他把背着的挎包取下来，从里面拿出一个拍子。我和他便在另一张台子上打起来。开始，我有点随意。几个来回，便知道他基本功硬。我们没有比赛，练球。练拉球时，一个人拉，另一个人挡，配合十分默契。他的球感好，球技全面，比赛的话，我不一定打赢他。后来，孙子吵着要回家，他只好收拍。我留了他电话，要他有空来打球。

后来，我常约他。他不是每次来。老两口，和崽媳妇住一起。孙子上幼儿园，他负责接送。他还负责买菜，做早餐，洗碗筷。婆婆做中晚餐。他说：“儿子是部门领导，常有应酬，媳妇在社区上班，杂七杂八的事多，两把老骨头还硬朗，就多做点。”我说:“晚上，你应该有时间呀。”他说：“晚上吃完饭，洗完碗筷就八点多了。有时晚上小两口外出应酬，我还得带孙子。周末我可以打球。”

他那斜挎在右肩与左腰之间的包里放了三个球拍，球若干。现在打大球，他包里有。如果对方要打原来的小球，他包里也有。

一个周末，我约他下午来小区打球。那天，碰巧球友们都有事，就只我俩打。打一阵，休息一会，喝点水，聊聊天。我问：“听说你包里有三个球拍，真的？”他抿嘴笑：“是的，我拿出来，给你看看。”他把拍子一个个拿出来。他说：“我刚打的这板，两面反胶，板子是斯蒂尔的，胶皮是狂飚的，适合快攻弧圈球，与对路的人打，我就用这板，凭技术打，凭智慧打，不靠球拍的另类取胜。”

他拿出第二款，说：“板子牌子一样，正面反胶，反面颗粒，我们来打一下，打比赛。”好！我们动起真格来了。我发转球，他反面托一下球，就过来了。颗粒胶不吃旋转。我拉弧圈球，他轻轻松松用反面挡过来，我再拉，球下网。我抓住机会，发力攻，他也是用反面一挡，球立即变软变慢了，我连续攻球受挫，只能搓，他马上用正面击打，且角度刁钻，我丢分。

第三款，正面颗粒，反面长胶。他正反面交换快，时而颗粒，时而长胶，看不清他是用哪一面打。他接过来的球，软绵绵的，轻飘飘的，我去搓，出界。我去攻，又下网。长胶把球性改变了，他搓过来的球上旋，挡过来的球又下旋。你要盯着他的手看，再定断。有时，来不及看，凭习惯去接，总吃球。这种打法，叫人难受，有劲使不上。打了几分钟，我就不想打了。我说：“你还是拿最开始的板子打吧。”

我曾问他：“你带三个板子干什么？”他说：“对付三种人。”我问：“两面反胶的，对付哪种人？”他说：“像你这种人。喜欢打球，输赢都高兴。和任何人都打，尊重人，以球会友。”我问：“那个一面反胶一面颗粒的板子对付哪一类人？”他说：“水平一般，自我感觉特好，只想赢球，为了赢球，还使怪招。还常小看人。我用颗粒胶，就足以让他败在我这老头子手下，看你狂不狂。”我说：“为什么要用颗粒胶，你就用反胶打呀？”他说：“我主要是体力跟不上，用反胶打是硬碰硬，搓挡攻拉随时转换，左右前后跑动要体力，而颗粒胶把球速减慢了，对方不适应，我自己有舒缓的时间。”

第三块板子，对付什么人，我猜出八九分了。那一定是技术可以，但傲气十足的人。他的长胶让你擅长的各种打法发挥不出来，英雄无用武之地。

他说：“在一起打球，是一种缘。要惜缘，你把自己的球打出来，也要尊重别人，让别人有机会把自己的球打出来，你出汗，别人也想出汗。不愿意和水平低的人打球，不是真正爱乒乓球的人。那些人输在我这个七八十岁老人手下，傲气自然受挫，会重新认识自己。输赢只是结果，只要放开身心打，任何结果都是好的。”

我们小区大，打球的人多，各种打法，各种水平档次的都有。他每次来，和每个人都打，你想练球，他陪你练。你想比赛，他就比赛。打球的这群人中，他年龄最大，他没有以老者自居。人多台子少，打接位的，他也打接位。能打赢他的人不多。藐视他，想赢他的人常以大比分败给他。老老实实打球，不在乎输赢的，常常赢他，即使输，分差也不大。自从他加入，我们这个群体，打球的积极性高涨了，对球的理解加深了。他的球品感染着大家。

一个周末，我约他打球。他说，儿媳妇生二胎了，这段时间打不成。几个月后，他推着二宝到了球室。当时，我和球友打球，马上停下，打招呼，逗二宝玩。二宝笑着，不停地挥动手拍，咿呀咿呀，不知说什么。他仍然挎着个包，挎包里放着三个球拍。我说：“你去打一阵，我来带二宝。”他说：“太好了。”二宝看见爷爷打球，十分激动，手脚乱伸乱踢。后来，他要和我打两局，我马上拿拍上阵。打到激情处，二宝从童车上栽跟头下来了，哇哇大哭。幸亏，是慢慢翻下来的，没有大碍，只是一边脸青了。后来听说他受到了老婆的严肃批评。再后来听他说，家里请保姆了，他只接送大宝，其他事，一概不理，晚上有时间打球了。

第五辑　真情

小孩如鸟，当羽翼渐丰，便展翅高飞，飞到山外去了，飞到坐高铁要四小时才到的地方去了。早晨，许多鸟飞到树上唱歌，我深情地望着它们，我家那只小鸟起床没有，她是否也在哼着快乐的小调？

蒋娭毑寿诞记

王雪峰母亲蒋娭毑寿诞，我和邵国光去拜寿。蒋娭毑八十多岁了，住在湘阴袁家铺，请一个保姆照料生活。早段时间，身体不适，来地矿医院治疗，我和邵国光同去看她。当时，她睡着了，我们便退出病室。这时，她突然醒了，多半在梦中感知了我们的脚步，特从梦中醒来见我们。她知道她生病住院，我和邵国光两家会来看她，如同她生日两家一定会来贺寿一样。老人家声音洪亮，笑容灿烂，问长问短，头脑十分清晰。我们开玩笑说："蒋娭毑身体好得很，回家打麻将去，我们陪你玩几圈。"平日，她下午要与镇上一帮婆婆姥姥打麻将。她手气好，技术高，常常赢钱。她不好意思笑笑："暂时不能打，走路出气不匀，坐着腰痛，大部分时间只好躺着。"王雪峰后来对我们讲，娘老子心肺功能有些问题，属老年病，无大碍。我们对蒋娭毑说："出院后，在长沙住几天，过完生日再回湘阴。"她生日快到了。出院后，她执意回乡。老地方住惯了，舒服。

王雪峰开车载着三家人，下午五点从长沙出发，到袁家铺时快七点了。天气舒爽，没下雨，要下雨的样子，满天青云像缭绕的炊烟，有些地方浓得像一团团墨汁，更多的地方是淡淡的粉饰，偶尔露出一块块白亮。到家时，大团桌已摆在客厅正中，桌上已放了三四个菜。还来了些客人，是蒋娭毑的乡邻至交。大家坐的坐，站的站，一个小伢在不大的空间跑动，十分热闹。蒋娭毑坐在一张围椅上，双手搁在围栏高处，幸福地笑着。

平日来拜寿，她每隔一段时间便打一个电话问我们到了哪里，嘱咐我们莫急，注意安全。其实，是她自己急，急于看见我们。车到家门口了，她还在打电话问到了哪里，我们逗她："还有二十分钟。"她说："我在楼下等你们。"推开车门，果然看见娘老子在操坪等。有时，不方便下楼，她就站在阳台上手撑栏杆，望着我们来的方向。保姆告诉我们："娘老子到阳台上看了几次，唠叨几次，该到了怎么还没到呢，老早吩咐我做饭，担心你们到时饭菜没熟，菜炒好了，又担心菜凉了。"

这时，进出厨房的人多起来了。有人往桌上端菜，显然，他们是在等我们，很多菜已做好了。掌勺的是保姆，五六十岁了，精明能干。我们开吃后，她还在炒菜。我们喝酒，吃得久些，最后她还为我们炒了青菜。保姆厨艺好，菜种多，爽爽利利一桌菜，好吃，分量又适中，大家吃得尽兴，又没有浪费。这些菜，大多是本地菜，做法传统，样样是美食。

蒋娭毑坐在桌边，喝玉米排骨汤。她上火了，喉咙痛，吃不得硬东西。她安排保姆搞一桌菜，完全是给我们大家吃。她总是喊我们吃菜，别讲客气。有时，她还端起某碗菜，送到某个她认为讲客气不夹菜的人面前，催他夹菜吃。她自己吃不得，大家必须放肆吃，吃得越多，她就越开心。她说还有些菜没炒，少了再炒，大家只管尽兴吃。我们敬她酒，她端着盛半碗汤的饭碗来碰杯。她只喝了半碗汤，一直笑着，像端坐圣殿的菩萨。父母上了岁数，就是儿女心中的菩萨。菩萨在，做儿女的就有归属感。

吃完饭，八点过几分。我们准备八点二十走。她连忙吩咐保姆切西瓜。我说：“才吃完饭，不吃。”她执意要我们吃。这是一道程序，必须完成。她端起放西瓜的茶盘，走到我们面前，要我们吃。我们领寿星的意，吃一块，肚子微微有点胀了。她说：“铺上熟人送几条黄瓜来了，每人拿几条回去。”王雪峰说：“你把我带上车，下车再分，你寻几个塑料袋给我。”她急急忙忙去杂物间寻袋子。我们起身要走，她抓着我们的手握着，不想放手。她执意要送我们下楼，被我们阻止了。她行动不便。

我们仨都在长沙那年起，便约定父母的生日都来贺寿。十几年来，每个父母的生日，都成为我们共同的节日。父母都七老八十了，老人们都很看重生日。当我们三个举起酒杯，祝父母生日快乐寿比南山时，每一个父母都是热泪盈眶的。

六个父母中，最先，是邵国光的父亲死。后来，王雪峰的父亲死。这时，他们两户已到二十一中了。到 2004 年我来二十一中时，他们两个都只有母亲，而我的父母都健在。几年之后，我父母相继离世。记得我们回乡吃我母亲最后一次寿宴的情形。那时，我们谁也不知道这是我母亲的最后一个生日宴。当时，母亲满八十一岁进八十二岁。我以为她还活个十年没问题。她没有绝症，心血管病早就有，现在血压平稳，心脏功能正常，她天天喝得半斤酒，身体状态不错，她自己绝没想到这是最后一个生日。饭桌上，母亲兴致很高，她的子辈孙辈曾孙辈大多到齐了，热热闹闹开两桌，她开心。我们轮流去敬酒，她都站起，碰杯。她说：“争取一百岁，我舍不得这帮人。”第二年，离她生日还有四个月时，她突然倒下，不再起来，永远离开了我们这帮人。父母在世时，我来袁家铺给蒋娭毑拜寿，一定先绕道回老家看父母，陪父母闲聊几句，喝一碗母亲煎的姜盐豆子茶，再到袁家铺去。现在只能回想过去与父母在一起的时光，心里有一种隐隐的痛。

兄弟仨

1984年7月某天，我和邵国光来当时的湘阴七中（现改为袁家铺中学）报到，与王雪峰不期而遇。他爸爸（王化科）在湘阴七中教书，当时蒋娭驰已退休在家，王雪峰在袁杉学校教书。袁杉学校与湘阴七中只隔一堵围墙。

我们刚毕业，王雪峰刚参加工作不久。晚上，我们一起在学校的泥巴地上打篮球。打完球，一身臭汗，我们打赤膊坐在双杠上，把脚搁起，喝啤酒，每人一瓶，痛快淋漓。周末，我们骑单车在乡村田野小道上飞奔，不知要去哪里，任何地方都是我们的远方，单车像飞船，载着我们飞。我们曾骑行五十里去看某人的意中人，碰一鼻子灰后往回骑，中途在路边一水库休息，把精心选购的，送给那美女，被她妈退回来的罐头苹果等礼品吃个精光，打几个哈哈，又骑车上路，一身打了鸡血般来神。多少个夜晚，我们在一起喝酒，谈工作，侃人生，当然谈女人。我们那时对女人很感兴趣。我们自己去找，也托亲朋戚友介绍，谁去看妹子，其他两个毫不犹豫地同去。不是自己找对象，却毫不隐瞒地讲出自己的好恶。那时，我们没有发现彼此的不同，觉得我们是同一个人，有同样的兴趣，同样的热情。同是二十几岁，相差不过一两岁，同是男人身，同处在人生最美好的年华，形成了一种纯真的感情。正是那几年我们亲密无间的交往，为我们打下了坚不可摧的感情基础。假如我们不是三十年前相遇相识相交，我们不会像今天不是兄弟胜似兄弟。

其实，我们仨的性格爱好甚至人生观等是有差异的，我们知己知彼求同存异，有矛盾甚至误会都能当面化解，相互包容，丝毫不影响感情，反而，彼此的感情连带彼此家人之间的感情都与日俱增。

那时，我们经常到王雪峰家吃饭。蒋娭驰做了什么好吃的菜，也要王雪峰叫我和邵国光去吃。我们吃食堂，巴不得天天到他家吃饭。那时，我和邵国光已把他的家当自己的家了。化爹喜欢喝口酒，每餐要喝两杯。是那种一两的小玻璃杯。我们去吃饭时，他至少喝三杯。我们刚参加工作，世事不懂，化爹就趁酒兴给我和邵国光讲为人处世的知识。我和邵国光都在化爹当班主任的班上课。我们刚走上讲台，教书经验从零开始，化爹及时提醒我们。正是靠化爹及时的帮助指点，我和邵国光才得以较快地进入角色，成为受学生欢迎的老师。

三年后，王雪峰也调来七中教书，我们仨是同事，关系更铁了。

他们到我家去时，我父母十分高兴，母亲总是把家里最好吃的菜炒出来给我们吃。她喝酒，他们来了，她总要弄一桌菜，陪我们喝个痛快。母亲喝了酒，就对他们说我岳伢老实，不爱讲多话，不修边幅，二十好几啦，你们要帮他介绍对象。当时，王雪峰已处上对象，邵国光已有美女对他发出明确的爱的信号。我无人问津。只怪父母没有把我造得一表人才，弄我个三等残废，我看中的美女都对我说不，他们两个都帮不了忙。母亲讲时我只是笑，他们俩满口应承。母亲看到希望了，又给每人敬一杯酒，自己也倒一杯，像喝我喜酒一样痛快。

邵国光家在玉华邵家大山。山下有座水库。我们从水库靠山的一侧上山到他家去。那条弯弯曲曲的小路，在许多山峰之间迂回盘旋，我们倾斜着身体，几乎与路平行。爬得气喘吁吁时，我们停下来歇息，望高处，山上是山，邵国光说他家就在那座山坳里；转身朝下看，水库变成了池塘，来时的路被山遮掩了，不知在何处。更远处，是更矮的山村田舍。我们感觉到了一个高高在上的世界。我们骑单车去，到水库时，我们便把单车寄在他舅舅家。舅舅就住在水坝底下。

有一次，我们到了他家。邵母（邵国光娘），抓一把米，逗鸡进屋，随手抓一只鸡，叫邵伯（邵国光父亲）杀了。邵母说：“晚上没有肉买了，今晚就吃鸡。”王雪峰说：“我来炒。”等邵伯把鸡拔光毛，王雪峰几下把鸡剁碎了。邵国光烧火，王雪峰掌勺，开始炒鸡了。邵母还拿出鸡蛋鸭蛋，准备煎一大碗荷包蛋。这时邵伯从后山菜园拔了许多新鲜菜回来了，还要炒几样新鲜菜。我们爬上山，肚子早空了，闻见菜香，更是饥肠辘辘。菜全部做完，桌上摆不下，我们就放开手脚吃。把吃空的碗拿出去，再把菜碗端上来。我们不讲客气，凭本性吃。邵伯邵母，看着我们狼吞虎咽地吃，打心眼里高兴，一个劲儿要我们吃，年轻人多吃点。那天，确实吃多了，也喝多了。晚上，三个人睡一床，一顿醉言醉语，天上人间乱侃。吃得多，消化快，接连不断地放屁。

我是 1988 年下半年离开湘阴七中的。后来，七中解散，邵国光夫妇到了八中，王雪峰调到四中。我们三个人工作的地方总在变动，但始终没有走到同一所学校。只是在节假日偶尔聚聚叙叙旧。正是这些分别之后的思念，重逢之后的喜悦，加上我们之间早期建立起来的感情，让我们惺惺相惜。

当时，我要来长沙，就是因为他们俩都到了长沙。最先，王雪峰来长沙发展，我祝贺他高升，感情上有些依依不舍，但不是特别的强烈，因为邵国光还在湘阴，还可常相聚。接着，邵国光夫妇也去了长沙，我便坐不住了，有种失落感，他们两个把我的心带走了。我也想去长沙混饭吃。我要他们提供信息，学校要人就告诉我。这样，2004 年下半年，我步他们后尘，也成了二十一中人。当时，我们感叹三十年前在一起，三十年后又在一起，缘分呀。

那个意思

1

李斌和张亮，高二起同在一个文科班。之前，他们关系一般。进高三后，他们走近了，好像有那个意思，又不能肯定有。之前，李斌像傻大个，读书不用功，打球很卖力，成绩好或歹，他无所谓。他与女同学有接触，有时也开玩笑，但对任何女生没有那个意思。张亮学习上不爱动脑筋，得过且过。她性格外向，与男生交往，像和女生一样随意，男生给她零食吃，她吃，有时还抢男生的东西吃。若有男生有意或无意来撩她，她打打骂骂，叫男生摸不着头脑。理科班有个男生给她写情书，她拿出来给同学看，以后再没有人敢写情书了。与她走得近的男生，有，但没有固定的。高三上学期第一周，桌位大调整后，班主任郑老师宣布，以后每月座位，按月考名次顺序自选座位。第一次月考，李斌四十名，张亮四十一名，全班人数五十，有九个艺术类学生到外地学专业去了。

接连两次月考，他们成绩比较稳定，都在倒数前几名之内，总坐在教室最后一排，不是同桌，也是邻桌。天时地利人自和，他俩走近了。

老师上课，眼光集中在前面几排。坐后面的学生，如果他们讲小话，老师肯定会批评，若睡觉，被老师发现的可能性就小。某天，上数学课，李斌伏在桌上睡着了，下课被人吵醒。桌面上有一摊口水，还有一根电线似的涎水从耳边垂下来。周围同学笑他。他愣一阵后，才知道是笑自己。张亮捂着嘴咯咯地笑，像刚下蛋的母鸡，她拿出一个小长方形纸盒，抽出几张，丢给李斌。李斌接着，也没有掸开，就势一抹，丝断了，脸颊上泛起一些白霜，那是卫生纸粘贴后的标志。又有同学笑。他骂："笑你娘的 ×。"这时，张亮又递过来一张湿巾，示意他擦脸。李斌抢过来，擦几下，往垃圾桶里一丢，上厕所去了。

他上厕所，通常是找一个位置蹲下来，抽一支烟。他有四年烟龄了，百分之九十的时间是在厕所里抽的。厕所，只有几个坑位，有时被人先占了，他就站在尿槽边抽。像他这种烟民全年级有二十几个，来自不同的班级，彼此都熟悉。烟民进厕所后，都迫不及待地掏烟点火，一口口地猛吸，此时厕所里浓浓的屎尿气就被烟气吞并了。这时，烟民们最怕老师来上厕所，若被抓，就要罚搞卫生，把烟蒂捡尽，把尿槽屎坑冲干净，还要写保证书下次不再抽。若是抓到了，只能认罚，以后，照抽不误。抽烟时，有烟民自觉站在门口望风，看见老师来了，便重咳嗽一声，烟民们迅速把烟掐灭，丢到屎橛子上，有的把烟踩到脚下，双手做解裤裆的动作。每遇这个时候，李斌很沉着，他右手握着烟，沿裤裆垂下，这时烟未熄火，烟气微微，老师发现不了，等老师一走，他还可继续抽，没有浪费烟。

李斌被郑老师抓到过一次。那次学校开展一周的整治吸烟行动。教育处组织班主任开展不定时清查。烟民们不能去厕所抽了，有老师在厕所蹲守巡查。有烟民利用晚自习下课，跑到田径场樟树下去抽。那边有一排高大的樟树，中间砌有一间放体育器材的小屋，小屋紧挨着围墙，围墙与屋墙之间形成了被树影覆盖的二面角。老师知道有人会在这时候来这地方抽，早就到了一个烟民不易发现的地方蹲守。烟民到了田径场就急乎乎点烟，美美地吮吸，哪会想到不远处的黑影里有暗探。当烟友们吐着烟圈，潇洒地走向樟树底下黑色天地时，被悄然起身，逼近他们的暗探逮个正着。那暗探就是郑老师，被抓的烟民中就有李斌。但李斌不承认自己抽了烟。当时，他已吸了几口猛的，右手习惯性地握着烟，沿裤裆垂下，这时烟未熄火，烟气微微，与郑老师碰面时，他嘴上未叼烟。郑老师问其他班上烟民的姓名时，李斌把烟掐灭，弹到暗处。教学楼灯火明亮，田径场那边的路灯高悬，樟树底下树影幽暗，郑老师没有发现李斌弹出烟蒂。郑老师问："你没抽烟，跑田径场来干什么？你以为老师是弱智？"李斌答:"我是来散步的，我还想跑几个圈。"郑老师:"谁相信？他们几个相信吗？"李斌："信不信由你，我没抽烟。你没看见我抽烟，不能讲我抽烟。"

当天晚上，郑老师还是把这事告诉了李斌妈，讲他抽烟但不承认。周末回家，李斌挨批评了，但他仍不承认抽了烟，他妈也没再追究，她怕他发飙。

李斌和张亮坐一起几个月了，有时他望着她，扮个鬼脸，引她一笑。有时，她故意把他无意放到她课桌上的书练习本什么的，推到地下，引来他一阵呵斥，甚至一番追追打打。张亮的课桌是个小零食库，她上课偷偷地吃，下课大大方方地吃，她享受美食，不忘同桌，时不时给李斌吃。李斌不爱吃零食，为哄张亮开心，他也吃点，还说好吃。李斌妈自己爱吃水果，他周日下午来校时，他妈为他准备一袋水果，要他带到学校吃，每天吃几样。李斌吃了张亮的零食，自然把水果拿给张亮吃，张亮也爱吃水果了，李斌的课桌内总有水果。高三的日子，他们过得有滋有味。

一天早操后，李斌对张亮说：“到外面吃早餐去。”张亮答应了。他们出校门，横过公路，再拐入那两栋楼房之间的一条下坡路。路两边是并排着的居民生活区，路与房屋之间的空地上摆满了各种早点小吃，有粉面，有包点，有油炸食品，都是小锅小灶的经营，只有吃粉面的地方，才摆了几张油漆斑驳的旧方桌。李斌问张亮：“你吃什么？”张亮说：“酸辣粉。”李斌叫老板下两碗酸辣粉。这时，张亮坐在方桌边等粉，李斌跑到前面那个炸油条的师傅面前，买回一束油条。他喜欢吃。张亮也喜欢吃。这个地方李斌来过多次。这校园附近有些什么餐馆，特别是小巷小街有什么小吃店，他十分清楚。

李斌一米七八，长得帅气，没有高三学生那种疲惫焦虑的神色。他高中没考上，是买分进来的，他跟不上学习，也懒得去跟，高一、高二，是混过来的，没有学到什么。他要是从初中起有好的学习习惯，他的成绩肯定是一流的，他人聪明。父母闹矛盾的时候，没有管理到位，让他远离了课堂。初中时，父母离婚，他与妈妈生活在一起。据说，李爸有钱，长得帅，一个刚大学毕业的美女追求他，他敞开怀抱接纳了，李妈知道后，坚决要离婚，并且工作也不要了，利用李爸给的赔偿金，自办一个女性雅致生活馆，从美容健身到美食休闲衣饰，一条龙服务。她自己本是一个追求时尚的人，朋友多，她的门店很快打开了局面，不到一年，成本便收回，现已开了几家连锁店。她请了很多员工，没有多少时间管儿子。

其实，李斌刚进高一时，她还是想管他学习的。读高一时，某天班主老师打电话对她讲他作业经常抄袭。那时，他未寄宿，吃完晚饭，便回自己的房间做作业，期间，房门是关着的，从里面反锁了。她想既然作业经常抄袭，那他未做作业，那他关门几个小时，到底干什么？当晚，她要李斌做作业不关门，李斌不同意。她说：“老师讲你抄作业，我想看看你晚上到底干什么。”他说：“我做了一部分，不会做的，就抄了同学的。”她说：“不会做的，听老师讲解后再补上，抄什么，我要看看晚上你到底在干什么。”

他往房间走，她便跟着。他把她往外面推，要关门。她赖着不走。李斌快一米八了，比她高出一截。她执意不走，李斌来了火气，发力一推，她倒退好远，差点跌到。李斌迅速关上门，她愣在那里，这时眼前出现一些幻影，头一阵阵昏晕，那扇紧闭的门，把她关进了绝望。她坐在客厅里啜泣，好久才平静下来。她想，要是他爸在，他敢这样吗？他爸又有新儿子了，不会管他了。

张亮父母也是离异的。她与爸爸生活在一起。爸爸是大学生，参加工作后仍爱读书，职位一直不曾升迁，还是一介穷书生的生活方式。妈妈无稳定工作，靠打零工挣钱，有几分姿色，喜欢高消费。爸爸的工资满足不了妈妈的消费需求。妈妈终于找到了比爸爸有钱的人。张亮长得像她妈，一些习性，似乎是她妈遗传给她的。她一米六二，高挑又健硕，穿着校服，清纯之中彰显妩媚。她眼睛大，肤色光润，胸部比一般女生挺得高。她比李斌爱学习些，她爸管得严，但很多方面管不到位。他对张亮讲过：“你妈就是读少了书，否则不会离开我们。”张亮，其实还是想把书读好，就是脑袋反应较慢。她是考进高中的，高中科目不好学，她不愿吃苦，所以成绩每况愈下。

到了高三，上课听不太懂时，她就做自己感兴趣的事。她看过一段时间韩寒写的书，被郑老师发现，书被没收了。她到报刊亭买时尚杂志看，那上面都是一些美女的时装秀，叫人如何包装的。看过几次，被郑老师发现了。郑老师要她多拿镜子照照，明星是你当的？

她发式总在变化，时而散开，时而绾拢，有时还让头发在前额打个弯，再盘到顶上扎成一朵花。她根本没想当明星，只是爱打扮，爱标新立异。郑老师要她拿镜子照照自己，她真的照办了。她用从她爸给她的餐费中截留的钱买了一个女性化装匣，里面有镜子，画眉的笔，涂唇的膏，涂指甲的油，给脸补粉的小毛刷等。下课教室跑动的人多，她不便细看精描，上课就好多了。老师的声音听起来十分遥远，她把这些玩意，放在她码起的书墙后，对着镜子梳眉上色；脸上有紫斑的地方补粉，刷匀；她的唇，本色是一种暗紫，她涂点红膏。她买了化装匣后，吃零食的时间少了很多。

李斌自己有个篮球。体育课，老师带学生做完预备动作之后宣布解散，他就去打球。常常是下节课上课铃响后才进教室，一身汗爬水流，散发出一股热腾腾的臭汗味。那天体育课，李斌没打篮球。他和张亮沿田径场走一个圈，然后，在樟树下小屋右侧石级的最高层上并排坐下。张亮拿出巧克力，两人分享。她拿出手机，插好耳线，每人耳朵塞一根。两人吃着美食听着歌儿，摇头晃脑。体育课后，是数学课。在六科必考科目中，李斌只有数学好点。当然，是相对他其他科目而言，也就是七八十分吧。如果他用心听几次课，做几次作业，考试便上升一二十分。

今天，他心情好，想听数学课。上次回家，他妈破例问他成绩，要他后段加把力，把各门功课学好点，准备出国留学，他妈现在不差钱。张亮文综好点，当然也是与她其他科比。她数学就一直感到困难，到高三综合运用很多题不会做。老师讲基础题时，她还是动笔做点笔记。今天这节课，是分析试卷，昨天讲了前面的基础题，这节课，是分析后面几个大题。她考试根本未做，也听不懂。张亮打开手机放歌，把一根耳线递给李斌。李斌本在听课，他还是接过张亮递过来的耳线。两人又把坐田径场上的时光延续。他们轻轻摇摆着身体，彼此感觉到对方的摇摆。郑老师去上厕所，从教室旁经过，习惯性透过窗玻璃看一下课堂，恰好看见了。郑老师望着他们，大约有一分钟，这时旁边有人敲李斌一下，李斌环顾左右不知何意，无意看见了窗户外的郑老师。

下课后，他们被请到办公室，笔挺地站在郑老师办公桌前。郑老师：“老师讲得喉干舌苦，你们听歌如醉如痴，像个什么高三学生？一男一女，课堂上摇头摆尾，成何体统！你们要自由要快乐，不要坐教室里，反正，学考考了，你们可拿到毕业证了。坐教室就要像个学生样子！”李斌：“我们没影响别人。”郑老师：“周围同学没有影响？老师看见你们这样，上课情绪没有影响？就算没有影响别人，也影响你们自己。你们不准备考大学吗？”李斌沉默。

张亮：“考大学。”郑老师：“你以为大学是菜园门，想进就进？你们这种成绩，考专科职院都难。比你们成绩好的人都在认真听课，你们倒好，上课听歌，可惜湖南台不搞快乐女声、快乐男声了。”

下课时间有许多同学来办公室问问题，郑老师的办公桌在门的正对面，所以进来的每一个人都看见李斌和张亮。他们两个并排站着，引起人更多的想象。张亮眼睛不时望着别处，与许多同学的目光相遇，她发出一种淡淡的笑。课余时间，一些撩她的男生看她时，她也是这种笑容。她进办公室次数比李斌多些。李斌感到了难堪，他觉得被这么多人看，自己便像被耍的动物那样贱，郑老师滔滔不绝讲的那些大道理，他听腻了。他想撤身走，又担心导致更大的批评。

郑老师也许察觉到李斌的心思，说：“李斌 ，你实在聪明，从现在起努力赶，考个二本是有希望的。”接着，郑老师又讲了一通大道理。他们一句也没听进去。

他们俩回到教室，老师刚好宣布上课。学生起立，齐声喊：“老师好，敬礼！”他们跑到教室后排，向老师敬礼。这节是英语课，是他们共同的弱势科目。英语老师是美女，打扮入时，还有点露。老师的声音柔润中有股甜美入心的旋律，李斌爱听。她还利用多媒体插播一些纯英文版的视频，他也爱看。他的英语提高较快，但远不及别人，他课后花时间少，就只上课听听想想。今天，他没有多少心情听英语课了。他好郁闷，刚才办公室站了十多分钟，他就是和张亮听了一下歌，并没有做见不得人的事。他在一种自责的心态下胡思乱想，没有听进一个单词。张亮若无其事，她低头照镜子，欣赏自己越发润泽的脸，还吃了点零食。她抬头看过李斌几次，李斌没有接受她的探问，看着黑板发呆。

2

郑老师画了一张空座次表，放他办公桌上，月考成绩出来后，学生自觉到办公室来选位置。第四次月考成绩出来了，两个人都有进步。李斌上升了十几个名次，张亮进步小点，上升十个名次。选座位时，李斌先选，他有意往后选。张亮选时，李斌旁边的坐位还是空的，她毫不犹豫选了那空位。张亮的选择，郑老师不同意。

昨天，张亮爸打电话给郑老师问了一些情况。郑老师把张亮的成绩，学习态度如实讲了。张亮有潜力，成绩可以搞上来，现在的问题是她学习上不上心，在个人形象上花费时间较多。她是班上最漂亮的女孩，喜欢张亮的男同学肯定有，对她的学习有一定影响。张亮爸问郑老师："张亮目前有没有特别要好的男同学？"郑老师讲："每次月考后自选位置，她和男生李斌总是选得同桌。"张亮爸有点急。郑老师劝他不要急，还没有到你想象的那种程度，也许没有我们认为的那个意思，但有可能变化。现在我们要想办法让她把精力转移到学习上来。张亮爸问："她成绩这么差，有办法上来吗？"郑老师讲："离高考还有四五个月，可以请老师补课。"张亮爸拜托郑老师月考后调座位莫让他们坐一起。

张亮问："为什么？"郑老师："你们分开坐好。""坐一起，有什么不好呢。""你不是犯过一次错误吗。""不坐一起，还是可以犯错误呀。""可以少犯。""我不同意！你讲按名次选座位，我并没有违犯规定！"张亮以前到办公室接受批评，表面上不愠不怒，还有一层近乎无所谓的笑意，因她面容姣美，别人没有去思考这笑容里的轻视。今天，她一反常态，脸上晴转阴，好看的红晕变成了青紫，声音也洪亮许多。

讲完这句话，她头也不回离开办公室。郑老师好像拳击运动员遭到对方最厉害的一击，跌坐椅子上，望着张亮决然离去的背影，哑口无言，旁边的老师问他是怎么一回事，惹小美女发脾气。他没作声。几分钟后，他拨通了张亮爸的电话。

当天刚好周六。张亮回到家时，张爸已做好了饭菜。有她喜欢吃的红烧鲫鱼，糖醋排骨，还炒了芦笋藕片等。平时周末回家，做的也是张亮喜欢吃的，今天做得更用心。张爸想让她吃好，高兴，再谈正经事。张亮并未察觉有什么异样。吃完饭，张亮打开电视，看新闻，她读文科，要关心时政。张亮爸清洗碗筷，做厨房保洁工作。大概八点钟时候，他到了客厅，这时张亮关电视，回书房做作业。张爸说："等下做作业，我们谈一件事。"张亮面有不悦之色，还是坐下来。"这次月考如何？""进步十个名次。""不错。只要努力，就会进步。下次月考，争取再进步十个名次。""有进步奖吗？""好！进步一个名次奖励20元。这次给你200元，下次在这个基础上进步一名，奖50元。"讲道理，讲得够多了，对张亮作用不大，小孩喜欢零花钱，他就用钱来鼓励。张亮知道自己太懒，与她基础差不多的同学成绩大都比她好，因为她们用功些。她想，只要上课少照镜子，少吃零食成绩可以赶上来，她的名次还靠后，再进步几名没问题。她起身走，以为爸爸讲完了。张亮爸说："后段时间，要把心思放学习上。""好。""座位调整了吗？是不是还是和李斌同学坐一起？与他坐一起不好。""为什么不好？他没有影响我学习。""他不影响你学习，隔远点，就更不影响。""我有时问他题目，他总帮我。""他成绩不好，怎么可以帮你？""我问他题，他不会，他就去看书或问同学，弄明白再告诉我。""你可以直接去问其他同学呀。""那些人稍微讲几下就不讲了，怕浪费自己时间，他讲到我懂为止。""他这样做，明显是喜欢你。""喜欢我，有什么不好。他并没有要求我做什么。他其实很聪明，比班上前几名的那几个男同学强多了。"张亮爸担心她被那个男生笼络了。坚决不同意他们坐一起。他要张亮去做作业，等下再与郑老师商讨对策。

郑老师问了班上几个学生，都反映张亮和李斌有那个意思。两人同去校外吃早餐。学校有早餐吃，他们就是想找机会约会。如果某个没去吃早餐，另一个就把早餐送到教室。中午吃饭，李斌排队打两份，张亮去占饭桌，饭打来了，两人对面坐着，有说有笑地吃。旁边有人，整个餐厅里人头攒动，他们旁若无人。周末放学，他们同搭一趟车回家，周日下午来校，同进校园。还有学生爆料，班上某女同学喜欢李斌，但李斌对她主动示好无动于衷，她气得掉眼泪。她成绩比张亮好，还比张亮高一点儿，只是没有张亮那种丰盈的气势，不是张亮黏着李斌，李斌肯定会和她好。她恨张亮。郑老师知道这些情况后，态度越发坚定。接到张爸电话后，郑老师意志更坚定了：坚决把他们调开！

座位都选好了，按前几次惯例，只宣布一声，座位就调整了。他想过找李斌与别人对换，没有合适人选。男女同坐的有两对。另一对，成绩特好，任何一个不会同意换到后面去。李斌也不会换，就算换了，张亮不会买账。张亮的个性，郑老师早就领教过。

那是高二下学期，学校给高二年级学生统一照相。学生档案，高考报名以及毕业证上都要相片，统一照好，再发给学生保管，要交时，就很快收齐。那天，相片发下来了，郑老师利用下课时间分发。他喊谁，谁就来拿。同学见发相片，一窝蜂围着老师，那些没拿到相片的，想看别人照得如何，有的就抢别人的先睹为快，相主当然不买账，就去追打抢走相片的。场面十分热闹，教室内外，都有追追打打的人。叫张亮时，她在教室后面正欣赏别人的照片，等她跑过来时，她的相片被一个男同学抢走了。那男生拿出相片边跑边叫，看美女照片啦。那男生平日喜欢撩她，她不搭理。张亮来火了，对郑老师骂道："妈妈的 ×。"郑老师问：

“你骂谁？”答：“骂你！”这件事，最后通过张爸做工作，张亮向郑老师当面检讨，但拒绝在班上公开检讨，最后是郑老师让步。

郑老师想宪法可以改，改班级制度，那不易于反掌。只是学生已选，现在推翻，要多讲几句。他已想好了。之后的事就好办了。怎么调，他有办法。一般是星期三调，还有几天，他先在班上吹吹风。

立冬二十多天了，天气渐冷。上一周一直是阴雨，冷的速度超过了人们的预期。人们还在留恋秋日的暖阳，那些秋高气爽的日子好像还在某个地方等着。可是去不了，呼呼的北风把人吹向寒冬。星期一升旗只能在教室进行了，外面下雨。升旗仪式结束后，郑老师强调了几项纪律，讲到他对班级工作进行了反思，好的方面要坚持，不好的方面要改变。然后，他要学生交作业，准备上课。这时有几个同学拿出了早餐，准备吃。张亮的早餐是李斌给她买的酸辣粉，还有两个小德园包。她早就饿了，只求郑老师早点闭嘴。学校规定不准将有汤水的食品带进教室，郑老师在班上也强调过，仍然有同学将食品带进来，尤其是通宿生。学生利用早自习下课，与第一节课之间的十分钟解决早餐。郑老师有时管，有时不管。今天，他看见张亮在吃早餐，旁边的李斌注视着她，他突然有股冲动，要治一治她。他重拍一下讲台，然后说：“吃早餐的，站到外面去吃，学校规定不准把这些汤汤水水带进教室！”吃早餐的几个学生端起纸盒到外面去吃，张亮走最后，看她的样子是极不情愿的。外面有北风，有细雨飘进走道。那几个学生三扒两搅就吃完了。张亮吃了几口，把所有食品放进塑料袋砸进垃圾桶，发出的声音很大，把郑老师吓了一跳。

星期二上午，天晴，秋天的暖阳仿佛回来了。那种低矮的灰灰暗暗的云霭消散了，天变得高清，有大块的白云也有大块的蓝云，还有许多可以任你想象成何物的云。连续几天的小雨，净化了空气，风吹走了地上的落叶，天地明净。阳光洒向校园，斜斜地在走道上画下许多方形条形的图案。中午时分太阳转到了教学楼西头斜上方，没有夏秋的炽烈炫目，这时，走道上的画卷起了变化，变得更有艺术的意味，那些方形拉长了，圆的，变成了长龙，条状的，变成了三角形。走道护墙外筑有一线沟，栽有迎春花，它们没有丝毫褪色，绿叶满枝，弯垂空中，每一片叶子都闪烁着一种晶莹的光泽，楼下的玉兰树、樟树，枝繁叶茂，更是熠熠生辉。李斌和张亮吃了中饭，便早早来到了教室。张亮心情不好，李斌问她什么事，她没明讲，反正从上周六到今天上午，她心情一直不好，今天上课她照镜子，看见自己原本白净嫩润的脸变成了青紫，似乎有些黑点，仔细一看又没有，她没有对自己修描，这种脸色等于为她着色了，她心中的恶气都跑到脸上来了。李斌看着楼下，若有所思。张亮伏在栏板上，看到迎春花，玉兰树被阳光照得发亮，看到太阳温暖明亮清新，心情好了一些。她把班上养的绿萝，含羞草端到栏杆上晒太阳。

午休，有老师值班。今天刚好是郑老师。一点钟时，他一间间教室巡视，到自己班上时，发现张亮和李斌还站在教室外晒大阳，“午休铃响了，怎么还不进教室？”张亮沉默。李斌：“晒晒太阳。”“到点了，立即进教室午休。你们看还有哪班的学生在教室外面？”李斌对张亮说：“进教室吧。”张亮进教室，把自己的课桌搬到走廊上，决意在外面晒太阳午休。教室有股阴冷之气，外面太阳晒着全身也晒到心上，会把她这几天积攒起来的晦气晒跑。李斌回自己座位了。不久，郑老师又来巡视了。他走到张亮面前，说：“赶快搬进教室，你总是出怪招！”张亮说：“我午休后再搬。”“那午休后你也不要搬了，就在外面晒太阳。”张亮不予理睬。

下午第一节是郑老师的课。他赶到教室时，还没有到上课时间。张亮在教室，正和李斌讲着小话，不时朝郑老师瞟几眼。郑老师把这种眼神理解为挑衅。午休之后，还有二十分钟读报时间，他想提前把座位的事解决。郑老师说："大家安静。我利用读报时间讲一下选座位的事。周末接了许多家长电话，讲这种方法不好。成绩差的学生只能坐后面，他们自制力差，上课就更不认真了，老师精力有限，难以管到。另外，有些同学视力差，按名次只能坐后面，看不清黑板上写的字。昨天，班长已把视力有困难的同学作了统计。从本次起，调整座位不按月考名次，这次选的座次宣布作废。"

这时，教室里有些议论声，声音越来越大，郑老师敲了一下讲台，清了清嗓子，要大家安静，他说："新原则是视力差的，坐前面；左右互换，即一、三大组，二、四大组互换；前后互换，就是坐后面的同学坐到前面来；男女不同座。这次调整，就是按上面的原则调整的，先按上个原则调好，再考虑下个原则修正 。每人的座位是多个原则的结果。大家先无条件按这个坐好，有意见的下课再提。"郑老师念了新座次。要同学快速搬到位。这时教室大乱，大家将椅子反叠到课桌上，挪动着桌子，想搬到新位上去，但周围都是课桌，只能停停走走。郑老师要大家快点，把桌子搬起来，拖的话，会影响下面教室上课。

李斌搬起位子准备走的时候，张亮拽了他一下，他就放下了，坐着没动。张亮坐在那里照镜子。郑老师犯难了。如果他们两人不动，他这样做有什么意义？教室逐渐安静下来，四大组基本排好了。有一男一女旁边是空位，分别是李斌和张亮的位置。郑老师在讲台前来回走看，同学们叽叽喳喳的声音，他没有听见，他看教室，模模糊糊的一片，室外，太阳依然明亮，这白花花的阳光，与白花花的雪差不多，他身上有一阵短暂的痉挛。怎么办？读报课下课了，只有五分钟就要上课了。他必须解决这问题。

他大声问张亮："张亮，为什么不搬？"张亮沉默。他又问李斌："李斌，你为什么不搬？"李斌说："我只按选的座位搬。""刚才，我解释了原因。”“那你也只能从下次起。总不能朝令夕改。”“是听你的，还是听老师的？”沉默。“要上课了，你搬还是不搬？”“不搬！”郑老师急冲冲，来到李斌面前：“我再问一句，搬还是不搬？”“不搬！”郑老师就拖他的课桌，李斌先是死死拖住桌脚，后来松手，郑老师一个趔趄，但稳住了。同学们呆呆地望着，不知如何应对。郑老师搬起李斌的课桌从教室后的空处疾步到了后门，李斌搬起凳子紧跟着，凳子举过头顶，要砸人的气势。郑老师把课桌往走道上一摔，桌子倒地，书、文具撒满一地……

一次痛苦的经历

大约四年前，我体检时，查出肾结石。以后每年体检，做B超时，我总问医生："我肾里结石在不在？多大了？"医生说："还不大。不痛就没事。"

我想，若痛，那就是分娩前的阵痛，到时石头就应该出世了。我一直没有感受到痛，是没到预产期。我也只是在体检时关注一下，其他时间不去想自己身怀结石。想什么呢？它不痛。两个月前，我右下腹隐隐作痛。我猜想，这是肾结石引发的痛。我没当回事，那点小痛算什么。

上周星期五晚上，我和几个球友打球，算分，接位。一个多小时后，我感到右下腹痛，停下休息，以为痛是暂时的，我仍然看着球友比赛，等着接位。但是，这种痛像火苗一样起来了，我用手去按去掐，无济于事。右腹那一大块都在痛，我强忍着，像地下工作者忍受着酷刑。怎么回事呢？刚才还是好好的呀！痛像火山在我腹中涌动，身体其他部位一阵阵痉挛。走一步，痛加深一层。我不走，靠墙，身体开始出冷汗了。我没有告诉任何人忍着痛，来到距离最近的地矿医院。一进门，我下意识呻吟起来。那些坐在玻璃窗后穿白大褂的美女都吃惊地望着我。我战战栗栗掏钱挂号，歪斜着身子，走过两个房间去看医生。医生要我躺在靠墙的一张窄床上，这里按一下，那里拍一下，每弄一下，那种痛就膨胀一次。我咬紧牙关忍着。医师要我去交钱，验血、验尿、做B超。

我对医师说："有办法止一下痛吗？"医师说："先做检查吧。"做B超的是一个美女。她用那柄拳头一样的仪器，在我右下腹使劲按着，慢慢移动，眼睛盯着电脑屏幕。不断叫我换姿势，平卧，左侧卧，右侧卧交替着。她问："你是不是患有结石病？"我说："是的，几年前体验，查出右肾结石。"她说："尿道有结石了。"她又叫我换一个侧卧姿势，那仪器越发按得深，移动得慢，"结石还小，难以确定位置。"B超做好后，我又去验血，去卫生间接尿。大约半小时，所有结果出来了。我把检查单，拿给医师看。

医师说："这是结石引发的疼痛，石头不大，但阻塞了尿道，肾中有少量积水。"我说："有办法治疗吗？""你吃'排石颗粒'，把结石屙出来。"我说："那行。奇怪，好像没有来时那样痛了。"医师说："结石没排出，总会痛。结石长满尖尖角角，每移动一点儿，就把尿道划破许多，那些刺破处出血发炎。痛得厉害的，人在地上打滚。你现在不太痛，可能是刚才做B超时把结石推动了一下。"医师给我开了两盒"排石颗粒"，还开了一盒叫"双氯芬酸钠栓"的止痛栓。

我像得到了解放似的，以为痛苦的日子结束了。我美滋滋地想，睡一觉，明天就好了。躺在床上，没一点睡意，痛像波涛一浪接一浪袭过来。我摸着腹部，真真切切摸着我的痛。夜深人静，痛为魔鬼，我内心充满了恐惧。这种痛不是那种火烧火燎的表层的痛，而是那种有人在掏心掏肺的痛，也不是那种尖刺的痛，撕破皮肉的痛，是那种大面积的阵痛。我试着换姿势睡，每换一种，有过短暂的痛感减弱，很快又剧痛起来。我干脆不动，平躺着，不知到了什么时候来了点朦朦睡意，突然感到身体被人撞了一下似的，我又醒了。一夜无眠。早晨起来，头昏脑涨。右小腹那一大块，像被人打伤了，走一步，痛一步。在打伤一样的痛中另有一种更强烈的不可言说的痛在肠胃里面集结发散。我手贴着右腹，轻手轻脚地走，生怕走重了，把那些潜伏的痛都激活了。早中饭都没吃，没一点胃口，一点也不饿。平日，我早餐要吃一大碗面，中餐至少吃两碗饭。我坚持不住了，两点多去地矿吊了三瓶水。五点半回家，感觉好了。晚上也睡得好。

星期天早晨，我比往日起床迟点。平时，我一起床就要解手，今天没一点排便的意思。肚子痛，像有人在扯肠子，暗暗用劲，不松手。我往右下屈着上身，尽量把右下腹往内扣，想把那扯肠的手夹住，结果只是夹住了自己抵着下腹的手。洗漱，两三下就搞完了。我在客厅卧室来回走着，想把疼痛抖落一些，结果痛感更盛。坐下来痛，我又走动，嘴里哼着呻吟着，我用可怜之至的呻吟声，与不可一世的结石抗争。那个痛，让我无法保持一种姿势，坐，卧，走，爬，我都试了，痛没有松弛，我直不起腰来，我不断地呻吟，像一匹北方的狼在无垠的旷野中哀嚎。

一个大男人这副熊样，怎么对得起父母造的男儿身呢？我不哼哼唧唧了，往床上一倒。我扑在床角，把腹部紧压着床，想把痛苦压成真空，痛依旧难忍。我呆坐着，不做陡劳的挣扎了。

妻子说："这么痛干脆住院去。"我说："好吧。"八点未到，我和妻子到了地矿医院。我拿出病历给医生看。医生建议碎石，或者取石。碎石后，再通过吃药，把碎石排出来；取石，是用一根管子从尿道插进出，把石头捣出来。这些手术，地矿医院不能做，他有一个同学是省人民医院的主治医师，专门做这个手术，省人民医院病人多，难得排上号，他给了我他同学的电话。

我犹豫，这两种方法我都不想。星期五晚上美女为我做 B 超时，花了很长时间才找到结石的位置，她讲结石还不大。既然不大，就可以服药排出来。碎石之后不是也要排出来么？后一种，想起就可怕。不知为何，这时没有来时那样痛了。我对妻子说，我们先回家再商量一下。回家后，我把我的情况向当医师的球友讲了，征求她的意见。她先生刚好是泌尿科的主治医师，他问了我相关情况，看了我用微信发过去的B超相片，说我这结石可以排出来。他为我开了五副中药，还吩附我如何服用等，我妻子到老百姓大药房把药买回来了。准备吃药排石。

中午，又痛起来，像一出没有前奏的戏，一开始便是高潮。痛让我战战栗栗，让我像木头不敢动，一动就像发了疯停不下来。星期六打吊针时，那医师讲吊针是消炎的，又扩张尿道，痛会减轻。怎么还是这么痛呢？

我侄女在湘阴一医院工作，我打电话咨询。她要我把B超相片，医师开的处方拍照发给她，她请医师看看。我发过去了。不久，她打电话来了，讲结石不大，我在地矿医院打的吊针里少一位消除痉挛的药，所以仍痛。她要我回湘阴来打吊针。当时，我弯腰驼背，痛苦不堪，怎么能去呢？我说你把药方开出来，我去买好，到这边社区打。她很快把处方发过来了。我和妻子先到老百姓大药房，一问才知药房不卖打针的药剂。我们直接到社区医院去。值班医师看了，差一样。

我打电话给侄女，差一种药，不用可以不 。她说："不用，会影响整体效果。"我问医师："有没有等效的药替代？"医师讲没有。怎么办呢？不用这位药，效果差，还会痛，那不如不打。我和妻子商量还是到地矿医院去，那里多半配得齐。我们横过马路，走几分钟就到了。我先到药房问药师有这些药没有，药师讲都有。我很高兴。妻子连忙挂号，找医师开处方买药。没有处方，买不到药。坐诊医生刚好是星期五晚上那位值夜班的女医师。

我说："医师好，周五晚上你给我看过病，请你帮忙按这个处方开一张处方给我。”她看了看我手机上的处方，说：“不行。到我们这里看病，就用我们开的药。”“昨天下午，我在贵医院吊了三瓶水，今天还是痛呀。”她说：“吊一次，少了。还吊两天吧。”我带着哀求的口气说：“就用这个处方上的药，吊两天，请你帮忙。”她说：“这些药大都是从前使用的药，副作用大，我们这里有新药，效果还好些，为什么硬要用这种药？”新药，自然贵些，这个我懂的，至于副作用，入药三分毒，这个我也懂的。我是忍着痛来医院的，总不能忍着痛离开医院。妻子说就在这里打算了，相信医师。我拿出病历，治疗卡给医师。她翻开病历，龙飞凤舞写了一段话，再在电脑上敲几下，说：“去交钱拿药。”吊完，不怎么痛了，但那种内脏被卡住被绞索的感觉还是有。

第二天星期一，我下午去医院打吊针。当时，已有痛感。我睡在床上，看着长长管子的水，一滴一滴往下滴，感觉痛一点一点在胀大。我问护士：“怎么越来越痛呢？”“药效没这么快。坚持一下，就不痛了。”护士穿着白大褂，身材好；戴着白帽子，那帽子好像是手工折叠而成，像缩小的古楼亭阁；戴着浅蓝色的口罩，脸只露出一点儿，但看得出那是一张白白净净的脸；目光明亮，略显羞赧。她替我换瓶子时问我：“好些吗？”我不想对她讲真话，其实还在痛，她的心愿是好的，我不去扰乱她的心境。

晚上，痛加剧了。我十一点上床，直到两点，我没有合下眼。和上周星期五晚上的痛一样。我打开手机，百度一下，如何缓解结石痛。答曰：喝两杯水。我倒了两大杯水喝了，坐床上，双手合一，祈祷神仙垂恩，让我早点脱离苦海。仍痛，神仙也救不了我。我突然想起，星期五晚上那女医师给我开了盒“双氯芬酸钠栓”，吩咐我一痛，就拿一粒塞到肛门。我照办了。还比较灵，几分钟后，就不痛了，我得以睡了一两个小时。

早晨起床，我第一个想法是再不能去地矿医院了。我打电话给侄女，我上午就过来了。我到时，药已调配好了，有五瓶水要吊。我直接到病房打吊针。刚吊几分钟就不痛了。她还配了两天的药，要我带回长沙吊。吊完三天针，一直到现在，再没痛过。不痛，我就可安心吃药排石。

所有看过我的医师都讲，我的结石小可以屙下来。要我吃“石淋通”，吃“排石颗粒”，从发痛起，我一直在吃。我球友的先生开的中药，买回，还没吃的，现在煎了吃，熬两道，放一起，分三次吃，吃完跳半小时。他要我多喝水，煎多点剂量，两道倒一起有一大盆。我每次倒一大缸，做几口喝下去，真想呕。一天喝三次，跳三次。跳时，我把前脚踮起，再把后跟使劲往下蹬，每次半小时。石头不落，汗如雨落，内裤都湿了。跳几次后，脚大腿以下一节痛，走路拖脚不起。结石真结实，没有下来。医生讲，屙下来时，会感觉得到，我一直没感觉。想起那一大盆污黑的水，我感到害怕。我不想再喝了。“石淋通”是消炎扩张尿道的，我打了这么多吊针，消炎了。我屙尿，感到尿路宽，不分叉，还扩张什么呢？我也不想吃了。我问了几个结石病友，他们讲尿结石，不会轻易屙出来，慢的，要几年才出来。只要不痛，你莫想那事，只管做自己的事去，到了时间，自然会屙出来。多喝水，有点隐痛，吃“石淋通”。大痛，上大医院，打碎，再吃药屙出来。

现在回想起，结石那个痛，等于一种酷刑。虽然手脚可以动，动有什么用？整过内脏如刀剟针刺，让你手脚无措。杯弓尚蛇影，现在我腹部只要有点异常感觉，我就想到是不是结石痛又要发作了。幸亏这一个月来，小小的不舒服有过，但没有大痛。什么时候会大痛呢？不去想好了。

我之所以得这种病，肯定与我的某些不良饮食习惯有关，比如喝酒，喝浓茶，吃辛辣之物，盐渍食品等。痛定思痛，确实要改掉这些坏习惯。妻子上网查结石病人，吃什么和不吃什么，每种都罗列了一大串。我对妻子说，这结石的形成与体质有关，与食物有关，既已形成，就会生生不息，这块落下去，新的又会长起来，我准备和结石打持久战。

医生要我戒酒，妻子也劝我戒酒。之前，我也戒过多次，没戒成。一个月以来，我滴酒未沾，有时想喝，但想到那种剧烈的，受刀剐火灼一样的痛，我忍住了。经过多次由渴望喝，到抑制喝，我对酒的兴趣变淡了。别人谈酒，我可以不介入。吃饭时，别人喝酒，甚至劝我喝，我不喝，吃两碗饭就下桌。看那些喝酒的人，推杯换盏，高谈阔论，我坐开些。这次国庆长假，我回乡与亲人们团聚，都以为我会开戒，我坚持没喝。亲人们笑我，看你戒几天。我笑笑，能戒几天就几天。喝酒三十几年了，那种感觉早已成为一种条件反射，一下要戒掉，并非易事。我对自己没有百分之百的信心，我倒想看自己能坚持多久。

山外有山

李青山请王沙丘喝酒。王沙丘二话没说便答应。他们十几年交情了，住同一小区，经常一起喝酒。王沙丘问："有什么喜事吗？"李说："我一个朋友，湘潭大学的教授，特意来看看我，中午请你作陪喝酒。包厢定好了。教授夫妇开车来的，已到了包厢。"见李青山提两瓶国窖，王沙丘有点疑惑："三个人两瓶酒，怎么喝完？"他三四两的量，李青山的量差不多，"你那朋友是酒桶吧？"李青山说："朋友当年喝一斤半酒没事。现在估计减了量，但一斤左右差不多。我们二十几年未见面，带两瓶去，可以尽性。"

李青山在长沙市某高校当处长，平日喝酒的机会多，但他十分有原则，随别人怎么敬，他最多喝三两。他说，自己血压高，喝高了，会出事。平日他和王沙丘喝酒，大多是在各自家里，喝到那个点上，随你劝，他不肯再升一点。王沙丘问他："今天，你打算喝几两呢？""四两吧。""那你朋友喝一斤二两，我最多四两。"

他们赶到包厢时，教授夫妇起身相迎。教授叫张贾平，妻子叫文艳辉，也是教授。

李青山接过服务生递过来的菜单，点了几个菜。张教授说：“点多了，吃不完。”他接过菜单，叫服务生减掉几个，换两个，共五菜一汤：剁椒鱼头，牛肉，辣椒炒肉，红烧豆腐，一个青菜，芋头排骨汤。

李青山见了三十几的铁哥们儿同事，自然话多。文教授几乎不讲话，就是那样坐着，好像庙里的仙姑。她短头发，画了眉，脸部肌肉绷得紧紧的，漠然冷峻。女性的温婉柔情似乎被她刻意收敛了。穿着朴素，看起来像个市井俗女。只是那眼神还是别样的，让人望而生畏。王沙丘暗中瞟了她几眼，担心与她对视，还是相遇了，他连忙转移视线，去看张教授。张教授也是“六零后”，看上去比较苍老。额前，脑壳四周尽白发，头顶之上荡着青丝几绺，细细弯弯地盘着，像贴上去的。戴着眼镜，脸苍白，似乎历经磨难，饱受辛酸。脸尖削，干枯，下颏却横平隆起，像外国人。张教授和李青山两人相谈甚欢，谈的都是当时的经历。

王沙丘主要是听，他不去没话找话说。菜上齐了。王沙丘把四个玻璃酒杯并排放一起，准备倒酒。文教授连忙拿走一个，她说她不喝酒的。三杯酒，满满的，瓶里大概剩二两酒。

李青山举杯致辞：“张教授夫妇贵客，今天就尽性把酒喝好。我请王老师专门陪你。干杯！”四个人都站起来了，杯子碰到了一起。文教授以茶代酒。

王沙丘说：“能陪张教授喝酒，不胜荣幸！只是我不懂礼数，不善言辞，只有三两的酒量，请教授体谅！”说完，他的酒杯里只有半杯酒了。

李青山喝酒是小口小口喝，他像品酒师，酒到口中，不会一下就让它流到喉咙中去，他要让酒在舌苔，牙龈，喉管等处慢慢地浸润。他见王沙丘一口喝掉半杯，担心王沙丘会喝醉。他说：“慢慢喝，周末下午没事。”王沙丘说：“我先表示一下诚意。”

张教授说：“喝酒有三个境界，一是忸忸怩怩，二是半推半就，三是豪言壮语。你们这么客气，那今天会喝到第三种境界啊！”“好，我们共同努力争取进入第三种境界！”李青山又举杯，其他人也举杯，“喝多喝少，随意。”

文教授还是那样静静地坐着。自己盛了半勺饭，吃一口，停顿一阵，好像在等饭消化，再吃下一口。别人敬她时，她就端起茶杯示意，微笑着，很快又是那副漠然的表情。她只是听，不时看看这个，看看那个，好像把每个人看懂了，得出结论，又觉得结论不对，再朝他仔细看看加以修正。他们三人谈得热闹时一度把她忘了。她也悠然自得，偶尔吃点东西。

不久，三个男人的杯中物都没了。王沙丘叫服务员把第二瓶酒打开。他把第一瓶中的剩酒倒入张教授杯中，差不多一杯：“我和李处长两人加一起的酒量比不上你。你多喝一点儿。”张教授说：“那怎么行呢？”王沙丘连忙从服务员手中接过第二瓶酒，替自己和李青山倒点儿，对李青山说：“我们一起敬张教授。我先干为敬！”李青山也急忙端起酒杯，一饮而尽。张教授看他们俩都干了，他也端起酒干了。

张教授夫妇利用周末到长沙是来看房子的。他们想到长沙买一套房子。一线城市房子都涨到几万元一平米了，二三线城市的房价也都在涨，目前长沙的房价只一万多元，在同类同级城市中算低的，上涨的空间大，他们有余钱，想炒房。他们八点就到了长沙。看了几个楼盘，最终在某售楼部填了表，交了定金两万元。时间还早，不到十点，张教授打电话给李青山，讲自己想来长沙看他，不知欢迎不。李青山连忙说欢迎，欢迎！张教授说，那我开车过来了。李青山连忙打电话预订包厢，并发信息给张教授。一个多小时后张教授说他已到了包厢。

李青山喊王沙丘倒酒。他已快喝到他控制的量上了，脸上红一块紫一块。他和张教授大学毕业同留校任校，在同一个系，当时关系确实很好，李青山很早调离了湘大，平日手机有联系，但一直未曾见面。朋友专程来看他，他有放开喝的意思了。王沙丘懂他的意思。王沙丘给张教授倒一满杯，给自己和李青山倒半杯，张教授坚持倒的一样。他只好把张教授那杯酒朝另两个杯子倒些，直到三个杯子一样平。

张教授说："那就对了。"他第一个端走自己的杯子。王沙丘知道，这杯酒是他的红线了。酒瓶里至少还有半斤，无论如何他再不能喝了。李青山讲话有点结巴，他说："来，干碰！"王沙丘说："张教授文教授，我敬你们！"文教授欠欠身，举一下茶杯。

张教授喝完酒，吃了一口菜，然后讲自己对时政的看法。李青山插话："物质的丰余，并不能带来心情的真正舒畅。人达到一定的物质条件之后，更向往的是个人的自由尊严。"张教授讲话时，不时拿餐巾纸抹嘴巴，吃进嘴里的饭喷出一些。文教授见张教授眉飞色舞讲个不停，盯着他看，可能是传递某种信息，果然，张教授收敛许多，很快改变了话题。

趁张教授上卫生间的时候，王沙丘把李青山的酒倒了一大半到自己的杯子里。

张教授回到原位，站着端起酒杯："来，干杯！"这次，他先干为敬了。他那苍白的脸似乎更白净，谈兴正浓，洋溢着一种快活的神情。这时，李青山干完那杯酒便不作声了。眼睛一睁一闭，只想睡。王沙丘还可以撑住。只是感到一身轻飘飘的，所有人的面孔变得陌生，要定神久看，才可看清。

张教授看了看李青山，知道他再不能喝了 。他对王沙丘说："李处长醉了。"

王沙丘想，朋友的朋友就是自己的朋友，朋友醉了，我来代朋友敬朋友。他认为自己还能喝半杯，实则他已达到上限了。他的心跳得欢快，有飞出来的冲动，身子却往下跌。他想坐直些，坐稳些，身子有些不听使唤。怎么办呢？李青山快进入睡眠状态了，我倒下怎么行？谁去埋单呀。总不能让客人去埋单吧。他斜斜地看了看张教授，他正夹了一口菜，慢慢地吃，酒杯早已空了。他突然来了股血性，敬好张教授的酒！他挣扎着站起来，拿起酒瓶。

这时，文教授起身了：“王老师，我来倒酒。”王沙丘愣住了。文教授说：“王老师坐，我给你加点儿。”她接过酒瓶，往王沙丘杯子里倒一点，替张教授倒一点，再把自己前面的空酒杯倒满，端起酒敬王老师，王老师抖抖索索端起酒杯，与文教授碰了一下，然后干了。他还有意识，他不能失礼。文教授不吭声，一下喝了半杯。她又与张教授碰了一下杯，“你喝得差不多了。”她一饮而尽。她又把张教授的酒杯里的酒喝了。张教授露出阴鸷的笑。文教授没理他，她拿过酒瓶，摇了一下，里面还有酒，她给王老师张教授各倒一点儿后，全部倒入自己的杯中，“我们一起敬王老师！”王沙丘连忙拿起酒杯，与他们碰杯，想讲几句客气话，舌头卷不起，发不出声，只是笑笑。这时，文教授在打电话请代驾。王沙丘叫来服务生，准备埋单。当服务生送来单据时，李青山突然坐起来，抢走了单据……

当时只道是寻常

这几天，何一鸟有些忐忑。钟二姬是怎样的想法？她会不会后悔？他隐隐感到有麻烦。那晚，他留了她电话。手机响时，他带着一种惊慌去接。都不是她打来的，他感到轻松也感到失望。第一天过去了，第二天过去了，第三天也没有她的电话。早点打来，这事便有结果，哪怕是个麻烦的结果。拖得越久，他心中的疑团越大。她不打电话来，他的恐慌会一天天长大。他不想打过去，打过去那无异于自找麻烦。他想，她没有当回事，他是自寻烦恼罢了。这样想时，他对她的恐慌减少了，但好奇心增强了。第四天开始，他不再那么想接到她电话了。他想，要是她不打电话来，就是不找他麻烦。一个多星期过去了，他仍然没有接到她电话。那一夜，他把钟二姬里里外外看个明明白白，她的胴体是那样的美妙，与她融为一体的感觉让他爽不可言。很长一段时间后，何一鸟心里还想着那夜的情形，他们紧紧相拥的战栗，她狂放的激情，她不熄的情欲。

事情是这样的，一个星期前，何一鸟和钟二姬同在一家吃饭。何一鸟与男主人李渊是铁哥们，钟二姬与女主人程娟是闺蜜。那天，何一鸟的妻子出差，他到李渊家蹭饭吃。恰巧，程娟约了闺蜜来吃晚饭 。之前，何一鸟与钟二姬不认识。碰面后，东家做了介绍，他们礼节性握了握手。桌上摆满菜了。大家入座。何一鸟和钟二姬刚好坐对桌。

李渊拿一瓶酒，说："我不喝酒的。何哥，今天你把美女酒陪好。"

何一鸟有点难为情，说："喝酒的美女，都是海量。只怕美女没醉，我就醉了。""你醉了，我送你回家。反正你妻子出差了。"李渊为何一鸟打气。这时，钟二姬朝何一鸟望了一眼，似笑非笑，何一鸟没在意。她说："小女子岂敢与爷们比酒量，喝好就行。"程娟接话："今天你们有缘。钟美女，你醉了，就睡我家。"钟二姬笑。何一鸟笑。大家都笑。

何一鸟拧开酒瓶，给钟二姬，自己各倒了一杯酒。他端起酒杯，站起来，说："钟美女，我敬你！祝青春永驻！"钟二姬起身，端起酒杯与何一鸟碰杯，"怎么干？"眉毛微微一挑，望着何一鸟。何一鸟本想讲：我干了，美女随意。见这阵势，他疲软了，这美女多半真是海量，他要悠着点。他说："喝一半。"他喝了半杯。钟二姬端起酒杯，一饮而尽。何一鸟被将一军，连忙站起来，把那半杯酒干了。李渊担心这样干下去，两人都会醉。他笑着说："酒从欢乐饮。何哥，女人如酒，酒如女人，要细品才知味。"钟二姬笑他："你不喝酒，怎么知道酒如女人？""我听人讲的。"何一鸟酒有点上脸了。刚倒下去的一杯酒，在他肠胃里发酵蒸腾。他说："渊哥讲得对，酒，要慢慢地品；美女，也要慢慢地欣赏！"这时，李渊给两个斟满了酒，说："这是十五年茅台酒。"何一鸟端起酒杯，与钟二姬碰了一下，轻轻抿了一口，这才慢慢欣赏她。

刚进门时，他没有把目光停在她身上太久，不好意思老盯着她。这时，他放开了，酒，让他与周围有了距离；酒，让他周围生了薄薄的雾，这雾让他看见别人，别人好像看不见他。钟二姬秀发披肩，那些黑亮的头发，梳理得齐整，前额上方耳侧似乎特意留些乱发，这种恰到好处的零乱，让她有一种放开但不放纵的神态。略施粉黛，肤色白润，略显长形的脸，饱满光亮，在柔和的灯光下，有那月亮般朦胧的神采。她的眼忽闪忽闪，很好地配合着她讲话的节奏。她穿一条绿底起细碎的，淡红色花蕊的长裙，袖子快到肘部了，露出一节莲藕似的小臂。胸部凸显，饱满圆润，她可能想用裙子裹紧自己的丰盈，那裙子好像刚刚贴着她的肌肤，把她衬托得更加凹凸有形。何一鸟猜想她有三十多岁吧。程娟上个月过三十二岁生日，既然是闺蜜，应该差不多。

何一鸟正生出一些幻境时，程娟拿出一瓶红酒，对李渊说："他们两个喝白酒，我们喝红酒。"李渊很快把红酒旋开了。这时，饭桌上的气氛到了高潮。两位主人频繁敬酒，客人回敬。几杯下来，都有几分醉意了。白酒杯大概是一两一杯的，何一鸟不知自己喝了多少杯。有时没喝干，又被倒满。他的酒量是三两，超过三两，就糊糊涂涂的。喝半斤后是什么状态？他自己不知道，他从未喝到那个量上。他估计钟二姬喝得比他多。

七点多，太阳暗下来，没全黑，外面还有亮光。空调把夏之炎热堵在室外，室内凉爽舒适。客厅与餐厅连一起，十分宽敞。红木沙发，鲜红发亮，是那种高贵大气的紫，是那种让人心旷神怡的亮。玻璃茶几上摆了一盆鲜花，开出几朵淡淡的红花，别有情态。餐桌是大理石的，表面上有些细细碎碎的花纹像雪花。餐床上方吊着一盏莲花灯，乳白色的灯光弥漫着，像一种情愫在飘逸。

开始，宾主都讲客气，碟中美食，很少动筷。酒到酣时，大家渐无拘束，想吃就吃，碗碟大都空了。主人夫妇，把剩下的红酒平分了，要何一鸟钟二姬把剩下的白酒也分了干了。

钟二姬有多大酒量？据说，有一次她参加同学聚会，晚餐她喝了半斤，晚上去唱歌时又喝了两瓶啤酒。这只是传说，真实性有待考证。别人问她酒量有多大？她说："我怎么知道？没醉过呀。"到底她能喝多少，没人知道。她能喝这没错。喝酒凭兴致，她心情好时喝半斤应该没事。

此时，她脸上起了几绺红晕像白云之上渗透着丝丝缕缕的青云。她非常镇定，除了肤色眼神更迷人外，其他与喝酒前差不多。

室外看不见了，程娟按亮了客厅的灯，灯色幽幽淡淡，像春天的和风细雨，有一种特别的情调。餐厅这边的灯光白亮一些。何一鸟端起酒杯敬李渊夫妇，讲话舌头有点打卷了。又与钟二姬碰杯，说：“钟美女，幸会！”说完，先干为敬。他起身到客厅去。外表看起来像没有喝酒一样，实则他体内涌动着灼热的漩流，那是被酒精刺激而发的。钟二姬也下桌了，她款款大方地走到何一鸟对边沙发坐下。一股淡淡的香水和酒的混合味在何一鸟身边缭绕。他闻到这种香味时的感觉，与朝圣者看见了他一直膜拜的圣者的肉身相同。他看着钟二姬，钟二姬也看着他，彼此都不知看到了对方什么，又好像看见了什么，像站在山外看山，海边看海，山是自己的成像，海是自己的倒影。

李渊很快过来陪客。他是不喝酒的，今天喝了半瓶红酒，脸上变成乌青。他傍着何一鸟坐下，身体慢慢往下缩，头脑往一侧倒，显然醉了。程娟收拾饭桌，看见李渊的醉态连忙过来了。李渊哼的一声坐起来，说：“没事。”

钟二姬说：“我回家。谢谢你们！”何一鸟也起身告辞。李渊说：“我喝了酒，不能开车送你们。”他又对何一鸟说：“你当护花使者，把美女送上车。”

下了电梯，他们一前一后走着，相隔不远，彼此能听清对方的呼吸。钟二姬高跟鞋被路面凸出的小石头绊了一下，往一侧倾倒，何一鸟想出手扶她，手又缩回来。她很快站稳，鞋跟在路面上弹出扣人心弦的音乐。何一鸟看着她的背影，听着这种乐声，像在迷宫中行走。走过一段两边有树的小径，他们走上了小区通向正街的大道。这时，他们并排走着。路上行人不多。何一鸟走路有些摇动，时不时撞上钟二姬，钟二姬也有些晃动，只是幅度没有何一鸟的大。何一鸟问：“你住哪里？”“往南两站路。”“我也是这个方向，我送你。”钟二姬醉了，还是没醉？何一鸟搞不清，只知道自己醉了，走路深一脚浅一脚，两脚不大听使唤。那瓶十五年茅台，钟二姬喝了大半。她还喝了闺蜜倒给她的一杯红酒。她无意之中把手伸到何一鸟肩膀上了，又连忙收回，她走不动了。

何一鸟头晕，迷迷糊糊。大街上灯光诡谲，他怕碰见熟人，不敢去扶她，只好用身子紧靠着她，钟二姬感受到了这股靠拢的力量，一步一步地挪着。何一鸟想，这个样子怎么走两站路？打的，送她回家。钟二姬好像知道他的想法，说：“我要走回家。醒醒酒。你莫管我。”“你这样子，如何走？找个地方休息一下再走。”她没有作声。200米开外的地方就有一家酒店。

他们进房间时，服务员把空调打开了。何一鸟坐在茶几边，有点手脚无措。

钟二姬把高跟鞋摔向一边，背包丢到茶几上，人往床上一倒，手伸开成一字，脚叉开，但裙子阻止了她进一步的舒展。她好像睡着了。头发一部分散落床上，一部分被当枕头枕着。脸红了，有映山红那种红艳。胸部两座山峰更突兀。她呼吸轻悠，身体起伏有致。她的手，她的没有被裙子盖住的脚，白嫩如脂，灯光是暗红色的，她的裙子，她裸露的肤色，在神奇地变幻着色调。何一鸟看得头更晕了，全身的血似乎都在往外冲。他闭上眼睛，像和尚打坐一样不动，祈祷自己安静下来。不知过了多久，一种浓浓的睡意袭来了，他耷拉着脑袋，在即将睡着的霎那，他抬起头，看了看钟二姬，恰在这时，她也睁眼看着他。他说：“醒了？”钟二姬一个弹弓坐起来了。

她下床，把裙子撩起，脱掉肉色丝袜，雪白的大腿浑圆润滑。反手把裙子背后的拉链拉开，十分麻利地褪下了裙子，只剩下胸罩和像丝巾样系着的裤衩。何一鸟的身体起了强烈的冲动。眼前一切，他摸不清头绪。钟二姬把什么都褪下了，她在房间站了半分钟，似乎有意叫何一鸟欣赏她的裸体。他眯起眼睛，用一种模糊的视角去看。修长的玉腿玉臂，樱桃似的乳头，凹凸有致的胸膛，丝绸一样的秀发，光洁丰满的肉身，她身上每个细微的地方，整个人的轮廓都美极了。他闭上了眼睛，好像置身于梦境中，一睁开眼，梦就会消失了。她说：“我洗澡去。”

他从一种窒息和重压中挣扎过来了，好像坐过山车从高处冲到平缓处，心情平复一点儿。他没说什么，看着她推开浴室门，听见她拧开水龙头，水哗哗响着，看见一个修长的影子在里面站着不动。他坐了好久，水声依旧，不见人活动。他喊道：“钟美女，没事吧？”回答他的是水声。他走进浴室，发现她坐在地上，低着头，水冲到头上，头发散开如水帘。他迅速脱光衣服，冲进浴室关水，把她搂起来。几乎是同时，她站直身子，双手搭在他的肩上，抱住了他的头……

父亲的奋斗史

1

父亲比伯父小十多岁，完小毕业后，就跟伯父做生意。那时我爷爷还在世。父亲结婚后，兄弟没分家。

父亲十几岁时，推车去三四十里外的梅花岭进货，一黑早去，断黑回来。途中要经过一座山。山不是很高，走路过山，也不是特别费力。那山的左右都是山，那个地方有土匪打劫。当时，推货的是土车，前头窄，中间装一个嵌有铁皮的木制滚轮。有两根主梁左右固定轮盘，梁距比肩稍宽。推车时，小扁担横放肩上，两端麻绳的两个圈分别扣上主梁末端，朝前用力，车子就往前行。

那天，他走到山高处，歇息一下。这时，来了两个人，凶神恶煞的样子，要父亲给点钱。父亲说："没钱，进货了。""那就把货留下。"父亲说："给你们，我回去交不得差。""你没钱，又不给货，是不想活了吧！”父亲看这两个人，一个还是少年模样。另一个块头比他大，光头，一脸络腮胡子。父亲学过武功，撂翻这两个没问题，他说：“这车货给你们了。”大土匪说：“你把车转个向，推下山。”那两个土匪推不了这车。父亲说：“好。”他拿起小扁担，迅速舞动着，那两根麻绳在空中转着圆盘。土匪看呆了。父亲突然停住，一个箭步，大吼一声，就把大土匪放倒了。小土匪吓得往山下跑。父亲捡块石头，砸过去，小土匪倒地。他带的捆货的绳子，有一副未用。他把两个土匪的手脚捆在一起，推滚到山坡低洼处，迅速推车下山了。下了山，土匪就不敢乱来了。

刚解放那几年，农村很多人长年在外流浪乞讨。一天，父亲正在吃中饭，门口来了两个乞丐，父亲给每人一碗米。乞丐讨了米不走，从褡裢里拿出碗筷要饭吃。按常规，给了米就要走下一家。伯父发话了：“饭少了，赶快走。”这两个乞丐四十多岁，高高大大，有几招花拳绣腿。他们态度蛮横：“我们要吃饭。”伯父桌上一巴掌：“我们欠你的？”那两人不作声，凶狠地盯着伯父。伯父起身，乞丐退到地坪，打着只有他们懂的手势。伯父往他们前面一站：“你们想怎样？”两个乞丐同时扑向伯父，伯父双拳同时出击，一个倒地。收拳，一个虎跃，直扑另一个，一下抠住他喉咙。这时，父亲跑出来，劝伯父松手。伯父松手。那乞丐狠狠瞪了伯父一眼。

这两个乞丐来自同一个丐帮，那个被抠喉咙的是队长。大概两个小时后，来了几十个乞丐。那队长出来喊话：“准备几桌晚饭，每桌要有大碗扣肉！”父亲出来一看，发现有许多老弱病残，年轻力壮的不多，有半数以上的人手拿长棍。父亲问伯父：“答应他们吗？”伯父说：“答应了，他们会得寸进尺。”父亲要伯父下手尽量轻，点到为止。伯父说：“他们有棍，我们拿凳。”伯父拿了一条长凳，父亲拿了一条短凳，他们兄弟练过板凳功。伯父和父亲并排站在阶基上。父亲发话：“各位好！做人要讲道理。中午在我家闹事的两人站出来！给了米，你们还要饭，当时，锅里没有饭了。要你们走，你们不走，还要打人。要人家的米，还要打人家，世间有这样的道理吗？信我的，你们分散要饭去。如果无理取闹，休怪我们手下无情！”队长发话：“弟兄们上！”几十个人举着棍冲向伯父和父亲。事已至此，只能打了。伯父父亲一直保持背靠背的阵式，舞动板凳，击打打过来的，杵过来的长枪短棍。这些乞丐见棍拢不了兄弟二人身，害怕起来，手脚软了。伯父和父亲时而单手，时而双手，凳子舞得眼花缭乱。一些老弱病残的乞丐吓得打战。这时，两兄弟拉开距离，单独应战。围着父亲打的人多些，一些乞丐的棍子断了，弹到氹塘中去了。父亲单手抓凳，摔打击过来的棍子，那些棍子怎经得那样一摔，大都脱手飞去。那队长拿棍与父亲对打，巧妙地避开父亲摔过来的凳子，有几次差点杵到父亲的胸脯，打到父亲脑壳，父亲都闪开了。最后，父亲丢掉凳子，接住了队长击过来的木棍，一推一拉，棍就到了父亲手里。父亲举起木棍对着队长劈下去，在快接触队长的瞬间停下，继续下落，队长会劈成两半。队长吓死了，站稳身，向父亲打个拱手，走了。那些跟来的人，作鸟兽状散了。伯父出手重些，伤了几个乞丐，无大碍。

土改时，伯父不愿过苦日子，带着一家子跑到大山那边一个小镇去了。伯父在那里安营扎寨，后来，被招进当地供销社，一家人吃上了国家粮。

2

土改之后，农村便实行集体所有制了。我家属玉华公社玉石大队蝶园队（后来，公社改为乡，大队改为村；再后来，乡改为镇，我老家在玉华镇，据说玉华镇要并入金龙镇了）。父亲每天出集体工，当初那几年，母亲也出工，只是每日定的工分少些。

父亲每天听队长安排出工。生意做不成了，自家的田地充公了，他强迫自己沉下心来干活。这些田里土里的事，他样样会做。早先爷爷名下有一二十亩田地，是租给别人种的，到了伯伯和父亲这代，田地少了，他们兄弟边做生意，边耕田种地。父亲熟悉每一道工序，并且在某些环节上他有自己独到的经验。不过那时，他种自家的田，他是主人。现在，他受人指使，好像奴才。扶犁掌耙，他哪样不会？他不开心。每天做什么，他做不了主；怎样做，他做不了主；做好做歹，似乎没什么标准，全在别人想怎么说；将来有什么报酬也不清楚。

一些人无端指责他，他默不作声。那时我没上学，看见过别人扯起嗓子讲我父亲的情形。我站在父亲旁边，恨他懦弱可欺，我对那几个老挤兑父亲的人挤眉弄眼，但那些人藐视我，漠视我的存在。

我成年后常看见那几个人。我看见他们时，像我小时候一样恨他们。后来，我见了他们，也打声招呼。那些人，晚年的生活比我父母亲差远了。晚年父亲见了那几个过去常刁难他的人，仍然是以礼相待，不记过去他们对他的盛气凌人。

那时父亲不屑与人争。在那个变态的年代，几乎人人心理变态，想整别人。父亲身边没有帮手，他老兄跑到大山那边安家去了。当时，队上只有三个姓。李姓五家，是亲兄弟。张姓有五家，也是亲兄弟。再就是湛姓，当时有八家，虽不是亲兄弟，也是一根血脉下来的，如果湛氏家族团结紧，其他两姓是奈何不了的。与我父亲同辈分的那几个人，各划各的船，只想压倒别人，见不得别人比自己强。当时，只有我父亲没有兄弟相帮，其余都有亲兄弟。湛氏家族一盘散沙，其他两家联手自然得势，我父亲便倒霉了。

挖地种农作物时，我父亲挖土挖得深，下面的泥翻上来，上面的泥翻下去，大块的泥锤碎了，土面梳得平整，土边的杂草也修理好了，有人偏讲他挖得不好。我家猪粪池里猪粪实在很稠，集体统一来掏时，为粪定级的是张姓人，硬说我家猪粪池漏水，这时湛姓有人还帮腔说我家猪吃得差，屙下的是清汤寡水。明明有别人家的鸡鸭也偷吃队上的稻谷，李姓人只讲我家损公肥私，湛姓还有人打小报告说田边禾上的谷都是我家鸡吃了。

那年代育禾种，大体按下列程序：先把一箧箧种谷在有水的大缸中浸泡几天，再拿到塘水中漂去瘪谷，然后倒入地窖，让种谷慢慢发芽。全部发芽，再撒入秧田。每一道工序看似容易，实则有许多细致的地方。比如漂瘪谷，要把箩筐在水里摇动，如何把瘪谷漂尽又不把实谷漂走，要有手法。又如，如何让浸泡了水分的种谷发芽，要有适当的温度，太高了，会烧坏谷种；太低，谷芽发不出，这都需要人工调节，那时没有什么仪器设备，全凭经验。窖洞挖在队屋前禾坪下方，每个洞上面架几个木制人字架，横放一些竹枝，盖层毛草防雨。种谷铺洞底之后，要盖一层稻草。开始几年，父亲没有参与，集体育种总出问题。不是烧坏了，就是冻坏了，出秧率不高，按计划留足了谷种，但插田时总少了秧苗。

那年春天，又到了育秧时节，队长又安排去年几个现人育种。父亲主动找那几个人提建议，要如何如何才好。那些人不予理睬，甚至父亲讲的要改进的地方，他们越发那样做。结果，那年的秧差得更多。第二年，那几个人找队长安排我父亲参与育种。父亲二话没说，参加了。他漂瘪谷时，在箩筐放几捧黄泥，在水中搅动，他说这样实谷不会浮上来，瘪谷不会沉下去，省时省力。发芽时，他凭手感能感知温度。温度高时，他把草拿掉一些，松松气。温度低时，他在谷上加盖一些草，为谷升温。这些种谷还要翻动，什么时候翻，一天翻几次，要根据谷种发芽的具体情况决定。晚上，别人都睡了，他提一盏马灯，到洞下去看。那年的种谷，芽发得齐灿灿的。春插，队里的秧还有多余的。

根据我母亲后来分析，那些人并不是看不起父亲，主要是嫉妒。

大哥大姐读初中时，一天，李姓队长对我父亲说，你们分七个人的口粮（当时我妹妹还未出生），只有一个人出工，上学两个要回来出工。母亲坚持先回一个，大哥就休学了，大姐多读一年，也休学了。大姐大哥会读书，他们读下去，考上大学没问题。当时，只有我父母在坚持送子女读书。我们姊妹，个个爱读书成绩好。

大姐后来当上大队民办老师，大哥当上生产队记工员都得益于读书。之后，自然就少有人无缘无故刁难父亲。父亲还是和从前一样听队长安排做事，不与人争长论短。喜欢刁难他的人，有几个改变了态度，甚至主动向父亲打招呼，父亲微笑回礼，不卑不亢。那时，我观察过父亲，我看出他内心有股强大的力量，出工中途休息时，他坐在田坑土包上，像端坐在岩石上的雕像，看着远方。

父亲读了完小，同龄人中好多是文盲。父亲能写会算，生产队凡是需要写算的事，非父亲莫属。那时很多人找父亲学打算盘，父亲打算盘打得飞快，像当下熟练的电脑打字员按键盘那样快。别人一只手打算盘，父亲两只手同时用，在算盘两端同时算两个项目，从不出错。后来，他陆续当生产队出纳，大队水利工程事务长，大队淘金队长。那几个常刁难他的人更是嫉妒，但无可奈何。

3

1980 年下半年，生产队分成互助组，组只是一个名，实际上已分田到户。从形式上看，回到了土改前，各有自己的田地，只是那时田地私有化，而现在明确田地是国有，农民只有使用权。1981 年就明确实行承包责任制，即分田单干。父亲好像回到了从前的岁月，年轻三十岁。他隐匿在身上的精神和力量都往身外涌。他田里的禾苗长得比别人好，亩产量比别人高。那些搞大集体时，狗眼看人低的人都来向他取经。父亲种的菜，比一般人好，别人种的菜，生虫，长势不好，父亲的菜总是苗壮成长。那些人渐渐意识到他们低估了父亲的智慧能力。

两年后，吃饭的问题解决了，父亲比别人先一步想到要做生意挣钱。当时他年龄超过我现在的年龄，五十好几了，他雄心勃勃，丝毫没有老的概念。他觉得出集体工时，自己被压制了，现在他赶上了好时期，正好大干一场。他先去长沙收废品，搞资本原始积累。他收两年废品后，有些余钱。他先把那栋旧屋拆掉。自从大哥把分给他的那间房拆掉后，老屋的完整性遭到破坏，显示一种不堪入目的残缺和破烂。父亲早想建房，苦于无钱。我和弟弟都二十几岁了，到了找对象的年龄，一栋破屋，人家姑娘怎么看得上？父亲用两年收废品积攒下来的钱，还找亲朋好友借了些，建屋。新屋在当时，是队里最好的建筑。建好屋，他还是去收废品。

二十世纪八十年代末，父亲手里有些余钱了。于是，他在家里开南杂店，做起了他的老本行。土改前，他和伯父一直在家开店做生意。其时我已走上讲台当老师。周末回家，看到左邻右舍来我家买东西。店址在卧室旁边的厢房。两个推拉玻璃门货架摆成一个曲尺形台面，就是南杂店了。开始本钱不多，每次进货，每样进一些，每种分量不多。卖得差不多时再进。后来，每次进货量多些。他进货是担一担箩筐进城。他当时六十多岁了，家与县城二十多里，担回来，要歇好几次才到家。后来，家乡有人买小货车搞运输，货可以送到家。他去县城进货方便多了，也轻松多了。那到了二十世纪九十年代。

进回的货每个房间都放，货物样单放柜台，书桌衣柜桌椅板凳等都可摆货。都是一些日常用的吃的，以吃的为主，比如盐、酱油、味精、醋、糖、海带、粉丝、烟等。父亲的服务对象就是左邻右舍的乡亲。他知道乡亲要买什么。价格定得低，他只赚点辛苦费，薄利多销。父亲开店几年之后，也有人开店。到我家买东西的一些人到别家去买。父亲并不责怪人。他在货质货种上做文章。同种货，他进上等好货，进价高些，他还是原价卖。货好价格又不贵，乡亲们自然愿意来买。父亲尽量把货进齐，顾客进门几乎可以买齐自己要的货。父亲还进一些日用品，他的南杂店，一小半是日用品店。附近几个队的乡亲都来买。乡亲们叫他湛经理。他十分喜欢这个称呼，自己也叫自己湛经理。逢时遇节，或父母生日宴会，子孙们到齐了，他更是以湛经理自居，言必称湛经理。“你们看看湛经理的货齐不齐？”“湛经理做生意，讲道义，其他几家店几乎没人进门。”“湛经理赚钱了，你们回来只管吃！”等。他多半以为这个经理，与董事长，总理一样大。到了晚年，他终于做了官，有了令人羡慕的身份。开店愈久，父亲的自豪感成就感愈强。

其实，小店生意好，还有一个重要原因，那就是母亲的贤惠。母亲贤惠是出了名的。谁来我家，抽烟的，她敬烟；喝酒的，她倒酒。不管你抽不抽烟，喝不喝酒，来了就是客，她都要煎姜盐豆子芝麻茶招待。不管生客熟客，远客近客，也不管你一天来一次或来多次，她都热情招待，宁可自家少吃，也不怠慢人客。抽烟的，一根抽完了，她连忙递上第二根。喝酒的，先倒一杯，看你有酒兴，又给你倒一杯。那是一种能装一两五的不锈钢杯，一般人喝两杯就差不多了。有贪杯的叔伯，喝三杯，这时一个劲夸母亲是上下屋场最贤淑的人，将来一定会有好报。母亲知道他有几分醉意了，连忙喊父亲来，扶叔伯回家。父亲正在店里整理货物，应声出来，说：“叔伯海量，这点酒不会醉，还喝点不？不喝了？那我送你回去。”叔伯站起身，腰板没有伸直，往一边倒，父亲扶他站稳，叔伯朝父亲摆手，示意不送，他自己走。母亲煎的茶，舍得花本钱。开水滚，姜擂得多，放得多，特别是豆子芝麻放得多，一碗豆子芝麻茶，顶半碗饭。没吃早饭的人，来我家吃一碗，就等于吃了早饭。上午吃两碗，中饭就不用吃了。来买东西又坐着喝几碗茶再走的人大多是婆婆姥姥，妯娌叔嫂。她们半来买东西，半来坐人家。与母亲的年龄差不多，共同的话题多，一只鸡婆可以讲半天，母亲乐意唠嗑，她们边喝茶边谈家长里短，不时哈哈直滚。有这样贤惠的母亲招待人客，小店生意一直好。

现在想来，当初幸亏父亲开店，挣点钱。当时，我虽参加工作，但几十块钱一个月，对家里没什么支持。二姐在学医，老弟在学木工，妹妹还在读书。大姐出嫁了，大哥一家已另起炉灶。家里按人头分了田地，吃饭问题解决了，还有其他开支。母亲喂猪喂鸡鸭，能赚点钱，但不够。父亲那时五十多岁了，雄心勃勃做起生意来。从外人眼中看来，他是小本经营。他没有小看。店铺是他的家当，全家的开销靠它。后来，父亲把田分一部分给大哥。他的心思慢慢都转到店子上。

那些年，到了年关，父亲便要拿出账本，把欠账户一年积累下来的账算个总数。有的，两三年的旧账未还又有新账了。一些人，因一时拮据要赊账，父亲二话不说在账本上登记，但有钱时却拖着不还。对欠账人，父亲在腊月中旬都上门一次，落实他还欠多少钱，年底结清。大多数赊账人守信用，年底会自觉来结账。有的，确实有困难，来向父亲讲一声，今年背时，没赚什么钱，账只能还个零头，父亲同意，开春照赊不误。所以，每到年边夕近，父亲特别忙碌。货源要充足，买年货的人又多。人多时，母亲便帮忙卖东西，父母配合十分默契。到大年三十晚上，总有一两户，明明有钱，但赖着不还，父亲上门去讨账，一般来说，他上门了，别人就不好意思赖账了。欠账收回，父亲很高兴，数钱时，感到这些钱好像是捡来的，是意外之财。之后，父亲和母亲便围坐柴火旁守岁，感到一年上头，忙到这时，才算到岸，可以歇歇了。

父亲做生意，点子多。比如，他也搞批发生意。某种货物，你要的量达到一定标准，价格就优惠。

我家屋前地坪栽了十几棵橘树，农历九月底十月初，橘子红了。父亲是这样处理的：先把树上的橘子摘下来，这个工作主要是母亲来做，常常要持续几天。上下屋场，十来户人家，父亲每户送两斤，让邻居们尝尝鲜。我家橘树栽下后，便是吹自然风，吮自然雨，根扎自然泥中，橘子是真正的绿色食品，即使有些青皮，也不酸。父亲拜托乡亲做广告，要的，到他店里来买，还可以现场摘新鲜的。乡亲一传十，十传百，传开来。有的自家有橘树，也来买几斤，说父亲栽的橘树，橘子硬是甜些。每年要摘一千多斤橘子。父亲根据市面上价格再定一个略低点的价。市面橘子皮虽黄，但味淡味酸，没我家橘子好吃，价格还贵些。别人自然愿意买我家摘的。逢到年成好，橘子多，父亲便去乡镇学校，医院，政府机关去推销。他把橘子装成袋，租一台小货车，送货上门。这些单位都有熟人，你几斤，他几斤，一车橘子很快销完。父亲销完橘子，大拇指往舌头上舔几下，数钱的样子，我看见过。我走过去，站在他旁边，他竟不知道，脸上是密匝匝的笑。碰上不好的年成，橘树花开得迟，花也稀疏，结果少。当年的橘子主要是自家人吃，送人吃。

父母在世时，橘树年年结，开花时，真的是一树繁花。父亲生日是农历九月十四，他的儿孙们都提前一天回来拜寿。回家第一件事就是摘橘子吃。很多枝桠被橘子压弯，快接地面了。我们从最顺手的地方摘起，先吃几个解渴。父亲寿诞过完，子女孙辈都摘一蛇皮袋橘子带回去。奇怪的是，父母死后，那些橘树都呈凋敝之相，掉叶，枯枝，死树。头一两年有些树还开花还结果。后来，干脆花也不开了，开花的也不结果。现在，那些橘子树全都死了。它们都随父母而去了。

到二十世纪末期时，他开店也有十来年了，积累了许多经验，曾想把生意做大。想来想去，只好作罢。人快七十岁了，不可能走出去开连锁店当总经理。要是能那样，他与总理只差一个字了。他安于现实，经营小店，他命中注定只能当个小店经理。

每次他租小货车去县城进货，租金是固定的，装多装少一样，他尽量多装。他说，这是节约成本。我问过他：“这小店，总共投入多少成本了？”他说：“那是本糊涂账，缺货就进货，卖货变钱应付家里开销。”

钱，放衣柜最上槅那个大匣子里。得闲时，父亲拿出那个匣子，揭开那个黑红色的盖子，把钱倒出来，按百元，伍拾元，十元，伍元，角票，一沓沓整理好。百元，伍拾元的，父亲便拿给母亲收好。母亲接过钱，便把它们放入衣柜顶上那个大衣箱里面，用橡皮筋扎好，大的支出才拿。平时，用匣子里的小钱。我开玩笑问父亲："做生意有些年头了，赚了多少钱？"他像一个有什么隐秘被人揭穿的小孩显出羞怯的神情，说："没有算过细账，家里人客大，你娘贤惠，烟酒钱一个月下来不少，还有人情往来，都靠店子赚钱。"

当时，父母单独住，衣食住行，完全自理。弟弟做生意，顺风顺水了。我和弟弟明确承诺：父母晚年生活，包括病痛治疗费用，由我俩承担。父亲不开店，生活是有保障的。父亲把他手下分管的田地都交给大哥打理，大哥一年交几百斤谷子给父母吃。但父亲没有关店的意思。他觉得自己还行，七十好几了，仍然脑清目明，身骨硬朗。他在货物的进出中，钱的收支中感受到了生命的存在和意义。如果不做事，只是吃喝，他感到生活没意思。再者，上了岁数，对吃喝已没多少欲望了。他坐在店子里，感到生活有期盼，见人来买东西，他便感受到一种兴奋和快乐，客人走了，货物变成几张钱，他感到生活有收获，日子过得充实。父亲说："我还能做几年，就做几年。"

本世纪初某天，父亲进货回来，突然眼前发黑，感到有股血往头上冲，天地在旋转，他倒地，昏迷不醒。这是父亲第一次中风。幸亏抢救及时，在区医院住半个月就回家休养。又吃了一个多月药，他可以下床活动，只是身体左半边不太听指挥，有些僵硬。我们给他配了一根拐杖。后来，不要拐杖，也可以走了，只是一跛一跛的。他自己提出不开店了，把店转给大哥打理。大哥，早分家出去，另建房屋住岭上。在父亲指挥下，大哥清点所有货物，按进价结了账，打了欠条。父亲还给大哥几百元钱作启动资金。大哥把货柜货架连同货物都搬走了。从此，父亲的经理称号变成空号了。他肯定不想歇业，小店已是他的世界了，他已把他的生命与小店连在一起，或者说小店已变成他生命的一部分。他一生获得的最高头衔“经理”是开店才拥有的。可是，身体不灵便了，开不下去。他知道，店子终结，是他生命终结的前兆。他现在只能休养生息了。父亲后来又中了几次风，每次都挺过来了。大哥接手店子后，没有开多久，因买主日渐减少，就关了。

母亲死时，父亲八十五岁了。之前，中几次风，行动不便，走路一跛一跛。这时，只能坐轮椅，要扶上扶下。晚上小便，也要人扶他起来，挪到床边，坐好，帮他拿着尿壶才能解决。尿完，再通过扶，推，拖等多种动作配合才能躺下。这个工作是十分磨人的。请不到合适的人，只能由大哥负责。我和弟弟在长沙工作，不可能请长假去服侍，当然大哥大嫂负责，我们出钱，不亏大哥。久病无孝子，父亲是知道的，他不知自己要拖多久。一次，我推着他在屋前小道散心时，问他：“你有什么私房钱要告诉我们，假如你走了，我们找不到。”他说：“有些，不多，谁服侍我，我就给谁。”我说：“你的事，我们会负责，不要你用钱。”他说：“那是你们的意思，我要表示我的意思。”我懂老父亲的意思了。他也许早就料到自己将来会是一个沉重的包袱，坐不稳，站不直，躺不下，起不来，要生存下去，需要个特别有耐心有爱心的人服侍，他要用钱对这个人有特别的补偿。我说：“你的钱，你做主，你要打起精神好好活下去。”从谈话中，我发现他不想活了，他觉得这样折腾大哥，过意不去，想不折腾，只有死……

伟大的父亲

父亲死时八十六岁，我五十二岁。我有五十二年与父亲生命是重叠的。我从哪一年开始有记忆，或者说我从哪一年起所经历的事可以回忆起来？不知道。父亲前四十多年的生活，于我是一片空白。我印象深的是他死前十几年内的事。

我小时记忆都与饿有关。我六七岁时，大姐当上民办老师，大哥开始出集体工，之后，家里情况稍微好点，却仍是吃不饱，穿不暖。

我对父亲最早的记忆开始于我读小学时。那年代出集体工，记忆不多，都是一些片段，时间有些错乱。我记得父亲当过队上出纳，当过几年？记不得了。他当出纳，我们姊妹还是挨饿。过完年，家里就没有多少粮食了，一天吃两餐，米饭少，杂粮多，吃了这顿，不知有没有下顿。那时，大队或公社，常以集体名义修渠道水库，修路搭桥，开山植树等。人员从各生产队抽调，做事要吃饭，必要一个人管柴米油盐等，这就是事务。后来，父亲到大队的一些工地上负责事务。在工地待个把月回家，父亲空手空脚，母亲埋怨他只顾自己吃饱，不管家里人死活。他负责伙食，弄点伙食回来给我们吃，应该做得到，但他没有。他当过好几年事务，去过许多工地。从现代人看，这是个肥差。父亲当肥差时是瘦瘦的，好多年，他不当差了，倒是壮实些。父亲当肥差时，自己肥点，或让我们肥点，我小时候对他的印象会深刻些。

再后来，大队组建一个淘金队，父亲是队长，他带三四个人到坝坑水沟淘金。父亲当上队长，是因为他能准确判断什么地方有金沙。他看中的地方十有八九不会错。他们用一只像船但比船小得多的木棚淘金。木棚中间深往两端慢慢变浅。粗沙放棚中间，再拖到水中边搅拌边冲洗。泥巴粗沙慢慢随水漂出，最后剩下的是金黄的细沙。当时，区里有个收购点，他们淘的金沙积累到一定数量，便卖到收购点。那时，还不允许搞私人经济，谁搞商品贩卖，就定为投机倒把分子，大队干部就可以带人把你捆走。淘金队是大队组织的，是合法组织。金沙可以卖个好价钱，据说，淘金队为大队创造了一笔可观的财富，可淘金队员只按日算工分划对队上，钱分不到。父亲是队长，运金沙去卖的是父亲，金沙有等级，不同级别，价不同，这个外人是不清楚的。父亲要是挪点钱进荷包，完全可以。这是他当第二个“肥差”。他仍是死脑筋，把钱交给队部去肥大队干部，自己仍是瘦狗熊。

有人说，我的骨架是一米七以上的，但实际只有一米六一，这是小时候饿坏的缘故。一头萝卜一头菜，在它最需要养分时，没有充足的养分，过了那个节点，再多营养作用不大了。父亲当肥差没有让我肥点，我一直怀恨在心。假如我个子高点，我找对象就顺利些，不会出现我的梦中情人都对我嗤之以鼻的事故，他可以早五年抱上我为他生的孙女。

我是从一中高中毕业考上大学的，那年代大学录取率低，百分之几吧。我有同学当年没考上，复读也没考上，但他爸是县级领导，为他安排好工作，然后，他带薪读比我读的大学牛气多的大学。读完不久，刚赶上提拔知识分子当领导的热潮，很快走上领导岗位，现在是厅级。要是我父亲不是农民，有个一官半职，我考不上大学，没事，考上了大学，工作后帮我疏通关系，我多半是个省部级了。我的智力原本就比当厅长的同学强，我的官定会做得大，这不仅是智力上的自信，更是品质上的自信。因为我父亲当肥差而不肥，按当下时尚语言就是廉政，他把廉政基因传给我了，我肯定是为民着想的好官，肯定会升到高位。

那年代，农村不通电，用煤油当照明。煤油每月凭票供应，少了只能到县城去买黑市煤油，这要钱，家里缺的东西多，最缺的是钱。为了节约煤油，我们只能共一盏煤油灯做作业。全家也只点一盏灯，来了客，便在我们旁边唠嗑。母亲要去煎茶什么的，去厨房，必须端走灯，我们只好黑坐，等母亲把茶煎好端灯来。那煤油灯，芯拧大点，亮些，但黑烟大，呛鼻子，熏眼情，煤油也烧得多，拧小点又看不清书上的字。还有一个问题，窗户是纸闭的有洞，门开了裂，房间总有风进来，风的方向杂乱无章，似乎东南西北都吹。那燃烧的芯就像蛇腰扭动，火光摇曳生姿，房间像有许多半明半暗的裙裾飘荡，书上的字就与你捉迷藏了，像虫子在爬。风吹灯芯，那烟尘一边倒。虽只有一个小小灯芯在燃烧，但烟浓且黑，像烟囱冒出一条长龙，风一吹，那长龙往人身上缠。我经常换位置，想避开那股浓烟，二姐骂我，说就是我走上走下，让风乱吹，搞得她作业做不完。我说：“你做不完，我喜欢。”母亲见我们吵嘴，就骂我们读书不认真，搬一把椅子坐在光影模糊的地方看着我们。

在我的印象中，父亲没关注过我学习。父亲那时多管一下我学习，我的学习习惯肯定好些，至少字会写得好些。这样，高中成绩就好些，考上的大学就好些，我现在的一切都会好些。假如我父亲见识高远些，很多事给我提个醒或阻止我一些幼稚荒唐的行为，我的命运也许不同。

我读小学时，回家不做作业，书包一撂就与同伴玩，父亲从不管，似乎这是自然的行为，小孩就该玩。我读初中时，学习认真了，他还是这态度。当时，公社办了高中，从教初中的老师中选一些老师教高中。

谁读高中，不凭考试，凭大队干部推荐，每一户最多推一个。我读初一时，二姐已在公社高中读。我懵懵懂懂，根本不知道只有一年书读了。父亲是知道的，与不知道时的态度一样。母亲看见我进初中后读书用功，心里着急：岳伢高中没有读，怎么办？那时文化大革命结束只一年多，农村娃读书不读书，最后都是农民，母亲出于一种爱的本能希望她的子女们多读书。

我是在读完初一准备升初二（1978 年下半年）的那个暑假知道我没有高中读的命运。我当时没有跟伙伴去疯，与母亲坐一起乘凉。乡亲问我读几年级。我说："下期初二。"乡亲说："读完初二，回家看牛吧。"我说："还有高中读呀。"乡亲说："你姐读高中了，你就不能读高中。"母亲没作声，她也许怪乡亲多嘴，不应把这绝望提早告诉我。但我很平静，回家看牛也好，父亲是农民，我也当农民。其实，母亲的担忧是多余的，就在我读初二（当时初中只读两年）那年，公社高中撤了，一个区办一所高中，县城还有一中五中。读高中凭考试，当年初中毕业生可以报考中专。

那年，中专和高中是同一次考试，成绩优异的，录中专。我被初录了。视力检测，我站在那写满大小不同，摆放不同的 E 字表前，不知道要干什么，乱指一通就下来了。直到高考体检，我才知道是要指 E 字开口方向。我文化超线四分，但最后未录取，多半是体检未过关。

湘阴一中把全县中专初录未正式录取的学生编一个班。我自然进班了。读了一个月左右，我只想回来。从未离开过家，生活不习惯，想家。一天下午上完课，我未对任何人打招呼，卷起被盖，走路回家。走到家，晚上九点多了。父亲见我回来，问："不读书了？"我说："想家，生活不习惯，我想重读初二考中专。"母亲正在炒饭，没有答话。父亲再没说什么。第二天，我便到玉华中学重读初二。到初二第二学期，上面通知初中生不准考中专了。我仍考上县一中，数学打九十九分（满分是一百分）。工作几年之后，突然想起这事，悔恨不已。假如父亲陪我去体检，告诉我视力检测是如何一回事，我录取中专了。那时中专毕业，分到公社当秘书，后来大都当了官，我现在多半到了厅级或部级或副国级。假如我从一中回来，父亲阻止我，勒令我回一中读书，我肯定会回一中，就算高考不理想，复读一年，肯定比复读初中强，说不定我也考上了名牌大学，现在也成了专家呢。这是我做的荒唐事，父亲没有阻止我。

父亲就是父亲，他做的一切受那个年代的限制，也受他自身条件的限制，出自本心无可厚非，我是戏说而已。也许正是由于父亲的放手，他的子女才得以自由自在地成长，正是由于他的古板忠厚，他的子女们个个诚实善良，生活得安宁而幸福。父亲是平凡的，更是伟大的！

清明

父亲在世时，每年清明，都领我们三兄弟到爷爷坟前祭拜。清明扫墓，必挂清明球。最初那几年，清明球都是我母亲亲手做的。母亲把一张红纸剪成几绺左折右折，就做成了像灯笼一样的清明球，球两边还挂有几条彩带。在清明纷纷细雨中，彩带飘来荡去，清明球摇头晃脑。父亲总是凝视良久。

我每次回乡，必到老屋看看，隔着爬满蛛网，积满灰尘的窗户看里面，满眼都是父母的影子，许多往事涌来，我不忍久看。感到好多话是在他们生前来不及讲的，想讲给他们听，只能假设他们有灵，以另一种形式存在。我甚至想到我死之后与父母相遇的情形。

父亲八十二岁时，执意为他父亲立碑（父亲九岁奶奶就死了，奶奶坟找不到）。我们兄弟仨表示由我们负责请石匠建好。父亲说："按祖宗规矩，父辈的墓只能由崽辈立。"既然如此，我们兄弟同意。那几天父亲反复思考石匠送来的几种式样，最后选定一种，造价三千多元，在当时当地算好的。墓建好后，父亲把他的儿孙们召回，办了两桌饭，他说：

“我完成了一件大事，这是我多年的心愿。”

母亲死一年后，父亲死。我们把他们葬一块。一年之后，我们兄弟仨为父母修墓，这是父亲生前表达的遗愿。

我们为父母修的墓和父亲为他父亲修的墓格局差不多，但气派多了。那些条状的石碑高大整齐，绕坟一圈挺立。每一块麻石上头都雕有动物，有几块雕的是龙与凤，碑中间是神仙佛祖像，这些装饰与父亲修的墓是一样的。那些神仙个个天庭饱满，应是天庭地府的领袖，为父母撑起一方天地。坟前建了两道门。第一道门，由两根石柱架起，横楣上方雕着花纹，像庙宇之门殿，正中雕刻着“日月争辉”。第二道门两侧连着碑石，正中置有香案茶几，上写“万古长青”，两道门之间修有走廊，两边有座椅。夜深人静之时，父母出来吐吐气，放放风，感受一下人间烟火，就可以坐在那两排石沙发上聊聊天。母亲生前说过：“人间只是歇凉亭，黄土才是千年屋。”现在，歇凉亭为他们搭了，千年屋为他们修了。

我 4 日下午回到老家。那天气温高，最高气温二十几度，穿两件衣服热。5 日早晨醒来时感觉天色暗，估计要下雨。起床后，明显感到气温降低了，穿两件衣服感到冷。听见风吹树枝发出一阵阵呼啸，像冬季北风吹，风声鹤唳，有些吓人。自古清明时节雨纷纷，是不是天地神灵有意营造这样一种氛围呢？洗漱时，被风吹得打哆嗦，冷风夹着细雨，往脸上贴，空中看不见雨，地上有湿痕，且颜色越来越深，分明是在下雨。吃完早饭，雨越下越大了。我们穿着雨靴，打着伞，往对门山上去。上山的路，是四年前我娘死时用推土机推出来的。路的尽头就是父母的坟。两边树高于人，听见鸟在林中飞，树叶一阵阵颤动。

我们上山时，雨仍在下，风加大了，把伞吹翻乱转，要用很大的劲，才能把伞撑开。大哥捡两根竹棍，把两个绣团挂起，再插在坟顶泥坑中。爆竹的烟雾随风摇荡，打着旋涡，最后变成雨雾，融入山间绿色中。大哥说：“我们向父母叩个头吧。”于是，我们把伞放下，听凭雨淋，向父母下跪叩头，祝他们安息。我想，此时父母是能感知我们的朝拜的，他们生前应该想到，他们怎么祭拜他们的父母，我们也是这样祭拜他们的。这是一种血脉传承。

我们上山时，没有碰见其他人。这山上不知掩埋了多少列祖列宗，他们的坟如我奶奶的坟一样，早已看不见了。现在能看见的坟，过年过节有人祭拜的坟大都是我父母这辈的。将来，我只要走得动，每年都会来这里跪拜，只为心中那份日渐渺茫的回忆，日渐淡薄的思念，永不消失的血脉亲情。假如某天我死了，我对父母的思念就断链了。

中元节记事

农历七月十四,七月半，中元节。这是一个传统节日。有些节日，是为活人设的，有些节日则是为死人设的，比如清明节，中元节等。死去的人，怎么过节？还是要活着的人来过。清明节，后人上坟刮山，插绣球；中元节，后人为先人烧纸钱，点香烛。

人总是会死的，死了后，想不想活着的人，不得而知，但活着的人总会怀念逝者，尽管怀念的程度在变弱，但不会消逝。怀念和爱恋一样，需要仪式感，这些为逝者而设的节日就是一种仪式，也是一种温馨提示：该祭拜先人了。

我父母已成先人即仙人也。中元节，当然要烧纸钱。父母在世时，年年中元节为他们的先人烧纸钱，现在我们做子女的，接下这个接力棒，为他们烧包。大哥在乡下，我和弟弟在长沙，有时我们托大哥帮我们烧。这回，我们约好回老家烧包。大哥交待，不要在长沙买那些洋钱，那边用不得，到当地店铺买串钱。

历来天国通用货币是串钱。串钱像硬币是用淡绿色的纸做的，中间有一小圆孔，用一根尼龙线穿起一串一串。串钱就是这意思。每一片值多少钱？不知道。猜想应该是一个冥币单位 。祖祖辈辈的先祖辈都是用这种钱的。有一段时间，天国金融秩序乱了，有人民币，有美元英镑欧元等，并且面值差异大种类多，大得惊心多得动魄。人民币，一张动辄上万，有千万一张的，还有一亿一张的，外币面值也一样，百万英镑，千万美元，应有尽有。当然，这是人为造成的。问题是天国一直用的是串钱，没有外来银行，洋币烧到那边无法兑换成串钱，是废纸一张。

我曾多次看到有人在小区山脚塘边烧包。我问过大哥：我可不可以在长沙为父母烧包？他说：可是可以，还是回来烧好些。我理解大哥所谓好的含义有：一是，我们兄弟都回来，说明湛府后继有人；二是，在离父母近的地方烧包父母容易拿到，他们死时都八十多岁，若在世的话，父亲九十一岁，母亲八十六岁了；三是，在离父母近的地方拜祭父母，感到父母并没有远行，恍惚就在眼前，这时，你的怀念之情最浓。平日想父母，也常梦见父母，谁知道呢？父母以为我们忘记他们了。回老家去，回到父母曾生活过的地方去，他们在那里守望，多半站在一个我们看不清的地方望着我们，像他们在世时盼我们回家一样。

当天，骄阳似火，赶到老家，上午十点多。一下车，一股火气袭来。家乡，视野所见，到处青山绿水，安静详和，但还是热。坐堂屋，开风扇吹才觉凉爽。大哥说，烧包要等到下午三点半后方可。午休后，我们便装钱。我们每人要备两个袋子，父母各一个。袋子如信封，比信封大些，上面竖着印了一些字，留一些空白，只须填父母称谓，孝子孝媳姓名即可。我们齐动手，把一串串纸钱拆开分别装入袋中。三点半一过，我们拿起钱袋香烛鞭炮，特别拿了许多干柴茅草就出发了。

老屋西边有一线山，山与屋之间是田，一条水坝由南向北蜿蜒而来，把田分开。从老屋出发，经过一座石桥后，再走一段，便可进山，父母长眠山中。我们在桥一侧路边烧包。这个位置大致在屋和山之间的中点上。父母晚上出来拿钱，还可以先到老屋看看，他们用的东西大都在里面。

三点多太阳正旺，走到桥头，一身大汗。山上树木茂盛，田地禾苗翠绿，小桥流水，鱼游浅底，依稀可见。水坝两边茅草荆棘比人高，还长有一些高树。桥头，长有几棵柳树，为我们遮挡一些阳光。我们把柴棍架起，把放钱袋的纸箱放柴棍之上，再在柴棍下塞一些茅草，点燃茅草。干柴烈火，一下就燃起来了。再把香烛点燃，插在泥中，放鞭炮。炎炎烈日下，开阔的田地上，炮竹显得特别响，想必父母听到了也看到了，他们可能站在山顶树梢在观望。在遍地绿色的衬托下，太阳越发炽白，如雪白的雾罩在田地之下，鞭炮的浓烟也如白练飘向空中，一下与阳光同化了。我们站在那几棵柳树的阴影下看火也看山。纸箱燃了，箱里先是烟雾，很快，变成火舌。垫在下面的木柴越烧越旺，火苗越来越高，发出轻微的嚓嚓声，那一箱串钱成灰后，火就慢慢熄了。红色的香烛还在燃烧，那些细细丝丝的烟雾被太阳晒得发白。

为什么定七月十五为中元节？这是从祖宗那里传下来的。为何要烧纸钱，点香烛？这也是从祖宗那里传下来的仪式。点香烛是给先人看的，但愿先人能看到。人死后，多半以一种全新的，世人看不见的形式步入天国。那些宇宙深处，活人未到过的地方，应该属天国。在一些神剧中，人得道成仙后，腾云驾雾，神出鬼没，这不是昭示着神鬼出没的地方是在高处空中，即天国吗？俗话说，人在做，天在看。天怎么看？那一定是有“人”在天上看。这种人不是常人是鬼神，这种看就不是我们常人的看，是千里眼亿里眼，可以从几亿光年之外的地方看过来。这些纸钱，为什么要烧成灰？我小时，见父母为爹爹娭毑烧包，总不理解，好端端的钱，放在这里，让爹爹娭毑断黑时来拿多好。母亲说，阳世的东西，那边拿不动，要烧成灰，他们才能看见。

下午烧完包，回长沙。晚上八点多，我出来散步。没有月亮也看不见星星。碰见的人多，有些是夜归人，更多的是如我散步的人。初秋的夜色，还是比较亮，别人的神态基本看得清，大都一副漠然之态。他们旁若无人地走着，好像在思考什么问题眉头紧锁。我对他们没有太留意，我想，中元之夜是属于逝者的。有多少人烧了包？有多少亡灵拿走了已成灰的纸钱？生总是短暂的，死才是永恒。活着的总是少数，死去的不计其数。在这人世游走的灵魂太多了，今夜尤其多。我的父母拿走我烧给他们的钱了吗？我知道，这是违心的或说自欺欺人的，但我宁愿自欺，相信父母以另一种我无法感受的方式活着。此时，他们是否在我身边飘荡？他们在世时，我陪他们在小区散过步。我今晚想在外面多走几个来回。我想从树下阴影里，花坛草深处或池塘边或空中星星出没的地方看到他们，哪怕只是一闪就不见了。

等到春暖花开时

王常青

百花洲文艺出版社
BAIHUAZHOU LITERATURE AND ART PRESS

图书在版编目(CIP)数据

等到春暖花开时 / 王常青著 . —南昌:百花洲文艺出版社, 2013.10(2018.12 重印)

(微阅读 1+1 工程)

ISBN 978-7-5500-0787-1

Ⅰ.①等… Ⅱ.①王… Ⅲ.①小小说—小说集—中国—当代 Ⅳ.①I247.8

中国版本图书馆 CIP 数据核字(2013)第 251895 号

等到春暖花开时

王常青　著

出 版 人:姚雪雪
组稿编辑:陈永林
责任编辑:赵　霞　杨　旭
出　　版:百花洲文艺出版社
发行单位:全国新华书店
印　　刷:香河利华文化发展有限公司
开　　本:700mm×960mm　1/16
印　　张:12
版　　次:2014 年 2 月第 1 版
印　　次:2018 年 12 月第 3 次印刷
字　　数:128 千字
书　　号:ISBN 978-7-5500-0787-1
定　　价:29.80 元

赣版权登字:05-2013-342

邮购联系:0791-86895108
网址:http://www.bhzwy.com

前 言

以“极短的篇幅包容极大的思想”，才能够以小胜大，经过读者的阅读，碰撞出思想的火花，震撼人的心灵。正因为这样，微型小说成为一种充满了幽默智慧、充满了空灵巧妙的独特文体。

如果说在二十一世纪的头一个十年，是互联网大大改变了我们的生活，那么在我们正在经历的第二个十年里，手机将更为巨大地改变我们的生活。如今，以智能手机为平台，正在构成一个巨大的阅读平台。一种新的阅读方式正不知不觉地走进大众的生活。一个新的名词就此产生，它便是“微阅读”。微阅读，是一种借短消息、网络和短文体生存的阅读方式。微阅读是阅读领域的快餐，口袋书、手机报、微博，都代表微阅读。等车时，习惯拿出手机看新闻；走路时，喜欢戴上耳机“听”小说；陪人逛街，看电子书打发等待的时间。如果有这些行为，那说明你已在不知不觉中成为“微阅读”的忠实执行者了。让我们对微型小说前景充满信心和期待的是，微型小说在微阅读的浪潮中担当着极为重要的“源头活水”。

肩负着繁荣中国微型小说创作、促进这一文体进一步健康发展的责任和使命，微型小说选刊杂志社推出了“微阅读1+1工程”系列丛书。这套书由一百个当代中国微型小说作家的个人自选集组成，是微型小说选刊杂志社的一项以“打造文体，推出作家，奉献精品”为目的的微型小说重点工程。相信这套书的出版，对于促进微型小说文体的进一步推广和传播，对于激励微型小说作家的创作热情，对于微型小说这一文体与新媒体的进一步结合，将有着极为重要的作用和意义。

编者

2014年9月

目　录

心会跟爱一起走

每年，杰克都去医院做脊髓捐献。听医生讲，全世界每年因缺少脊髓移植而死亡的人数在上百万，因为脊髓的配对成功率相对低，看着医生眼里流露出的失望眼神，更坚定了杰克捐献的信心。

杰克四十岁的时候，经他捐献的脊髓救治了数十名患者。每当听到医生打来的电话，杰克的心里高兴极了。因为在杰克看来，他用自己一点点微不足道的脊髓救治了数十人的生命，他感到了自己生命的价值。

四十五岁那年，杰克被检查出了肾病。医生对杰克的妻子说，杰克的肾病很严重，他的肾脏已失去了功能，必须尽快进行换肾手术，否则就会有生命危险。

换肾需要二十多万美元的手术费不说，而且没有合适的肾源，这一切对杰克全家来说，是一个致命的打击。

时间在一天天地过去。

一天，医生打电话对杰克说，有人愿意捐给他一个肾脏，我们做了检查，肾脏完全符合你的要求，你如果没有意见的话，下周可以进行手术。听到这个消息，杰克和妻子高兴起来，高兴的是可以换肾了；在高兴的同时，杰克也为高昂的医疗费用而担忧起来。医生对杰克说，你不用为你的医疗费用担心，有人为你出这笔费用。听着医生的话，杰克简直不敢相信自己的耳朵，因为这对他来说，太意外了。

手术在一周后进行，杰克的手术非常成功。苏醒后杰克对医生说，我一定要见一见捐献给我肾脏的恩人。医生对杰克说，这两位也想见见你。

杰克在下午见到了两位恩人。当医生带着两位恩人来到杰克的病床前时，两位恩人向杰克深深鞠躬致意。医生笑着对杰克说，我给你介绍一下，这是达尔先生，这位是约翰先生，杰克一一与他们握手。杰克说，谢谢你，好心人，要不然，我就……杰克的话还未说完，只听达尔先生说，您客气了，我应该谢谢您，要不是您，我可能早不在人世了……听着达尔的话，杰克一脸的疑惑。医生笑着解释说，是这样的，在你病危的时候，我们向全国各地发出了紧急寻求肾源，有不少人前来询问，只可惜肾脏不合适，没想到达尔先生听说这件事后，他主动来捐献，他的肾脏正好和你的肾脏相符合，我们向他表示感谢时，没想到，他对我们说，他也是一个捐献受益者，他多年前曾接受过一次脊髓移植手术，这些年来他一直想打听到捐献人的名字，没想到，经过一查，竟然是你，真巧啊！你们这是互相帮助啊！

达尔对杰克说，爱是可以相互传递的，正如我的血液里流着你的脊髓，爱无时无刻不在流动。我们在救助别人的时候，也就是在救自己，你说不是吗？

杰克和达尔紧紧拥抱在一起。

爱如空气

同同的爸爸妈妈从农村来到城市后，一直靠捡废品维持生活。

在同同的眼里，这是一个很脏的活儿。在班级同学们面前，同同总感觉低人一头。有同学问同同爸爸妈妈是干什么的，同同脸红了半天，也没说出来。同同在同学们面前从来没说过爸爸妈妈是捡废品的，同同不想让同学们知道他有捡破烂的爸爸妈妈。

一到放学，看到别的同学高高兴兴回家，同同一点也不愿意回到那个小的刚能容下一张床的小屋。

每当同同放学回来，爸爸妈妈似乎忘记了一天的劳累，投来关切的目光，同同脸上没有丝毫高兴的表情，同同恨爸爸妈妈。

同同的衣服都是爸爸妈妈捡回来的。妈妈手巧，把捡来的衣服洗得干干净净，在衣服的破烂处缝上了同同喜欢的各种图案，一点也看不出破烂的痕迹。同同穿在身上还是不舒服。

一天，老师布置了一道作文题——《爸爸妈妈的爱》，老师让明天交上来。看到这个题目，同同一点感觉也没有，他觉得爸爸妈妈对自己没有爱。

第二天，别的小朋友都交上了作文，同同没交上来。老师问同同为什么？同同说，爸爸妈妈不爱自己。同同就向老师说了爸爸妈妈的种种不是。老师说同同，每个人的爸爸妈妈都是爱自己的孩子的，你怎么知道爸爸妈妈不爱你呢？同同说，爸爸妈妈不给他买新衣服，不给他买好吃的，不给他讲故事……同同说了很多。

放学后，老师要同同带他去看他的爸爸妈妈，同同坚决不同意。老师问他为什么？同同最后才说，爸爸妈妈是捡废品的。老师说，捡废品的怎么啦，老师的爸爸妈妈以前也是捡废品的，同同就把老师带回了家。

看到同同回来了，爸爸妈妈急忙放下手中的活儿，帮同同拿下书包，一会问同同饿不饿，一会问同同渴不渴。说着，爸爸还拿出一个冰糖葫芦，递给了同同。

爸爸给同同的老师拿来一个椅子，拿起抹布擦了又擦。坐下后，老师向同同的爸爸妈妈说明了来意，爸爸妈妈眼里盈满了泪水。

老师把同同叫到爸爸妈妈面前说，你看爸爸妈妈有多爱你啊，老师小时候可没有你那么幸福。你穿的衣服虽然不是新的，但永远是最干净的；你吃得虽然不好，但永远都是家里最好的；你住的地方虽然小，但小屋内处处充满温暖……你看看爸爸妈妈吃什么，穿什么……从一进家门，我就感觉到这个小屋被一种浓浓的爱包围着，爸爸妈妈对你的爱就像这空气一样，无处不在，我为你感到幸福……同同扑倒在爸爸妈的怀里哭了。

第二天，同同第一个交上了作文，同同的题目是——《我爱捡废品的爸爸妈妈》。同同的作文被作为范文在班级朗诵。朗诵时，同同一脸的自信，赢得同学们的阵阵掌声。

爱的呼唤

一束亮光透过窗帘打在他的脸上，他打了一个冷战。瞬间，又恢复了平静。

伴着这难得的亮光，他走到床前，打开一盒方便面，暖瓶里没有一滴热水。他摇了摇头，又重新坐回床前，不由自主地叹了一口气。听着远处大街上传来的星星点点的鞭炮声，他才意识到新年马上就要到了。

他走到镜子前，看到黑瘦的自己，满脸的胡须和蓬乱的头发看不清他的真实面目。以前，他很注重自己的外表，决不允许有丝毫的瑕疵留在自己身上。用单位同事的话说，他是一个把自己的形象看得比生命还重的一个人。现在的他和以前判若两人。

这些日子，准确地说是多长时间，他也记不清了。他常常会产生一种幻觉：梦到自己死去，一次次被吓醒，醒来，他总会莫名其妙地痛哭一场。他有时感觉自己和死人没什么两样，他每天呆在屋子里，足不出屋，分不清白天黑夜，春夏秋冬。他来这座城市时，是夏季，现在到了冬季，他身上的衣服还是夏天的那一件。要不是手碰着暖气，他还不知道冬季已经到来。

他对着窗户静静地发呆。今天是农历小年。在他的家乡，这个时候，应该是一家人团聚在一起，分享一年喜悦的欢乐时刻，而他……他用手轻轻地把窗帘拉开了一个缝，又把目光投向了远方。他想，此时，妻子和儿子一定做好了饭在等着他回去。他离开家时，儿子才一岁，小家伙刚会叫爸爸。不知何时，他脸上爬满了泪痕。他又把窗帘拉上，打开手机，看着熟悉的号码，他拔了一下，又被他摁掉了。

他重新回到床前，经过反复的思想斗争，他一次次说服自己：今天晚上一定要出去，过小年了，要吃点好吃的。这一阵子，他除了方便面还是方便面，没吃过一顿像样的饭，他的嗅觉好像失去了功能，辨别不出任何味道。

下定了决心，他用手抚了抚零乱的头发，用冷水洗了一把脸，关好门，悄悄下了楼。

走在喧嚣的大街上，看着都市里闪烁的霓虹灯，他显得有点格格不入。突然一阵刺耳的警笛声传来，他心里“咯噔”一下，急忙躲在人群背后。当看到一辆“120”急救车呼啸而过，他擦了擦额头的汗，一颗悬着的心总算落了底。

他拖着一双吃力的腿，继续往前走。突然，一个三口之家闯入了他的视线，凭经验，他判断这是一家有钱人。他像发现新大陆一样，眼神里流露出一丝光亮，他紧握拳头，加快步伐向三口之家靠近。

十米、五米、二米……他的心跳加快，他慢慢把手伸进衣服……突然，跟在父母身后的小女孩扭过头，看着他说：“叔叔，这么冷的天，你怎么穿得这么少？多冷啊！爸爸妈妈你看啊……”

小女孩的一声“叔叔”把他叫得泪如泉涌。他好长时间没听到有人这么叫他了，他好像又重新找回了自我，感到好温暖。眼前的小女孩，让他想到了自己的儿子。小女孩又说：“叔叔，你怎么哭了？”他强挤一丝笑容说：“叔叔没哭，叔叔高兴着呢。”小女孩还想说什么，他眼睛一热转身走开了。

他深深地吸了一口气，他狠狠地打了一下自己，把衣服里的刀子扔进了旁边的垃圾箱。

一年前，他因为杀人，远离家乡，来到这个陌生的城市。他准备今天再干最后一次，好好潇洒一回，来结束自己的生命。不想小女孩的一句话，把它的思绪全打乱了，要不是小女孩的一句话，今天他可能又要破坏一个完美的家庭。

在熙熙攘攘的人群中，他全然不顾，急忙打开手机，向家里拔了一个电话，话未说，已泣不成声……

打完电话，一种从未有过的轻松袭上心头，他挺直了腰杆，大踏步向派出所走去。

给我一根烟

张仁突然破产了。几天前还是荣荣耀耀的大老板，转眼间变得一无所有，还欠了一大笔债。眼看年关将近，张仁决定回家去看看。

家里还是老样子，衰老的父亲住着低矮的草房。

眼前的张仁穿着考究，丝毫看不出是一个落魄的商人。父亲看了一眼张仁，说：“儿子，给我一支烟抽。”张仁拿出一根“红旗”烟递给了父亲，心里有些奇怪，父亲怎么又抽上烟了？

父亲问张仁：“这几年生意还好吧？”张仁连声说好，眼神中流露出一股自信。这次回家时张仁就想好了，不要把生意上的事告诉父亲。母亲去世得早，父亲岁数大了，这些年来他又忙于生意上的事，平时很少回家，父亲没少为他操心，这次他可不能让父亲再为他担心。

父亲没说什么，突然进了屋，从炕下拿出了一个包了几层的布包递给张仁，说：“这是你这些年邮来的钱和家里为你攒下的钱，现在你有难处就拿去用吧，爹岁数大了，用不着了。”

张仁愣了，辩解说：“爸，我挺好的呀，你给我钱干吗？”

父亲没搭理他的话，突然问：“还抽这么多？”张仁抽着烟，咳嗽着说：“每天二盒。”父亲说：“看你咳嗽这么厉害，别抽了，我每次让你少抽点，你总说，你抽的是‘中华’烟，烟好着呢，一盒烟八十来块，能买咱们家一百斤小麦，再看看现在，抽的是我戒烟前抽的最便宜的一元钱一盒的‘红旗’，我记得你最不喜欢抽这烟，说这烟不好，呛嗓子，孩子你肯定是遇到什么困难了……”

张仁想说什么，却什么也说不出，双眼模糊起来。

戒 烟

女儿得了肺病。从医院回来，医生的话在他耳边一遍遍地响起：排除了家族遗传，你女儿得病的原因有可能是被动吸烟造成的。

他抽烟抽得厉害，每天两包烟。为此妻子没少说他，让他把烟戒掉，他戒了多次也没成功。北方的天气冷，屋里空气不流通，他一抽烟，整个屋子都弥漫在烟雾中，呛得妻子和女儿直咳嗽，尽管这样，他还是没戒成。

在回来的路上，看到满大街的标语，他知道今天是世界无烟日。为了说明吸烟有害，工作人员做了一个试验，随便把行人什么牌子的香烟拿来，把这支烟的焦油注入一只白鼠内，只见活蹦乱跳的小白鼠一会就死掉了。看着小白鼠，他的眉头皱了皱，急忙拉着女儿回了家。

他多年来养成了一个习惯，到了家中，总会抽支烟。今天回来，他却一反常态，没有抽。妻子说他，怎么不抽烟？昨天弟弟从外地来看他，给他拿回两条中华烟。要放在平时，他早就抽了，因为只要叫他看见烟，没有放过夜的时候，他一定要尝一尝。面对妻子的责问，他说，今天是世界无烟日，他戒烟了。

到了第二天，他还是没有抽烟。妻子说他，你真的戒了？他说真的。妻子问他为什么？他说不为什么，因为他白天看到一只白鼠就一支烟的焦油就死掉了，所以……他没说出来。妻子看了看说，仅仅是为了这只白鼠。他说，是。话未说完，眼泪却止不住地掉下……

同事说他，他如果戒烟，他们就戒饭，他真的戒烟了。都说他的毅力强，他却说，这是一个父亲的责任。

同事们听了一脸的茫然。

昆仑山上的爱

经过三个月的新兵训练，建国被分到了海拔五千多米的昆仑山哨所，成为一名通信兵。

到达昆仑山哨所时，正赶上哨所升旗。在建国的面前站着整整齐齐五个兵。四周一望无际白茫茫的雪海，只有这面鲜红的五星红旗给昆仑山增添了绚丽的色彩。

晚上，班长给建国接风。班长对建国说，我就要复员了，说真的，真要走了，还有点舍不得了。说着说着，班长眼里流下了泪水。班长擦干眼泪对建国说，我把这四个兄弟交给你了，把通信站交给你了，你要照管好。今天班长的话特别多，唠唠叨叨没完，他给建国讲抵御风寒的方法，讲通信线路检查方法……这一晚，班长和建国几乎没睡，建国沉浸在班长的话语中。

从战友们那里了解到，班长在山上已经呆了六年，要不是班长的关节炎病太严重了，班长说啥也不走。班长临走，留给建国的最后一句话就是：你会爱上这个地方的。这短短的几个字，班长说出来，是那样的意味深长，没有任何抱怨，有的只是无限的留恋。

来到这里后，建国才发现这里的条件要远比自己想象的复杂得多，白天巡视检查，走在没膝盖的积雪里，对自小在南方长大的他，每一次都是严峻的考验。走不远的一段路，建国已气喘吁吁。

离开家时，父亲对建国说，我送你去当兵，就是想锻炼一下你，将来好把这份家业交给你。在父亲的眼里，好像不当兵，建国就不能担当起全家的重任。对象也对建国说，等你回来，咱们就结婚。看着父亲殷切期待的眼神和对象脉脉含情的目光，建国坐上了北去的列车。

建国一问才知道，他的四个兵，都有对象。建国说，看来咱们当兵的，还是当今世界上最可爱的人，要不怎么有那么多小姑娘给咱们处对象。建国拿出对象的照片，战友们都说建国的对象长得漂亮。建国要看战友们对象的照片，他们谁也不给建国看。

建国给对象写信时，把哨所形容的仿佛是一座世外桃园。

三个月后，建国收到了对象的来信。战士小林说，怕不是吹了吧？建国扫了一眼小林说，瞎说，你“嫂子”还等我回去结婚呢！建国特地把“嫂子”二字加重了语气。

每天看着太阳从东边升起，从西边落下，一晃几年过去了，他的四个兵都复员了。

建国的兵来自全国三十一个省市。有时建国就笑着对战友们说，可别小看了我们这个通信站，这里有全国人民的支持。这时候，建国是最高兴的时候。

这几年，建国每年都收到父母的来信，让他回去。父亲在信中说，买卖做得更大了，家里急需要一个帮手。

父亲来到建国的哨所，看到建国在信中所说的这个美丽的地方，条件是这样的差，眼里盈满了泪水，建国的鼻子也酸酸的。他的眼泪硬是没掉下来，建国不想让他的兵看到他那样，因为他是班长。

前一阵子，建国接到小林、小李他们来的信，他才知道，原来他们在昆仑山当兵后，对象都吹了。建国这才想起，给他们要照片，他们谁也不给。想想在当时的情况下，他们这样做的良苦用心，建国理解他们。小林他们还说，建国的对象也一定吹了，只是建国没告诉他们，从建国的眼神里，他们早就看出来了，只是没有说，他们都相互瞒着对方。

建国来昆仑山后，他和对象的关系就亮起了红灯，他不想让小林他们知道。

又到了新的一年，部队首长来通信站慰问。将军笑着对建国说，来这里几年了？建国说，五年了。将军又问建国多大了？建国说，三十。将军又说，有对象了吗？建国说，还没有。将军拍着建国的肩膀说，年轻人，能在这昆仑山一呆就是五年，不简单，你为祖国做出了贡献，这是我们当兵人的光荣，谢谢你。将军走时对建国说，你放心，有时间我给你介绍一个对象。建国说，谢谢首长关心。将军和建国相互行了一个标准的军礼，建国的心里热乎乎的。

一天，建国收到了一封来信，是将军邮来的，信里还有一个漂亮的姑娘照片。将军在信中说，小鬼，我可没忘记我的诺言，我也是昆仑山上的一个兵，这个姑娘是大学毕业，我对她说了你的情况，她很愿意，如果你愿望，你和她联系……看着将军的信，建国双眼模糊起来……

走在巍巍的昆仑山上，踏着厚厚的积雪，脚下发出嘎吱嘎吱的响声，是那样的悦耳。

在月光的照耀下，昆仑山像一个熟睡的少女，增添了无比的魅力，拿着手里漂亮姑娘的照片，建国忽然想起了一首歌："巍巍的昆仑山，这里洒下了我的血和爱；洁白的昆仑山，这里有我的光荣和梦想，我爱昆仑山，因为她是祖国的边防线……"

有一件事建国还不知道，他手里漂亮姑娘的照片是将军的女儿。

麦田里的守望

茂仁看了看地里泛黄的麦穗，脸上露出了笑容。

今年赶上了风调雨顺的好年成，茂仁盘算着，再过半个月，就要收小麦了，今年一定有个好收成。

去年，茂仁种的小麦，因为大旱，收成减半，原准备指望上秋卖点小麦给儿子办结婚的事，也成了泡影。茂仁对儿子说，明年再办，明年一定有个好收成。

这几年，国家加大对农村的扶持力度，村子里修上了公路，家家还接上了村村通电视，足不出屋，就能了解到国家大事，农村的日子一天比一天好了。茂仁笑着说老伴，现在咱们赶上了好时代，国家还减免了农业税，种地还给钱，还要建设新农村，将来农村也建设的像城市一样。茂仁一脸的幸福。

眼瞅着丰收在望的小麦，这些天茂仁甭提有多高兴了，六十多岁的人了，每当看到一棵棵泛黄的麦苗，闻着沁人心脾的麦香，再累，茂仁也不感觉累了。老伴说茂仁，看这点小麦把你高兴的，就这点出息，今年又不是光你丰收。茂仁说，你懂啥，咱家种得多，还没等说完，茂仁又咯咯笑起来。

这些天，茂仁的眼睛和身影一直在麦田里晃动，每天抚摸着日渐饱满沉甸甸的麦穗，就像小时候抚摸着儿子光滑细腻的皮肤一样，感到格外的亲切。

今年茂仁种的小麦是新品种，与乡农科站签订了合同，他的小麦可以高出平常小麦几倍的价格来卖。茂仁粗算着，今年至少也得有五六万进帐，收入要超过往年的好几倍。儿子上秋的婚事就有指望了。

这人心情好，天公也跟着作美，晴空万里无云，正适合小麦的生长，茂仁看天气预报，最近这半个月，天气都晴好，更让他吃了一颗定心丸。

一天深夜，茂仁正沉浸在美梦中，被一阵紧促的敲门声惊醒了，茂仁一听是村长大宝。

茂仁说老伴：“这深更半夜的，大宝有什么事，那么急，不能等到明天再说。”

茂仁不情愿地披上衣服，趿着鞋出了屋。茂仁看见大宝上气不接下气，满脸大汗。

茂仁说：“大宝，你这是怎么了，黑灯瞎火像猴挠腚似的，出了什么事?”

大宝说：“时间紧，到村委会再说。”茂仁被大宝拽出了屋。

深夜的村庄，除了几声狗叫，出奇的静，都能听见树上滴滴嗒嗒的露水声，一滴露水滴在茂仁的脸上，他打了一个冷战。

到达村委会时，茂仁看到了村委会里坐满了左邻右舍的邻居，一个个都面露疑惑，不知道发生了什么。

大宝擦了擦脸上的汗，说：“今天召集老少爷们们来开会，主要来征求大家的意见，咱们的邻省，发生了洪涝灾害，给上游几百万人民生命安全构成了威胁，经上级研究，决定在咱们村进行泄洪，所以请大家来商量商量，这里面茂仁种的地最多，由他先说吧……”

还没有完全清醒过来的茂仁，村长的话，像一把刺刀一样直刺在他心窝上，茂仁哆嗦了一下，感到一阵揪心的痛。茂仁的眼前又浮现了颗颗金黄黄的麦穗，眼瞅到手的庄稼，就要被洪水冲掉，看着村长殷切的目光，看着乡亲们一脸的困惑，茂仁轻轻叹了口气说：“谁不心痛自己的庄稼，那可是咱庄稼人的命根子，可是和人的生命比起来，这点损失算不得什么，我茂仁虽然大字不识，没文化，但也晓得一定的道理，我坚决服从上级的决定……”

平时说话不敢大声的茂仁，这一次说起来铿锵有力，连他自己也没想到。茂仁的话，赢得阵阵掌声。乡长握着茂仁的手，久久不能松动……

从村委会出来，茂仁点着一根烟，深深地吸了一口，脚步不由自主地改变了方向。

来到麦田旁，任凭露水打湿了裤角，麦秸划破了皮肤，茂仁浑然没有感觉，摸着沉甸甸的麦穗，眼泪再也止不住地掉下……

那一年哥哥十五岁

小时候，家里困难，母亲身体又不好，再加上我们兄妹三人上学，使本来就拮据的家庭生活更加困难了，全家的重任都扛在父亲一人身上。

那时候，我们兄妹三人特别争气，学习成绩都非常好，这让日夜辛劳的父亲心里多少有了点安慰。

父亲这一辈子没有多少文化，大字识不了几个。父亲发誓要把我们兄妹三个培养成人。所以面对再大的困难，对于我们上学的事，父亲从未动摇过。他经常对我们说，我年轻时没赶上好时候，现在你们赶上了，说啥也不能辍学。现在没有文化，就连种地也种不好，你们三人，不要管家里事，你们的任务是学习。

那年头，农村的收入一年也就一千多元钱。除了交提留，再加上给母亲买药，所剩无几。为了供我们上学，父亲想尽一切办法挣钱，为了节省钱，父亲还把吸了二十年的烟给戒了。农闲季节，父亲干起了瓦工，每年能多挣一千多元钱。

我上中学的时候，母亲做了一次大手术，花了三四万。这在当时的农村来说，是个天文数目。为了尽快还清外债，父亲整天没日没夜地干活，四十多岁的他，看上去像六十多岁的人，头发白了大半，身体也佝偻了许多。

中学毕业，正当我和哥哥准备中考的时候，父亲因过度的劳累病倒了。我们这个家一时被一种不祥笼罩着。躺在床上的父亲，笑着对我们说，我没事，躺一躺就好，你们现在是中考的关键时候，不要耽误了学习。

那一年，我和哥哥都以优秀的成绩考上了重点高中。

父亲在床上躺了两个多月，身体好了许多。但医生告诉我们，父亲再也不能出大力了。

一天晚上，一向要强的父亲把我们兄妹三人叫到屋里说，你们三人，我本来准备都要你们考大学的，现在看来不行了，你们三人得下来一个，父亲眼里盈满了泪水。父亲说，你们三个学习成绩都很好，我下不了决心，这样吧，咱们采取抓阄的方式，写三张纸条，两张写“上”，一张是空白纸，抓着空白纸的就不能念书了，回家种地。

父亲拿来三张纸，让大哥写上字，搓成团。父亲拿在手里，晃了晃，然后让我们抓。面对决定自己命运的时刻，我心跳得厉害，心里暗自盘算，一定要抓到带有“上”字的纸条，否则就不能上学了。先由妹妹开始，她抓了一张写“上”的纸条，高兴地蹦起来。我迟疑好大一会，紧张地打开纸条，看到了上面有“上”字，我欢呼起来。我看到大哥看也没看纸条，就把纸条扔进了火里。这三张纸条，决定了我们兄妹三人的命运：我和妹妹上学，大哥下来种地。

我和妹妹没有辜负父亲和大哥的期望，几年后，我们双双考上了大学，听到这个消息，父亲和大哥流下了眼泪。

母亲病故后，父亲已不能下地干活。大哥担当起家庭的全部重任。为了供我和妹妹上大学，哥哥一直没找对象。

毕业前，我和妹妹张罗着为大哥找个对象，没想到大哥拒绝了。大哥说，等你们条件好了，我再结婚。看到三十岁刚出头的哥哥头上的白发，我和妹妹伤心地流下了眼泪。

三年后，哥哥结婚。为了补偿哥哥，我们兄妹二人决定给大哥办一个像样的婚礼。

躺在床上的父亲对我和妹妹说，看到你们兄妹三人这样，我心里真高兴啊！以后我没有了，你们一定要像对我一样对待你大哥。这些年你大哥为了你们，放弃的太多了，不是金钱所能补偿的。当年，为了增强你们的自信心，让你们三人抓阄，是你大哥的意见，他把三张纸都写了“上”字，你大哥让你们两个先抓，所以你俩就……这个秘密你大哥让我替他保守一辈子，我觉得现在是时候了……

听着父亲的话，我和妹妹已泣不成声，因为那年大哥才十五岁。

抓阄

一场激战过后，一连只剩下了连长王大中和战士刘解放、李为国。

敌人的炮火不断向阵地打来，浓烟夹杂着扬起的尘土拍打在战士们的脸上。连长王大中和战友们把敌人一次次击退，敌人没能向前前进一步。王大中看了看表，他们坚守阵地已经整整六个小时，上级给他的命令是坚守阵地四个小时，但大部队还迟迟没上来，看着天空中瓢泼的大雨，王大中对刘解放说，咱们的大部队一定遇上了困难，只要大部队不来，我们还要继续坚守，人在阵地在。说着，王大中擦去脸上的灰尘，带领战友们又投入到战斗中去。

刘解放对王大中说，连长你听，我好像听到了大部队的声音，王大中抠了抠耳孔里的泥土，说，是的，这脚步声我太熟悉不过了。王大中突然想起了什么，分开刘解放和李为国的手说，在前面敌人阵地上有一个碉堡，火力非常强，对我们大部队攻击不利，我们一定想办法把它炸掉。刘解放说，我去，李为国说，我去。王大中看看刘解放，又看看李为国说，我是连长，这项工作由我来完成。刘解放和李为国说，你是连长，等大部队来了，还有许多事情要你去做，这炸碉堡的事由我们来完成最合适。王大中说，刘解放，这座城市是你的家乡，马上就要解放了，你就能看到自己的父母了，你不能去；李为国，你今年才刚满十八岁，我家里已经没有人了，无牵无挂，所以你也不能去，任凭王大中怎么说，刘解放和李为国就是不同意。王大中生气地说，时间来不及了，我是连长我说了算。王大中拿起炸药包，被刘解放和李为国拦住了。看着刘解放和李为国，王大中说，这样吧，为了公平，咱们抓阄，谁抓着谁去。王大中从怀里掏出一本烧焦的笔记本，撕下一张纸，扯开三个纸条说，我把这三个纸条一张写上“攻”，二张写上“守”，抓住攻字的，去炸碉堡，抓住守字的留下做掩护。王大中急速写好，用手团了一下说，谁先抓，刘解放第一个抓起，李为国第二个抓起，打开都是一脸的失望样。王大中笑着说，我说我去，这回你们心服口服了吧，快掩护，话未说完，王大中已跃出战壕冲了出去。十米、五米……王大中时而匍匐前进，时而纵身跃起，刘解放和李为国为王大中捏了一把汗，敌人发现了王大中，子弹像雪片一样袭来，王大中腿上中了一弹，他吃力地向前爬行着，向前的速度越来越慢，身后留下一片片鲜红的血迹，泪水模糊了刘解放和李为国的眼睛，他们再一次睁开眼睛的时候，王大中已经到达了碉堡前，他用牙咬开了导火索，随着“嘶”的一声，王大中的最后一笑定格在1944 年 8 月 4 日 15 点。

大部队赶到时，刘解放和李为国哭成了泪人。部队首长握着刘解放和李为国手说，你们一个连整整拖住了敌人一个团的兵力，真是战争史上的一个奇迹，为大部队争取了时间，我要为你们请功。

首长接过刘解放和李为国递过来的王大中的遗物说，这个王大中，不会写多少字，我送给他的这个笔记本还保留着，你们连长跟随我多年，他除了会写自己的名字，就会写个攻字，他常说，作为一名军人，他眼里只有进攻。听着首长的话，刘解放似乎想到了什么，他俯下身去，捡起地下的三个纸团打开，看着纸条上三个鲜明的“攻”字，眼泪止不住地流下。首长说刘解放，这是你们连长的一贯做法，在他身上不是第一次了，这一次，眼看着快要解放了，他没有挺过去。

首长脱掉军帽，向碉堡方向行了一个标准的军礼，向全军下达了进攻命令……

我们和你在一起

初春的阳光，透过窗户照射到天立中学初一四班的教室里。刘老师正耐心细致地给同学们讲着课，突如其来的一阵响声夹杂着一阵震动而来，寂静的教室瞬间变得吵闹起来。看到同学们一个个惊愕的表情，刘老师大声说道：“同学们，不要惊慌，这是我们附近的小煤矿采煤放炮造成的震动，先从第一排开始出教室，到操场去，不要拥挤。”当看到同学们安全走出教室时，刘老师脸上露出了笑容。不知是谁说了声：“刘老师，李佳同学还在教室里。”刘老师把班长叫过来，说，“你带领同学们在原地呆着，不要动，我去看看。”刘老师消失在同学们的视线中。

刘老师来到教室，房顶已开始往下掉落东西，他听到了教室里传来的哭声，当他转身进到教室，用手抓住李佳时，伴随着一阵响声和迷人的烟雾，刘老师和李佳被埋在了废墟中。

刘老师的背上被一块块的砖瓦砸在上面，一阵阵钻心的疼痛袭来，李佳在刘老师的下面，刘老师面带微笑着说：“别害怕，我们马上就能得到营救。”

“老师，我们这里是发生地震了吗?”李佳哭泣道。

“是啊。”

“你刚才怎么说不是呢?”

“傻孩子，如果老师说发生了地震，我们教室发生了混乱，我们没有被房子压倒，也被自己给压倒了，好在同学们都出去了。”

“老师，都是我不好，连累了你，同学们可不能没有你啊。”

“怎么能说这话，我这不是好好的吗，放心吧，我们一会就能出去。”

此时，刘老师感觉上面有东西在慢慢下沉，在他下面，李佳的空间也愈来愈小，刘老师用手紧紧抓住一根铁杆，像一个雕塑一样，一动不动。

一小时、两小时……

天气变得越来越黑。

“老师，你说能有人来救我们吗?”

“一定会的，国家知道后，马上就能来救我们，有十三亿人民做咱们的后盾，我们怕什么!?”

“老师，你的血。”

“不要害怕，一切都会好起来的，因为其他的同学还在等着我们上课，说好的，今年暑假我领你们去九寨沟呢，我们一定会出去的，你听外面好象有动静，一定是救我们的人来了。”

“老师，什么动静也没有啊，现在黑茫茫的一片，我有点害怕。”

“不要害怕，有老师在，我好象听到了同学们的声音，他们在寻找我们。”

“没有啊。”

“你听这是广播的声音，我们的温总理来了；我们的部队来了；我们的医生来了……”

李佳的声音变得越来越小。

“李佳，你要是累了，休息一会，可千万不能睡着，记住，否则就醒不过来了，有老师在，听话。”

一天、二天、三天……

“孩子，渴了吧，饿了吧，你看老师的手破了，血在往下流，你喝一口。”

“老师，我不能喝，我不饿，我不渴。”

“不听老师话了，你还小，快点!”

一滴滴鲜血注入李佳的体内，一股暖流涌上心头。刘老师笑了，李佳哭了。

“李佳，你听，同学们来了，救咱们的人来了，我听到了。”

一阵阵机器声由远及近。

“老师，我听到了，是王帅的声音，还有张庆，还有……他们手里还拿着收音机，收音机里说，胡爷爷和温爷爷来咱们灾区救我们来了。”李佳脸上又露出了笑容。

“刘老师、李佳你们在哪里？我们一直在找你，我们来救你们来了……”

“老师你听，我们有救了！我们有救了!!”

“李佳，我们有救了，老师太累了，要休息一会，你可不能睡，要为老师值班。”李佳点了点头，眼泪却止不住地流下。

“老师你看，我们看见光了，我们有救了，你醒醒啊!”李佳大声哭喊着。

刘老师干裂的嘴唇上露出了一丝微笑说：“孩子我不行了，你出去后要好好学习，记住，我们永远在一起……”

刘老师的最后一笑定格在2008年5月15日15点40分。

无言的战友

强子第一眼看到虎子时，就感觉到有一种说不出的亲切。此时虎子还只是一只很瘦小的狼狗。强子习惯性地用手抚摸了一下虎子，这小家伙竟对强子没有丝毫的警惕，围着强子转来转去，不肯离去，最终强子把虎子抱走了。

强子这一次来，是部队派来选军犬的。经过几天的挑选，强子看了不下百余只，也没挑出一只好的，说起来，虎子并不是最好的，强子到现在也说不清，他当初为什么抱走虎子。

看到强子抱来的虎子又瘦又小，战友们说强子，换一个算了，因为凭强子的技术，他应该训练出一只更优秀的军犬来。虎子并不具备一只优秀军犬的内在条件。面对战友们的规劝，强子依然不为所动。

在部队的这些年，强子训练的军犬屡屡受到部队的表扬。每每说起强子，战友们都对强子竖起大拇指。在强子的精心喂养下，虎子一天天长大。强子从最简单的动作训练起，强子到哪里，虎子就到哪里，每天形影不离。

在强子的训练下，虎子现如今已成了部队的一位“功臣”。在几次执行任务中，虎子出色地完成了任务，帮助部队救下了数十名进山迷路的老乡，抓住了数十名毒犯。连队里的功劳簿上记着强子的战功，也记载着虎子的一次次成功记录。

经过几年的磨合，强子的一个眼神、一个动作，虎子很快就能理解。每当训练结束，强子和虎子躺在地上，彼此间相互看着，仿佛一对恋人一样。强子也私下对战友们说，现在真离不开虎子了。说着说着，强子的眼睛就会湿润起来。

在一次执行任务后，虎子突然得了一场病，这一病就是半个月。军医对强子说，这一次虎子怕是没救了，听着军医的话，强子的眼泪止不住地流下。

强子每天陪在虎子的身边，为它梳理皮毛，为它擦去身上的灰尘，为它去药店买药……强子相信，虎子一定会好起来。

这几天强子的嘴上起了大血泡，人也瘦了一圈。部队首长劝强子要注意休息，别熬坏了身体，强子还是默默地陪在虎子身边。也许是强子的行动感动了上天，虎子竟奇迹般好了起来，看到好了的虎子，强子这个大男人，禁不住号啕大哭起来。训练场上又出现了强子和虎子的身影。

半年后，强子就要转业了。

听说强子要转业，不少单位向强子发出了邀请。面对优厚的条件和战友们投来的羡慕目光。眼看着离开部队的日子越来越近，强子心里矛盾起来。

这一段时间，强子和虎子在一起训练的时间少了，看着虎子，强子的心里总有一种说不出的味道。

在离开部队的前夕，一向听话的虎子，突然病了。强子对战友们说，这虎子通人性啊！它知道我要走了，舍不得，才这样的。看着虎子，强子失眠了。

一周后，强子做出了一个大胆的决定，他决定继续留在部队。父母的责怪和战友们的不理解都没能让强子动心。有人问强子为什么？强子说，不为什么，只为了这位无言的战友。

强子不走了，虎子像一个听话的孩子一样，来到强子的身边。训练场上又传来强子的笑声和虎子的奔跑声。

开往春天的火车

去年冬天，应一家杂志社之邀去参加一个笔会。

等料理完家里的事情后，天空中飘起了雪花，整个城市瞬间笼罩在一片白色之中。

这场突如其来的大雪让本来就塞车严重的城市更加堵塞了，汽车像一头喘着粗气的老牛有气无力地向前行驶着。

我不停地看着手表，面露焦急之情。司机也许是看出了我的心思，他笑着说，放心吧，我一定会让你赶上车。我说司机，你怎么知道我赶火车？司机笑着说，大大小小也开了十多年的车了，这点错不了。

雪下得太大了，车窗上布满了雪花，司机一边手握方向盘，一边用手擦着窗上的雪花，他紧张忙碌的身影，让我更加着急起来。

与我一同去开会的小李已经到了车站。他不断给我发短信问我到哪里了？他一再提醒我，现在外面塞车严重，别误了车。我一边给他回短信，一边看着车外，心情也被飘浮的雪花搅得一团糟。

从我所在的小城到达我所去的城市，每天只有这么一趟车。现在正处在车票最紧张时期，我费了好大劲才弄到一张卧铺，笔会只有短短的二天，如果今天赶不上火车，笔会就参加不上了，对于这次笔会我有太多的期待。

好在这一次去参加笔会，有同行的小李作伴，对自小有残疾的我来说，路上有个照应，又多了一份希望。

在焦急等待和盼望中，经过一个半小时的行驶，汽车终于到达了车站。我看了看表，离开车的时间只有十五分钟了。为了让我们几个坐车的能赶上火车，司机临时改变了停靠地点，把车直接开到了火车站广场。

下车时，我看到司机额头上早已大汗淋漓。他一边擦汗一边笑着说，好悬啊，差一点让你们没赶上车，还好总算赶上了，你不知道，我比你们还着急。他匆忙为我们打开后备箱，拿出行李，我们还没来得及说声谢谢，他驾起车匆忙离去，因为车站广场不让停车。

当我深一脚浅一脚到达站台时，离开车的时间还有五分钟。我看到，别的车厢列车员都已经上车了，只有我乘坐的9号车厢列车员在寒风中站立着。

看着眼前的火车，我有点走不动了，这近在咫尺的距离，我感觉是那样的漫长。我突然发现，在我面前突然出现了小李，他一脸笑着说，哥，终于看到你了，我还以为你赶不上了，我说车快开了，你怎么还不上车？小李笑着说，我在等你啊，他接过我的包，搀扶着我小心地走着，这一老一少，步伐一致，成了一道独特的风景。

我俩刚踏上火车，列车就开动了。看着窗外的雪花，我双眼模糊起来。我说小李，这一路走来，让我感觉到太多的温暖。小李笑着说，你看看，这外面虽冷，车内却很暖和，因为这是一趟开往春天的火车……

小李笑了，我哭了。

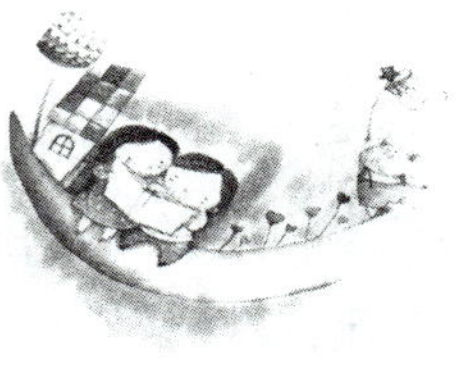

一缕阳光

十八岁那年，因为一次意外的事故，艾伦丝的面部被严重烧伤。年轻漂亮的她，从此与欢乐无缘。

艾伦丝把自己关在屋内，足不出屋，她害怕见人，甚至连阳光也怕，每天以泪洗面，过上了暗无天日的日子。

看着一天天消瘦下去的艾伦丝，妈妈想尽一切办法，也没让她快乐起来。

艾伦丝的脾气变得越来越坏，家里所有的镜子都被她打碎了，她不想看到自己的面容。对艾伦丝的所作作为，妈妈表现出了无比的宽容。默默承受着一切，把伤心和泪水偷偷埋藏在心里。

屋漏偏逢连阴雨，艾伦丝的妈妈也因为一次意外，面部被烧伤了。看着伤势严重的妈妈，艾伦丝的双眼又一次模糊。

出乎艾伦丝的意料，妈妈出院后，一点悲伤的样子都没有，她看起来很快乐。在家陪艾伦丝的这一段时间，妈妈每天都把阳台上的窗帘打开，顺便也把女儿房间的窗帘打开。刚开始，艾伦丝不让妈妈打开。妈妈笑着对她说："傻孩子，你怕什么，只有打开窗帘，我们才能见到阳光，阳光和空气才能进来，爱也就进来了，才能感受到温暖，我们脸上虽然有伤，但我们的心并没有受伤啊。"

艾伦丝妈妈的身影每天出现在小区内，上楼、下楼、买菜、说话，和周围邻居有说有笑，丝毫没有因为她脸上的伤，而影响她的快乐。

惭惭的，在妈妈的带动下，艾伦丝开始打开窗户，接受阳光的照射，脸上露出了笑容。一天，艾伦丝对妈妈说："咱们出去走走吧。"听着艾伦丝的话，妈妈眼里盈满了泪水。

一周后，在妈妈的陪伴下，艾伦丝走出屋子和妈妈去街上买东西，自信的马尾辫在微风吹拂下摆动着，脸上露出久违的笑容。

艾伦丝和妈妈成了小区一道亮丽的风景线，艾伦丝又找回了以前的快乐和自信。

看到艾伦丝的变化，妈妈再也控制不住，失声痛哭起来。为了让艾伦丝重新面对生活，找回自我。她故意烧伤了自己的脸。这件事对于艾伦丝来说，她可能永远不知道，为了女儿，做妈妈的还有什么不能做呢！

一年三百六十五

铁子是铁路大修段的一名职工，正在青藏线施工。过年回家时，铁子就给妻子和儿子绘声绘色地讲着他一年来在外面工作的见闻感受。铁子给妻子讲可可西里、讲藏羚羊、讲布达拉宫……有时正吃着饭，铁子就指着电视里的一座座铁路桥梁说，这是我们干的，那是我们修的，一脸的自豪。铁子说，再过两个月，青藏线就要通车了，到时，我一定领你和儿子去西藏去看一看，去看雪山，看布达拉宫……这样的话，铁子说了不止一遍，妻子和儿子早已听烦了。但她和儿子却一次也没去过，因为铁子没有时间。

铁子常年在外面施工，他的足迹踏遍了祖国的大江南北，一年在家呆的时间很短，家里的活一点也指望不上他。

铁子接班走的时候，妻子一脸的高兴，铁子成了一名铁路工人，成为村子里许多人羡慕的对象。走了以后，她没想到，铁子的工作是那样的苦。

铁子在家的休息的日子，妻子什么也不让他干。铁子过着饭来张口，衣来伸手的日子。看着妻子变着花样给自己做好吃的，铁子说，我在外面总吃这个，吃腻了，你和孩子吃。在农村一年四季，难得就过年这几天闲着，吃点好吃的。看着儿子吃在嘴里的那个香，铁子眼里热乎乎的。

过了十五，铁子就要上班了，这几天在家呆的，他总感觉时间过得太快，也不知怎的，铁子竟恋起家来。

铁子年轻，一出去就是一年，为了这个家，也不容易。记得，铁子刚出去的那一年，她想铁子想得晚上睡不着觉，夏天还好说，特别到了冬天，没有铁子给暖被窝，孩子又小，又没有说话的，她心里空得很。

看到邻居们一家家其乐融融的样子，她哭了多少回，眼泪湿透了多少次枕头，她记不清了。有好几次，她想给铁子打电话说说，但每次都忍住了，她不想因为自己影响了铁子的工作。

又到了铁子该走的时候，像往常一样，妻子早早起来，给铁子煮了三十个鸡蛋，铁子说啥也不带。妻子说铁子，这是咱们自己喂的鸡下的蛋，这可是纯绿色食品，又不是什么好东西，我们在家总吃，你在外面可吃不着。

当鸡叫第三遍的时候，铁子已经吃完妻子给他包的饺子。在农村有上车饺子，下车面的说法。这些年，铁子每次出去回来，这个老传统妻子一直保留着。每每吃到妻子包的饺子、煮的面，铁子吃在嘴里，香在心里。吃着吃着，眼泪就掉了下来。

铁子蹑手蹑脚地来到儿子的房间，看到儿子睡得正香。他拉着妻子来到了里屋。妻子把铁子拉倒在自己的怀里。在妻子的眼里，此时，铁子更像一个小孩子，像小时候儿子躺在她怀里那样。她笑了，铁子却哭了。

东方泛白的时候，铁子恋恋不舍地穿好衣服，看看还在熟睡的儿子，大踏步走出了屋子。

初冬的季节，咋暖还寒，一路上，妻子蹬着三轮车，铁子坐在后面，看到妻子娇小的身体左右吃力地扭动着，有好几次，铁子要下来，都被妻子拦住了。妻子说，我能行，你不在家，我用三轮车能拉三百斤化肥呢！你才一百来斤，没事的，再说，你走了，想拉你还找不着人呢！妻子的一句话，伴随着一阵寒风，铁子眼睛湿漉漉的。

到了汽车站，妻子帮铁子把行李放好。妻子把铁子打扮得像个新郎官一样。铁子一年四季也就这几天穿点好的，一到了施工现场，铁子就会变成另一个模样。

铁子问妻子，你嫁给我后悔不？这些年，这些年，光在外面施工，一点顾不上家，让你受累了，等我有时间了，我一定领你和孩子去外面走一走……妻子一脸微笑着说，有什么后悔的，谁让咱是铁路人呢！你在外面尽管安心工作，保重身体，我和孩子等着你早点回来……

铁子嗯了一声，眼眶一热，泪如泉涌……

英　雄

阿福从家乡来到这座繁华的大都市打工已经半年了。

由于工地活累，阿福每天除了机械地重复着翻沙动作，一直没有机会出去领略一下这座城市的美景。白天累得够呛，到了晚上，他更多的时间是睡觉。

阿福第一次出来打工，不像他的老乡来这座城市打工已经好几年了，早已熟悉了这里的一切。

晚上，老乡们出去玩，他们也邀阿福出去玩。阿福跟他们出去了一次，才知道他们去按摩房按摩，说白了就是去找小姐。到了门口，阿福硬是没敢进去，他跑回了工地。

老乡们笑着说阿福："这有什么，我们来到这个开放的城市，每天累死累活的，图个啥？也别太亏了自己……"面对老乡们的劝解，阿福还是榆木脑袋不开窍，每天只知道傻干活。渐渐地，老乡们疏远了他。

阿福工地对面是繁华的商业街。看着熙熙攘攘的人群，阿福就会投去羡慕的目光。

一天，阿福看到，在工地对面一个专卖店里，有一个穿着红衣服的女孩子每天面带微笑向这里观看，由于离得远，阿福看不到女孩的真实面目。凭阿福的想像，她一定是个漂亮的女孩子。

每当干完活，间歇时间，阿福都会向专卖店投去几眼，不知怎的，正是这短短的几眼，竟给阿福的每天的干活增添了无形的动力。阿福想，他这个在都市人眼里低人一等的农民工，没想到会引起一位漂亮女孩子的注意。

阿福突然有了一种怪怪的想法，等他有时间，一定要到对面的专卖店去看一看他心目中漂亮的女孩子。阿福的这种想法越来越强烈，脸上露出了来到这座城市少有的笑容。

现在阿福每天除了干活，又多了一项工作，他上班后第一眼就是往专卖店瞅去，正如像他干得活一样，成了一个固定动作。

阿福每天干起活来更有劲了，有一种说不出的快乐在里面。看到工友们投来的疑惑目光，阿福投去憨厚的一笑。

一天，阿福看到对面的专卖店里起了火，浓浓的烟雾把整个专卖店都给淹没了。阿福顾不得手中的活，他疾速向专卖店飞奔而去，义无反顾地冲进了专卖店……

阿福醒来时，已是两天后。

阿福躺在医院的病房里。他身上受到严重的烧伤，整个身体缠着白布，唯一能留给人们的是那一双还算有神的大眼睛。

在阿福的身旁坐着市里的领导和电台的记者，他们正准备把阿福评为今年最感动市民的十大热点人物。当记者问阿福是什么力量让他义无反顾地去救火时，阿福面带微笑说："只为每天那里的微笑。"阿福接着又问："穿红衣服的姑娘怎么样了?"阿福清晰记得，他最后抱着姑娘出来时，她一定也受了伤。记者饱含深情地对阿福说："姑娘没事了，多亏了你，要不然……"阿福脸上露出了欣慰的笑容。

记者们出来时，眼里盈满了泪水。他真的不忍心告诉阿福：那天，阿福冲进专卖店，一个人也没救出来，阿福每天所看到的穿红衣服姑娘，是专卖店里一个塑料模特，他抢救出来的只是一具模特而已。

在记者和广大市民的眼里，阿福仍不失是一位大英雄。

缘　分

山根第一次出来打工，就来到了深圳，面对这个繁华的大都市，看着这一栋栋现代化建筑楼群，这个山里娃开了眼界，还没来得及仔细看，山根就被一辆车接到了工地。

十八岁的山根，一米五的小个儿。炎炎烈日下，一天忙下来，着实把他累得够呛，但他硬是挺下来了。山根在工地岁数最小，个子又最矮，茶余饭后，他成了工友们谈笑的对象。

山根他们屋住了二十八个人，分别来自不同的省份，有四川的、江苏的、黑龙江的、内蒙古的、河南的、湖南的、湖北的、新疆的、陕西的……每天不同的方言，在这里交汇碰撞，这里有东北人的粗犷、有南方人的精灵、西北人的豪爽……

在这个二十八人组成的大家庭中，他们按照岁数进行了排行，山根最小，排在最后，是这个家庭成员中的小弟弟。虽然有时会为一些小事出现不和谐，甚至大动干戈，但过后，很快又和好如初。换句话说，在这里，没有隔夜的仇，究其原因，谁也说不清。在这个大家庭中，要说最有文化的应该非山根莫属，山根是高中毕业。最后山根总结了一条说：中国那么大，十三亿人口，我们来自不同的省份，能互相认识，在一起工作，多么不容易啊！这就叫做缘分！山根的一席话说得大家心里热乎乎的，让这个大家庭处处充满了笑声。

晚上没事的时候，山根就会拿出从家里带来的书，看起来。山根在家时，就喜欢看书，要不是家里困难，山根现在应在大学的学堂里了。山根的哥哥们不像山根这样好学，他们识字不多，很少看书。他们有时玩玩纸牌，赢点喝酒钱，赢钱的不能把钱拿走，要用赢的钱去买点酒喝，借以打发这无聊的生活，这时山根就成了他们的跑腿的。每次去买东西，山根还可以享受一个特殊待遇——买根冰糕吃。当然回来后，山根还可以和他们在一起喝酒。山根不会喝酒，黑龙江的大哥对山根说：老疙瘩（在东北，对岁数小的人一种习惯称呼），咱们在外干活，累，喝一口解解乏。后来在大哥的带动下，这种喝下去辣嗓子的东西，山根每天晚上能喝上一盅。大哥对山根说，你岁数小，只能喝这一点，要不是干重活，说啥也不能让你喝，每到这时，山根的心里就感到热乎乎的。

一天，来自陕西的二哥对山根说，山根，你这个湖北佬，九头鸟，那么爱学习，这么点岁数，干到啥时候是个头呢！听着二哥的叹息声，山根没有吱声，把眼睛移向了远方。

山根来这里打工三个月后，家里来了电话，父亲病重，要他回去。听到这个消息，山根哭了，山根的哭声惊动了他的这些哥哥们，他们以为山根受了什么委屈，问清原因后，哥哥们劝山根不要哭，先回家看看，这三个月山根挣了一千八百元钱，全邮给了家里，这一次回去，山根连回家的路费都成了问题。山根的哭声，第一次让这个平时充满欢乐的屋子沉浸在一片沉闷之中：这一晚，没有笑声，没有酒。

山根走的时候，黑龙江的大哥对山根说，这是哥哥们给你买的车票，回去后跟咱“爸”问个好，祝他老人家早日恢复健康……山根说了声谢谢，黑龙江的大哥接着说，不用谢，这是缘分啊！回家看看吧，我看你还是在家上学吧，这里不适合你，今后有什么困难，尽管来信，这里可是你永远的家，这里有自天南地北的大哥们……看着眼前送行的大哥们，山根的双眼一片模糊。

山根到家后，让他意想不到的是，父亲的病好了。父亲笑着对山根说，从今天起，你就不要出去打工了，说这话时候，父亲的眼角红了，山根的眼泪也不自觉地流下……

山根打开了背包，突然，一个信封掉在了地上，山根捡起一看，里面装着一沓沓的钱，每一沓二百元，整整二十七沓。父亲问山根这是怎么回事，哪来的那么多钱？山根说，哥哥们给的钱。父亲对山根的话充满了疑惑，因为山根没有哥哥。拿着手里的钱，山根的眼里盈满了泪水，眼睛投向了南方。

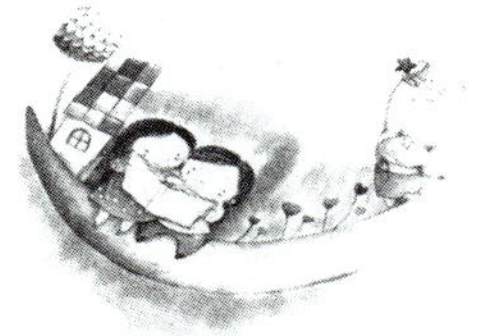

蜘蛛侠

在城里的这些年，二旺像成千上万个普通的农民工一样，每天天还没亮就起床，晚上很晚才下班，辛苦地工作着。

前天，二旺和工友们去了一趟人才市场，他想换个工作。他看到招聘的岗位上，都标着非本科生、专科生不要，年龄不超过三十五周岁的要求，二旺他一个大字不识的人，很难找到一份像样的工作。他看到，一个工厂招一名技术工人，就有四个本科生、六个专科生来应聘，要不是他亲眼所见，他真的不敢相信眼前的事实。

这一次对二旺的震动很大。他打电话给妻子说，一定要教育好儿子，好好学习，否则将来只能像他一样，一辈子没出息。

前两天，妻子来电话说，儿子想到城里来看看。二旺对妻子说，这一阵子他工作太忙，没有时间，等他忙完这一阵子，他们再过来。

每一次妻子来电话，二旺就会想挺多，这些年在城里打工，他真有点够了，一天累得够呛，还挣不多少钱，要是碰上一个不讲信誉的老板，落个一年白干。妻子也总劝他别再出来打工了，他何尝想出来，守着老婆孩子热炕头多好。

这两年，孩子大了，需要钱的地方多了。家里的那几亩地，一年下来，也剩不下几个钱。他想趁现在年轻，还能干得动，多挣点钱，为将来儿子上学用。现在学校收费高，上初中，一年就二千多块，动辄就上万元，哪一样也离不开钱。

在城里的这几年，二旺耳染目睹，深知没有文化，将来很难在社会上站得住脚，所以他下定决心，就是自己再苦再累，也要把儿子培养出来。抱定了这个决心，二旺每天干起活来仿佛浑身有使不完的劲。

一个月后，妻子领着儿子来了。

初次来到城市，儿子对这里的一切都充满了好奇。为了好好陪妻子和儿子玩几天，二旺请了三天假。二旺像一个城里人那样，当起了妻子和儿子的向导，给她们介绍这介绍那，看到妻子和儿子的高兴样，二旺心里美滋滋的。

二旺对儿子说："回去要听妈妈的话，好好学习，将来等你长大了，考上大学，就能天天看到这座城市了……"儿子高兴地点点头，二旺一脸的幸福。

三天的时间，转瞬即过。当二旺送妻子和儿子来到火车站时。儿子的目光停留在火车站旁边一座高楼上，他看到楼外面吊着许多人在上上下下地忙碌着。儿子问二旺："这些人在干什么?"二旺说："那是叔叔们在为这座城市美容，他们在擦玻璃。"妻子说二旺："这楼那么高，人吊在上面，多危险，要是不小心，摔下来可就……"妻子没说下去。"这有什么？他们身上系有保险绳，没事的，安全着呢。在城市里管这种职业叫'蜘蛛侠'。"看着妻子一脸的惊愕样，二旺在旁边笑着解释着。一听到"蜘蛛侠"三个字，儿子来了精神，小眼睛瞅着上面的人，不停地转动。儿子说二旺："叔叔们都是好样的，在那么高的楼上还能干活，等我长大了，也想做'蜘蛛侠'。"听到儿子的话，二旺不知哪来的一股气，他不由自主地打了一下儿子，儿子呜呜地哭起来。二旺一脸生气地说儿子："这点岁数，就没出息，这活多危险，长大了要考大学……"

送走妻子儿子，二旺换上了工作服，向高楼走去，因为他就是一名"蜘蛛侠。"

又见炊烟

这几年，根子出来打工，经过一番拼搏奋斗，根子在城市里拥有了自己的楼房和买卖，他也从一个乡下人变成了一个名副其实的都市人。每当住在一百多平米的房子内，看着都市里闪烁的霓虹灯和大街上来来往往的人群，根子的眼里流露出一股自豪感。

根子在城里安家后，他本想把乡下的父亲接到城里来住，父亲说在城里住不惯，坚持住在乡下。根子平时忙于生意，又没时间回去，一年也回不上一趟家。这一阵子也不知怎么了，根子总会莫名其妙地想念起家乡来，丝丝缕缕地牵动着他的神经，让他坐卧不安。根子向妻子一说，妻子说，也不能一个劲地挣钱，这几年你光忙生意了，结婚这么多年，儿子都六岁了，还没见着爷爷的面，是该回去了。

根子的妻子是城市人，对根子的家乡不太了解。根子就给她讲小时候家乡的事，听根子这么一说，妻子和儿子回家的心情也更加迫切了。

在一个风和日丽的上午，根子一家三口，开着车上路了。一路上，根子给妻子儿子细心地讲解着乡下的事，车内不时发出愉快的笑声，一家三口的心早已飞到了乡下。

这几年不回家，看到家乡修建的一条条宽阔的马路，根子的心情也高兴起来。根子说妻子，现在国家提倡新农村建设，将来农村也像城里一样，有楼住、有劳保、有医疗保险……到时，咱们也回乡下住，根子一脸的喜悦。

根子的到来，乡亲们纷纷来看根子，家里也变得热闹起来。父亲拉着根子的手说，你变胖了，这些年，只能听到你的声音，也见不着本人，你看我的孙子都这么高了，不服老不行了，父亲浑浊的眼里盈满了泪花。

这几年不回家，村子里变化还真大，只是父亲住得还是以前根子在家时的平房。这些年，根子没少往家邮钱，让父亲把房子翻盖一下，没想到父亲还住在这个小房子里。根子问父亲为什么不盖一个好点的？父亲说，住习惯了，再说这房子又不漏，好好的，不用盖。

根子说父亲，村子里变化真大，马路两边都盖起了房子，真漂亮。父亲说，这是上面要求盖的，每家都得盖。根子说，好啊，这样才像社会主义新农村吗！父亲说，现在盖房子盖的，地都没多少了，原先你在家的时候，一人有二亩地，现在还不到一亩，照这样下去，不知道还能剩多少？根子说，地少了，有什么不好，将来可以进工厂。父亲指着家前面的一座座房子说，咱们这里前二年建了二个面粉厂，房子建得挺现代化，开业还不到一年，就黄了，现在只剩下一座空房子。根子说，没事的，这开工厂有时就像种地，也有欠收的时候，也许过一阵就会好了。

在家的这几天，根子领着妻子和儿子来到田野之间，呼吸着新鲜空气，寻找着童年的记忆。儿子指着一片绿油油的庄稼对根子说，爸爸，你看，这里的韭菜真多。根子笑着说儿子，傻孩子，这哪里是什么韭菜，这是小麦。儿子不相信，走到近前，闻了闻，还是不相信。根子说儿子，你在城里吃的白面馒头，就是用它做的，它长大后，磨成面，要经过好几道工序，才能变成馒头。听着根子的话，儿子似有所悟地点了点头。根子和妻子都笑了。

晚上，父亲给根子做他小时候最爱吃的红烧肉、小鸡炖蘑菇，根子怎么也吃不出以前的味道。吃完饭，根子去村子里找以前的发小，一个个也没了踪影。根子问父亲，父亲说，现在村子里的年轻人大都出去打工了，剩下的都是我们这些上了岁数的老人和妇女儿童，你再几年不回家，到了村子里恐怕都不认识人了。

在家住了八天，根子没有找到童年的乐趣，心里一点也高兴不起来。

走的时候，父亲送根子到村口。根子指着远处升起的一缕缕炊烟对父亲说，明年我还要回家。父亲说，你工作忙，就不用回来了。根子说，一定回来，在城市里住惯了，还是感觉家乡好。

拉着父亲的手，根子的眼泪却止不住地掉下。

父爱无声

小时候，我和哥哥都上学，再加上母亲身体长年有病，全家的重任压在父亲一个人身上。他每天早出晚归，为支撑起这个家辛苦地劳作着。

那时的农村，对上学还不像现在这么重视，一般上到五六年级识几个字就不念了。在当时的条件下，我和哥哥也产生了这种想法。

一天，我和哥哥向父亲提出不上学的要求，不想一向不爱说话的父亲竟发了火：“爹这辈子没文化，认了，但你们不行，现在虽然苦点，但还不至于到上不起学的地步，你们赶上了好时候，不能再错过了……”任凭我和哥哥怎样说，父亲就是不同意。

那一年，我和哥哥都以优异的成绩考上了县重点中学。在我们那里，考上县重点高中，就意味着离大学的校门不远了。听到这个消息，我和哥哥都没有表现出丝毫的高兴，因为上县高中，就意味着要住校，需要更大的花销。为这事，我们又找到了父亲，商量着退学的事。父亲看着我和弟弟，还是没有言语，他把吸在嘴里的烟狠狠地抽了一口，烟雾缭绕中，父亲突然对我们说：“我不是说过吗，你们俩就死了这条心吧，家里的这二亩地，我一个人就行，能干得过来，用不着你们，你们在家，干活毛手毛脚的，还不如不在家，你们的任务是上学，别的什么也不用想。”说着，父亲把烟袋锅敲得梆梆响，像是下了很大的决心。

年轻时，父亲是一位猎手。农闲的时候，父亲就扛着他的那把老猎枪游荡在田野之间，每一次出去，他总能打回一二只野兔，每当我们周末放学回来，未到家门，就能闻到一股肉的香味。那时候，盼望周末，也成了我和哥哥的一件大事。看到我和哥哥吃在嘴里的那个香，这时候父亲的脸上总荡漾着幸福的表情。有时，我对父亲说：“你也吃点吧。”

父亲就说："你吃吧，爹年轻时，吃得多了，现在一闻这肉味就恶心。"说着，父亲作了呕吐状。走的时候，父亲还会把剩下的给我们带走，他说放在家里没人吃，这时候我和哥哥是最幸福的。

上高三那阵，我和哥哥的学习任务更重了，回家时候也少了。为了不影响我们学习，父亲每周要到县里来一次，给我们送一些吃的用的。从我们村子到县城有三十多里路，我们每次见到父亲，无论是炎热的夏季，还是寒冷的冬季，父亲总是一脸的汗。父亲给我们拿来了钱粮，当然还有他做的兔子肉。没想到，三十多里的路，兔子肉还冒着热汽。直到看着我们有滋有味地吃完，父亲才肯离去

那一年，我和哥哥都以优异的成绩考上了大学。这在当时我们村子里引起了不小的轰动。人们在羡慕的同时，也流露出了叹息声：两个大学生，听起来好听，四年得花多少钱？……凭大柱（父亲的小名）手中的那把锄头，是很难支撑住的。当时，村长找到父亲，准备把我们的事，报到乡上去，说是寻求一下帮助。听到这个消息，我和哥哥都很高兴，这样就可以减轻父亲的负担了。村长还要号召村民们向我们家捐款，没想到这件事，竟被父亲拒绝了。

大学毕业后，我和哥哥都留在了城里。我们准备接父亲来城里住。父亲说在乡下住惯了，在城里住不惯，不如守着这一亩三分地，过得实在。

我结婚的时候，父亲来了一趟城里。在城里的这几天，父亲还是不愿意多说话。我说父亲："现在生活条件好了，你以前没少受罪，你该享点福了，就住我这里吧，也好有个照料。"最后，父亲还是不同意。

在城里的这几天，父亲和我们出去逛街，他走得特别快，有时连我们也赶不上。我说父亲："没想到，你到老了，还是这样健壮。"父亲看了一眼我说："这都是以前锻炼的，以前你俩上高中的时候，来回二趟城里，我都是走着去，担心家里的活，还担心给你们做的肉凉了，那时的速度比现在还快。"我和哥哥这时才想起，为什么每次父亲来，脸上总有汗，我们看到他内衣上有一丝的油迹。原来父亲把菜放在了他的胸口上，所以才不至于凉。看着眼前的父亲，我和哥哥的眼里模糊起来。

父亲临回家前，我和哥哥请父亲去外面吃饭，父亲说啥也不去。父

亲笑着对我说："去买只野兔吧，咱们炖着吃。"听到父亲的话，我说父亲："你不是吃兔肉恶心吗？"父亲小声说："傻孩子，那是骗你们的，爹最爱吃兔肉了，香、嫩，说着说着，父亲嘴里似乎要流出了口水。

端上来一盆热呼呼的兔肉，看着父亲津津有味地吃着，父亲笑了，我们却哭了。为父亲，也为我们自己，为了那个永远也不能忘却的记忆。他没有过多值得我们留恋的话语，他用一种无声的语言，表达着一种爱，处处让我们感到温暖。

万家灯火

接到去广州支援春运的命令时，小杨正在外面执勤。听到这个消息，他心里“咯噔”一下，手里拿着电话，想说些什么，却什么也没说出，毫不犹豫地答应了。

回到家，小杨对妻子小白一说，小白走到小杨面前说，你的选择是对的，现在南方比我更需要你，我支持你……听着妻子的话，小杨眼里盈满了泪水。

小杨和队友们来到广州后，这里的情况远比小杨他们想象的要复杂得多。看着火车站拥挤的人群，一双双渴望期盼的眼神。八小时的工作制，对他们来说失去了意义，饿了吃一口面包，渴了喝一口矿泉水，困了就打一会儿盹，来广州四天了，小杨和战友们还没睡过一个好觉。他们手拉手组成一道坚不可摧的钢铁长城，防止旅客因拥挤而发生踩伤事故。看起来执勤是一件很风光的事，其实不然，他们每天除了确保旅客出行安全，财产不受损失外，还要语重心长地和旅客交流，做旅客的思想工作，帮助他们解决实际困难。看着在他们的疏导劝说下，旅客们有序地走进车站，坐上了返乡的列车，小杨脸上露出了笑容。他把目光投向了北方，此刻，他想到了妻子小白。

连日来的繁忙工作，小杨连坐下来打电话都成了一件很奢侈的事。往往电话刚打通，这里又有了新任务。小杨只能在心里默默为家里祝福。

经过数四十天的奋战，广州的情况有了好转，接到上级的命令，小杨所在的支援队伍有一部分可以回家了。

队长把小杨叫到身边说，年轻人，你现在可以回去和家人团聚了。看到一脸微笑的队长。小杨说，来这里支援的人，数我最年轻，我身体能吃得消，让更需要回家的人先回去吧。看着一脸坚定的小杨，两双手紧紧握在了一起……

小杨没告诉队长，他当初接到支援广州的命令时，妻子小白即将面临分娩，他曾想向队长说明，但他什么也没说，因为他是一名铁路警察，他是一名共产党员。

送走队长，小杨接到家里的电话，妻子分娩了。妻子用微弱的口气说，你给儿子起个名字吧？小杨带着幸福的口吻说，广州人称“羊”城，我们哈尔滨又称“冰”城，我看就叫“杨冰”吧，这样更有纪念意义。说话间，小杨的脸上划落了一丝泪痕。妻子小白没告诉小杨，在分娩过程中，她出现了产后大出血，为了不让小杨分心，她没让家人告诉小杨。

挂断电话，擦干眼泪，看着都市里的万家灯火，看着一张张回乡旅客们的笑脸……小杨大踏步向车站走去……

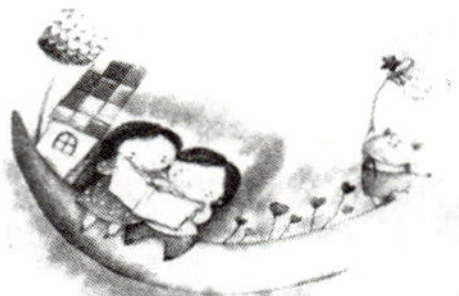

最尊贵的客人

神州大酒店作为清河市唯一一家五星级酒店，因承担国内外大型会议和接待各国元首而闻名于世。

最近两天，神州大酒店总经理吴强又开始忙碌起来。他亲自组织召开全员职工大会，要求全体员工发扬好传统，把卫生和服务水平再提高一步，准备迎接一位尊贵客人的到来。从吴经理的口气中听得出，这一次的贵宾非同凡响，要远比前几次的规格高。

吴经理还特别交待客房部把酒店最豪华的一间总统套房收拾干净，专门留给最尊贵的客人。

在一个春光明媚的上午，吴经理带领全体员工早早来到酒店门前，等候尊贵客人的到来。随着吴经理把车门打开，吴经理握着尊贵客人的手，久久不能松开。员工们看到，这位尊贵的客人三十岁左右，穿着朴素，手里拄着一根拐杖，是一个残疾人。

吴经理扶着年轻人小心翼翼地走下车，把他扶上早已准备好的助残车。年轻人朝吴经理感激地点了点头，眼里有一丝不易察觉到的湿润。

年轻人的目光被眼前高达四十八层的神州大酒店所吸引，眼睛停在上面不停地搜寻着什么，脸上的表情在不断发生着变化。

吴经理自觉担当起了导游任务。他亲自推着年轻人从一楼开始，给年轻人介绍着什么，他给年轻人详细讲解着。年轻人不时被吴经理详细的介绍所打动，眼里盈满了泪水。

让员工们感到奇怪的是：从年轻人打扮和气质上，看不出是一位尊贵的客人，更确切地说，他更像是一位农村人。年轻人也没什么人陪同。以前酒店负责接待的外国元首，动辄有上百人陪同着，人拥人贺。这一次，虽然没有什么人陪同，从接待的规格上来看，一点也不次于外国元首。看着吴经理一脸的真诚和热情，他们有点想不通了。

吴经理领着年轻人看完参观完，已经是中午。吴经理在最豪华的神州一家人餐厅安排年轻人吃饭，吴经理把酒店所有中层干部都请到桌上。也许是人太多的原因，年轻人有点紧张。吴经理站起来对大家说："我今天很高兴，能把亮子请到咱们酒店。我向大家说明一下，亮子是来咱们这座城市打工的农民工。自从他来到这座城市，就和咱们这座酒店结下了缘，从酒店奠基开始，他就一直在这里工作。他只是一名普通的农民工，正是像他们这样一个个普普通通的农民工，才造就了我们今天酒店的繁华，这里面有他的一份功劳。在酒店快要竣工时，一名犯罪分子拿着炸药包来酒店实施破坏，亮子不顾生命危险，为了保住咱们酒店，他与犯罪分子展开了生死搏斗，最终制服了犯罪分子，保住了咱们的酒店，他的腿却被打成了残废……亮子马上就要离开这座城市了，我今天请他来，就是让他看一看他悍卫的这座酒店，让他感受一下这座酒店，让我们记住他吧，只要他愿意，他永远都是我们这座酒店最尊贵、最受欢迎的客人，我们随时为他提供最优质的服务，给他最高的礼节，终身免费……"

吴经理的一席话，餐厅内传来阵阵掌声。看着周围投过来的一个个热情期盼的目光，亮子眼圈一热，眼泪随着热烈的掌声噼里啪啦地掉下……

爱心存折

文文最近的一次中考摸底考试，考得很不理想。班主任找到文文的妈妈说：文文的学习成绩一直很好，是班级的优等生，这一次成绩下降这么快，是不是家里发生了什么事，影响了文文的学习？文文的妈妈说：最近家里没发生什么事，也没发现文文有什么异常，我回去好好问问她。

文文妈妈下班时，看到文文和一帮男孩子有说有笑地从网吧里走了出来，她本想冲上前问问文文，文文今年十六岁了，她想给文文留点面子，尽管心里非常气愤，她还是止住了行动。

到了家里，妈妈问文文是不是经常去网吧？文文摇了摇头，一脸的坚定。妈妈说文文：你还年轻，网上什么都有，你会学坏的。妈妈不是不让你去网吧，但你也不能痴迷于网吧，这样会影响你的学习，严重者会造成对你的伤害。妈妈给文文举了好几个例子，文文却捂着耳朵不听，看着文文。妈妈动手打了文文，文文一脸委屈地哭着离开了。妈妈叹了一口气，暗自落下了眼泪。

等文文的爸爸下班回来，妈妈决定同文文好好谈一次。让她没想到的是，文文竟离家出走了。文文走时，给家里写了一封信：

爸爸妈妈：

我要出去几天，我再也不会烦您了。

就这么短短的几个字，让爸爸妈妈看在眼里，担心在心里。文文的爸爸妈妈找遍了小城所有网吧，也没见到文文的踪影。他们去电视台、电台做了广告，也不见文文的任何音信，文文的家里一时被一种不祥笼罩着。

文文坐车离开了家。一天、两天……她从家里带来的钱已所剩无几，连吃饭都成了问题。想到在家里时，有好吃的，好穿的，再想想现在，文文大哭起来。文文很快止住了哭声。她想，她这次出来，一定要好好气气爸爸妈妈，不能那么快回去。文文想出去找份工作，她去了几个地方，因为岁数小，又没有身份证，没人敢要她，文文又失声痛哭起来。

回到住处，文文开始翻起包来，她真的希望能找出一点钱来，她已经一天没吃东西了，正当文文面露绝望的时候，突然，一个存折很快映入眼帘，文文的眼睛一亮，她拿起一看，里面有 1024 元钱。看着这 1024 元钱，文文的眼泪已止不住地流下。母亲曾经给文文说过，她的生日是 10 月 24 日，妈妈就给她存了 1024 元钱，放在她的包内，以备急用。这些年来，文文一直没用，这个钱还在包里放着。想到爸爸妈妈，文文包好衣服，她顾不得多想，疾速向车站奔去，此时她最想见到的就是爸爸妈妈。

守住心中的那份净土

今年五十四岁的二利叔，唱二人转已经有三十多个年头了。二利叔二人转唱得好，在我们那方圆百十里是出了名的。除了二人转，二利叔还有一套绝活，口技特别好，他表演的口技，大有以假乱真之势。给小城人带来了太多的欢乐，二利叔是小城人心目中不折不扣的大“明星”。

当初二利婶嫁给二利叔，就是看了他的二人转，不顾父母的反对，毫不犹豫地嫁给了二利叔。每当说起这些，二利叔眼睛里充满了自豪。那时的二利叔在二利婶的心目中比刘德华还要吸引人。难怪每次二利叔和二利婶开玩笑，都会说，那时你二利叔是相当的火，追我的小姑娘，都自觉站成一排，随便你叔挑，但你叔都不稀罕。说到这里，二利叔加重了语气，这时的二利婶就会一脸嗔怪的骂上二利叔几句，把他的嘴给堵住。

二利叔唱了一辈子二人转，到现在还是一名编外人员。说起来话长，这得说到二十多年前。那时县曲艺团招人，二利叔因家庭出身不好，没被录取。看着一个个不如自己的人进了剧团，二利叔表现得很大度，丝毫没影响到他唱二人转，相反他唱得更有劲了。以后有了几次机会，让他进团，二利叔说啥也不进。为这事，二利婶和他生了足足有一个月的气，二利叔还是不去。有人问他为什么，他说不为什么，只因为好“马”不吃回头草。说完一阵大笑，让问他的人也感到莫名其妙。二利婶对旁人说，这就是他二利的倔脾气，只要他认准的道，就是八头老黄牛也休想把他拉回来。

在我们那里素有“宁舍一顿饭，不舍二利叔的二人转”的说法。二利叔的二人转有着很深的群众基础。只要有二利叔在场，听客是场场暴满。每每看到场下被逗得大乐的观众，二利叔唱得更卖力了。唱到动情处，二利叔会不时显露一下他的绝活。更增添了场内的气氛，给小城带来了无穷的欢乐。

二利叔唱二人转，有特点，只要有人听，不管多少人，一个人他也为你唱，用二利叔的话说，只要你愿意听，我就唱，直到你听够为止。

改革开放后，小城的歌厅、电影院如雨后春笋般拔地而起。二人转在当时受到了一定的冲击。不少二人转茶馆被歌厅、电影院取代。但二利叔的二人转依旧被小城人所喜爱。

城东的张大爷，临去世前，虚弱的回气中，喃喃着非要听二利叔的二人转，二利叔知道后，二话没说，连夜从外地赶回来，为张大爷唱了他最爱听的《王二姐思夫》，听得张大爷老泪纵横，安祥得离去。二利叔后来说，没想到，二人转有那么大的魔力，说这话时，他眼里早已盈满了泪水。

眼下，二人转又在小城火起来。二利叔说，这得感谢赵本山，他拍了电视剧《刘老根》，宣传了我们东北二人转，让二人转走进了全中国人的视线，是一件很了不起的事情。

二利叔唱了一辈子二人转，只收了一个徒弟。他收徒弟有规矩：不准瞎改编，要唱传统段子；不要迎合时下一些二人转演员为了迎合观众心里，提高入座率，在传统段子里加一些打情骂俏的荤段子，破坏二人转的形象。二利叔是这么说，也是这么做的。

这就是倔强的二利叔，一个对二人转有着痴迷情感的民间艺人。

我有一个好爸爸

接到工地失窃案，我和同事李大诚去工地调查，调查结果是农民工刘立峰偷走了工地的废钢管。

在去抓犯罪嫌疑人刘立峰的路上，我说李大诚，就一个农民工，杀鸡何用宰牛刀，这事我一人就搞定了。李大诚说，还是咱俩一起去吧，你以为只是去抓人？看着李大诚一脸认真的样子，我心里暗说，真是小题大作。

刘立峰住在郊区，这里的一切和这座城市格格不入，地上是随处可见的垃圾，到处是流淌的污水，一股刺鼻的气味扑面而来，我捂住嘴说，这也是人住的地方！李大诚说，这就是我们农民工的真实生活，他们住的地方虽破，却在为这座城市默默地奉献着，他们也不容易啊。我说，你真是杞人忧天，这关你什么事。李大诚说，是不关我的事，你必须得承认，他们是生活在这座城市最底层的人。

来到刘立峰的住处，我敲了好长时间门，屋里才传来动静，一个七八岁的小男孩过来开门，他一脸童真，好奇地问我，叔叔，你找谁？李大诚笑着对小男孩说，我们是来找刘立峰的。小男孩眨了眨眼请，说，叔叔，我不认识你，你怎么知道我爸爸的名字？李大诚说，因为我是你爸爸的朋友啊。小男孩慚慚放松了警惕，打开门，让我们进去了。

这是一处不足二十米的小平房，屋里除了一台十四英寸的彩电，几乎没有像样的家具，用家徒四壁来形容一点儿也不为过。

李大诚从衣服里掏出几块糖递给小男孩，小男孩盯着糖，没接，大声说道，我爸爸常对我说，不能随便拿别人的东西。我暗想，这个刘立峰，平时教育孩子挺到位，自己却干违法的事。李大诚说，我是你爸爸的好朋友，不是外人，你可以拿的。听着李大诚的话，小男孩急忙接过糖，放到嘴里，说，真甜，谢谢叔叔，咯咯笑起来。

李大诚问小男孩一些和案情无关紧要的话题，我着急起来。从小男孩嘴里流露出的满是对刘立峰的赞美之词。说着，小男孩从炕上拿出手机、小汽车对我说，你看看，这是我爸爸给我做的，可好玩了。我看到，这些玩具都是用废弃的木头做的，虽然简陋了些，却很逼真。小男孩显摆起来，一脸的幸福和自豪。在他眼里，刘立峰是世界上最好的爸爸，他是世界上最幸福的孩子。

半个小时后，门外有了动静。小男孩兴奋地跑出门外，说，我爸爸回来了。不大一会儿，一个男人出现在我们面前：黑瘦的面孔，蓬松的头发，唯有一双炯炯有神的大眼睛，显示出一个男人的刚毅。小男孩拉着男人走到我们面前，说，这就是我爸爸。一看到刘立峰，我立刻伸向腰间，被李大诚拦住了。刘立峰一脸的惊愕，瞬间又恢复了平静。他把小男孩送到屋里说，你先在屋里待着，别出来，爸爸出去和叔叔说会儿话。

刘立峰跟着我们走出屋外，我听到屋子里传出小男孩欢快的歌声：我有一个好爸爸，我有一个好妈妈……

刘立峰说，我知道你们会来找我的，你们不来找我，我安排完家里的事，也会主动投案的。

我生气地说刘立峰，你明知自己违法，为什么还这么做？刘立峰拽了拽衣服，一脸无奈地说，我在工地上干了六个月，一分钱也没开，找老板，老板说没钱，家里急需用钱，我……我就拉了工地上的废钢管……

我说刘立峰，这不是理由，你知道吗，这是犯罪！刘立峰还想说什么，我从腰里掏出手铐，刘立峰的脸色在慢慢地变白，我又一次被李大诚拦住。

刘立峰带着商量的口气对我说，我回去跟孩子说句话，就跟你们走，行吗？我点了点头，刘立峰回到屋里对小男孩说，我跟叔叔们出去一会儿，你在家等妈妈，要听话。小男孩“嗯”了一声，又蹦蹦跳跳地唱起歌来。

走出屋外，刘立峰朝我和李大诚深深地鞠了一躬，说，谢谢你们。他伸出手，示意我给他戴手铐，我却不知所措了。

我说李大诚，李大哥，你让我看到了一个人民警察的人格魅力，以后我还得多向您学习。

李大诚“嘿嘿”一笑说，你这个本科高才生，向我这个土包子有啥好学的，我眼瞅快退休的人了……

李大诚拍了拍我的肩膀，我眼睛一热，和刘立峰一前一后向派出所走去。

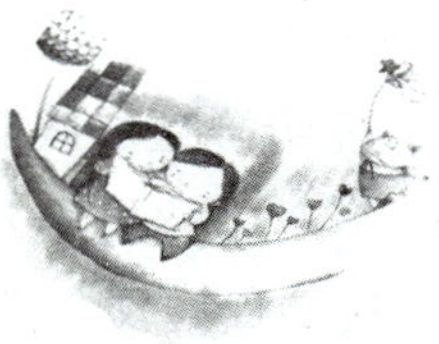

劳模老莫

科长一进门就笑着对刘强、赵仁、王刚、老莫说，科里今天要选劳模。

虽说劳模年年评，早已成了一个老生常谈的话题，但每年还得面对，因为这毕竟是一件很光荣的事情。科里算上科长总共五个人，科长每年评比不占科里的指标，只剩下他们四人参评。去年评劳模时，采取的是无记名投票，结果老莫以满票当选。今年劳模花落谁家，成为科里的焦点。科长继续笑着说，按说，你们平时工作都不错，我也不好决定，还是你们自己决定吧，说完科长悄声离去。

科里的四个人，除了老莫岁数五十多岁外，另外的三人，刘强大学毕业，年轻有为；赵仁年方三十，是科里的技术骨干；王年满四十，研究生刚毕业，满身的学问。只有老莫是中专毕业，在科里干了大半辈子，快退休了，还只是一个普通的科员。

当劳模是每个人都愿意的，因为当了劳模，既是对你工作业绩的肯定，也是将来提干的一个重要条件，所以每年的劳模都是每个人必争的目标。去年选劳模时，因为科里争得不分上下，最后只好采取了无记名投票的方式，结果让没有任何希望的老莫当选。今年怎么选，又摆在了各位面前。面对屋里沉闷的气氛，老莫打破了僵局，一脸微笑着说，去年我当了劳模，今年的劳模就在你们三个中间产生吧，我弃权了。看着老莫，刘强、王刚、赵仁谁也不说话，整个屋子沉浸在无声的世界里。

经过一段时间的沉默，经过科长从中说服，科里又采取了无记名投票方式，结果又是老莫当选。看着选举结果，科长笑着说，这就对了，老莫岁数大了，他当选是对的。谢谢你们，科长的背影消失在人们的视线中。

回到家里，老莫对老伴说，这些年，科里的劳模年年选我，我有点不好意思，说实在的，论工作业绩、论学历我和他们任何一个都不能比。可这劳模年年选我，我有点过意不去，唉！……说完，老莫叹了一口气。

老伴说老莫，年年当劳模怎么了，说明群众的眼睛是雪亮的。你在科里工作了大半辈子，当个劳模还不应该吗？老伴的一句话，说得老莫无言以对。老莫说，我不是这个意思，只是觉得这劳模给我有点白瞎了。我一个眼看快退休的人了，得这个荣誉有啥意义，不如给年轻人，将来也好有个发展。老伴说老莫，今天下班的时候，我碰到了你们科长夫人，她对我说，祝贺你们家老莫又当劳模了，看得出她说这话的时候很高兴。老莫说，这关她什么事？她有什么高兴的？老伴说老莫，你这个榆木脑袋，平时只装着工作，什么也不想，你知道她为什么高兴吗？她对我说，你当劳模其实是你们科长的意思。你想想，你们科里的这几个人，除了你之外，剩下的这三个人，论学历、能力哪个不比你们科长强。如果让他们当了劳模，将来会对你们科长构成威胁，你岁数大了，又没学历，对他构不成威胁，所以劳模才选你，你以为科长是真心为你好？……听着老伴的话，老莫坐在沙发上硬是没说出一句话。

老伴拿出老莫准备送给他们科长的酒，说，不用送这个，咱不用领你们科长的情，他还得感谢咱呢！说着老伴打开酒，给老莫倒了一杯，老莫喝了一口，就不喝了。老伴问老莫怎么了？老莫说，没怎么，就是感觉累了。老伴说老莫，你这个死老头子，给你说了实话，你还挺有面子的。老莫说，不是，不是，眼里却盈满了泪水。

老莫躺在床上，一夜无眠。

老莫在想：明年他退休了，劳模该怎么选？

烟酒糖茶

烟

这几年随着岗位的变化、职位的升高，李仁吸的烟也在发生着变化，从红河、红塔山、芙蓉王、到玉溪、苏烟、中华……都说李仁吸烟有品位，烟如其人。

当了局长后，工作忙了，考虑的问题多了，李仁一天两包中华烟还不够。妻子劝他戒烟，但每一次都以失败告终。

对于吸烟，李仁有一套很深的理论。他常说，人的命，天注定，跟吸烟没多大关系。能吸烟，说明我有口福，有的人想吸还吸不了呢，那是他们没这个口福。他还举出例子说，他的邻居高大满一辈子不吸烟，到头年纪轻轻来得了肺癌；他外婆抽了一辈子劣质旱烟，却活了九十八岁……

听着李仁那高亢激昂有理有据的辩解，妻子对他不戒烟也彻底没了辙。

说也来怪，最近，李仁突然戒烟了。无论你怎么引诱他，他也不吸，一脸的坚决样。

妻子一脸幸福地说李仁："真男人，有毅力，说戒就戒了，我算是服你了，"李仁说："那是，也不看看我是谁，咱现在可是局里的一把手，形象上的事可来不得半点马虎。前天，我去看望李局长，他因为吸烟得了肺癌，不得不提前退休，前车之鉴，后世之师，我可不想那样……"

酒

当局长前，李仁不会喝酒。追溯到他家祖辈父辈的人都不能喝酒。李仁说，他这是遗传基因造成的。

上班后，经过耳闻目睹，李仁颇有感触，在当前这个社会，一个大男人不会喝酒不行。下定了决心，李仁每天在家开始练习喝酒。

一年过去了，李仁的酒量还没有丝毫见长。他依然没有放弃，继续努力着。

一天，李仁突然发现自己能喝酒了。低度的，一斤没问题；高度的，也能喝个七八两。局长拍着他的肩膀说："李主任，没想到，你有这么大的酒量，怎么早没发现呢!"

看着局长一脸高兴地离去，李仁一脸的自豪。

几年下来，李仁的酒量像牛市的股票一样，一路飙涨。不仅酒量见长，还对酒有一种特别的鉴别能力。你只需把几种不同的酒放在他面前，李仁用鼻子一闻，就能猜出是什么酒，价格在什么价位，而且从未错过。

李仁平时最爱喝五粮液和茅台，他对外国的什么"XO"、"人头马"不感兴趣。

李仁说："中国的酒文化源远流长，喝白酒那可是老祖宗传下来的，这种传统到啥时候都不能丢。狗日的洋酒有什么好，一股的马尿味，喝了它你就变成洋人了，我就不信。我现在戒烟了，但酒不能戒。再说，喝国酒也是宏扬酒文化和爱国的一种表现。在中国历史上有林则徐虎门销烟之说，可没有禁酒之说。"

在李仁的带动下，喝酒成了局里一道最亮丽的风景。

糖

小时候，李仁家里穷，他最喜欢吃糖。那时，他能为有一块糖块而激动不已。现在有条件了，家里摆满了各式各样的糖块，他的这种嗜好依然没有改变。

李仁一米六的身材，体重二百多斤，是典型的肥胖症患者。妻子劝李仁以后不要再吃糖类的食品，免得发胖，李仁大眼一瞪，就是不听。

前两天，李仁去医院做例行检查，被检查出有糖尿病。医生告诫他，一定要在饮食上注意忌口，特别要少吃含糖量高的食品。回到家，李仁一脸生气地对妻子说：“别听这些大夫的，他们这些人就喜欢夸大其词，把没病说成有病，把有病说成大病，你也不是不知道，咱生就是一个爱吃的人，听他们的，这也不能吃，那也不能吃，我还不得饿死。民以食为天，想吃什么就吃什么，何苦跟自己的嘴过不去!”

李仁平时喜欢吃粤菜，粤菜又讲究的是甜味。一来是自己爱吃；二来粤菜有档次。作为一局之长，李仁是个爱面子的人。

看着一天天发福的李仁，妻子说他：“你把甜食戒了吧，这些天，你的血糖又多了一个加号，照这样下去，多危险，我和孩子咋办啊!”

看着妻子，李仁眼睛一热，紧紧握住妻子的手说：“听老婆大人的话，我今后改吃海鲜了。”

茶

李仁是一个很有品味的人。他不像其他领导，喜欢在办公室里挂一些名人字画，写一些激人奋进的话语。他办公室摆的是各种花茶。李仁说，茶本身就蕴含着很深的文化。

李仁常对下属说：“花茶是茶中的上品。淡淡中暗藏一股清香，喝上一口，沁人心脾，让你的思路更开阔、更清晰，是其它任何茶叶都无法比拟的。”

李仁喝茶最讲究茶道。他沏茶用的水都自己烧，而且只烧到八分开；他的茶叶也从不让秘书动，他说茶叶一沾染到女人的胭脂，就会变味。

前两天，秘书小田发现李仁的办公桌上摆上了绿茶。带着一脸的疑惑，小田问李仁：“局长，您喝了二十多年的花茶，怎么突然改喝绿茶了?”小田手里拿着想送给局长的花茶，在一边不知所措。

李仁笑着说：“去省里开会，我碰到了以前的老领导，他也爱喝茶，茶逢知己啊，他送了我两盒绿茶。我回来一喝，那个清香，那个纯度，没得说。我喝了大半辈子花茶，真是白喝了。遇到老首长，看到老首长棒棒的身体，我才知道绿茶的作用……”

李仁喝了一口新沏的绿茶，脸上乐开了花。

今天明天

老王在公园散步时碰到了小王。老王曾是小王的处长。小王笑着对老王说："处长早啊?"老王回应了一声。小王又说："处长最近挺清闲啊?"老王又嗯了一声。多年的习惯，老王已习惯了这个样子，小王也没在意。

小王说："您今天有空吗?今晚我请客，晚上七点在'天外天'酒楼。"

老王看了一眼小王说："真不巧啊，今天我也请客，也是七点，不好意思。"

晚上老王在"皇帝酒家"安排了一桌，还没到六点，老王就早早来到酒店。老伴说："平时上酒店，你总是晚去，今天可是破例了。"老王说："今非昔比，我也要跟上潮流，不然会被淘汰的。"老王刚坐下，他的手机就不断地响起，这个说，不好意思，今天临时有事，不能来了，哪天我请客；那个说，家里有事脱不开身。本来说好的请10个人，除了主人老王，被请的人都说有事。

老王忽然想起了小王白天请他吃饭的事，老王就来到了"天外天"酒楼。未到跟前，就听到里面传来一浪高过一浪的酒杯碰撞声。

看到老王进来了，小王站起来，笑着说："欢迎处长!"

老王一坐下就对身边的张同说："你不是说家里有事吗?"老王又对旁边的赵仁说："你不是说妻子有病你护理吗?""老王……"小王说，"老王处长，今天高兴，来，喝酒!"

老王端起酒杯说："我今天刚退休，请你们吃饭，你们都不来，小王刚上任处长，你们就全来喝他的酒，我……"

老王接着手指小王说："你小子也别高兴得太早，我的今天就是你的明天!"

看着一脸怒气离去的老王，小王端在手里的酒杯掉在了地上。

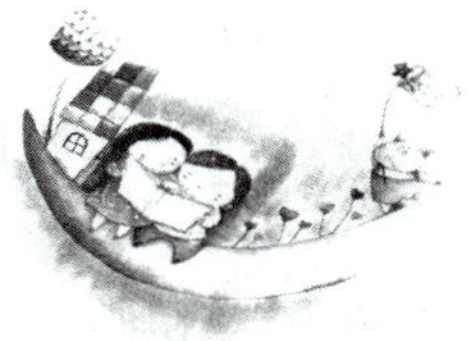

局长住院

局长住院了，这是局长担任局长以来的第一次住院。

有人说，局长这个时候住院一定有他的想法和目的，因为此时局里正面临着新的一轮人员整合。平时看电视、报纸经常看到这样的报道，一些领导干部利用自己有病，借机收受贿赂，这又不是局长一人发明的，已经不是什么新鲜的事了。局长这时候住院也难免有这样的嫌疑，不能不让人产生多想。局长也一定是利用住院做借口，看看谁给他送的钱多，谁和他走得近，他一定会重用谁。

局长住院期间，每天都有人来看望局长。有拿钱的、有拿东西的……短短的几天，局长的病房，就成了一个名副其实的小超市。局长是个和蔼可亲的人，对每天来看望他的人，都投来友好的微笑，让来看他的人，心里像喝了蜜一样甜，甭提有多高兴了。

来人在关心局长身体的同时，也难免向局长汇报一下自己工作上的事，局长听后点点头，然后拍着他们一个个肩膀说，你们还年轻，好好干，让人听了心里热乎乎的，信心十足地走出了病房。

局长住院的这几天，连前任的老局长也来看望局长了。看到老局长，局长握着老局长的手久久不能松开。局长是老局长一手提拔起来的。老局长来时，什么也没带，看起来表情很严肃，和局长在一起说话，还有点咄咄逼人的架式。老局长和局长在一起唠了挺长时间，老局长的面部表情由严肃变和蔼，最后两人竟有说有笑起来。

临走，有人看到，局长把病房里别人送他的东西让老局长都拉走了，足足拉了一小汽车。有人说，别看局长当了局长，对老局长还是格外尊重，连自己收的礼品也不忘记送给老局长；也有人说，别看老局长在位时，一脸的严肃，天天讲反腐败，他这才退休几天，不一样也变了质，这天底下哪有不吃腥的猫，那是做给人看的。

人们在议论的同时，把更多的目光投向了那几个空缺的岗位身上，纷纷猜测谁是某个科长、谁是某个主任……更有甚者已经把局里谁是科长、谁是主任……安排好了。个别办公室已经提前喝了庆功酒，就等局长最后宣布了。

局长出院后，精神异常的好，见到谁都乐哈哈的。局长出院后做的第一件事情，就把办公室主任叫到他的办公室。有人猜测，办公室主任跟局长这么多年，特别是最近局长住院这几天，他忙得不亦乐乎，这一次局长叫他，一定在提拔他。从局长那里出来的时候，办公室主任满面笑容，让人们更加坚信了猜测的结果。

在人们的猜测期待中，局里召开了全局职工大会。看着坐在下面一双双满怀渴望的眼神，局长把人员名单一一念了出来。让人们感到意外的是，他们猜测的对象一个个落马，局长任命的人他们想也没想到，全是平时就知道傻干工作的人，就连局办公室主任也落选了。局长宣布完事后，又宣布了一件事情，他让在他住院期间去看他的人去他的办公室一趟。

从局长办公室出来，一个个脸上都红红的，原来局长把他们送的钱又原封不动地退了回来。

对拿东西看望局长的人，局长让老局长把东西拉去卖了，把卖的五千多块钱钱全部捐献给了灾区，看着捐献的人员名单上写着自己的名字，有些人感到脸上火辣辣的。

开　会

下午上班时间还未到，我的办公室里就挤满了人。这不财务科的小王、办公室的小李、企管科的老刘、政教科的老王……纷纷来到我的办公室借书看。我在单位负责宣传工作，单位的报刊杂志归我管。再加上我平时喜欢看书，单位里摆满了书。看着眼前一摞摞报刊杂志瞬间消失得无影无踪。我对同桌小张说，这是怎么了，是什么日子，平时他们谁也不过来借书看，今天好像商量好似的，集中来借书。小张看了我一眼，说，什么商量好的，今天下午不是开会吗？我一脸迷惑地说，借书跟开会有什么关系？小张说，你刚来，对咱们这里还不熟悉，慢慢你就知道了。看着小张投来的笑容，我如坠云雾。

我提前十分钟来到会场，没想到，会堂里早已坐满了人。局长坐在主席台中央，用他那双炯炯有神的大眼睛不时扫视着会场，看到局长投来的目光，我悔恨地低下头。

我本想在后面找个座位坐下来，我一看，后面全满了。再往前面一看，前面座位全空着，没人坐。我只好硬着头皮来到前排坐下。好在局长是个和蔼可亲的人，对我投来友好的微笑，让我心里轻松了许多。

宽敞的会堂，除了雄壮的乐曲声外，整个会堂没有一点杂音。我记得上学时，每到开会的时候，学校会堂里说笑声、吃瓜子声、不绝于耳，和这里形成了鲜明的对比。

局长是个守时的人，下午一点，会议正点开始。我打开本，认真地记着。局长讲起话来，抑扬顿挫，旁征博引，从国际到国内，从省外谈到省内，从外市到本市……局长一边讲话，一边擦汗，一边喝水，局长讲了二个多小时，喝了十多杯水，坐那么长时间，纹丝不动，真是一个敬业的好领导。我记了一页又一页，局长每讲完一段话，下面就响起热烈整齐的掌声，我从来没听过这么整齐的声音。仿佛有人统一指挥似的，我和他们比起来，有点格格不入，不是提前鼓掌就是滞后。无奈我坐在最前面，前面就我一个人，其余的人都坐在我后面，我总不能鼓掌时向后看吧，这样对领导不重视。局长讲完话，是各主管副局长讲，主管副局长讲完是各科科长讲，这个会一直开到晚上八点钟点才算完事。我的肚子开始不争气了，不时发出响声，我真佩服我的同事们，五六个小时过去了，还没有任何的杂音，会场异常的静。等各位主管负责人讲完，局长又补充了几句，会议才算结束。我记了满满一本子，手都有点酸了。因为局长在会前说，要我们每人写一份学习心得，所以我记得很详细，生怕漏掉什么。

会议一结束，我的办公室又热闹起来，不一会，我的办公桌上又堆满了各种各样的书籍。

随着一阵阵下楼梯的声音，我顾不得饥饿，打开电脑，开始写起心得来，因为局长说，明天中午就要交，我得连夜写出来，我不能再落伍了。

第二天，小张笑着对我说，把你写的心得用 U 盘给我复制过来，我参考参考……

上午九点，局里通知，心得统一交到我这里。不到十分钟，我的办公桌上堆起了小山似的心得材料，我为局里高效作风所折服。看着一份份打印整齐的心得材料，突然一个个熟悉的名字映入我的眼帘，怎么会是我，一份、二份……我想，我刚来，局里重名也不是什么稀奇事，我再一看内容，大吃一惊，竟和我写得一模一样，再看看其他人的，除了名字不一样外，内容竟和我的一模一样，我彻底懵了。

小张回来，看到我，他笑着对我说，大才子，你的心得都成了咱局里的范文了，了不起，不愧是名牌大学毕业，不一样就是不一样……我对小张说，你看这心得写得都一样，有的名字还没改过来，要是上面来检查怎么办？小张依旧笑着说，谁来检查？放在你这里，就算完事了，过几天，就把它卖了，咱哥俩还能喝上两盅呢！

我说小张，我还从来没见过这么齐的掌声和这么静的会场。小张一脸神秘地说，这有什么好奇的，因为咱们局长讲话有特点，比如局长每讲完一段话，他的口头语是“嗯”，我们就鼓掌；主管财务的副局长的口头语是“啊”；主管……听到这个大家就鼓掌，能不齐吗！再说，每天都在开会，都练出来了，古人尚且能酌油沥之，这点小事算什么！至于会场那么静，那都是你的功劳，他们都在看书。小张看着一脸困惑的我又补充说，别看我们看书，但鼓掌不耽误，好像条件反射似的，这我也说不清，可能是心有灵犀，你慢慢体会吧！

年末局里订报刊时，征订数量又比往年翻了一倍。我的办公室也变大了，因为放不下太多的材料和书。

一年后，小张高升了，我还在原地踏步走着。用小张的话说，我是个人才，是金子总会发光，这个岗位需要我，我还要在此接受进一步的锻炼。

指　标

王超的父亲去世后，妻子催促他去派出所把父亲的户口注销了。妻子说王超，人死后，必须立即去派出所办注销手续，否则会带来一些不必要的麻烦。

王超拿着父亲的死亡证明和户口去派出所办注销手续。这派出所人真多，等了两个多小时，才排到王超。王超把手续递给民警。民警一脸微笑着接过王超递过去的户口本，很熟练地敲打起微机。过了一会儿，民警对王超说，不对啊，你办的这个叫王有才的人，早在两年前就去世了，怎么现在才来办理手续？听着民警的话，王超大吃一惊，说，怎么可能！我父亲刚去世，你是不是看错了？现在重名的人有的是。民警看了一眼王超说，不可能，虽然重名得多，但编号是唯一的，王有才老人早在两年前就去世了，你怎么才来注销？看着民警一脸认真的模样，王超说，你没看我拿的死亡证明吗？这不是刚去世吗？王超与民警争吵起来。民警说，我忙，没时间与你争论，你去你们街道问一问吧。王超还想说什么，民警把目光投向了下一位。

出了派出所，王超一脸的困惑，他匆忙来到街道办事处，找到了街道办事员，说明了原因。王超还为刚才民警的行为感到气愤，好在街道办事员是个年轻貌美的姑娘，她的一番劝解，让王超消了不少气。她接过王超拿过的户口本，开始查找起来，不一会，年轻姑娘对王超说，他们说得没错，王有才老先生的确两年前就去世了。年轻姑娘的一席话，让王超如坠云端。年轻姑娘继续笑着对王超说，你别急，我去问问我们主任，你等一会儿。不一会儿，只见一位戴眼镜的人走了进来，来人一见王超，一脸微笑着说，真对不起，这件事情是这样的，这两年我们街道年年有死亡指标，你父亲岁数大了，所以两年前，我们就把他报了上去，没想到给你带来了这么大的麻烦，所以请你原谅……

听着来人的话，王超一下瘫坐在地上，硬是一句话没说出来。

伞

不知从何时起，他喜欢上了打伞。而且不管是晴天、雨天，他每天伞不离身。

妻子说他，你以前从来不打伞，就是下再大的雨，让你打你都不打，你说，一个大男人家，打什么伞？面对妻子的唠唠叨叨，他嘿嘿一笑，什么也没说，出了门，又打开伞，一脸自信地离家而去。

在别人的眼里，他是一个倔强的人，只要他认准的事，他会一直坚持下去。

他常说妻子，打伞有什么不好，在这个社会，要想更好的发展、生存，必须得适应新环境，学会改变自己。就比如我，从一个农村出身的孩子，到现在成为一名城里人，再从一名普通的科员到一名局长，这些年，我变了，我成功了。

看着他有理有据的解释，妻子无话可说。

他年纪轻轻就荣升一个大局的局长，成为人们吹捧羡慕的对象。听到周围同事的称赞，他脸上没有丝毫高兴的表情，手里紧握着他的那把伞。

他虽然贵为一局之长，却没有别的爱好，他的爱好就是收集各种各样的伞。他的办公室里摆满了各种伞。去过他办公室的人，都说他有个性，一看就是一个与众不同的人，他事业上的成功，与他鲜明的个性有着很重要的关系。

一天，妻子指着电视里的新闻对他说，这不是你的老领导吗？我好长时间没在新闻里看到他了，原来他因为贪污受贿被抓了起来。

他放下手里正在摆弄的伞，把头转过来，眼睛紧盯着电视屏幕，不无伤感地说，这喝凉水，睡凉炕，早晚是病。他叹了一口气，回到屋里，继续收拾起他的伞来。

妻子问他，你的老领导，听说他老丈人是省里的一个高官，他应该没事的。他转过身对妻子说，你们女人家，关心这事干吗，回屋做你的饭去，他泥菩萨过河都自身都难保了，还能管这么多，你以为他是谁！

也不知怎么了，自从他知道老领导的事后，他的心情一直高兴不起来，要知道，他可是老领导一手提拔起来的。看到老领导出事了，他不高兴也是很正常的事。有人说，他的老领导出事了，一定会一个萝卜拔出一个坑，说不定下一个落到谁身上，他可能也不例外。

一个月、两个月、三个月……过去了，看着一个个被牵扯进去，他还稳坐钓鱼台，安然无恙，让人更加不理解。

一天，妻子突然发现他不打伞了。

妻子说他，你怎么不打伞了？他笑着说，不想打了，一个大男人打什么伞，再说这伞能帮你遮避一时，却不能遮避一生。在伞下，你永远也不会长大。不像你们女人见不得半点风风雨雨，我喜欢被雨浇的感觉。被雨浇可以清洗你的心灵，被太阳晒，可以增强你的体质，大自然给了我们这么好的东西，我们没有理由拒绝享受。看着他一脸认真的样子，妻子投来了赞许的目光。

他把一把把伞递给妻子说，都处理掉吧，记住，一把也不要留。

看着屋外正下的大雨，他整理了一下衣服，一脸坚定地走出屋子，任凭大雨把身上浇得浑身湿透，消失在白茫茫的雨雾中。

迷失

亮子出来打工时，三叔说亮子，二小子，你出去闯吧，没错，咱们老李家排行老二的，没有在农村出大力的，现在就剩下你了。接着，三叔趴在亮子耳朵上小声说，三十年前，有个精通周易的先生看过咱们家的祖坟，说咱们祖上好二门，灵着呢，我一直没告诉别人，你小子发迹了，可不能忘了三叔。

三叔的一席话，给亮子吃了一颗定心丸，甭提他有多高兴了。还没出村，亮子就感觉比别人高了一等。

来到喧嚣的都市，亮子对这里的一切充满了好奇：这里的高楼大厦，这里的生活，还有这里的人，都是亮子关注和向往的目标。亮子想着，在不久的将来，他也要住上大房子，有车开，过上和城里人一样的生活。抱着希望和梦想，亮子在一家建筑工地开始了打工生涯。他每天睡的是地铺，吃的是一成不变的白菜炖豆腐。亮子在工地辛辛苦苦地干了一年，到了年底，除了回家的路费，分文没得着。

那时候，亮子恨透了这座城市，恨透了这座城市里所有的人。恨归恨，亮子只能把内心的怨恨埋藏在心里，因为像亮子这样的民工数以万计，多得像天上的星星，数也数不清，他们普通得像一滴水，他们的存在与否，对这座城市来说并不重要。亮子的同乡说亮子，没得着钱的又不光咱们几个，谁让咱是民工呢！从那时起，亮子就下定决心，一定要在这座城市混出名堂来。

第二年从家乡出来时，亮子在劳务市场转了一天，最后他选择干上了营销员。亮子从小嘴皮子活，别看他没有多少文化，讲起话来，有条是理。村子里人说亮子，可惜他托生在农村了，要是在城里，说不定是个当官儿的料。

在营销员岗位上，亮子把他的特长发挥得淋漓尽致。在公司三十个营销员中，亮子的业绩最好。不到一年，他就升了主管。两年后，他又被提拔为副经理。经理笑着说亮子，小伙子，你年纪轻轻，好好干吧，将来一定错不了。谁也想不到，这么有发展潜力的亮子在副经理岗位上干了二年就不干了。

亮子说要干一番属于自己的大事业。

亮子说干就干，他开了一家洗浴中心。刚开始，一切并不像他想像的那样，看着别的洗浴中心挣大钱，他的却没人来，亮子把目光洒向了城市的角角落落。经过多方考察，亮子发现是自己的服务意识上不去：现在的都市人已不仅仅满足于洗澡，还要有更高的服务。亮子与时俱进，他的洗浴中心很快火了起来。

几年下来，亮子在城里拥有了大房子，每天人拥人贺，出入有香车美女相伴，好不威风快活，真正过上了有钱人的生活。亮子一脸的自豪地说老乡，操！现在城里人有的，咱全有，城里人没有的，咱还有，活了这么多年，才知道什么他妈叫生活。亮子已完全融入到这座城市中去了。

习惯了都市里的生活，不知为什么，亮子总会在不知不觉间在这座城市里“转向”——分不清东西南北。亮子问身边的老乡和同事，他们也说辩不清方向。亮子叹了一口气说：真他妈的邪了门儿了。

亮子再一次回到家乡时，看着眼前的亮子，乡亲们把他围在中间，比见了乡长、县长还希罕，眼神里充满了渴望和羡慕。三叔见了亮子后一脸自豪地说，二小子，叔说的没错吧？你小子这回出息啦！亮子说三叔，以后别叫我二小子，我现在也是有身份的人了，大名叫李嘉诚，小名叫阿诚。亮子的话，让三叔脸上刚堆起的笑容瞬间消失得无影无踪。

在家的那几天，亮子不习惯了家里的生活，每天不能洗澡，累了没人帮他松骨捶背，更主要的是亮子居然对自小长大的家乡也迷失了方向。亮子说是东，三叔说是西，气得亮子直骂娘。亮子说三叔，你说我这是怎么了，怎么连自己从小待的地方都转了向呢？三叔说亮子，因为你变了。亮子说，靠！我变什么变，我还是我！三叔说，你真的变了。亮子还想说什么，三叔走开了。

亮子走的时候，乡亲们来送他，要求亮子把东家的妞、西家的娃也带到城里去。大伙说亮子，在农村守着这二亩地，每天面朝黄土，背朝天，有啥出息，啥时候才是个头，趁年轻让她们去见识一下外面的世界。看着她们一个个漂亮的脸蛋，一双双渴望的眼神，亮子二话没说就答应了。亮子胸脯一拍说，咱们乡里乡亲的，把她们交给我，你们就放心吧，我一定让她们挣着钱，过上像我一样的好日子。亮子的洗浴中心正为招不上来服务员而烦恼，看到这些个妞子，亮子仿佛看到了大把大把的钞票，脸上顿时就绽开了笑容。

亮子刚走出屋，就听到后面传来了三叔的骂声，三叔用拐杖指着天，敲着地，骂声夹杂着亮子汽车卷起的尘土回荡在村子的上空久久不能散去。亮子还没出村，又迷失了方向，他开着车，左拐右拐，竟找不着出村的路了。

去掉一个“副”字

李政从农村到城市，从一名普通科员到现如今位居副局长，一路走来，可谓一帆风顺，他隐隐约约感觉到一种不知足。特别是每当听到下属们叫他李副局长，他心里很不是滋味。

李政说妻子，你说我这名字起得多好，政绩的政，怎么这个副字就去不掉呢？妻子说他，你知足吧，你再看看你周围的同学，有许多人连个副字也没有，还是一名普通的科员。

对妻子的话，李政说她头发长，见识短，不懂政治。李政说，他这辈子生就是当大官干大事的人，他一定要想方设法把压在头顶上的“副”字去掉，否则，他就不叫李政。

为了去掉这个“副字”，李政不惜一切奋斗着，努力着。

李政他们局长比李政年轻，学历比李政高，是正宗的82本。

这些年，市里对这批82年毕业的本科生特别重视，像李政这样的第一学历是中专，虽说后来也拿到了本科文平，但远没有像82本那么重视。

李政的一位好友说李政，在咱们局，你提正局长的希望太小了，你何不先转个别的单位，当个跳板试试，到时再“杀”个回马枪。

功夫不负有心人，不到半年的时间，李政就到另一个单位当了正局长，当下属们一句一个局长地叫着，他脸上露出了笑容。

过了一段时间，李政脸上又没有了笑容。因为他所在的局是一个清水衙门，虽说是正局长，一年的收入还赶不上原来当副局长时多，找他办事的人也少。

李政脸上又出现了一丝阴云，他把眼光又投向了更高的目标。

李政原来的局长因为贪污受贿被双规，李政瞄准时机，及时出手，接替老局长当上了大局长。

一次偶然的聚会，看着别的局长，出入有香车美女相伴，李政又感觉不平衡了。

在局里，李政看到，有的人为了去掉头上的“副”字在想尽各种办法。

看着他们一个个渴望的眼神，递过来的一个个信封和卡，李政脸上露出了笑容。

再一次的聚会，李政成了一道最亮丽的风景，他一脸的成功和自豪。

他的名字频频出现在电台报纸，成为公众瞩目的人物。

天有不测的风云，正当李政大踏步往前进的时候，他出事了。

看到监狱里的李政，妻子哭着说，你当初就是不听我的话，你啊，你……永完没有知足的时候，才会落到今天这种地步……

李政说，现在说什么都晚了，我现在只求你一件事，我住在二号副监区，你帮我找找人，把我调到二号正监区。

看着李政，妻子欲哭无泪。

生　病

局长的儿子生病了。恰好局长不在家，局长夫人打电话给局办公室王主任，让他帮忙联系医院，给孩子治病。

接到局长夫人的电话，王主任不敢怠慢，立即驱车赶到局里，他用最快的速度通知张、王、李、赵四位副局长，商量这件事情。

王主任说：“局长为局里的工作日夜操劳，我们不能再让他分心了，他孩子有病了，为确保孩子的病得到及时治疗，我们必须尽快研究一个治疗方案，因为现在的医院有点让人不放心。”王主任的一席话，立刻得到四位副局长的赞同。

王主任接着说：“我们先说说，去哪一家医院好？”

张副局长说：“去妇幼医院吧，那里看小孩子病看得好。”

王副局长说：“去市医院吧，市医院的儿科好。”

李副局长说：“去医大医院吧，那里有全国著名的儿科专家。”

赵副局长说：“去511医院吧，军队医院，医疗设备条件好。”

四位副局长各执一词，争得不分上下。

经过最后协商，最终决定去511医院。

王主任说：“现在医院定下来了，问题是局长就这么一个儿子，深得局长的疼爱，我们不能把他等同于一般的孩子，咱们再议论一下，他按什么级别住院？”王主任的话让四位副局长听了大吃一惊。

张副局长说：“一个小孩子，还谈什么级别？好好治病就行了。”

王副局长说：“现在医院对普通患者不重视，特别是对小孩子，经常发生医疗事故，如果有什么意外，我们没法向局长交待？”李赵二位副局长也表达了同样的看法。

张副局长说："我们混了大半辈子，才是一个副局级，他一个小孩子我看也就是个股级吧。"王副局长说："虽说孩子小，但他是局长的孩子，我看就按副科级吧。"

李副局长说："如果让局长知道按副科级不好，我看还是按副局级吧。"

赵副局长说："我看还是按局级吧，局长的儿子吗?"

在级别问题上，四个副局长很难达成一致，王主任在一旁很难堪，他显得格外着急。

正在这时，王主任手机响了，是局长夫人打来的。王主任止住了四人的争吵，里面传来局长夫人的声音："王主任，你们不用来了，孩子的病好了。"

听着局长夫人的话，王主任和四位副局长你看着我，我看着你，一时竟没有了言语。

不倒翁

李局长和王局长从小在一块长大，两人从小学到大学，从乡村到城市，一路走来，毕业后又留在同一个城市，都成了一局之长。

一天，李局长去王局长那里。他没想到，堂堂一个大局长，办公室那么简陋：没有名人字画，没有高档桌椅，也没有像样的书柜……惟一能印证是局长办公室的是门口那个锈迹斑斑的牌子。

虽然李局长和王局长是同级，李局长总感觉矮王局长一头，因为王局长所在的局是一个有实权的大局，而李局长所在的局是一个小局，在别人的眼里，没有什么油水。李局长打心眼里羡慕王局长。可每当李局长提起此事，王局长就说，什么大局小局，别听别人瞎说，只是分工不同。可李局长听了心里还是有点异样的感觉。还有一点，王局长当局长的时间长，李局长当局长的时间短。王局长在一把手位置上一干就是十年，一点风吹草动也没有。看到电视、报纸上他的同学一个个因为贪污受贿被抓起来，王局长却稳坐钓鱼台，安然无恙。这一点，李局长更是格外佩服王局长。

李局长观察到王局长的办公桌上放了一个不倒翁。李局长似乎感悟到了什么。虽说现在大兴破除迷信之风，有的人却越来越迷信了，李局长也不例外。特别是这几年随着职位的升迁，李局长对自己办公室物品的摆放，座椅朝向，办公室的门朝哪开，煞费了一番心思，还找人算了好几回呢。看到不倒翁，李局长会心地笑了笑，离开了。

很快，李局长的办公桌上也摆了一个不倒翁。为了这个不倒翁，他走了好几个商店，买了最好的，选择一个吉日请进了办公室。闲暇的时候，李局长随意拨动一下不倒翁，随着音乐响起，看到不倒翁在桌子上移来移去，无论你怎么弄它，它也不倒，李局长心里甭提有多高兴了。

每天看着不倒翁，李局长仿佛感到自己的局长宝座越来越稳了。

几年过去了，李局长也像王局长一样，在局长宝座上一坐就是五六年，什么事也没出，看着眼前的不倒翁，李局长一脸的幸福。

李局长再一次见到王局长是在监狱里。那时王局长还是王局长，而李局长却因为贪污受贿被抓了起来。看着前来看望他的王局长，李局长嗫嚅着什么也没说。眼睛一热，接过王局长递过的烟，大口大口地抽起来。

王局长说李局长："什么也别想，好好承认错误，争取早点出来。"李局长嗯了一声，已泣不成声。

李局长擦了擦眼泪，一脸困惑地说："我有一事不明，我上次去你那儿，看到你办公桌上摆了一个不倒翁，你是有意摆的，还是……"

听着李局长的话，王局长一愣，沉思了一会说："什么不倒翁？噢，我想起来了，红色的那个，是我孙子去我办公室玩时落在那里的。"

李局长眼睛直盯盯地看着王局长，一句话也没说出来。

下不为例

张三敲门时，看到局长正急忙把一件东西放进了抽屉里。看到张三，局长脸上瞬间又恢复了平静，取而代之的是一脸的严肃。局长说张三："你找我有事?"第一次和局长近距离接触，张三在家里想好了要说的话，被局长的一句话击得无影无踪。张三满脸堆着笑结结巴巴地说："我……我……没什么事，就是来看……看您。"局长还想说什么，张三慌忙把手里的两条中华烟递给了局长："没……没别的意思，就是给您送两条烟抽。"看着张三递过来的两条中华烟，局长用眼睛扫视了一下说："年纪轻轻的，好好工作就行了，学这个干什么，现在正提倡反腐倡廉，你这不是顶头上吗？把东西快点拿回去，要不我送到纪委去。"说这话的时候，局长又看了看张三。听到局长的话，张三嗫嚅着说："别……别的，局长，这是我的一点心意，我没有别的意思，感谢您这些年对我工作上的支持与帮助，就两条烟，又不是钱，所以……"看着张三一脸的真诚和坚定，局长把烟收了起来，一脸严肃地说："那好吧，你回去吧，好好工作，下不为例啊……"局长的脸上又露出了笑容，张三微笑着离开了局长办公室。

张三一路小跑回到家里，一身的轻松，像完成了一项重要使命，多日不见的笑容又重新挂到脸上。张三说妻子："今天真有点紧张，毕竟是第一次送礼，好险啊，刚开始局长不要，他还要把东西送纪委呢，好在他看我人实在，就收下了，局长最后还说，下不为例呢!"妻子看了一眼张三说："看这点小事把你紧张成这样，成不了大气候，当官的都这样，表面上说不收，这是做给你看的，不还是收下了吗，只要收下了就好办事了，你就等着好消息吧。"说着，妻子在张三脸上亲了一口，一脸的幸福。

张三大学毕业多年，在局里还是一个普通的科员，看着一个个同学当局长的当局长，当科长的当科长，自己还是一个老白丁，经过几次聚会，耳染目睹，他也学会了一些做官之道。同学说他，你这人这么多年没进步，主要原因是自己挣的钱不能光自己花啊，得给领导花啊，没有投资，哪有回报啊。听了同学们的建议，再加上妻子的劝说，张三终于想通了，这不，第二天一大早，就上局长家送礼来了。

到了过春节的时候，张三又来到局长办公室，递过一个信封。局长接过张三递过去的信封，用手在上面摁了摁，掂了掂，看了一眼张三说："又来了，不是告诉你下不为例吗，你这人真是的，快回去吧，好好工作。"每次去局长那里，张三听到的就是这几句话。张三什么也没说，又一脸微笑着离开了局长办公室。

几年过去，张三由一名普通的科员，被提拔为副科长、科长。

五年后，局长退休，张三当了局长。

一天，张三正在办公，被一阵敲门声惊醒。张三听着这声音有点生疏，平时到他办公室的人，他一听就能猜出是谁，今天这动静怎么也没听出来。张三大声对门外喊了一声"进来。"来人应声而至，摘掉礼帽、墨镜，张三看到是老局长。张三忙离开办公桌，握住老局长的手说："不知是老局长，有失远迎，请见谅。"老局长看了一眼张三说："没关系，现在当局长了忙了，可以理解。"张三一脸笑着说老局长："你老有事，打个电话不就行了，害得您还跑一趟。"老局长看了一眼张三说："反正我退休闲着没事，来看看你，另外有一件事求你，我孙子分到了咱局里，工作还一直未安排，我顺便过来看看。"听着老局长的话，张三笑着说："这件事现在有点难度，正赶上局里缩编，有结果我一定告诉您，荣您老再等一下。"看着一脸微笑的张三，老局长从怀里掏出一个信封对张三说："这是我孙子的一点心意，他年纪轻轻的，不敢来，让我转交给你。"拿着沉甸甸的信封，张三面露难色说："老局长，您看这不是为难我吗，您的事就是我的事，我一定给您办，您得给我一定的时间，我确实有难度，再说我……我也不能收您的钱……"老局长微微一笑说："应该的，小孩子们的一点心意，还是要收的。"拿着钱，张三不由自主地对老局长说："下不为例啊。"

老局长直挺挺地看着张三，一时竟没有了言语。

一只博士猫

动物王国要选举新的动物国王，各动物代表队纷纷选出自已的代表来参加。

去年，动物王国颁布了新法律，动物王国的国王连任不能超过二届，所以上一次的动物国王老虎这一次被迫下台，尽管它有十二万分的不同意，还是挥泪让位。

对此次当选国王呼声最高的，除了大象之外，一时还没有合适的人选。大象一副趾高气扬的样子，他站在各动物面前说，如果让我当了国王，我将使动物界处处充满和谐，决不允许再发生任意欺侮弱势群体的现象，让我们动物界和睦共处，共享大自然的美好生活。大象的讲话，博得鹿、羊、兔等动物代表的热烈掌声。以狮子、老虎为代表的一方表示坚决的反对。虎代表说，现在的动物世界只所以这么安定，得益于我们现在的政策，虽然每年，我们都会吃掉一些鹿、羊、兔……啊，但这是维护生态平衡需要，如若不然，动物世界就会一片混乱。对于虎代表一番讲演，动物界又出现了一片不和谐的声音，婆说婆有理，公说公有理，一时难以平息。

在危难时刻，只见一只猫走上了讲台。猫的出现，引得阵阵掌声，因为猫博士是动物世界学历最高的，她最有学问，她的出现，总能给其他动物耳目一新的感觉。猫博士扶了扶她那副高度近视眼镜，意味深长地说，今天的选举对我们动物界来说，是一个好时机，我真诚的希望大家发表各自的言论，但是，要以和为贵，现在不是讲究和谐吗！我们要选出一位能真正为我们动物界谋福利的带头人，刚才我在下面听了大家发言，深有感触，大家的出发点是好的，但一定要把握住一个度，不要搞攻击，我不想看到，因为今天的选举，而破坏了大家友谊，说起来，我们猫类家族也是一个弱势群体，但是我们家族讲究团结，才使我们这个家族不断壮大。说着，猫博士拿出她发表的几篇论文说，这是我最近发表在动物世界杂志上的几篇论文：《浅谈怎样在狭缝中求生存》、《新形式下，抓老鼠的技巧》、《再谈动物界和谐的重要性》……猫的一番话，台下传来阵阵掌声，纷纷要求猫博士担任动物国王。台下的狐狸说，现在人类重视学历，我们也应该选一个有学问的动物来担任我们的国王，这样才能确保我们动物界得到更好的发展，其他的动物也表示了同样的看法。坐在下面的大象听了，把旁边的一棵参天大树瞬间扳倒了，但仍然没阻止住其他动物的呼声。眼看着猫博士就要当选，这时，只见一只老鼠走上讲台，老鼠一脸不平地说，我反对，每个动物当了国王，都说为我们着想，他们谁先没办到，就说，老虎当国王时，每年把大量的羊啊、马啊等动物作为猎食的目标，如果猫当了国王，第一个倒霉的是我们老鼠，再说，据我所知，猫博士的文凭是假的，她写的论文是以前我写的一篇论文，她只不过是改了改，这里有证据，说着，老鼠打开了她的笔记本电脑。你们想想，她写的这篇论文如果真实有效的话，我们老鼠还能活到现在……老鼠的一席话，猫博士满脸透红地走下了讲台。老鼠继续说，要我说，就应该选我当动物国王，在座的各位，现在人类颁布了法律，把你们定为一类、二类、三类……保护动物，我们是过街的老鼠人人喊打，但我们却顽强地生活下来了，所以说，我当之无愧……听着老鼠的话，下面又发出了不同的声音，动物界出现了前所未有的骚动。

面对混乱的局面，最后，上一届动物国王老虎上台做总结发言：今天的选举到此结束，明天拟定条件，再选举。各代表回到各自的领地，等待下一次的选举。

皮 球

看着躺在床上还在熟睡的儿子，她小心翼翼地为儿子盖了盖被。连日来的奔波，儿子太累了。她本想让儿子好好睡一觉，不想还是惊醒了儿子。看着眼前的母亲，儿子眼角有了一丝的湿润。她为儿子接了一杯水，儿子喝了一口，干裂的嘴唇上露出了微笑。儿子说，娘，你也休息一会吧，我没事的。母亲轻轻嗯了一声，掩面走出了屋子。

儿子从小失去父亲，是她一手把他养大成人。看着儿子一天天的长大，再苦再累她也感觉不到了。有时，儿子说她，娘，你辛苦了这么多年，现在我长大了，你就不用干活了。尽管在她的眼里，儿子是个永远也长不大的孩子，但儿子的话，让她听了心里暖和和的，毕竟儿子懂事了。

儿子的学习成绩本来很不错，但上到中学就不念了。对儿子的这种做法，她坚决反对。儿子说，他不是上学的料，想学一门手艺，现在大学生找工作难，还不如学一门手艺。耐不住儿子的苦苦哀求，最终她答应了儿子。她知道儿子不上学的原因是为了她，儿子不想让她操劳，想给她减轻一点负担。

儿子中学毕业去了一家建筑工地做小工，每月有一千多元的收入，眼看着她们家日子就要步入快车道，儿子却出事了。儿子在外地打了一年工，和大多数出去打工的人一样，过年时，抱着满腔的希望回家过年，让他没想到的是，工地老板不给工资，连最起码回家的路费也不给。儿子和工友们去找老板讨个说法，被老板的手下打断了脊柱，导致全身瘫痪。听到这个消息，她眼里已经没有了眼泪。

为给儿子讨个说法，她背着儿子走遍了城市里的角角落落。她拿着纸条，从这个城市到那个城市，又从那个城市走进了下一个城市……一晃三年过去了，她花掉了家里的所有积蓄，得到的是热情的面孔，儿子还是儿子，她还是她，案情没有任何进展。唯一变化的是儿子的身体越来越差，她头上的白发越来越多。

外面出了太阳，她强撑着把儿子抱到一个助残车上。看着如火的骄阳，她脸上露出了微笑，儿子也笑了。

她把儿子推到院子里，一阵微风吹来，突然一个皮球从墙外飞了过来，正好落在儿子的面前，她心里猛地一沉。刚想说话，她很快被儿子的动作吸引住了。看到球，儿子用他那没有力气的脚，把球“踢”来“踢”去，却怎么也“踢”不出去。看到儿子痛苦的表情，她想说什么，什么也没说出，眼泪却止不住地流了下来。

她不忍心打扰儿子，悄悄地回到屋里，开始做起饭来，明天她们还要新的生活。

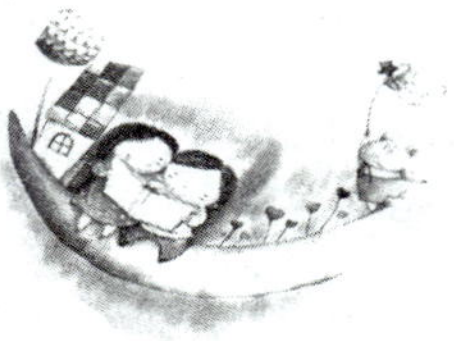

我们的地球

小松已经七天七夜没吃东西了，却没有感到丝毫的饿。爸爸妈妈看在眼里，急在心里。他们要领小松去医院做检查，小松说啥也不去。小松对妈妈说："我没病，我身体各方面都正常。"无论小松怎么说，爸爸妈妈还是带他去了专治疑难病症的 A 博士那里。A 博士仔细检查了小松的身体，没发现什么异常。A 博士对小松的妈妈说："现在你们最好到 B 国去看一下，小松的这种病在我们这里是首例发现，在 B 国听说过有过类似的病人。"听了 A 博士的话，小松的爸爸妈妈带着小松乘太阳能极速飞行器，向 B 国飞去。

到了 B 国，一下飞行器，一股热流袭来，小松拿出红外线测温仪一测，温度竟然高达 60 度。在炎炎的烈日下，天空中迷漫着沙尘，眼睛根本睁不开。大街上来来往往的人们彼此间谁也不说话，只有一股高一股的热浪。

等小松他们找到 B 国的 R 博士时，R 博士正在进行提纯氧气试验。对小松的到来，R 博士微笑着说："欢迎来自 T 星球的朋友们。"小松的妈妈向 R 博士说明了原因，R 博士说："小松的这种现象不是病，而是人类变迁的一种结果。因为地球气温变暖，森林在漫漫消失、氧气越来越稀薄、粮食在减产、核辐射强烈、水资源枯竭……人类正经受着严峻的考验，在未来，人类将由每天一日三餐变成十天一餐，小松正处在变化中，你们不要惊慌……"说着 R 博士领着小松的爸爸妈妈和小松来到了他的实验室。R 博士指着一个试管内的婴儿说："将来人类不仅要在饮食上发生变化，连人的模样，也要发生变化，你们看……"

顺着 R 博士的指向，小松的爸爸妈妈看到试管里有个像人又不像人的怪物，头大大的，头上没有头发，嘴小小的，耳朵大大的，脚上长着一层厚厚的茧，鼻子有四个，分别长在不同的方向……看到小松爸爸妈妈的惊讶样，R博士笑着说："这没有什么好奇怪的，因为气温变暖，头上不能长头发；耳朵大了可以满足散热需要；至于这鼻子，因为现在空气中含氧量不足，只能增加鼻孔的数量才能满足人呼吸的需要；至于这脚，由于土地沙化，只有厚重的脚茧才能抗高温。"

听着R博士的话，小松瞬间感到自己的耳朵在慢慢变大，他大喊起来。小松的喊声惊醒了妈妈，妈妈摸着小松的脑袋，说："快醒醒，该起床上学了……"

小松睁开惺忪的眼睛，身上早已是大汗淋漓。

“E”网情深

刘畅没想到，十二岁的女儿毛毛竟得了白血病。

看着活泼可爱的毛毛每天被疾病折磨的样子，他心里痛苦极了。医生对刘畅说，要想治好毛毛的病，首先要有合适的骨髓配型，你家毛毛的情况，我们已经与国家骨髓库取得了联系，现在还没找到合适的骨髓配型，你先准备一下手术费用，至少也得三十万。

从医院出来，刘畅的精神一下垮了。

妻子常年有病，再加上毛毛上学，刘畅一个人上班，小日子过得捉襟见肘，三十万对他来说是一个天文数字。妻子一边流泪，一边说，我的命怎么这么苦，毛毛还是个孩子，竟得了这种病，咱们可怎么办呢?

刘畅老家在农村，家里还有年迈的父母，亲属也没有一个有钱的，家里的这套平房，就是卖了，也不值一万块钱。刘畅把整个屋子看了一遍又一遍，除了去年单位表彰先进发的那台电脑，全家没有值钱的东西了。妻子说，先把电脑卖了吧。刘畅说，现在电脑便宜得很，卖了也不值二千块钱，离这三十万还差十万八千里呢。

这两天下班回来，看着毛毛，刘畅和妻子默默无语，他们不想把过多悲伤带给毛毛。检查结果出来后，他们一直没有把病情的实际情况告诉毛毛，怕她幼小的心灵承爱不了打击。

去年刘畅家里上了网，晚上没事的时候，刘畅喜欢浏览一下新闻。这两天，他也懒得上网了，今天毛毛睡着后，刘畅又打开电脑，进入自己的博客，刘畅在单位搞宣传，业余喜欢写点东西，喜欢把日常的感受写在博客上，今天坐在电脑前，刘畅把这些天的压抑心情及毛毛的病情在博客写了出来，心情似乎好了许多。

第二天，刘畅打开他的博客，让他没想到的是，他的博客浏览量竟达到一万多次，有以前熟悉的，有新加入的，一声声祝福，一个个献策，一个个充满关切的问候……让刘畅在寒冷的冬季感觉到春天般的温暖，增强了他治好毛毛病的信心和勇气。

第三天，刘畅的手机上又多了一条条短信，有来自天南地北的祝福和问候，更有一位来自江苏的网友对刘畅说，他儿子也得了白血病，正在治疗，他给刘畅介绍治疗白血病的一些方法。以前刘畅对网络这个东西，没有什么好的印象，他听到的关于网络的事情，不是这个被骗了，就是那个因为上网走上了犯罪道路，这一声声问候，让他彻底改变了对网络的看法。

一个月过去了，还没有找到合适的骨髓。刘畅说妻子，现在不仅仅是钱的问题了，骨髓还没有着落，毛毛的手术也不能做。

晚上刘畅打开电脑，进入博客，突然一行醒目的大字映入眼帘：尊敬的网友，看到你的博客留言后，我深深为毛毛病情感到难过，我也是一名白血病患者，多年前，在爱心的帮助下，我治好了白血病，我的骨髓和毛毛的一致，我自愿为毛毛捐献骨髓，祝她早日恢复健康。署名：爱心无限。

刘畅和妻子的双眼又一次模糊。

这两天，刘畅的眼球被网络深深吸引着，他家的电话一遍遍响起，有来自本市的，有外省的，有陌生的，有熟悉的，操着不同口音的人打来电话询问毛毛的病情，伸出一双双援助之手，刘畅家的小屋内被一种浓浓的爱包围着。

这些天，刘畅家也变得热闹起来，邮递员成了他们家的常客，一天来好几趟。从数十元到上千元的汇款如雪片般从全国各地而来。

去北京给毛毛治病的时候，车站送来了爱心车票，看着一张张热心的面孔，握着一双双温暖的手，伴随着火车的汽笛声，刘畅失声痛哭起来。

在北京一下火车，在站台上站满了迎接刘畅的人。这个说，我就是网上的北京人，那个说我是人在江湖，我是精彩人生……这些在网络里经常见面熟悉而陌生的朋友，一见着面，刘畅感到好亲切。

在毛毛住的202病房，不时有网友打来电话，有不少北京的网友来到病房看望毛毛，有一位叫大爱无疆的网友，还把自已家的笔记本电脑拿来放到毛毛的病房，担当起了刘畅的代言人，接收来自全国各地的问候，毛毛脸上又出现了多日未见的笑容。被一些叔叔阿阿姨围在身边，她感到好幸福。

在接受骨髓移植的那一天，在刘畅的身后，是一阵阵的鼓掌和祝福，共同目送着毛毛走进手术室，给毛毛增强了信心和勇气。

回到病房，刘畅打开电脑，看到一句句祝福温暖的话语，刘畅眼睛一热，打下了下面一段话：感谢这个信息发达的时代，让我认识这么多的网友；感谢每一个网友的热心支持，没有你们，就没有毛毛的明天，有全国网友的支持，我相信我们家毛毛一定会好起来，感谢……键盘声和刘畅的眼泪混杂在一起，噼里啪啦落下。

爱心 QQ 菜园

最近女儿一脸神秘地告诉我，老爸，你打开电脑，一定不要忘了把我的 QQ 号挂上。我说妻子，你看女儿年纪轻轻的对聊天上了瘾，不好办了。妻子说，现在的孩子还不都这样，哪像咱们那阵，顺应时代发展潮流吧。

女儿每天放学后，顾不得吃饭，在电脑前忙碌起来。我说女儿，快点儿吃饭。女儿一脸认真地说，我得赶快收我的菜，要不被别人抢收了。我一脸疑惑地说女儿，你又不种地，收什么菜？真是大白天说梦话。女儿笑着说，老爸真是个老冒，我在 QQ 空间里种地，这地球人都知道啊。我来到电脑前，看到女儿的 QQ 空间里，种的有花，有各种庄稼。我说女儿，你种菜也太容易了，种地是很辛苦的。女儿说，种地有啥辛苦的，多好玩。

女儿收完地，回到饭桌。我说女儿，你老爸小时候，最怕收地，你知道为什么吗？女儿摇着头不说话。我说，那是因为每到收获的季节，总下雨，怕到手的庄稼收不到家里。

我上初中一年级那年，收小麦时，正赶上下雨，爷爷家种的地受了很大的损失，为此你爷爷大病了一场。这庄稼可是农民的命根子，一年就盼望着这收成，你说收不了庄稼，农民吃啥，喝啥，这日子还怎么过？哪像你轻轻一动鼠标，就种完了收完了，这其中的辛苦你怎么会知道。

女儿从小在城里长大，她所接触的庄稼的概念无非是市场上一些常见的菜。

放暑假，我领女儿回家。女儿一看到公路两旁绿油油的小麦，吵着对我说，老爸，老爸，你快看啊，这到处是韭菜，城里却卖得这么贵。

女儿的一句话逗乐了旁边的一位老大爷。老大爷笑着说女儿，闺女，这可不是韭菜，这是小麦。女儿一脸的困惑，我说女儿，爷爷说的没错，你整天在家种地，连这都分不清，女儿的脸红了。

到了乡下，女儿被乡下的一切捉住了眼球，不停地问这问那。父亲说女儿，我的乖孙女，你不是喜欢种地吗？爷爷好好陪你种个够。女儿偎依在父亲怀里，撒起娇来。

中午女儿跟父亲去锄地，下午去浇水，这一天下来，小手上起了一个个水泡。我问女儿，种地好不好？女儿说，不好，没想到种地这么辛苦。我说女儿，你每天吃的大米白面，都是一点一点辛苦劳作而来的。

在老家的这十多天，女儿走遍了山村的角角落落，学到了不少知识。

女儿晒黑了，瘦了，却变得结实坚强了，越来越像一个农村小姑娘了。

离开老家回城里的时候，女儿特地把几颗麦苗带回了城里。

到家后，女儿把麦苗放在花盆里养了起来，每天给它浇水，成了她每天生活中很重要的内容。

在女儿的精心种植下，麦苗一天天长高，麦穗一天天变得饱满。女儿笑着说我，老爸，我才种了这么几棵，就感觉挺辛苦，你说要是种上几十亩地那该多辛苦。我说，是啊，要不怎么说，谁知盘中餐，粒粒皆辛苦，你体会到了吧？女儿懂事地点了点头。

等麦穗变黄，到了收获的季节。女儿把几棵麦穗小心翼翼地取下来，用手脱掉壳，用小手仔细地数着，总共收了九十七粒小麦。

女儿说，明年开始，我不上 QQ 空间里种地了，我要种植真的小麦，明年暑假我还要到爷爷家去。

女儿笑了，我却哭了，女儿在我眼里长大了。

春夏秋冬

天国要举办四年一度的例行年会。

春天代表如沐春风，一脸的自豪；夏天代表像一个浪漫的少女，满脸的欢愉；秋天代表带着一脸丰收在望的表情；冬天代表的到来，更是咄咄逼人。

今年天国大会主要议题是应对全球气温变暖今后应采取的对策。按照惯例，本年度首先发言的是春天代表。

春天代表一走上讲台，就受到热烈欢迎。她一脸微笑着对大家说，各位代表，今天我报告的题目是《春天的畅想曲》。一年四季，把我们被春天排在了第一位，我首先感谢天国和各位代表对我们春天的重视。古语说得好：一年之季在于春，春风春又生，春光明媚……春天带给我们的是希望，我们春天一定不辜负大家的期望，为了有效扼制全球气温变暖，我建议把一年四季改为春季，这样我们就可以一年都享受春天的温暖……春天代表的话还没说完，就遭到夏天代表的反对。夏天代表说，就你们春天重要，难道我们夏天就不重要了吗？我们夏天是一年四季中最浪漫的季节，你如果听过《盛夏的果实》这首歌，就能知道我们夏天有多么美好，要改也应该把一年四季变成夏季……夏天代表的话立刻又遭到秋天代表的反对，她一脸不服地说，你们春天和夏天也太私了，光看到你们的好，我们秋天才是一年四季中最好的季节，秋天是收获的季节，没有秋天的收获，人们还怎么生活，你听一听理查德克莱德曼的《秋日的私语》，你就能感觉到我们秋天是多么的美好，所以，一年四季要改成一季，还是留住我们秋季……冬天代表脸一沉说，现在全球变暖，就是因为有了你们春天、夏天、秋天，虽然我们冬天没有春天、夏天、秋天代表留给人们的印象好，人们对我们的感觉就一个字：冷。我相信，只有实行我们冬季，才能有效扼制全球气温变暖，实践会证明一切……

春天、夏天、秋天、冬天代表在为留住自己在大会上公说公有理，婆说婆有理，争得不分上下。

经过与会各位代表协商，最后采取了无记名投票方式进行表决，最终选择春、夏、秋、冬四季的哪一季。结果春、夏、秋、冬四季得的票都一样。

又经过表决，春、夏、秋、冬得的票数还是一样。

最后天国主席宣布，鉴于此，为体现公平原则，按照姓氏笔画为序，先试行一年的春季，然后是秋季、冬季、夏季，按人们的意愿，最后再决定留下哪一季。

四年后，天国又召开大会，对冬、秋、春、夏实行一季节的情况进行总结表决。这一次，春天、夏天、秋天、冬天代表没有了上次的高兴样，一个个竟没有了言语。

当现场记者询问春天、夏天、秋天、冬天代表感受时，春天代表说，我太自私了，我只看到了春天的好，而忽略了其他三季，实践证明我们春天离开了夏天、秋天、冬天三季，是根本行不通的，我这个春天变得黯然无色了。

夏天、秋天、冬天也表示了同样的看法。

天国主席看了看春天、夏天、秋天、冬天代表，说，作为我们人类社会赖以生存的环境，春、夏、秋、冬四季是相辅相成的，春天的温暖；夏天的浪漫；秋天的喜悦；冬天的寒冷，正是你们各自鲜明的特点，才构成了我们人类和谐的自然环境，使我们感受到大自然的丰富多彩，你们是一个大家庭，唇齿相依，是永远分不开的，治理全球气候变暖，还要从根上找原因……

天国主席的一番话，春天、夏天、秋天、冬天代表悔恨地低下了头。

范进中举

却说范进因中了科举，而发疯，成为后人传笑的对象。

若干年后，范进又来到人间。看一看现代人的“科举”考试。

想以前，他范进饱读四书五经，数十年寒窗，到了五十多岁才取得上一个功名，不想落得这样一个下场，每想到此，他心里就十分的后悔，为自己坎坷的命运感叹。想来想去，这都是封建科举制度惹的祸。在当时，他一介布衣，如果不发奋读书，很难出人头地，正是中了科举，他才得到人们的敬重。虽说疯了，能让后人知道他范进，也不枉活此一生。想到此，范进脸上又露出了微笑。

来到现代社会，范进看到，一切发生了翻天覆地的变化。唯一没变的是一群群像他一样的读书人，还在没日没夜的学习着。从他们朗朗的读书声中，能感到他们是何等的用功，丝毫不比他那时差。

看到现在的一个个读书人，都戴着近视眼镜，范进想，这么小的岁数，就戴上了眼镜，他读书时，很少能看到这种现象。现在社会进步了，学习用上了电灯，有的还用上了护眼灯；他那时，只能用油灯，灯光暗得很，也没戴眼镜，看来，现在人们的压力还是挺大的。

范进问一位读书的学生，一位学生问答他说，不用功怎么行，将来考不上名牌大学。听到“名牌”二字，范进来了精神，他那时科举考试时，只听说，一名状元、二名榜眼、三名探花……没听说什么“名牌”之说。一打听，他才知道，现在的大学比比皆是。分为名牌大学、重点大学、普通大学……虽然叫法不一样，他想可能类似于他们过去的一名状元、二名榜眼、三名探花……范进又问一名学生，既然有那么多大学，你们何需那么用功？一位学生对范进说，现在考大学，比不得以前你们，你们中了第，大小有个官做，能有个工作。现在不行了，考上了大学，还得自己找工作，毕业后，还得面临就业的压力，所以不学不行啊……听着学生的谈话，范进又叹了一口气。

范进一连走了好几个学校，他看到的学生们除了学习，还是学习，根本没有闲暇时间出来玩。他一问，才知道，现在是六月份，学生们马上要进行高考，所谓的高考，就是他过去的科举考试。

到了考试这一天，范进来到了学校。看到数以万计的家长陪着孩子来考试，有的家长还是从外地而来，每个人的脸上都有一种说不出的表情。范进的心里也紧张起来，没想到，进过数十次考场的他，被眼前的景象惊呆了。想当年，他参加科举的时候，虽说一人步行千里，哪里见过这种场面。

到了成绩（发榜）出来的那一天，范进看到有的高兴，有的悲伤。范进的心情也非常沉重，他毕竟是过来人，他理解这些。他当时就因为知道自己中了，才乐疯的，何怪这些后生小辈呢！考上的学生，眉宇之间流露着微笑，家里洋溢着一股喜庆气氛；没考上的，家里笼罩在一片阴影之中。考上的大摆喜庆之宴，比他那时敲锣打鼓热闹多了。看着看着，范进打心眼里羡慕起来：还是现在好啊！

在人间的这一段时间，范进看到的是一副副不同的画面，真是几家欢乐几家愁。在他即将考察完准备回去时，他在河边看到一个学生模样的孩子要跳河，范进出手救了孩子，不想孩子被救上来后，他对范进说，你让我去死吧，我考不上学，将来可怎么办呢，我……我……任凭范进怎么劝，他还是涕哭不止。范进把学生送回了家。在回来的路上，他又看到一群学生模样的人，喝得大醉。其中一位说，考上了真高兴啊；另一位说，真痛快啊！说着说着，其中一个还手舞足蹈地跳起来，那神情简直高兴极了，用语言也无法形容。

随着一声尖叫，范进看到，其中一个学生被一辆迎头而来的汽车撞倒在一边……看到眼前的一切，一种说不出的滋味涌上心头，范进竟莫名其妙地大笑起来，这一回他彻底疯了。

情侣衫

在A城，无论是年老的，还是年幼的，都穿起了情侣衫，构成了A城一道独特亮丽的风景。

这几年，A城的治安案件、离婚率一直保持零纪录，被联合国评定为最适合人类居住的和谐都市之一，每年都吸引世界各地的游客来观光旅游。

一时间，来A城参观学习的人络绎不绝。

来到A城，人们被一种浓浓的亲情和爱情的力量感动着。这里环境幽雅，家庭和睦，与世无争，人与自然和谐相处；这里没有犯罪，没有欺诈，没有骂声，没有吵闹，有的只是笑声……让人们真真切切感受到陶渊明笔下的世外桃源生活。

走在A城的街道上，看着一个个穿着不同情侣衫的人们，他们脸上那种无比幸福的表情，你就会不自觉地受到感染。

来过A城的人们，不管以前在家怎么吵，到了这里后，都不再争吵，不再埋怨，多了一份理解，心灵上受到了一次洗礼，感情上得到进一步升华，眼睛里写满了柔情蜜意，眼看着到头的婚姻危机又出现了转机，小日子也仿佛过得有滋有味了。

回去的时候，脸上挂满了幸福，A城成了他们宣传羡慕的对象。

回到家后，这种现象维持了不长时间，又开始了无休止的争吵，无休止的尔虞我诈，无休止的抢劫犯罪……究其原因，有人说这是一方水土养一方人，这种现象只有在A城才能有效，离开了A城，是没有用的；也有的说，咱们去了A城，看到他们穿情侣衫，怎么忘了买，可能是没穿情侣衫的缘故……于是人们纷纷去商场买来各种各样的情侣衫，送给家人和朋友。说也来怪，穿上买的情侣衫后，社会家庭又恢复了和谐。人们笑着说，原来这么简单，只要我们穿上情侣衫，家庭就和睦了，社会就和谐了。我们这座城市要是人人都穿上情侣衫，也就达到A城的模样了。

情侣衫很快在全国流行起来，家家户户都像A城一样穿起了情侣衫，人们再一次期盼着奇迹的发生。

穿上情侣衫好了不到一个月，又开始了不和谐。又有人说，我们忘了一个关键问题，我们买的情侣衫都是我们自己本地产的，只有穿上A城产的情侣衫才能起到作用。带着疑问和期盼，人们成帮结队去A城买情侣衫。

于是在B城、C城、D城……出现了A城情侣衫专卖店。尽管价格高出A城十几倍，为了拯救社会、家庭、人类……来买的人还是乐此不疲。有的地方，政府还拿出特殊补贴给市民，鼓励市民踊跃来买情侣衫。

但一切并不像人们想象的那样，尽管穿上了A城的情侣衫，这里仍然存在社会危机、家庭危机……且有愈演愈烈之势。

A城现象，立刻引起了国内外有关专家和学者的关注，他们组成联合调查组去A城做调查，以探索人类社会发展过程中A城的作用，为推动其它城市建设提供一个良好的典范。

专家和学者们先从考察A城服装店开始，他们发现了一个奇怪现象：A城所有的服装店只卖情侣衫，没有其他的服装。

专家们问服务员，你们这里怎么只卖情侣衫，难道没有别的衣服种类吗？服务员一脸微笑着说，尊敬的先生，对不起，我没听懂您的话，我不知道什么叫情侣衫，我们这里也从来没卖过情侣衫啊，我们这里只有“服装”二字……

看着一脸真诚的服务员，专家们困惑了。

王想的最后要求

王想躺在病床上已经十天没有进食了。医生通过生命检测仪检测出王想的生命结束就在最近两天。

儿子给王想找了一所最好的医院来给父亲看病。尽管室外是一百多度的高温，但医院室内的温度按照王想的要求，控制在了二十度，不冷不热。儿子走时，交代护士说，父亲需要什么，就满足他什么，病房宽大的电脑显示屏上不停地变换着鲜花的种类和模样，这些鲜花看起来很鲜艳，却没有丝毫的香味。早在二十年前，这些鲜花就在地球上消失了，这是借助高科技电脑复原的结果。虽然没有香味，王想脸上还是露出了微笑。

王想是个很挑剔的人，护士小姐热情的服务，王想脸上没有丝毫高兴的表情。王想高兴时，护士小姐高兴；王想不高兴时，护士小姐脸上仍然面带微笑。无论王想怎么发脾气，护士小姐还是不生气。医院按照人性化管理需要，护士全部换成了机器人。

儿子这次去Z星球讲学，也是完成王想的一个心愿。

王想自小在农村长大，对土地有一种说不出的亲切，自从儿子把他接到城里住后，他一直没再回过家乡。听儿子说，现在农村已没有了土地，和城里人一样，也住上了楼房，不再种地。王想说儿子，不能吧！农村不种地，咱们吃什么？儿子说王想，现在科技高度发达，科学家们研制了更适合人类吃的食品，不再用食用粮食了，新研制出的一种饮料，你只需吸上一小口，就能保证你生命的需要。

王想住院的这些日子，他每日吃的东西，护士小姐只需把王想的大脑器官接入电脑，电脑马上就打出了王想所需的食品，直进输进王想的身体中，省去了洗涮的麻烦。况且现在地球上已没有过多的饮用水，就连人流出的眼泪也是红的。人身体血的成分占了95%，水成了最紧缺的物资。人们只能借助电脑来回忆水的滋味，看到电脑屏幕上打出的“农夫山泉”有点甜的字样，王想干裂的脸唇上露出了一丝微笑，眼泪染红了枕巾。

三天后，儿子坐宇宙飞船回来了。一到医院，儿子就急不可待地走进了病房，看到儿子，王想的脸上又露出了微笑。儿子小心翼翼地从一个太空保险箱内拿出一个包了三四层的盒子，把它打开，里面是一棵鲜嫩的小麦苗。看着绿油油的麦苗，闻着泥土的清香，王想笑了，笑得是那样的开心，他的最后一笑定格在3015年的那个晚上。

武松打虎后传

这几天一路急行，武松已经四天没有吃过一顿饱饭了。

路过“三碗不过冈”酒店，武松要了一盘熟牛肉，连喝了两碗白酒，还意犹未尽。当武松要第三碗时，被店小二阻止住了。店小二告诉武松，最近景阳岗附近有老虎出没，经常有人受到伤害，官府有规定，只要在此酒店吃饭，喝酒一律不准超过三碗，说着店小二拿出了官府的告示。武松看了看说，别拿什么官府狗屁告示来吓唬我，你是怕大爷喝酒不给钱吗？武松从布袋里拿出二锭银子。店小二说，客官不是啊……任凭店小二怎样解释，武松非要喝酒。没办法，店小二又给武松拿出了酒，想到马上就要见到哥哥，武松又多喝了几碗，不知不觉间他足足喝了十八碗。结帐时，店小二说武松，现在天色已晚，客官今天就住这儿吧，等明天一早与人结伴而行，过景阳冈也安全。武松听到后说，莫非你刚才看到我的银两，晚上让我住到这里，再进行打劫不成，也不看看我是谁。武松晃了晃手中的棍，吓得店小二无话可说。

离了“三碗不过岗”酒店。一股风吹来，武松打了一个趔趄，险些跌倒。走着走着，突然一行官府告示映入他的眼帘：最近景阳岗有老虎出没，行人不要单独行走，要结伴而行……看着告示，武松心里产生了一丝悔意，他错怪了店小二，虽说现在假酒、黑店比比皆是，但店小二的一番诚恳劝解，还是打动了武松。想我武松乃英雄好汉，如若回去，岂不让世人笑话，害我一世的英明，罢，罢，武松提起精神向前走去。

几天来的连续奔波，路过一片树林时，武松有了一丝困意，打了一个哈欠，偎依在一棵大树后，睡着了。

约莫一个时辰后，在寂静的树林里，伴随着一股凉风，传来一阵阵低沉的吼声，武松醒来后，在他的面前站着一个怪物，怪物两目中透露着一股凶气，额头上硕大的“王”字看起来让人有点害怕，长长的尾巴不停地抖动着，四只蹄子不时往后抓挠着泥土，嘴张得大大的，露出锋利的牙齿，让人不寒而栗。

武松看着怪物，怪物看着武松，停了足足有两分钟。武松想：这就是传说中的兽中之王——老虎。武松搜索着记忆，因为这种动物在地球上已消失了好多年。还没等武松反应过来，怪物的尾巴夹杂着一股阴风向武松扫来，接连三下，被武松躲过，武松酒醒大半，他知道遇上了老虎。因为小时候学的课本上说过老虎最致命的杀人武器就是用尾巴杀人，看来今天真的遇上了老虎。想到这里，武松没有了害怕，相反他的心里突然有了一种怪怪的想法：他一定要捉住老虎，一来让人们生命免受伤害；二来也可以让人们再看一看据说灭绝了几百年老虎的真模样。

这酒壮英雄胆，武松用武氏神臂拳将怪物制服后，他已浑身大汗淋漓。

一时间，武松成了阳谷县的英雄人物。阳谷县新闻媒体都把武松作为采访报道的重点，请他介绍打虎的经过。

阳谷县还把武松捉来的老虎锁在铁笼内供人观赏。慕名前来观赏的人挤破了衙门，更有其他县城也向阳谷县发出请求，把老虎借用一下，以满足观赏愿望。

武松出名了，阳谷县令破格把武松留在了县衙，办理了城市户口，提升为县衙正处级主管治安的副县令，并奖励武松一套四居室二百平方米的楼房外加五十万奖金；县府出版社决定为武松出一本书，县电视台决定对武松打虎的事拍一部三十集的电视连续剧，邀请武松出演男主角，武松成为家喻户晓的人物。

正当各电视台、电台争相报道武松的事迹时，被武松捉来的老虎突然死了。

这件事引起了联合国动物保护组织的关注，他们派人前来调查老虎的死因。调查人员对老虎进行了解剖检查，让他们感到意外的是，在老虎的胃里发现了大量青草，没有任何一点肉的成分。从现有的资料来看，老虎是食肉动物，但从化验结果看，此老虎却不是，最后调查组给出鉴定意见：此动物不是老虎，有待进一步考证。

武松被解除一切职务，收回一切奖励，被驱逐出阳谷县。

向往

香香是个活泼可爱的女孩子。

用时下的话说，是个十足的新新人类。爱上网，看韩剧，穿休闲，留短发……说起话来喜欢在本来就不标准的母语中夹杂一些生硬的外语和富有新潮的词语，在香香的嘴里，你每天都会听到一些新潮的话语，让你耳目一新。

香香最近恋网恋得厉害。父母的劝说，老师的批评，没有收到任何效果。

放了学，网吧是香香的天堂。在这个虚拟的世界里，她像一条不知疲倦的鱼尽情地遨游着。

对于香香来说，一天不吃饭可以，一天不上网却不行。这个虚拟的世界里已经留下她太多的牵挂。

这一阵子，香香大部分时间都泡在网吧里。有时她竟忘记了吃饭和睡觉。现在吃饭和睡觉对她来说是一件很奢侈的东西，她已经完全融入了网络世界里。这里有她的梦想、期盼、希望、喜怒哀乐……在她的眼里，这才是她想要的生活，她每天可以和数以万计的朋友说话，有她永远也说不出的新鲜、有温馨的港湾、有鲜花、有美酒、有掌声……有她的一切一切……

长时间的坐姿，让她的腰酸腿疼。香香伸了一个懒腰，一种说不出的疲劳袭上心头。她打了一个哈欠，走出屋子，长吸了一口气。

外面蔚蓝的天空，暖洋洋的阳光，刺得香香睁不开眼睛。突然一股花香飘来，她看到了路边的红玫瑰，是那样的鲜艳夺目。噢，差点忘了，今天是情人节。在网上她刚收到象征着爱情的九百九十九朵红玫瑰，却没有这一枝香。香香花五元钱买了一枝，贪婪地闻起来，她脸上慢慢绽放出笑容。她好像从一个世界走向另一个世界，慢慢感觉到自己的存在。她那娇小的身体分明感到了一丝的寒意，她忽然感到自己有点饿了。她走向附近的粥铺，一股清香袭来，一碟小咸菜，两个包子，一碗绿豆粥，这些平时她看都不看的东西，今天吃起来却格外的香。

她脸上又出现了红晕，眼皮却不争气地打起架来，她现在最大的愿望——真想好好睡一觉。

虚拟的网络，真实的泪

婧婧上初中二年级时，迷恋上了上网。而且对网婚特别感兴趣，她对网婚有着与生俱来的渴望。

婧婧是个挑剔的女孩，面对缤纷的网络世界，她挑花了眼，他们的条件一个个太优秀了。

在这里，婧婧可以找到心目中的白马王子。有钱的、有地位的、长得帅的等等令她满意的人。

婧婧经过慎重选择，她终于找到了心目中的对象，是一个叫“东方不败”的人。“东方不败”太优秀了，在半个小时内，婧婧和他闪电般结了婚。

“东方不败”很帅，是个美男子，让婧婧感到很自豪。“东方不败”还是一个细心的男人，他每天把“家”收拾得井井有条，布置得和谐温馨，处处充满着对婧婧的关爱。每天一束鲜艳多变的玫瑰花，早晚的问候，让婧婧感受到家庭的温暖。有如此知冷知热的“老公”，婧婧被彻底感动了。她真正体会到了结婚带来的快乐幸福。

婧婧决定为“东方不败”生个孩子，要他感受一下做父亲的快乐。婧婧是个负责任的人，说到做到，她为“东方不败”“生”下了一对双胞胎。看得出“东方不败”很喜欢，婧婧的内心有一种说不出的幸福。

一小时，两小时，三小时，时间在一分一秒中过去，还沉浸在美梦中的婧婧，这才发现一向关爱自己的“老公”忽然不见了，消失得无影无踪。

婧婧再一次定格在电脑屏幕上时，“东方不败”已和她闪电般离了婚。

此时，“东方不败”正与四位女人举行婚礼，这是今年最流行的古代婚礼——纳妾型。“东方不败”是个大度的人，他向婧婧发出了邀请，要婧婧参加他的结婚庆典，用他的话说，做不成“夫妻”，也要做最好的朋友。

看着“老公”传过来熟悉的电话号码，婧婧迅速关掉了手机和电脑，她的眼前一片漆黑。

“东方不败”是婧婧的小姨。

三个小时的婚姻，让婧婧落下了伤心真实的泪。

唐僧

经过九九八十一难，历经千难万险，唐僧终于取得真经。回到唐朝，受到了唐王的热烈欢迎。

唐王一脸深情地说：“御弟这一次西行，不仅宣传了我大唐文化，还增加了与各国的友好交往，增进了彼此的友谊，可谓是硕果累累，我要为御弟请功，宣传御弟的功德……”

唐僧微微一笑说：“弟乃出家之人，四大皆空，只有传授佛经，共祝我大唐江山永固，国泰民安，这是我等的本分……”唐王紧握唐僧的双手，眼里盈满了泪花。

唐王在长安城专门为唐僧修建了传授佛经的讲经阁。唐僧每天在此传授真经，普度众生。

闲暇之余，取经路上的一幕幕又在唐僧脑海中闪现。他突然有了一个大胆的想法，何不办一所学校，把在西方路上学到的东西传授出去，用在国家建设上，为唐朝培养一批人才。

唐僧的想法得到了唐王的大力支持。唐王马上拔白银三万两，用于建设校舍。

有了唐王的大力支持，长安城很快建成了第一个专门培养高级管理人才的学校，唐王为他起名叫“长安大学”。并亲自御笔为大学题名，任命唐僧为校长。

一时间，长安大学为唐朝培养了大量人才。诗仙李白、诗圣杜甫就是其中最典型的代表，在长安大学的拉动下，唐朝文化出现了空前的繁荣。

面对办学取得的成果，唐僧没有满足于现状。他对唐王说：“我们不能只仅仅满足于国内，还要把目光投向国外，这样不但可以宣传我大唐的文化，还可以赚来大笔的外汇，使唐朝更加富强。”唐王动情地说：“没想到御弟这十几年，不但学到了佛的真谛，还学会了治国安邦之道，真乃我大唐之幸，你放心大胆去干，我全力支持。”

唐僧的脑海中突然闪过了女儿国的一幕：在他经历的这些险遇中，要说最能引起他留恋的是还是女儿国国王。要不是妖怪从中作怪，结果将是怎样，他不敢想。离开女儿国前，他曾答应女儿国国王取经回来时，去女儿国看她，无奈当时有徒弟们在，他没好意思去。他不想破坏他在徒弟们心中的美好形象。想到这里，他脸上露出了笑容：去女儿国办校，一来可以为女儿国派一些唐朝男性公民去，解决女儿国没有男人的历史；二来可以与女儿国国王叙叙旧。他现在还能清晰地记起，他离开女儿国时，女儿国国王哭泣的眼神。

唐僧提出在女儿国办长安大学分校，得到了唐王的首肯。

唐僧的到来，女儿国震动了。女儿国国王一脸哀怨地说唐僧：“一走就是数十年，也不来看我，你让我等得好苦啊。”说着说着，粉泪已止不住地掉下来。

在女儿国国王的亲自过问下，长安大学在女儿国的分校很快建成，名字叫做唐僧学院。为了显示对唐御弟哥哥的敬意，在学院门口挂了一幅唐僧的巨幅照片，成为女儿国一道最亮丽的风景。唐僧还成了女儿国国家电视台的形象大使、代言人，每年为女儿国创收二万两黄金。

女儿国办学成功，使唐僧名声大振，各国纷纷向他发出邀请。唐僧没有被眼前的胜利冲昏头脑，为了保证办学质量，他只在女儿国办一所分校，他是取得过真经的人，深知经不轻易传的道理，至于女儿国，那应当别论。”

如今唐僧更忙了，他奔波于女儿国和唐朝之间，为了便于管理，他打算辞去长安大学校长职务。他想长住女儿国。一方面为的是确保女儿国的教学质量，另一方面那里还有他的御妹在等着他，因为他越来越离不开她了。

孙悟空

西天取经路上，孙悟空一路上降妖除魔，历尽各种磨难，功劳最大，被如来佛祖封为斗战圣佛。

成佛后，孙悟空又回到了花果山水帘洞。挂起了斗战圣佛一杆大旗，直插云霄，好不威风。每天带领众猴儿游玩于山水之间，倒也过得快活自在。

每天呆在花果山，除了饮酒作乐，手里的金箍棒已失去了往日的光环，只可惜，西天路上，妖魔鬼怪都被他打死了，瞅着金箍棒，悟空心里难免产生一丝的惆怅。

前几天，师傅打来电话，让他参加长安大学开学庆典。他去了以后，看到师傅已今非昔比，出门有香车美女相伴。师徒见面，师傅在最豪华的皇家五星级饭店为他接风，拿出珍藏了上千年的皇帝御酒来招待他，让悟空很受感动。师徒二人几杯酒下肚，唐僧对悟空说：“一路上多亏你降妖伏魔，你三打白骨精，师傅误解了你，你不记恨，一路上忠心耿耿，没有你的帮助，哪有为师的今天，为师想在长安大学给你安排个职位，主抓体育工作，当个副校长，一年有很高的收入，保你吃喝不愁……”

听到师傅的话，孙悟空感激得泪流满面说：“五百年前，师傅您救了我，徒儿永远忘不了恩师，只是俺老孙不像你们有文化，我不适合，我还是回我的花果山，有事师傅尽管吩咐，我当赴汤蹈火，在所不辞……”

师徒分别，唐僧给悟空带走了许多美味好酒和金银财宝，悟空挥泪告别。

悟空回到花果山不久，王母娘娘派太白金星来接他赴她的蟠桃宴。太白金星笑着对悟空说：“恭喜你大圣，这一次你可是第一个被王母邀请的人，可见王母对你的重视，现如今你是斗战圣佛，可不比往常，在天庭也算是重量级的人物。”被太白金星这么一说，悟空还真有点飘飘然的感觉。

这次宴会，孙悟空见到了多日不见的仙友，心情格外高兴，多喝了几杯。

悟空走到王母身边一脸感激地说：“谢谢王母还能想到俺老孙。”

“没什么，谁不知道你孙大圣爱吃蟠桃，这事怎么能忘了你，你走的时候，我已差人给你拿了足够的蟠桃和玉液琼浆，回去慢慢享用。”

“如此，俺老孙多谢了。”

“不用谢。”

悟空环视一周对王母说：“这么大的宴会，今天怎么不见玉帝老儿?”

王母掩饰不住脸上的愁容，流着泪说：“他……他在广寒宫……”

“什么?”悟空听了一脸的不解。

“都是那个狐狸精惹的祸……”

悟空听后气得火冒三丈：“没想到玉帝老儿，会干出这种事，我一定替你讨个说法。”

“没用的，我找过如来佛祖和观音菩萨，都没有办法，更何况你呢，算了吧。”

“俺老孙，天不怕，地不怕，难得你王母看得起俺老孙，这事俺老孙管定了。”

孙悟空的叫喊，惊动了在座的各位仙友，他们面面相觑，无言以对。

孙悟空来到广寒宫时，正赶上嫦娥过生日。整个广寒宫灯火通明，鼓乐喧天，悟空来到后宫，看到玉帝和嫦娥正在喝酒，此时玉帝老儿已喝得双眼迷离，紧握着嫦娥仙子的手一副的亲昵样。对孙悟空的到来，玉帝表现出了极大的愤怒：“你这个泼猴，真是大胆，谁让你擅自夜闯广寒宫?”

悟空笑道：“俺老孙找你只想讨杯酒吃。”

“大胆泼猴，你没看朕正和嫦娥仙子在谈工作吗！扰乱朕的工作，该当何罪!”

“玉帝老儿，俺老孙如今是斗战圣佛，是取得过真经的人，我看你不是在谈工作，倒像是在……”

“大胆泼猴，竟敢污蔑朕，来人，速传如来佛祖救驾，拿下此泼猴，将其压制泰山下，永世不得翻身。”

随着天地间一声巨响，孙悟空又被压在泰山脚下。

沙 僧

修得正果，沙僧留在如来佛祖处做了金身罗汉，负责佛祖的警卫工作。

在西天取经路上，沙僧跟随师傅，挑着行李，奔走于崇山峻岭之间，他的忠诚、任劳任怨，博得了师傅和如来佛祖的欢心。作为他们师兄弟三个唯一一个留在佛祖身边的人，与这些不无关系。

沙僧留下的第二天，佛祖找他深谈了一次，佛祖深情地说："在你们师兄弟中，我最喜欢你，孙悟空自恃有七十二般变化，难以驯服；猪八戒只知吃喝玩乐，无所事事；只有你忠诚，不多言多语，细心照顾师傅，不抢功。你留在我身边，虽说现在只是个科级干部，别着急，你的资历还不够，接受一下锻炼，我相信你一定能干出一番事业……"受到佛祖的表扬，沙僧心里美滋滋的，每天工作更加努力了。

在天庭，沙僧每天过着衣食无忧的生活，时间久了，总有一种空荡荡的感觉。

前几天，师傅来电话，让他去长安大学担任主管后勤的副校长，行政级别是副厅级，他有点动心了。经过反复思前想后，他很快又打消了这个想法。他现在在佛祖身边，虽说没有什么大的作为，一些部级干部见他的面还客客气气呢，让他长足了面子。况且，佛祖把自己留在他身边，一定有他的意图，他忽然间想到越王勾践卧薪尝胆的故事，他去信推辞了师傅的请求。这事让佛祖知道后，表扬了他一番。

昨天，猪八戒为办公司营业执照的事，找到了沙僧。按规定，猪八戒公司营业执照不合法，看在师兄弟的面子上，他二话没说，很快帮猪八戒办好了。把老猪感动地掉下了眼泪，直说他够哥们意思，西天路上的友情没白处，还是当年的三弟。

有道是朝里有人好办事。这一阵子，猪八戒总来找沙僧办事。这一次来，猪八戒给沙僧开了一张一千万支票，沙僧说啥也不要。猪八戒说沙僧："让你拿着就拿着，这钱又不是我的，是公司的，你在这里，比不得我，随时需要花钱、打点，记住，只有付出，才有回报，不要怕花钱。缺钱时就给二哥打个电话，我马上差人送来，咱们师兄弟三个，就你有出息，你可不要让二哥失望。现在玉帝老儿最信任佛祖，你要摸清佛祖的心思，这样才能保你有官做，你当官了，我老猪也能跟你借光。"那一晚，沙僧和八戒喝的一醉方休，兄弟俩握手挥泪告别。

一年后，沙僧出现在猪八戒新公司的庆典上，他是代表如来佛祖来的。他现在是佛祖办公室主任兼天庭纪检委书记（正部级）。看到沙僧的变化，猪八戒拍着沙僧的肩膀说："咱们师兄弟三个，谁也赶不上你，今日果不其然，真为你高兴，你为我们师兄弟挣足了面子，现在猴哥在花果山日子不好过，你当大官了，二哥我就不怕了，我可以放手去干了……"

沙僧说："我现在算是明白了权力的重要性，前几次，要不是我从中说话，二哥你今天就不会坐在这里了。"

"那是，谁让你是我三弟，你不帮我，谁帮我，这十多年的兄弟情，二哥这辈子没看错人。以后，二哥就指望你了……"

"不用客气，自家兄弟，二哥的事，就是小弟的事，只要有我在，就有你老猪的钱赚，明年我准备给你……"

临别，猪八戒送给沙僧两台高级防弹轿车，外加一张两千万支票。

猪八戒

猪八戒被如来佛祖封为净坛使者。刚开始，八戒对自己的封号很委屈，虽说他的功劳没有师兄大。一路上，他鞍前马后伺候师傅，也立下了汗马功劳。后来听如来佛祖和师傅说，这是一个美差，能享受普天下的贡品，他心里又高兴起来。

短短的一个月，猪八戒吃尽了人间的美味，尝到了甜头，让他彻底大饱口福。

这一段时间，通过现场实地考察，猪八戒看到各地的香火不断，不管是有钱人，还是穷人，都来烧香拜佛。看着眼前山堆似的贡品，猪八戒脸上露出了笑容。

回到天庭，猪八戒立即召集天上人间掌管各地贡品俸禄的官员到他这里来开会。会议的主题是——转变观念，怎样做好新形势下贡品的再回收利用工作。他从十八个方面，着重谈了当前最严重浪费现象：水果贡品随处乱丢弃，上香的钱得不到很好的利用，被一些人装进了自己腰包……

通过这次会议，举手表决成立了由猪八戒担任集团董事长兼任总经理天上人间贡品有限公司。猪八戒要求各地分公司每天要把贡品收起来加工利用。水果类做水果罐头，肉类的做肉罐头，要统一管理，统一销售。猪八戒的做法得到了大家的一致赞同。最后，猪八戒清了清嗓子，高声说道："我在西天取经路上，是取得过真经的人，学到了大量管理经验，希望大家要好自为之，不要一门心思搞歪门邪道，否则，我这把大耙可不是吃素的……"

为提高公司知名度，猪八戒在天上人间全球电视台做了广告。半年下来，公司效益强劲增长，他们公司的“极乐”牌罐头，还成了国际品牌。到了年末，猪八戒一算，除了送给玉皇大帝的、唐王、如来佛祖的不算，还净赚五千万美金。

现在，猪八戒成了社会名人。天国有贡献的专家、天上人间企业联合会理事长、长安大学客座教授……他每天奔走于天上人间，成了一个十足的大忙人。连玉皇大帝见他面都客客气气。

有钱了，猪八戒首先想到了猴哥孙悟空。经过他各方面工作，玉帝答应他放了孙悟空。悟空出来时，抱住猪八戒失声痛哭起来。八戒想留他在公司担任副总经理，孙悟空没有答应，他又回了花果山。

去女儿国访问回来的路上，猪八戒接到结发妻子玉兰打来的电话。

猪八戒开着他的高级防弹“奔驰”车到达高老庄时，早有一帮扛着摄像机的人在恭候着他。在高老庄街道两旁挂满了巨式条幅：“热烈欢迎猪董事长回家。”他一眼就认出了走在最前面的玉兰，虽然过去这么多年，玉兰还是那样俊俏动人，眼神中流露出几许期盼。高老太爷对猪八戒的到来，也显示出了无比的热情，直夸他有出息，女儿有眼光。

一番云雨之后，玉兰娇滴滴地对猪八戒说：“你这一去就是十多年，看你都有白发了，你知道人家有多想你吗！你这个没良心的，我……我再也不许你离开我了……”

在高老庄住了两天。猪八戒接到嫦娥发来的短信：当初要不是我，你能有今天吗？吃水还不忘挖井人呢，我等着你的到来，咱们不见不散。

猪八戒赶到广寒宫时，已是半夜时分。眼前的嫦娥比以前更加楚楚动人。

酒足饭饱，猪八戒说：“俺老猪得回高老庄，现如今俺老猪有了老婆，不能再……”八戒的一句话，把嫦娥逗得哈哈大笑起来：“没想到西天路上，你还学会了不吃腥，你难道不想……”说着，嫦娥仙子香肩一松，露出洁白如玉的肌肤。

“你……你……”

“现如今都什么年代了，你别害怕，我不要求什么，我甘愿当你的二奶……”

看着一脸期待的嫦娥，猪八戒嗫嚅着说不出话来。

东郭先生与狼

东郭先生在教书回来的路上，碰到一只受伤的老狼。老狼的前后腿已经完全不能动，看得出它伤得很重。

老狼孤独无助的眼睛里透露出一股期盼，幽蓝的眼睛里已失去了往日的凶狠。东郭先生起了恻隐之心，用他那缚鸡之力，把老狼抱回了家。

东郭夫人对东郭先生抱回的老狼，表现得很惊讶。她一脸生气地说东郭先生，真是个书呆子，你没听说过狼的残忍吗？你这不是引狼入室吗？东郭先生对夫人一连串的发问表现得很镇静。他微笑着说，我知道狼的残忍，但它也是一条生命，我如果不救它，也许它就要没命了，你赶快给它拿点吃的，把它的伤口包好。东郭先生顾不得自己的疲劳饥饿，忙着和夫人一起给狼包扎伤口和喂食。

在东郭先生的照料下，老狼的伤口很快恢复了。幽蓝的眼睛里透露着咄咄逼人的光芒，皮毛已恢复了往日的光泽。看着狼一天天好起来，东郭先生脸上露出了笑容。

夫人对东郭先生说，你看狼都好了，你把它送走吧。你看咱们家到处是鸡啊、羊啊、猪啊什么的，狼和它们在一块，早晚会吃掉他们，我更害怕它会伤害到人，你还是早点把它赶走吧。

耐不住夫人的苦苦哀求，东郭先生给老狼梳了梳皮毛，他一直把老狼送到树林里才罢休。分手时，东郭先生发现老狼幽蓝的眼里发出浑浊的光。都说动物有灵性，这几天东郭先生和狼在一起，他还真有点喜欢上它了。东郭先生转过身时，他的眼睛里也有点涩涩的感觉。

一连几天，东郭先生在去教书的路上，他都能感觉到狼的影子。他回过身，又不见了狼的踪影。他自言自语道：这一定是自己岁数大了，眼花了。

早上起来，夫人把东郭先生叫醒，告诉他少了两只鸡。夫人生气地对他说，一定是那只老狼把鸡吃了，以前咱们家从未发生过这种事情，幸亏我让你早点把它送走了，否则，后果不堪设想。看着丢失的鸡，东郭先生满脸的困惑。他的眼里又闪现了狼的影子。

第二天，夫人把东郭先生叫醒，告诉他家里的羊不见了。羊圈周围有血的痕迹，这一定是那狼干的，夫人在一边哭哭啼啼。东郭先生陷入了深深的自责之中。

带着无限的自责和迷茫，东郭先生打开大门，惊人的一幕呈现在他面前：在他的家门口，他看到了老狼，看到了羊，在狼的旁边他看到了惯偷吴二郎。老狼狠狠地咬住了吴二郎的脖子，吴二郎手中的刀已深深地刺入狼的腹部，地上血迹一片。

东郭先生厚葬了老狼，他再一次为老狼梳理了一下杂乱的皮毛，用手拂闭了老狼冒着绿光的眼睛，内心有一种说不出的痛。

在私塾学堂上，东郭先生给他的学生讲着东郭先生与狼的故事。

变味的粽子

刘亮来自贫困山区，父亲去世早，是母亲一手把他抚养成人。他能考上大学，来到大都市，对他来说，真的很不容易。

他忘不了上学时，为了凑够他的学费，年迈的母亲把她唯一的一个金戒指给卖了。看着由一元一元钱攒够的学费，刘亮的眼里盈满了泪水。

大学生活，对刘亮来说，一切都充满了新鲜感：四人一屋的舒适环境、干净的教室、良好的学习条件，给刘亮增添了无限的动力。他下定决心一定要好好学习，来报答母亲和乡亲们的厚爱。

刘亮的这种想法很快被打破了。升入大学前，在高中时代，为了实现鲤鱼跃龙门的愿望，他每天埋在书山题海里。到了大学，这里的学习生活和先前形成了鲜明的对比，每天就那么几节课，学习对于他们来说，只是每天生活中一个小片段，相对比较轻松。在同学们中流传着：六十分万岁，多一分浪费的说法。在他们的影响下，刘亮完全没有了向前的动力。

到了大学，在一个崭新的环境下，刘亮也学得爱美起来，从上到下，像换了一个人，布鞋换成了皮鞋，从家带来的衣服，被他完全扔掉了，他完全融入了时代大学生的行列，他也由一个乡下男孩变成了一个名副其实的城市男孩。

一天午后，刘亮正在屋里睡觉，同学王帅找到他，告诉他校门外有人找他，是个女的，大约五十来岁的模样，一看就是个农村人。听到这里，刘亮的心里一沉：他在这个城市没有亲戚。他对王帅说，怕不是找错人了吧？王帅说，走我陪你看看去。

来到大门前，看到进进出出的同学，刘亮的脸上感到火辣辣的。他看到在校门口东南角站着一位农村女人，农村女人穿着老式对襟衣服，打扮得非常土。

王帅对刘亮说，就是这位大娘。看着眼前的农村女人，刘亮嗫嚅了几句，满脸的透红，一句话也没说出来。老人看到刘亮，眼睛里流露出一丝的光亮。农村女人对刘亮说，我认错人了，你不是我要找的刘亮。农村女人说着就要走，在她走的瞬间，她忽然转过身对刘亮说，孩子，你看，我刚包的粽子，明天就过节了，你们留着吃吧，也不是什么好东西。说完，农村女人放下粽子就走了。

看着老人离去的背影，刘亮对王帅说，你吃吧，我不饿。

一个月后，刘亮收到了来自本市一家建筑工地的五百元汇款，汇款上写着母亲的名字。

接过汇款单，刘亮擦干眼泪向工地走去……

将来有一天

聪聪九岁的时候，他突然问妈妈：妈妈，我是怎么来的？看着满脸童真的儿子。妈妈笑着说，好儿子，你长大了就知道了。爸爸对聪聪说，你当然是妈妈生的了，你妈妈生你的时多痛苦，她吃不下饭，睡不着觉……将来你一定要孝敬爸爸妈妈，聪聪懂事地点了点头，高高兴兴地回到了小屋。

放寒假，爸爸妈妈领着聪聪回乡下的奶奶家，这是聪聪第一次回奶奶家。

到了乡下，见着奶奶，聪聪一脸的高兴，围着奶奶转个不停，让上了岁数的奶奶乐得合不拢嘴。

在乡下的这些天，聪聪对乡下的一切都充满了好奇，不停地问这问那，奶奶一边解答着，一边拿出精心晒制的红枣、地瓜干给聪聪吃。吃着吃着，聪聪突然问：奶奶，爸爸是怎么来的？聪聪的一句话，让奶奶大吃一惊。奶奶笑着对聪聪说，我们聪聪还小，你长大了就明白了，问这个干什么，快吃东西。对聪聪的提问，奶奶没有正面回答。耐不住聪聪不停地发问，奶奶最后说，你爸爸当然是奶奶生的啊！聪聪又问奶奶，你辛不辛苦？奶奶笑着说，不辛苦，你爸爸从小懂事，长大后又考上了大学，有出息了，奶奶幸福还来不及呢，怎么能辛苦呢？奶奶眼里流露出无比的幸福。

在奶奶家的这几天，聪聪过得格外高兴，每天偎依在奶奶的怀里，听奶奶讲故事，在奶奶的故事中睡去、醒来。爸爸妈妈说聪聪，聪聪不听，聪聪还是缠着奶奶讲，聪聪喜欢听奶奶讲故事。

回城里时，聪聪对奶奶说，你跟我们回城里住吧，这样我就能天天听你讲故事了。奶奶摸着聪聪的头说，乖孙子，奶奶岁数大了，哪里也不去，奶奶在这里习惯了，离不开这里。聪聪说奶奶，你一个人在这里多寂寞啊！也没人陪你说话。奶奶笑着说，我可以做梦和我的孙子说话啊，这些年，奶奶一直在用梦和你说话，奶奶每次做梦都能梦见我的乖孙子啊！

回到城里。聪聪对爸爸说，你怎么不接奶奶来城里住？爸爸看了一眼聪聪说，你奶奶不愿意来。聪聪说，不对，是你和妈妈不想让奶奶来，我看得出奶奶乐意来。任凭爸爸妈妈怎样解释，聪聪就是不相信。

一天，放学回来，聪聪一进门就对爸爸妈妈说，你们看我今天写的作文《将来有一天》。爸爸拿过聪聪的作文一看，聪聪在作文中写道：将来我也要做爸爸，我一定要把爸爸妈妈接到我的身边，因为我爱我的爸爸妈妈。

看着聪聪，爸爸妈妈流下了悔恨的泪水。

玛丽的心事

16 岁那年，玛丽上高中了。

刚上高中那阵，玛丽每天过得乐哈哈的，妈妈看在眼里，高兴在心里。不到半年，玛丽的脸上露出一丝无奈的表情。回到家总对妈妈说起学校的事，玛丽如数家珍般把学校同学的种种不是说给妈妈听，玛丽还绘声绘色地给妈妈讲学校的各种传闻以及同学之间的一些事情。玛丽说妈妈，你说我们班的这些同学，表面上看，他们都很团结，私下里，他们却互相说对方的不是，他们都找我说，你说我该怎么办呢！

妈妈看了一眼玛丽，说，孩子，你现在是高中生了，你的任务是学习，对同学们之间的事，你不要说三道四，因为你还年轻。玛丽不解地说，那又怎么样，我不说他们，他们也说我，我才不干呢！妈妈继续说，妈妈小的时候，也经历过这些事情，妈妈也和你一样，说着同学的不是，突然有一天，妈妈发现自己伤害了那么多人，但已经晚了。你有时看似不轻意间的一句话，可能会给你的同学造成终身的伤害。玛丽说，可是我听到他们说我，我心里控制不住啊！妈妈说，我们看任何问题的时候，不能只看到别人的缺点，不看别人的优点，哪怕是一点点，我们也不要放过，当我们想到别人坏处的时候，你可以多想想他的好处，你知道上帝为什么赐给我们嘴和耳朵吗？玛丽听了直摇头。妈妈说玛丽，上帝给我们一张嘴，除了吃饭，还有一种功能，就是化解矛盾。一样的话，从我们嘴里说出来，但起到的效果却不一样，有时你说出一句话的杀伤力可能超过一颗原子弹，它伤及得要远远超过生命的价值；我们的耳朵除了倾听声音之外，还有一种功能就是起到过滤作用，我们除了能听好的声音，还能听不好的声音，对于好的声音，我们能接受，对不好的声音我们也能接受，让一切听起来都是那么和谐，这样我们才会感受到人间的真情和欢乐！要记住，无论什么时候，你都不要忘记嘴和耳朵的功能，听着妈妈的话，玛丽笑了。

玛丽又恢复了自信，每天脸上洋溢着幸福的笑容，同学们都说她变了。

玛丽笑着说，我没有变啊！我还是玛丽啊！玛丽的笑声回荡在班级的角角落落……

十八岁的雨季

过完十八岁的生日，丁丁就要高中毕业了。

眼看着高考临近，在最近两次的模拟考试中，丁丁考得却不好。老师问丁丁家里是不是有什么事？丁丁摇了摇头。老师向丁丁的妈妈说明了情况，妈妈问丁丁是不是有什么事？丁丁说，没什么事，就是天气太热，可能压力过大吧，过一阵就好了。听着丁丁的话，妈妈也没在意。

丁丁的反常表现，引起了同桌小红的注意。小红和丁丁从高中一年级就是同桌。小红的学习成绩不是很好，丁丁的学习成绩好。这三年来，丁丁没少帮助小红。在丁丁的帮助下，小红的学习成绩有了很大的提高。

学习之余，丁丁和小红总会谈起一些未来的话题，考什么学校、有什么打算……给枯燥的学习生活带来了乐趣。小红在一边认真地听着丁丁未来的打算，一双会说话的大眼睛一闪一闪的，充满了期待和渴望，更增强了丁丁的自信心。

最近一段时间，也不知怎的，丁丁看到小红时，说起话来吞吞吐吐，面红耳赤。小红问丁丁问题，很简单的问题，丁丁解答起来也不是很顺手。

小红看在眼里，急在心里。再一个月就要高考了，凭丁丁现在的状态，很难考出一个理想成绩的。

丁丁和小红两家离得近，平时两人一起上学，一起放学。路上总能传来丁丁和小红欢快的笑声，自信的马尾辫飘扬着青春的气息。

这两天放学，丁丁总是提前离去，把小红远远地甩在了后边。只留下孤独的马尾辫随风摆动。

今天放学，丁丁离开的时候，往小红的书包里放了一个纸条，脸上涌起一层红晕，消失在小红的视线中。

第二天放学的时候，丁丁的书包里又多了一个纸条，丁丁脸上露出了笑容。

一个星期后，丁丁又奇迹般恢复了自信，脸上露出了笑脸，课堂上又传来他朗朗的读书声和自信的笑声，老师们乐了，丁丁的妈妈高兴了。

一个月后，经历了三天高考洗礼，丁丁迫不及待地向家中跑去，打开了心仪已久的书包，一行娟秀的字体映入他的眼帘：“只准高考后打开。”丁丁小心翼翼地打开纸条，只见上面写着：

丁丁：

当你看到这张纸条的时候，我能想象到你此时的心情，其实，那天你写给我的纸条我没有看。十八岁对于我们每个人来说，只有一次，我不想让我们的十八岁留下遗憾，因为我们还是一棵弱不禁风的树苗，经不起大风大浪。对于我们来说，有时青春的岁月就像是一场梦，让我们共同去迎接高考，迎接挑战，相信曙光在前，我们大学见。

小红

看完信，丁丁擦干泪水，他按捺不住内心的激动，向小红家跑去。

太阳是黑色的

晓晓九岁那年，妈妈去城里打工了。妈妈走的时候对晓晓说：“乖儿子，在家听爷爷的话，等妈妈在城里挣了钱，就接你来城里。”

晓晓哭着闹着要跟妈妈去。晓晓的哭声，没有挽留住妈妈，妈妈的背影消失在晓晓模糊的视线中。

妈妈说好的去了后，过年就回来接晓晓，二年过去了，妈妈还没有回来。

晓晓到了上学的年龄，爷爷送晓晓的上学的路上对晓晓说：“乖孙子，妈妈不在家，你要好好学习，将来等你考上大学，就能见到妈妈了。”

晓晓懂事地点点头，小眼睛里盈满了泪花。

想妈妈的时候，晓晓对爷爷说：“我要是一个超人就好了，那样就能天天见到妈妈了。”爷爷用手擦了擦眼睛，递给晓晓一块冰棍。晓晓吃完冰棍，又开始说起妈妈来。

爷爷除了照顾晓晓，每天还要忙于地里的农活，平时没有过多的时间照顾晓晓。晓晓是个懂事的孩子，每当晓晓放学，爷爷下地还没回来的时候，晓晓就蹲在大门口等爷爷回来。爷爷每次下地回来，总给晓晓带来一些瓜果。这时候，晓晓就不想妈妈了。

在村子里，和晓晓一般大的同同、珠珠、妞妞……也和晓晓一样，他们的爸爸妈妈也去了城里。

晓晓和他们在一起玩的时候，晓晓问同同：你想妈妈吗？“同同说：“想——”话还未说完，就呜呜哭起来。珠珠、妞妞……也跟着哭起来。

农闲时节，爷爷就会把晓晓的小伙伴叫到家里来，给他们讲故事。

晓晓他们听着，小脸上就乐了起来。这时候，他们是最快乐的时候。爷爷老了，故事就这么几个，爷爷反来复去地重复着那几个故事，晓晓他们听烦了，晓晓他们就又开始想妈妈了，爷爷的眼里流露出无奈的眼神。

晓晓问爷爷：“妈妈什么时候回来?”爷爷说：“等过年了，妈妈就回来了。”晓晓说爷爷骗人，都过了好几个年了，妈妈还是没回来。晓晓又问爷爷：“过年还要多长时间?”爷爷说晓晓：“等太阳落山了，年就快到了，妈妈就回来了。”晓晓眨着小眼睛一脸困惑地回了屋里。

一天，晓晓放学，拿着一个画画本对爷爷说：“爷爷你看看，我画得太阳多圆啊!”爷爷看了看晓晓的画说：“傻孩子，你怎么把太阳画成黑色的？太阳是红色的啊?”晓晓说：“不对，太阳是黑色的，如果太阳是黑色的，那样天就黑得快，年就要到了，妈妈就能回来了。”

看着晓晓，爷爷眼里流出了浑浊的泪水。

你不是差生

在妈妈的眼里，乐乐是个不听话的孩子；在老师的眼中，乐乐是个差生。

有时妈妈说乐乐，你看看你赵叔叔家的芳芳，和你一起上的学，又听话，学习又好，差距怎么就这么大呢！妈妈一边说乐乐，一边叹息起来。

在全班四十名同学中，乐乐的成绩始终是倒数第一名。用老师的话说，乐乐是无药可救了。面对老师和妈妈的叹息声，乐乐索性自暴自弃起来。特别是今年又新开了物理和化学课，这对乐乐来说，简直就像听天书一样，老师在上面讲课，乐乐在下面看小说。对乐乐的举动，老师也装作不知道。对乐乐不闻不问，乐乐在班级成了一个自由人。

乐乐平时很轻松，一到期末考试的时候，乐乐就感到格外有压力，看到这个同学，那个同学拿着好成绩向爸爸妈妈汇报；开家长会的时候，老师和颜悦色地与学习成绩好的同学和家长有说有笑，乐乐的妈妈坐在最后，一言不发，眼里盈满了泪水。

一天上课时，乐乐正沉浸在武打小说的情节中，他完全被小李飞刀神奇的武功所吸引，同桌李小菌几次碰到他，他都没感觉到。最后物理课刘老师来到他面前，他才知道老师在提问他问题。刘老师是新来的，看到刘老师，乐乐的脸瞬间变得透红，同学们传来了咯咯的笑声。刘老师走到乐乐面前，继续问乐乐问题，对刘老师提问的问题，乐乐回答得语无伦次，没想到却得了刘老师的表扬，这是乐乐第一次听到有人表扬自己。看着同学们投来的异样目光，乐乐的眼里写满了自信。

自从得到刘老师的表扬后，乐乐像变了一个人，每天按时上课，按时下课。刘老师每节课总会提问乐乐，乐乐还被刘老师选拔当了物理课代表。

三个月后，当乐乐拿着成绩单递给妈妈时，妈妈简直不敢相信自己的眼睛，乐乐的成绩竟从班组倒数第一名跃到班级前二十名。妈妈问乐乐，你是不是抄的别人的？乐乐一脸自信地说，这算什么，等下学期，我还要考全班第一。

看着乐乐，妈妈陷入了深深思索中。

在一年一度的家长会上，乐乐和妈妈成了同学们和老师关注的焦点。

当乐乐把刘老师介绍给妈妈时，妈妈说刘老师，感谢你这几个月来帮助了我们家乐乐，让他的成绩提高得这么快。没想到刘老师听了后说，你不用感谢我，应该感谢乐乐，他是一个好学生，当初我刚来学校那阵，就听说了乐乐的事，我第一次提问他问题时，尽管他没有回答好，看他的面部表情，我知道他是一个好孩子，他并不是一个差生。有时候，我们人为地把学生分为差生好生，其实每个学生都是一样的，他们身上都有发光的地方，只要他们有优点，哪怕是一点点，我们也不能抹杀它，应该去发现他，鼓励他……我相信，他们都会成为好孩子的。

听着刘老师的话，乐乐哭了，妈妈却笑了。

乐乐和刘老师紧紧抱在一起。

我把青春“赌”明天

打我记事时，我就是一个爱打赌的人，这也许和父亲的影响有关。

在我幼小的记忆中，父亲爱赌，而且赌的一发不可收拾。我们家条件不好，家里的生活来源就是靠种田来维持生活。一年到头，家里的钱全被父亲输光了，输钱的父亲，把全部的气愤洒泄在我和母亲身上。

一天，我对母亲说，我也要赌，而且一定要赢。母亲看了我一眼说，你看看咱这个家，还有什么赌的，还没等我说完，迎接我的是一记响亮的耳光。

上小学的时候，我和班上的同学打赌说，我一定要跳出农门，考上县重点中学。

我自小学习成绩不好，我的一番话，立即引来同学们的一阵嘲笑，他们说我，我看你上到小学毕业就不错了，还想考重点高中，笑话。

一年下来，我由班级倒数第十跻身到班级前十名，到中学毕业时，在老师眼中班级的尖子生，一个个都没有考上重点高中，而我这个并不被看好的学生，却以全校第一名的成绩，考上了县重点高中。同学们说我，行啊，没看出来，我笑着说，那是，说好的打赌，就一定要赢。

到了县重点高中，在这个人才济济的重点中学里，从进校门的第一天，我就和同学们打赌，我一定要考上北大。同学们说我，我们县重点高中，每年考上北大的学生不超过三名，你以为你是谁，你以为上了重点高中，就能考上北大。我们这里有的考了好几年，都没考上，我又招惹同学们一阵热讽。

三年的高中生活，我家里又发生了许多事情，父亲因不堪赌债的重负，上吊自杀了，受到打击的母亲，得了重病，一病不起。我失去了生活来源，连上学都成了问题。我一边利用放学捡破烂坚持学业，一边还要照顾多病的母亲，大学离我越来越遥远。

高中毕业，报考志愿的时候，我又一次大胆地赌了一把，只填写了一个志愿：北大。我没有别的选择，老师的劝说，同学们别样的眼神，没有打消我的顾虑，命运之神，再一次照顾了我，我又一次赢了。

大学我学的是理工专业，第一学期，我就和同学们打赌说，我要当一个作家。同学们说，我们学理工科的，哪有什么当作家的，你还是好自为之，务实点吧，学好你的理科吧，别有什么奢想。

四年的大学生活，我当作家的梦想，也在不知不觉中潜滋暗长。我夜以继日的读书写作，功夫不负有心人，随着一篇篇散发着墨香的文章见诸报端，三年后，我加入了省作协，并且出版了一部小说集，名字叫做《我把青春赌明天》。

看到我浸满着汗水的作家证，同学们投来羡慕的目光，因为在他们的眼里，我这个好赌的人，做起事情来总会给他们一个惊喜。我是一个说到就能做到的人，我的一切都能按照我的意志来实现。都说我是一个被上帝宠爱的幸运儿。

毕业后，我留在了城里，有了车，有了房子，有了温柔贤惠的妻子和可爱的儿子。在人们的眼里，我是一个成功者，我是一个靠打“赌”成功的典范。

一天，妻子说我，你“赌”了这么多年，现在该有的都有了，你还要“赌”什么？我说妻子，我还要“赌”，只要生命不息，我还要继续去“赌”。在一旁儿子听了，笑着说，爸爸，我也要“赌”。我说儿子，爸爸的“赌”，并不是说一说就完的事，它需要付出百倍的努力和辛苦，是一步一个脚印走出来的，做出来的。爸爸能有今天，“赌”字只是一个概念，行动是关键，你只看到爸爸成功的一面，爸爸的付出的辛苦你又知道多少？每一次的打赌，都是一次艰苦的努力过程，都是一次心灵的洗礼过程……你还“赌”吗？儿子一脸坚定地说，赌。我看到儿子眼里盈满了幸福的泪水。

我爸爸是农民

实验小学教学质量在青原市是一流的。能把孩子送到这里来读书，是众多家长的希望。

王洁很幸运，上小学一年级，她就被实验小学录取了。

开学的第一天，王洁起得特别早，早早的把书包收拾好。一路上，她蹦来蹦去，远远地把妈妈甩在身后，看到小家伙的着急样，妈妈忍不住笑了。

王洁被分到了一班，她的班主任刘老师，是个三十多岁的阿姨。第一堂课，刘老师首先向大家作了介绍。经过一天的交流，很快使班级45个生面孔变得熟悉起来。

临下课前，刘老师发给每名同学一张联系卡，要他们拿回去，仔细填，明天上课前交上来。

回到家里，王洁把联系卡交给了爸爸、妈妈。他们拿起一看，上面要求填的内容还真详细，有家长的姓名、职务、单位名称、联系号码，王洁对爸爸妈妈说，老师说了，要认真填。

第二天，同学们把填好的联系卡一一交给了刘老师。刘老师仔细地看着，生怕漏掉什么。

晚上放学回家，王洁对爸爸妈妈说，她被排在最后一排看不见，她前面的同学个子太高，妈妈说，你怎么不找老师说一下，让她给你调一下，王洁说，刘老师说，其他的同学大都是近视眼，看不清，她也没办法，等以后有机会再给调，听到女儿的话，王洁的爸爸妈妈也没在意。

一天，王洁放学，爸爸去接她，远远地看见王洁一个人从学校出来，显得很无精打采，爸爸问她是不是有什么事，王洁什么也没说。

第二天，王洁放学的时候，刘老师找到她说，今天老师给你换个座，坐在前面，看你在后面看不着，你想坐第几排？

王洁说：我坐在前面，他们眼睛近视看不着怎么办？

这不用你管，有老师呢，老师看你平时挺爱唱歌，你当咱们班文娱委员怎么样？

对老师的这一连串发问，王洁一脸的困惑。

过了两天，午休的时候，刘老师把王洁带到办公室说："那天你放学，接你的那个人是谁？

是我爸爸。

你爸爸？

对啊，我爸爸。

你爸爸不是农民吗？

对啊！

那台"奔驰"车是你家的？

是啊！我家有好几台呢！王洁一脸的自信。

刘老师听后，对王洁说：以后要跟老师讲实话。

王洁大声说：老师，我说的都是实话，我爸爸是农民。

看着刘老师离去的背影，王洁越发地不明白了。

收废品的女孩

喜迁新居前，妻子指着满屋的书对我说：“找个收废品的把它卖了吧？”看着摆满书架和书柜的书，我叹了一口气。我从小喜欢看书，小的时候家里穷，买不起书。参加工作后，我买了许多书，有时买来看一眼，就扔在一边，害得妻子总埋怨我瞎花钱。

这时，我听到楼下有收废品的敲锣声，赶忙来到楼下。只见一个十八九岁的姑娘，正拉着平板车吃力地往前走。我问她：“你是收废品的？”“是啊！”小女孩一副很自信的样子。我领她上了楼，她看着我卖的一摞摞书说：“都卖？”我点点头。她边说边开始整理起来，还不时翻看着。“收废品多长时间了？”我在旁边搭讪道，“一个多月。”她抬头朝我笑了笑，又开始整理起来。我以前也卖过书，还没见过像她这样的，挑来挑去，还把书分成好几摞，我有点心烦起来。

过了一会儿，她指着旁边的一摞书说：“就卖这些吧。”她指着另外一摞书说：“这些书很有收藏阅读价值，卖了可惜，还是留着吧。”

我看了看她留下的那些书，大都是一些文学名著和参考资料。说真的，这些书我根本没看，只是放在家中作摆设用。接着，她又说：“看你有这么多的书，真让人羡慕，你一定是个文化人。我也喜欢看书，只是家里没有钱，买不起。”

听着她的话，我说：“那，这些书就送给你吧。”她急忙说：“不用，你还是自己留着看吧。”

我和她的话开始多起来。我说道：“你这么年轻就收废品，真可惜。”她笑了笑说：“你以为我真是一个收废品的。我父亲收废品，他有病了，我替他收。”原来如此，可我还是疑惑道：“你这么一个年轻漂亮的女孩子在大街上走街串巷不害羞?”“有什么害羞的?！又不偷不抢，我是靠体力挣钱!”她有点激动起来。

“你还年轻，还要上学，将来没有知识是很难找到工作的。”“谁说我没上学?！我现在读大一。”我为之一震，眼前的她很难和一个大学生等同起来。“怎么?！不相信!”她好像有点生气了。我说：“我相信。”

拿着她留下的书，看着她远去瘦小的背影，我陷入了沉思……

老师我想对您说

尊敬的刘老师：

您好！

我是您的学生李二毛，作为您的学生，我一直有太多的话想对您说，一直找不到合适的机会，现在我马上就要随父母去外地上学了，想来想去，还是采取写信的方式，把我的心里话告诉您，不能当面向您告辞，请您原谅。

在您身边学习了四年，感谢您在学习上给予的帮助，老师您辛苦了。在您身边学习期间，上面规定严禁学校补课，您在家里开了补习班。补习的内容都是第二天上课的内容。您第二天讲课时，讲得很快，我们班的王小强因为没有去参加您的补习班，上课跟不上，屡屡受到您的白眼，最后全班同学都参加了您的补习班。

我们全学年十个班，被划分成重点班和普通班。学校把教学质量好的老师全部调到重点班，把教学质量不好的老师调到普通班。重点班和普通班采用不同的方式讲课，交一样的钱，却得不到一样的教育，分到普班的我，老师对我们的学习不闻不管，我们班级真成了一个无人管理的班级，学生逃课没人管，只要交上钱，就算完事。

每个月开家长会，有钱有能力家长受到您的爱戴；没钱没能力的家长受到您的冷落，家长会成了名副其实您与个别家长推销产品和拉关系的联谊会。

每年的教师节或其他节日，您都会向我们暗示，让我们给您准备好礼物，我们班刘强因为教师节没有给您送礼物，你借口他作业上交的不及时，被您罚站两小时。

每当我们犯了错误，您不是找我们心平气和的了解情况，而是大打出手，我们班张有才，就是因为家里父亲有病，请假请晚了，被您打得住了院，至今还躺在家中。

我眼睛近视在后面看不着，我找您多次，您没有给我调座，就是因为上次您过生日，我没去，所以……下一次，我一定补上。

在您家补课，二十多个孩子，您给我们每人发一些题，就算完事，我们还没弄明白，就到点了。一问您，您说，怎么那么笨呢！下一次再也没有人敢向您提问了。

您要我们买的学习教材，我已经有两套了，您还让我们买，我家里的教材都成了费纸，有的被我爸爸当抽烟纸了，真的很可惜。

您平时在课堂上提问题，有时间也提问一下学习成绩不好的我，一年了，您一次也没提问过我，我好想让您提问我。

上面明令禁止，在学校周围不准开网吧，您却把您亲戚家开网吧的年票卖给我们，说是为了学习需要。我本来不会上网，在您的带动下，我学会了上网，资料没查到，打游戏却上了瘾，我真的很害怕。

老师我想对您说……

此致

敬礼！

您的学生李二毛

望子成龙

成龙还小的时候，在别的小朋友还在父母怀里撒娇玩耍的时候，他已开始了学习书法、绘画、钢琴。八岁那年，成龙参加全国少儿绘画大赛，获得第二名的好成绩。

那时成龙一时成为街房邻居谈论的焦点，成为孩子们学习的榜样：你看人家老李家成龙，这么点岁数就那么有出息，将来一定错不了。每当听到这样的声音，成龙的父母内心总有一种说不出的快乐。幸福的表情溢于言表。

到了初中四年级，成龙的成绩一落千丈。眼看着一年一度的中考就要来临，父母为这事格外的着急。

为了尽快提高成龙的成绩，父母请来了家庭教师，对成龙进行一对一辅导补课。

成龙的父母都是普通的工人，没有什么文化，家庭收入也不高。但在成龙的学习和教育上，从未耽误过什么，学习之余，总给成龙举一些活生生的例子："谁家的孩子今年考上了什么名牌大学；谁家的孩子大学毕业后找到了一个好工作……"每到这时，父母总会对成龙说，只有好好学习才能有出息，考上大学才是唯一的出路……

为了给成龙创造一个宽松的学习环境，父母把他们住的大屋让给了成龙住。他们挤住一个小屋；为了能让成龙上一个更好的学校，父亲晚上又打了一份工。成龙晚上学习得很晚，母亲小屋一直亮着灯。每到深夜，母亲会给成龙冲一杯牛奶，煮二个鸡蛋，看到母亲送来的热乎乎的牛奶和鸡蛋，成龙的眼里含满了泪花。

在父母殷切的期待中，中考很快来临了。在两天的考试中，总感觉有两双眼睛在盯着自己。中考过后，成龙憔悴了许多。

一个月后，中考成绩很快下来了。成龙在这次考试中没能考上重点高中。这对成龙和他的父母来说，无疑是一个重大的打击。为这事成龙躺了一天，成龙的父母每天在屋里唉声叹气，家里一时被一种沉闷的气氛包围着。

第二天，母亲去叫成龙吃饭，叫了几声，没有答应。母亲推开门，看到成龙躺在床上睡着了。母亲顺手推了一下成龙，没有反应，用手一摸成龙的手，已经冰凉。成龙的手里还紧握着一瓶安眠药。母亲一下瘫倒在地上……

等母亲醒来时，她发现了成龙写的一封信：

亲爱的爸爸妈妈：

当你们看到这封信的时候，您的不孝儿子已经永远离开了你们。请原谅不孝儿子的不辞而别。

这次的考试，我没能考上理想中的学校，让你们失望了。说真的我心里更不是滋味，你们为我的学习，做出了那么多的努力，做出了那么大的牺牲。看到你们头上日惭增多的白发，我心里的痛苦又向谁去诉说呢?！本以为这次考的不理想，一定能得到你们的批评，这样我的心情也许会好受些，但你们没有批评我，更让我感到过意不去。

从小学到中学，我处处生活在压力之中。小的时候，看到别的小朋友还在父母怀里撒娇时，我已经开始了学习；中学的时候，看到别的同学参加有意义的活动时，为了实现心中的理想，我每天埋在书山题海中。我太累了，我要“休息……”

看着信，成龙的母亲早已两眼模糊，泣不成声。

六一是几号

一大早起来，王强把儿子亮亮叫醒，亮亮睁开了惺松的眼睛说，我还没睡醒呢！王强说亮亮，现在都六点了，再不起上学就晚了……

在路上，亮亮对王强说，爸爸，今天是几号？王强看了一眼亮亮说，今天是六月一日。亮亮嗯了一声，跟着王强向补习班走去。

亮亮今天有点心不在焉，练起书法来，总是出错，老师在旁边不时给他纠正着。其他的孩子也在不停地练习着，谁也不和谁说话，后面家长们在交流着孩子们的学习情况：这个说，这个月我们家小同的书法又进步了；那个说，这周我女儿的小提琴获了奖……从家长们的谈话中，看得出他们的脸上荡漾着幸福的微笑。

补习完书法，王强领亮亮去肯德基。以前，亮亮总让爸爸领他去吃肯德基，今天亮亮吃起肯德基来，没有了往日的高兴样。吃完肯德基，王强又领着亮亮去学习绘画，别看亮亮今年才九岁，他学绘画已经三年了。亮亮的绘画在市里获过一等奖。每想到此，王强的心里总有一种说不出的高兴。王强和妻子都是大学毕业，王强有时对妻子说，咱们俩都是大学毕业，将来咱们的亮亮也一定让他上大学，而且要超过咱们。正是有了这种想法，从亮亮小的时候起，王强就对他进行了全面培养，什么书法、绘画、音乐……只要是能学的，王强都想让亮亮学。王强的目标是把亮亮培养成一个全能人才。

这一天下来，亮亮学完，已是下午五点钟。在回来的路上，王强背着亮亮厚重的书包，亮亮跟在他的身后，一副无精打采的样子。王强问亮亮，今天学的怎么样？亮亮嗯了一声。王强又说，你想吃什么，爸爸领你去。亮亮说，我什么也不想吃，我想睡觉。王强和亮亮来到公园，看到公园的小朋友们有的在弹琴，有的在背诵英语单词，有的在画画……王强给亮亮打开了书包。

亮亮回到家时，已是晚上七点钟。妈妈早已做好了一桌子好吃的，全是亮亮平时最爱吃的东西。亮亮今天一点胃口也没有。亮亮问妈妈：今天怎么做那么多好吃的?！妈妈笑着对亮亮说，因为我们的亮亮听话啊！所以妈妈才给亮亮做好吃的啊。王强看了一眼亮亮说，乖儿子，先写作业，再吃饭……亮亮懂事地回到了他的小屋。

等妈妈喊亮亮吃饭时，发现亮亮趴在桌子上睡着了。

妈妈看到亮亮在桌子上写着一行字：六一是几号?

烙上中国印

邻居芳姨的儿子要出国了。这本来是件很高兴的事，这几天，芳姨却高兴不起来，脸上出现了一丝不易察觉的愁容。

芳姨家原先生活并不富裕。近几年，芳姨靠着开一家饭店挣了一些钱，眼看着生活就要进入快车道，芳姨的丈夫因为一次意外的事故去世了。只留下芳姨一个人支撑着这个家。

丈夫去世后，有人建议芳姨再找一个。面对介绍人的苦口婆心，芳姨一个也没有答应。有人说芳姨，你这是图个啥！找个男人也好有个说话的，再说，等将来孩子出去了，你多孤单！任凭人们怎么劝芳姨，她还是不为所动。

芳姨的儿子高中毕业后，没考上大学，看着一天天在家无所事事的儿子，芳姨看在眼里，愁在心里。芳姨本来是想让孩子重读一年高中，明年再考大学，儿子说啥也不干，也不知怎么了，这几天儿子回来，一直吵着要出国。儿子说芳姨，他们班有好几个同学高中毕业就出国了。芳姨说儿子，出国有什么好，现在国内多好啊，也不比国外差，再说你年龄这么小，妈也不放心。任凭芳姨怎么说，儿子还是一万个想出国，经不住儿子的苦苦哀求，芳姨最终同意了。

说起来芳姨和我的岁数差不了几岁，因为她和我父亲以前在一个单位上班，就习惯了这样的称呼。平时，芳姨总会对我说，你应该叫我姐，叫姨多老，尽管这样，我还是叫芳姨。

一天，芳姨来到我家对我说，你说大勇（芳姨儿子的小名）要出国了，我总感觉心里不踏实，他们这些90后，做起事情来总是让人琢磨不透，他要出国，我不想让他去，又怕他做出什么事情来，他父亲走了，我可不能再失去儿子了。说着，芳姨失声痛哭起来。我说芳姨，叫他出去一下也好，现在的年轻人，和我们这个年代的人考虑问题思维方式不一样了，他们有自己的想法，也许他们是对的，出去见识见识也好，学好后还可以回来吗，他永远都是你的儿子。在我的劝说下，芳姨脸上出现了一点笑容，微笑着离开了我的家。

芳姨儿子要走的这几天，她索性把饭店的事，让我来帮她管理，她在家一门心思地陪起儿子来。

这些天，芳姨的儿子早做好了出国前的各项准备，从穿戴到生活用品，买的样样俱全，而且全是外国货。芳姨看着这些东西对儿子说，你买的这些东西一样也不能带去，我早已经给你买好了。儿子一看芳姨给他买的东西全是国货，他有点不高兴了。他一脸生气地说芳姨，我去的是美国，你以为我去的是非洲，带这些东西去，多丢人！儿子一百个不愿意，芳姨却坚持不相让。芳姨说儿子，我给你带的这些东西，你必须全部带去，你如果不带去，你也别出国了。儿了一脸无奈地同意了。

我开车送芳姨和儿子去机场的路上，路过一家书店，芳姨让我停下车，进了书店。我说芳姨，你还要买什么？芳姨说，我去买本书。儿子用疑惑的目光看着芳姨，不大一会儿，芳姨出来了。我看见芳姨手里拿着一本新华字典。芳姨说儿子，把这个放好，到了国外，别光学外语，把汉语给忘了。

上飞机前，芳姨一再对儿子说，到了国外，每周给我写一封信。儿子说芳姨，现在什么年代了，还写信，打电话多好。芳姨说，我喜欢看信。儿子说芳姨，就你那点文凭，还看信。芳姨说，你不给我写信，我就不给你邮钱，儿子又屈服了。

在回来的路上，我说芳姨，你这是何苦呢，他们年轻人的事，你能管得了。芳姨说，我没有别的意思，就是让他知道，到了国外，他也是一名中国人，中国人的传统不能丢，他还小，我要让他时刻记住自己是一名中国人。我看到芳姨的眼里盈满了泪水。作为一个没有多少文化的女人，我为芳姨感到高兴。

把爱悄悄带给你

皮克小的时候，非常淘气，爱搞恶作剧。妈妈也没在意，长大后，皮克又增添了一个不良习气——说谎。妈妈说皮克：“孩子，你已经长大了，要学会诚实，好好学习，妈妈像你这么大的时候，什么也不用家里操心。”

每当说起这些，妈妈眼里总流露出失望的表情。皮克对妈妈的话，看起来听得很认真，一出家门，就忘得一干二净。

最近皮克和伙伴们开始了逃课。皮克每天早上从家里正点走，晚上正点回来，他自认为没引起妈妈的怀疑。皮克和小伙伴们每天游荡在大街小巷，妈妈每天给皮克五美元的零花钱，半天的功夫就没了踪影。

一天，皮克偷偷打开了妈妈放钱的箱子，从里面拿了一百美元。皮克拿钱那天，正赶上他的表姐和表弟来到他们家。表姐和表弟家非常穷，皮克打心里瞧不起他的表姐和表弟。在皮克的眼里，他们只不过是乡下的穷人。

一天，妈妈问皮克是不是从家里拿钱了？皮克一脸坚定地说：“没有。”皮克对妈妈说：“一定是表姐和表弟拿走了钱。”皮克的理由很充分，因为他们家以前从未丢过钱，自从表姐和表弟来过后，就丢了钱。

皮克认为妈妈一定会把这件事情继续查下去。妈妈听后再未提过丢钱的事，让皮克感到很高兴。因为皮克正计划着从家里拿更多的钱，和伙伴们挥霍。

妈妈还是每天一如既往地给皮克钱。妈妈丢了钱后，装钱的箱子还是不上锁。尝到甜头的皮克，又一次次从妈妈的钱箱里拿钱。二百美元、三百美元、六百美元……皮克发现他每次拿走钱所剩无几时，钱箱里又会增加许多钱，而且妈妈也不再问丢钱的事，皮克想不明白。

一天，妈妈对皮克说："我的孩子，上学还好吗?"皮克故作镇静地说："很……很好。"皮克不敢看妈妈的眼睛。妈妈又说："孩子，你的钱不够了，就去妈妈的钱箱去拿，祝你学习进步。"说完妈妈下地做饭去了。皮克想不明白，他每次拿钱的时候，妈妈箱子里的钱总是三千美元，他拿走后，第二天还是三千美元，皮克失眠了。

又一天，妈妈对皮克说："孩子，祝你学习进步。"这时皮克已经逃学一个月了。面对妈妈，皮克满含热泪哭着说："妈妈，我错了，我偷了你的钱，其实上次丢的钱，也是我拿的。这段时间我一直在逃课，妈妈难道没发现吗?"

听着皮克的话，妈妈一脸镇定地说："妈妈相信我的皮克是个好孩子，因为有上帝的眼睛在时刻看着我的皮克，妈妈什么也不害怕。""上帝的眼睛?"妈妈笑着说："难道不是吗，你所做的一切，上帝都会看见。""妈妈我错了……"皮克失声痛哭起来。

从此以后，皮克变得听话了，不再惹妈妈生气和逃课了，成了一个诚实听话的好孩子。

爱心纽扣

男人和女人相互约定：男人的衣服，每天由女人来穿；女人的衣服，每天由男人来穿。

刚开始，男人有点不适应，女人也有点不适应。男人说，还是小时候，母亲给我穿过衣服，都三十年了，现在又好像回到了从前。此时，男人一脸的幸福，女人一脸的温柔。

女人心细，每次给男人穿衣服，小到一个纽扣、鞋带，她也不放过，把男人从上到下理顺得整整齐齐。男人在女人的影响下，小到女人的一个拉链、蕾丝飞边也不忽视，精心为女人梳理着。

一天，男人说女人，你要是不在我身边，谁给我穿衣服啊！女人说，我不管以后，只求现在，只要我在你身边一天，我就给你穿一天。听着女人的话，男人眼里盈满了幸福的泪水。

男人和女人从小学、中学到高中，一直是同班同学，大学毕业后，又分在了一起，可以说是青梅竹马，两小无猜。在家人和同学的眼里，男人潇洒，女人漂亮，是天生的一对。

结婚后，男人和女人的小日子过得恩恩爱爱，成为周围同事称赞的对象。

男人和女人每天一起上班，一起下班。上班时候，男人骑着自行车，女人坐在身后，紧紧抱住男人，倾听着男人的心跳，感到好幸福。下了班，回到家，男人和女人一起下厨房，一起做饭，一起看电视……小屋内处处充满了温馨和谐，在邻居的眼里，男人和女人永远都是同步的。

三年后，男人由一名普通的科员升迁到科长，男人的工作忙了，他不能和女人一起上班下班了。男人和女人的约定却没有改变。

一天，男人要出差。男人说女人，这些年，竟让你给我穿衣服了，我一个人出去，真有点不会穿衣服了。女人看了一眼男人说，我跟你去，我正想去你出差的城市看看。女人是说着玩的，女人有自己的工作，她在欺骗男人。

男人走的那个晚上，女人躺在男人身上，眼泪浸湿了男人的胸膛。男人说女人，我不过是出差，又不是不回来了，你不用伤心，我办完事就回来，女人的哭声穿透了漆黑的夜。

男人出差的这几天，女人每天按时发来短信，除了问寒问暖，更多的是嘱咐男人穿衣服。有几次，男人把衣服穿得不像样。一同出差的同事说男人，你在单位衣服穿得这么整齐，怎么到了外面，也不注意仪表了。男人红着脸说，不瞒你说，以前在家都是老婆给穿衣服，现在自己穿，有点不习惯了。男人的一句话，让同事大笑起来。男人却一脸的幸福。

出差回来，一见到女人，男人就说，别提了，离开了你，还真不习惯，男人就把他穿衣服时出的笑话说给女人听，逗得女人咯咯直笑。

晚上女人给男人整理衣物时，女人粉白的脸上涌起了一层阴云，脸上的笑容在慚慚退去，女人掩面走出屋子。

第二天，天还没亮，男人家被一阵急促的敲门声惊醒，男人打开门一看，是出差的同事。同事一脸着急地说，我回到家，妻子发现我的衣服错了，这不为这事和我吵了一宿，快看看，你的衬衣是不是穿错了。男人说没有啊。女人拿起一件衣服对男人的同事说，是不是这件？男人的同事说，对啊，是这件，终于找到了，要不然到老婆那里交不了差啊。男人的同事接过衣服飞快地离去。

男人问女人，我的衣服错了，你没发现？女人说，发现了又怎样？男人这才想起，女人昨天的异常表情。男人说，昨天你哭了，女人说没有啊，我是风沙眼。男人说，你别骗我了。女人说，真的。顺着女人的指向，男人看到，他衬衣上的纽扣全被女人换成了心形的纽扣。男人说，谢谢你，每天把它穿在身上，就如你在我身边，我感到好温暖，好幸福。男人紧紧抱住女人……

男人没告诉女人，他出差的时候，耐不住服务小姐打来的骚扰电话，当小姐进来，他脱下外套的时候，看到衬衣上的扣子，他眼睛一热，把小姐赶出了屋；女人也没告诉男人，昨天她在男人新衬衣上面，发现了女人口红印迹，她偷偷把它洗掉了，她不想惊动男人，因为她相信男人。

看着离去的男人的同事，想到了男人同事的女人，女人的眼泪又一次落下。

爱之椅

男人和女人租住在一处不足20平米的平房内。一台电视，再加上一把椅子，这就是男人和女人的全部家当。

男人在一家公司当办事员，女人在一家超市当收银员。

每天男人和女人一起上班，一起下班。吃完饭，男人和女人共同坐在爱之椅上看电视，说话，听男人讲未来，讲人生。男人对女人说，等将来条件好了，我一定让你过上好日了，让你住大房子、用名牌化妆品、有车开……男人一边说，一脸的自信。仿佛这些事情明天就会实现，尽管这只是一个愿望，女人听了，心里还是热乎乎的。

二年后，男人由公司的一名职员升为经理。男人有钱了，男人以前所说的一切，很快就实现了。男人和女人住进了大房子，男人给女人买高档化妆品，买高档时装，买女人需要的一切……男人对女人说，我要让你做这个城市里最幸福的女人。女人一脸的幸福。

结婚三周年，男人对女人说，咱们再买点新家具吧。特别是这把椅子，还是结婚时买的，都这么多年了，也该换换了。男人和女人搬家时，在女人的要求下，唯一留下了这把椅子。当时男人要扔掉，女人硬是没同意。女人说，这可是咱们的爱之椅，男人最终答应了女人的要求。

男人当了经理后，工作忙了，不能每天陪女人一起上班，一起下班了。有时男人回来的很晚，只留下女人独自守在空房内看电视，女人不停地变换着频道，女人感到好孤单。

一天，女人对男人说，你明天陪我一起上班，一起下班好吗？男人看了一眼女人说，我哪有时间，每天工作那么忙！看着一脸严肃的男人，女人没再说话。女人眼里看着电视，脑子里却是一片的空白，女人的思绪又回到了从前。

男人由每天回来晚，最后发展到晚上不回来。男人回到家里，就是睡觉。有好几次，女人想叫醒男人，听着男人的鼾声，女人又忍住了。这些年，为了这个家，男人也不容易。

直到有一天，男人领着另一个女人回家。男人对女人说，咱们离婚吧。听着男人的话，女人表现得很平静。甚至连一句多余的话也没有。男人说，家里的一切都归你，另外再给你二十万元钱。女人没有吱声。男人说，给你三十万，女人还是没有吱声。

这些年来，家里的钱一直由男人把着，女人把开的工资都原封不动地给了男人。为这事，女人的母亲没少说女人，这全天下的女人哪个不把钱，唯独你不把钱。对母亲的话，女人没有反驳，女人还是不把钱。看着眼前平静的女人，男人不明白了。

经过长时间的沉默，女人对男人说，这些钱都是你挣来的，理应归你，我只要这把椅子。看着女人一副认真的样子，男人一脸的困惑。

女人最后说，你能陪我再坐一次这把椅子吗？男人说，行。说着男人就坐在这把好久没坐过的爱之椅上。男人发福了，男人坐下后，发现自己已占了一大半，女人好容易才挤下。看着眼前的女人，男人想说什么，什么也没说出，眼泪却止不住地流下。

男人和女人又和好如初。

男人和女人又一起上班，一起下班了。吃完饭，男人和女人依然坐在这把爱之椅上看电视，说话，有时女人就坐在男人的大腿上。又回到了从前。

男人说，感谢上天，让我娶了你这么一个贤惠漂亮的女人。女人说，不对，应该感谢这把爱之椅。

女人笑了，男人哭了。

拔　河

男人和女人处对象的时候，在女人眼里，男人至高无尚，无可挑剔，是她今生的依靠；在男人眼里，女人小鸟依人，温柔可爱，是他唯一的选择。

男人和女人结婚才五年，过了所谓的爱情保鲜期，彼此间对自己的婚姻有了一种说不出的感觉。以前说不完的甜言蜜语，现在变成了无声的叹息埋怨。

吃完饭，女人开始没完没了地织毛衣；男人则无休止地上网聊天。

曾经的山盟海誓，随着时间的推移，现在变成了镜中花，水中月。

结婚前，女人的朋友说女人，最好永远处对象，不结婚，否则结了婚，你就会后悔。当时女人一脸不服地说朋友，世界上哪有这样的婚姻。女人相信，结婚对她来说是一种更好的选择。

结婚后，男人对女人关爱有加，女人沉浸在爱情的蜜河里。对于别人所说的结婚是爱情的坟墓，女人一点也没感觉到，女人感受到的是爱情的温暖幸福。

这一段时间，女人在细细品味着钱仲书先生《围城》一句经典话语："城里的想出去，城外的人想进来。"女人寻思着，难道婚姻真如这句话说的那样吗？男人和女人结婚以来，没有大吵大闹过，只是偶尔吵过几次嘴，这样的生活对每个家庭来说可能都上演过，居家过日子的，哪有不发生争吵的。有道是家家有本难唱的经，表面上看起来都风平浪静，谁能保证他们背后没发生过争吵。女人看过的一本书上说，适度的争吵能加深夫妻间的感情，就如家里每天用的油盐酱醋一样，爱情有时也需要添加剂，这样爱情才能更长久。

上学的时候，女人最喜欢拔河运动。

一天，女人买来一根用五颜六色彩线编织的一条绳子。女人喜欢这种多彩的绳子，女人认为它象征着多彩的生活。女人对男人说，我们拔河啊！男人惊讶了一声，瞬间又恢复了平静。男人笑着说女人，我还没见过两个人的拔河比赛。女人说，这是我发明的专利，说不定将来还能进入世界吉尼斯呢！女人眼里蓄满了温柔。

在女人的央求下，男人和女人开始了两个人的拔河比赛。男人的力气大，女人的力气小，但男人始终没有把女人拉过来。多彩的绳子在男人和女人的面前绷得紧紧的。拉来拉去，谁也不相让，相互僵持着，最终男人和女人达成了平手。

女人说男人，你在故意让着我。男人说，没有啊，男人一脸的认真。女人似有所悟地说，我有时在想，这爱情啊有时就像这拔河，需要双方共同来努力维系，只要彼此不放弃，坚持到底，爱情的天平就不会失衡……女人眼里不轻意间滑落了一丝泪痕。

男人紧紧抱住了女人，一股幸福的暖流注入体内，泪如泉涌。

等到春暖花开时

她和他是大学同学，毕业后，他们双双留在了让人羡慕的沿海城市。

按说他们有温馨的小屋、有甜蜜的生活，月收入达到了小康生活，成为许多人羡慕的对象。

结婚两年后，他却对她说，他要出国。听了他的话，她心里猛吃了一惊。她说，出国有什么好，咱们现在不是挺好的吗！他说，你看看咱们同学，出国了那么多，回来后都成了海归，创办了自己的公司，我也不比他们差，我心不甘……看着他一脸的坚定样，最后，她同意了他的要求。

他走的日子，说来就来了。上飞机前，他对她说，我这一走，就是四年，你有什么事可以找李强。李强是他的好同学，也是她的同学。

他走后，打来的电话越来越少，他对她说，他现在很忙，每天除了学习，还要打一份工。她说他，别那么辛苦，不行就回来吧。他却笑着说，困难是暂时的，一切都会好起来的。

他走的时候，家里还有一些钱，她想给他邮去，他不让。他说，她一个女人自己过日子也不容易。

自从他走后，她每月的工资除了吃饭，很少用到其它方面，她几乎没买过新衣服。同事们说她，你这么年轻漂亮，趁现在还不打扮打扮，等将来岁数大了，想打扮就来不及了。尽管这样，她还是不买新衣服，她是一个穿着很随意的女人，她不喜欢化妆，不讲究穿戴，但这些丝毫挡不住她的天生丽质。

冬去春来，一晃四年过去了，他还是没有回来，他又选择了再呆二年。听着他坚定的口气，她什么也没说，放下了电话。

他走后，李强多次来找她，对她问寒问暖。特别是在他决定晚二年回来后，李强给她打电话的次数明显多了，她一次也没接受邀请。

一天，耐不住李强的再三邀请，她和李强来到“浪漫情人”酒吧，听着优美的萨克斯曲，在柔色的灯光下，李强向她投来多情的目光，他的手开始在她身上游动起来，一向胆小的她，不知哪来的勇气，她伸手打了李强一巴掌，空气在瞬间似乎凝固了，音乐也仿佛停止了，她头也不回地跑出酒吧，回到家里，躺在床上，嚎啕大哭起来。

六年后，他回来了。他看上去很苍老，看到他，她的眼泪再也止不住地流下。

他一脸微笑说，别哭了，你看我不是回来了吗，这些年我不在家，让你受苦了，你没想过我会离开你吗？她看了他一眼，嗔怪道，没有，我相信你会回来的。他说，你就那么自信？她说，当然，因为你是我的，谁也抢不去。

来到久违的卧室，看到卧室里的两台石英钟，他的眼睛又一次湿润。他看到石英钟一台是北京时间；一台是美国时间。她一脸幸福地说，这些年你不在家，咱们家电费可费了，我每天都是开着灯睡觉，我好怕啊！说着说着，她又哭起来。

她说，你在国外没想过我会背叛你吗？特别是李强，他总来找我，还对我……她没说出来。他一脸自信地说，没想过，卧室里的两台石英钟就能说明一切，他的脸突然红起来。

她哪里知道，李强是他安在她身边的一个棋子，他让李强照顾她，其实是想成全李强。

在出国前，他向李强说明了这些，他想，凭李强的手段，他一定会成功，这样，他就可以呆在国外不回来了。

四年过去了，李强依然没有成功。李强对他说，再给他二年的时间，他一定会成功，二年又过去了，他还是没有成功，李强彻底死心了。李强给他打电话说，他要是再不回来，他就不是男人，因为像她这样的女人，你不爱她会后悔一辈子的，李强被她对他的感情感动了。

这些对她来说，可能永远是个谜。

她偎依在他宽阔的胸膛上，听着他的心跳，此时窗外正是春暖花开时。

等你一分钟

女人对男人说，你和我约会，不能迟到，我只等你一分钟。男人笑着说，我一定做到。

男人和女人约会以来，男人从来没迟到过，女人却总迟到。

男人在一家工厂上班，他工作很卖力，别人不愿干的活，他都干了下来，因为男人需要钱。和女人处对象以来，男人总感到他的这点工资不够花。女人爱玩，玩一次，就好百多块，有几次，男人想说女人别玩了，当看到女人一脸的快乐样，男人到了嘴边的话就消失得无影无踪。

周围的人说男人，他和女人不是一个道上的人，像他这样没有房子，没有钱，根本满足不了女人的需求，他们还对男人说起了女人的往事。男人说，我相信我女朋友不是那样的人，我就信一条：女人以前干什么我不管，只要和我处对象不干就行。说这话的时候，男人一脸的自信。

男人和女人的爱情路程像马拉松那样漫长，一晃四年过去了，他们的爱情还没到达终点。

男人的同事说男人，你都三十多岁的人了，女人还年轻，你靠不起，到时吃亏的是你。不管同事们怎么说，男人还是坚持和女人处对象。

女人的同事也说女人，凭你的长相和工作，找什么样的男人找不着，非找他这样的，没有钱，没有好工作，他这辈子就是不吃不喝，在这座城市也买不到一座楼，你图个啥呢？你可不要在一棵对上吊死，真替你担心。

对于同事的一次次劝解，女人也不止一次想过，男人除了没钱，她还找不出不喜欢男人的理由。她和男人处对象以来，真的感觉很快乐，只是一上升到结婚的高度，她就犹豫了。

这一段时间，女人被这件事闹得睡不好、吃不香。是选择还是放弃，女人想，她真的该下决定了。

女人想和男人分手，想了很多理由，但一个个都被她推翻了。女人眼睛突然一亮：只要男人迟到了，她就有理由了，可是男人从来没迟到过，想到这里，女人又失望了。

再一次和男人约会，女人提前到达了约会地点。女人不停地看着表，她今天只不过提前了十分钟，感觉时间是那样的漫长，那样的难耐。眼看着到了约会时间，男人的身影还没有出现，女人笑了。女人刚想拿起电话打给男人，她的手机响了，是男人的同事打来的。男人的同事对女人说，男人在去和她约会的道上，被车撞了，现在正在医院里。女人挂断了电话，直奔医院而去。

女人看到男人时，男人躺在床上一脸歉意地对女人说，对不起，今天我迟到了，我本来可以提前到的，男人指了指手表。看到手表，女人的眼泪却止不住地流下。上一次和男人约会时，她故意把男人的手表调慢了，想让他迟到，可现在……男人依旧笑着对女人说，每次和你约会，我都会提前一个小时，这一次，我真的不想失约。

男人的同事说女人，男人是为了护住给她买的一束玫瑰花，才被车撞的。

看着旁边被男人鲜血浸红的玫瑰花，女人的双眼又一次模糊。

男人说女人，有一件事，我一直瞒着你，你的手表被我调慢了半个小时，你们女人家事多，再说现在城市里塞车严重，怕你着急，所以……女人这才想起，为什么每一次约会，男人都让她戴他买的那块手表，男人无时无刻不在为自己着想，而自己……

女人擦干眼泪，走出病房，她打开电话，推掉了和另一个男人的约会。

女人说男人，你真傻，一束玫瑰花值得你冒这么大的险吗？你要是出事了，我怎么办？女人说着说着，又哭了起来。男人说，今天是咱们认识十周年纪念日。

女人说，时间过得真快啊，一晃十年过去了，人生还能有几个十年，这十年，你多等了我多少时间，我不想让你再等了，等你出院了，咱们就结婚，一刻也不等。

男人女人

男人说：做女人真好。

女人说：做男人真好。

男人说：做男人有什么好？

女人说：做女人有什么好？

男人说：做女人，没有压力，不像男人，一出生，就面临着传宗接代，光宗耀祖的重任。

女人说：这不叫压力，这分明是你们男人的使命。

男人说：这还不叫压力？就业的、生活的、家庭的、社会的……这个社会赋予男人太多的角色，哪一个扮演不好，男人就不是一个成功的好男人。

女人说：难道我们女人没有压力吗？俗话说，我们女人有嫁鸡随鸡，嫁狗随狗之说，你看看都把我们女人当成了一件商品，做女人多悲哀，我们稍有不慎，就会失去一辈子的幸福。

男人说：做男人难啊。我们男人来到世上，没有工作不行，收入不高不行，否则不会有哪个女人会看上我们。更何况现在男女比例失调，男人多，女人少，我们还面临着找对象的难事，如果是一个成功优秀的男人还好说，否则，我们这辈子就要面临打光棍的煎熬！

女人说：做女人苦啊，我们女人一出生，就注定要比你们男人多一分磨难，生儿育女，相夫教子，家里的锅碗瓢盆，洗洗涮涮，缝缝补补……哪一样能离得开我们女人？

男人说：这是你们女人应尽的义务，现如今的女人再也不是过去的女人了。你们女人地位提高了，虽说户口簿上写着男人是户主，实际上现在是女人说了算。男人在外面挣钱，回到家里得交给女人；男人在外面挣不来钱，回到家里就要受你们女人的白眼，闹不好影响夫妻二人的感情，严重者会离婚。

女人说：你看到的只是表面现象，并不是每个家庭都这样，每个女人都靠男人来养活，相反你们男人还要靠我们女人来养活。再说，我们女人花钱也少，不像你们男人，抽烟、喝酒、打麻将……处处花钱。没有我们女人管着，这个家还怎么过？

男人说：这话不尽对，并不是我们每个男人都会抽烟、喝酒、打麻将……你们女人也会。你们女人花钱可比我们男人大多了，你看一看电视就知道：高档化妆品、减肥产品、丰乳产品……广告比比皆是，全是你们女人的，为我们男人做广告的有几个？有的也就是滋阳壮肾的广告，你看看全天下的男人都累成了什么样。我们男人累了还不能说累，受了委屈，还不能明目张胆的哭，男人有泪不轻弹，只能埋在心里；不像你们女人，有了伤心事，可以毫无顾忌的哭、随意的撒娇，这是上天给你们女人的专利。你再看看男人的男字，由“田”加“力”组成，这辈子注定男人要有压力啊，做男人累啊！

女人说：我们女人的压力丝毫不亚于你们男人。现如今，有些事情，你们男人可以做，而我们女人不可以做；男人做了天经地义，女人做了却违背伦理道德。你们男人有钱了，可以包二奶、泡小姐……害得我们整天提心吊胆，我们女人只所以使用高档化妆品，还不是因为你们男人，如果我们不把自己打扮得年轻点漂亮点，早就被你们抛弃了。男人四十一枝花，女人三十豆腐渣，一过了三十岁，我们女人红颜早逝，你说做女人多可怜啊！你看嫁人的嫁字，由“女”和“家”组成，我们女人这一辈子注定要呆在家里，做女人烦啊！

男人说：不管怎么说，还是做女人好。

女人说：不管怎么说，还是做男人好。

男人说：我想做一个女人。

女人说：我想做一个男人。

于是，男人做了女人；女人做了男人。

一年后，男人和女人又见面了。

男人说女人：做男人感觉怎么样?

女人没有吱声。

女人说男人：做女人感觉怎么样?

男人没有言语。

男人说：这辈子我注定是男人，所以我不能做女人。

女人说：这辈子我注定是女人，所以我不能做男人。

高跟鞋

她有太多让人羡慕的光环：毕业于名牌大学，高挑的身材，过人的娇貌，国家公务员……有人说她，作为一个女人，老天爷对她偏爱太多，在她身上找不到任何一点的瑕疵，她简直就是一个完美的女人。

她一年四季喜欢穿高跟鞋。

走在大街上，她那有节奏的“噔噔”声总能吸引住众多行人的目光，她无论走到哪里，都是一道亮丽的风景线。那时，她满脸洋溢着幸福自信的笑容。她有时想，如果不成为一名国家公务员，凭她的天生丽质，她一定能成为一名超级名模。

她到了谈婚论嫁的年龄。给她介绍的对象不凡公子哥、大款、有学问、有地位的人……她看了一个又一个，最后，她只能用遗憾做回答。

同事们都以为她的条件高，事实上她并不是一个势利的女人，她把金钱和地位看得并不重，她相信缘分。她坚信，老天这么照顾自己，一定会再给她创造一个奇迹。

毕业十周年的同学聚会，她成了同学们吹捧和羡慕的对象。她三十五岁，已荣升正处级，成为一实权部门的一把手。

同桌送她回家的路上，在酒桌上快快乐乐的她，突然趴在同桌身上哭起来。她对同桌说，看着你们一对对多幸福啊！我真羡慕你们。我也是女人啊！现在，我该拥有的都拥有了，我却感到很空虚。同桌说她，不要把目标定的太高，我们女人这一辈子还不就是为了有一个温暖幸福的家吗，奢求太高，失望就会越大，不要再给自己压力了。

四十岁那年，她走进了结婚的殿堂，男人比她大十岁，相貌平平，是一名普通的工人，她看上去却很幸福。

结婚后，她精心操持着家务，维系着感情，小日子过得恩爱幸福。

再一次的同学聚会，她带来了她的丈夫，她看上去很高兴、很自信。同桌问她，我是第一次看到你没穿高跟鞋。她笑着说，是啊，以前穿得太多了，想感受一下穿平跟鞋的感觉。人吗！不能老停留在一个高度看问题，有时需要换个角度，就如这高跟鞋，穿着好看，脚在里面不舒服；这平跟鞋看起来没有曲线美，却穿起来舒服，合适的才是最重要的。

她偎依在丈夫身旁，眼里盈满了幸福的泪花。

花为媒

她从小喜欢养花。长大后，更加喜欢了，而且达到了痴的程度。

母亲说她：看看你，二十好几的大姑娘了，业余时间除了养花，就是看书，不像别的女孩子，喜欢逛街买衣服。面对母亲的指责，她还是一如既往地爱着她的花。

她养花不分种类，只要是花，她都喜欢。她养花喜欢从小养起，每当她把一盆盆花养得根肥叶茂的时候，她就送给喜欢他的人。她又开始把一棵棵幼苗拿回家，开始了选盆、载种、松土、施肥……在她的精心培育下，一棵棵幼苗又焕发了生机。

多么难养的花，在她手里，都能茁壮成长。每当谈论起这些，母亲一脸的高兴，在高兴的同时，她看得出母亲的眼里总有一丝不易察觉的惆怅在里面。

她工作好，家庭条件好，人也长得好，用母亲的话说，什么都好，就是不动婚。母亲过年时让她抱了好几次荤油坛子，她还是不动婚。面对母亲的唠唠叨叨，她只说缘分未到。

有道是男大当娶，女大当嫁。一晃二十八岁了，她还待字闺中。虽说现在城里人时兴晚婚，在母亲眼里，她已经是个老姑娘了。

每天茶余饭后，母亲更多的话题是她的婚姻大事。母亲的说归说，她的心里只有她的花。

母亲想领她去医院看一看，被她拒绝了。她笑着说母亲，我好好的，没病没灾的，去什么医院，你不用为我的婚事操心，我会嫁出去的……听着她咯咯的笑声，母亲一脸的困惑。

时间在不知不觉中过去，不知觉她到了三十岁。

三十岁对一个没结婚的女孩子来说，是个危险的年龄。母亲更着急了。四处托人给她介绍对象，无奈一个个又成了泡影，她成了母亲的一块心病，犹如泰山压顶，压得母亲喘不过气来。

她每天上班、下班、看书、养花……看不出有任何愁的模样，快快乐乐。

在同事们眼里，她这么一个优秀的女孩，怎么就不找对象？……面对同事们投过来的疑惑目光，她用甜蜜的酒窝投去友好的微笑。

半年后，她做出了一个让母亲很吃惊的决定：她要和一个来城务工的农民工结婚了。

母亲坚决不同意这桩婚事。因为她以前从未听说过她处过对象，而且是和一个农民工处对象，这是一个她无法按受的事实。凭她的条件，她完全应该有一个更好的归宿。她太优秀了，这决不是她等来的结果。

这一次，母亲怀疑她是不是真的有病了。

一年后，她和那个农民工结婚了。

结婚后，她又做出了一个惊人的举措：她辞掉了让母亲引以为豪让众多人羡慕的工作，和丈夫办起了一个养花厂。

婚后，她每天伺弄着她的花，和她的农民工丈夫过得很幸福。

几年下来，她办得养花厂在小城很有名气。她种的花被销往全国各地。她也由一个花痴变成一个名副其实的花“王”。

有人问她，是什么原因，让她和他走到了一起？她一脸幸福地，说，是花。我找对象的标准是男人必须爱花。都说爱花的男人花心，靠不住，我不那么认为，我认为，一个爱花的男人，尤其是喜欢从小养花的男人，他应该有爱心，只有有爱心，才能让花苗壮成长。说着，她拿出一棵幼苗，说，你看她十分的幼小，只要你给她爱心，她就会长成一朵漂亮的花。花和人一样，都是需要爱心的……

今天的她看起来很健谈，她的言语像她养的花一样，给人一种耳目一新的感觉，虽然没有太多的粉饰，听起来是那样的温馨浪漫。

她笑了，脸上像一朵盛开的花。

开机关机

小玉最近发现丈夫阿强的手机到家就关机。

特别是阿强当了科长后，每天回家的次数少了，以前和她有说不完的甜言蜜语，现在话也懒得说。最近，小玉又发现，以前阿强手机是二十四小时开机，现在到了家里就关机。想想这些，小玉心里似翻倒的五味瓶。有好几次她想打开阿强的手机看个究竟，当把手机拿到手，付诸行动时，勇气又消失得无影无踪。她又害怕看到那些短信内容。

小玉找到同学说起了此事。同学听后一脸认真地说，老同学，你可真遇到了麻烦，你家阿强一定是有外遇了。你想想，阿强三十二岁就当上了科长，长得英俊潇洒，哪个女的见了不喜欢。这男人学坏，三十开外。我们家那口子，和你家阿强一样，三十五岁那年当了一个什么狗屁主任，先是回家次数少，发展到后来手机回家关机，再就是不回家，我还一直被蒙在鼓里，你看看我现在多可怜……看着一脸哭哭涕涕的同学，小玉犹如掉进了冰窖一样，感到好冷好冷。

在回家的路上，小玉做着激烈的思想斗争，今天到家一定当面向阿强问清楚，决不能让同学的悲剧在自己身上重演。

今天阿强回来的特别早，小玉到家时，阿强做好了一桌子的菜。看到小玉，阿强投来关注的目光，阿强一脸关心地问着她。小玉一脸生气地说，死不了。小玉的回答让阿强吃了一惊，连小玉也不知道，她怎么会说出这样的话。阿强说小玉，你先回屋歇一会，儿子来了就开饭。阿强还想说什么，小玉转身回到卧室。关上门，小玉暗想，看来这一切都是真的，阿强以前从来没这样过啊，他一定在外面做了错事，他这是心虚啊，想通过这些来补偿，小玉的眼泪不自觉地掉下。

儿子回来时，阿强找小玉吃饭，小玉不情愿地走出屋，一看到儿子，小玉本来想说的话，话到嘴边，又咽了回去。阿强笑着说小玉，你知道今天是什么日子吗？小玉说，不知道。阿强又说，你再想想，小玉还是没想起来。阿强说，今天是咱们结婚十周年纪念日，你记不记得，十年前，咱们刚认识的时候……小玉的思绪又回到了十年前，那时，他们是单位公认的才男俊女，再想想现在，小玉眼里盈满了委屈的泪水。阿强拿出手帕递给小玉，说，都是我不好，这一阵工作忙，又赶上了铁路提速大会战，忽略了你，今后一定改正……阿强拿起手机，一看到手机，小玉的心情格外的沉重。只听阿强说，怎么回事，手机怎么关机了？这里面有我写给你的短信。旁边的儿子说阿强，老爸，是我把你的手机设定了定时关机。你每天到家后，手机总响，除了工作还是工作，我想让你和妈妈陪着我，那儿也不许去……

阿强打开手机，一阵悦耳的声音传来，阿强刚想念短信，就被小玉拦住了。

屋子里传出欢快的笑声。

妈妈的味道

最近，小林和妻子的摩擦不断，小吵天天有，大吵三六九。原先在他眼里温柔漂亮的妻子，现在怎么看怎么不顺眼，不像结婚前，一天见不着她，像丢了魂一样。这正应了那句老古话：家花没有野花香。

小林和同事小付谈起了这方面的事，小付对这件事也有同感。小付不无伤感地说，我也搞不透，你说没结婚时，瞅着妻子哪都好，现在怎么找不着感觉了呢！小林说，这可能就是人们常说的爱情疲劳症吧。也许过了这个磨合期就好了。

回到家里，小林接到单位同事香秀打来的电话，香秀和小林在一个科室工作。平时小林在单位里爱写点东西，不时有文章在报刊上发表，小林成了香秀崇拜的对象。香秀也爱好写作，没事的时候，香秀总找小林请教写作上的问题，久而久之，香秀对小林产生了好感。

小林凭着自己是省作家协会会员这个金字招牌，平时高傲得很，但唯独对香秀例外。对于香秀，小林每次都表现得十分热情。香秀一句一个林哥地叫着，叫得小林心里美滋滋的。看着香秀甜蜜的微笑，小林想，香秀要是自己的妻子该多好，他和香秀才是才子配佳人，天设地造的一对。

妻子出差，小林把孩子送回了父母家。对着空荡荡的屋子，小林没有感到寂寞，相反有一种说不出的轻松。

小林给香秀回了一个短信，香秀很快给他发来了很热情的短信。香秀的短信让小林产生了无限的瑕想。小林和香秀说起妻子出差的事，小林对香秀说，这下我可解放了。香秀对小林说，好啊！等你有时间，拿你的稿费请我吃饭啊！小林按捺不住内心的激动，给香秀打了电话，电话那头传来香秀温柔甜蜜的声音。小林说，我请你吃饭啊！香秀说，行啊。

小林和香秀相约在“情人坊”酒吧见面，不见不散。

动听的音乐，柔和的灯光，更增添了一丝浪漫，香秀投过来多情的目光，一杯啤酒喝下去，香秀脸上出现了一丝绯红。

出来时，香秀偎依在小林怀里，一脸娇嗔地说，我还没喝够呢！我还想喝……香秀来到了小林的家。

香秀冲了一个澡，当她穿着透明的浴巾出来时，看着香秀白皙的皮肤，凸凹分明的身材，香秀偎依在小林的身边，目光交融在一起，二人紧紧地拥抱在一起……

一连几天，小林感受到太多的快乐，他好像又回到了从前。

香秀走时，小林说香秀，我会对我的行为负责的。香秀杏眼一瞪：我不用你负责，这是相互需要，再说你是我什么人，呵呵……看着微笑着离去的香秀，小林一句话也没说出来。

女儿回来，小林对女儿说，我给你换个新妈妈行吗？女儿生气地说，不要……不要，我就要妈妈，别的妈妈我不要……女儿噘着小嘴跑回了屋里。

不一会，女儿回来对小林说，爸爸，这屋子里的味道不对，怎么没有了妈妈的味道？小林心里一惊说，你妈妈不在家，当然就没有妈妈的味道了。女儿说，不对，以前妈妈不在家的时候，也有妈妈的味道。现在这里就是没有妈妈的味道，女儿又哭起来。

小林把女儿哄睡着，拨通了妻子的电话，他想让女儿闻到妈妈的味道。

猫

它是她从德国带回来的一只非常名贵的猫；她是一位十分年轻漂亮的女孩。

她和它在一起生活了很久。有了它的陪伴，她对生活仿佛多了一些渴望。

她没有工作，却过着衣食无忧的生活。她住着别墅，开着名车，整天带着它游荡在城市之间。只是偶尔她的那个他会过来看看她。这时她就会像它那样，温柔地偎依在他的怀里，在他的怀里撒娇，他就会给她买好吃的，买好穿的，把她打扮的像它那样漂亮，供他欣赏，陪他玩耍，惹得他好生欢喜。临走，他给她留下大把的钱，之后，她又开始了她和它的生活。

她年轻爱漂亮，正如它一样，她每天坐在梳妆台前，描啊！画啊！反正她有得是时间，她有时在化妆台前一坐就是两个小时。它就坐在她的面前，用爪子一遍遍不厌其烦地洗着自己的脸，好像它和她在进行比美。每到这时，她就会爱怜地抱起它，不知是高兴抑或是想到了什么，她的眼泪就会不自觉地从脸颊流下，在她刚化完妆漂亮的脸蛋上留下一道道淡淡的痕迹。它这时表现得也很温顺，躺在她的怀里，任凭她抚摩，不时“喵……喵……”叫着，仿佛在跟她说话，给她增添了无限的暇思和乐趣。

她每天细心的呵护着它。她没有孩子，有时她感觉到它就是她的孩子。她每天把它的生活安排得很有规律，像是在照顾一个婴儿。早上喂它牛奶、鸡蛋；中午火腿；晚上鱼。每天还为它洗澡，有时它就睡在她的被窝里，让她感受到了无比的温暖。她真不敢想，失去它，她会怎么样，她想，只要有她在，她是不会失去它的。它已经成了她生活中的一部分。

有时，她带着它漫步在海边。淡淡的海风，吹起她诱人的秀发和娇嫩的面孔，在蓝天碧海下，她会对漂浮不定的海水充满了好奇。它静静地跟在她身后，仿佛受到了感染，一扫过去的淘气样，也望着一望无际的大海发呆。她想，它是在想大洋彼岸的家吧。它也挺可怜的，她把它从德国带回来的时候，才几个月，现在它已经陪她二年了。这里毕竟不是它的家啊！想到这里，她的双眼模糊起来。又一股海风吹来，她为它穿上了小马甲。它温柔地钻进了她的怀里，像一个想家的孩子。

他好长时间不来了，她有点想他了。她打了他的手机，关机。

她再一次见到他，是在半年后。他对她说，你走吧，走时他扔给他一沓钞票。看着他，她想说什么，却什么也没说出口，在她的身后只留下一阵阵汽车的尾气……他的视线在她的眼中模糊起来……

她和它回到了她的家乡。她的家乡在乡下，父母看到她回来了，他们很高兴，她给了父母一笔钱。乡亲们为她这些年在外面挣这么多钱感到高兴，面对乡亲们的称赞，她面带微笑应付着，她的目光转向了它，她紧紧抱着它，一刻也不放松。

她在乡下住几天就不习惯了。她又想到了海边的家，她把眼睛投向远方，搜索着……她想大海了，但她什么也没看见。因为她的家乡是平原，离有海的地方要有好几千里地。她的祖辈、父辈在这里生活一辈子，有的到死也没见过海。这一点，她很知足。

这几天，她心里闷得慌，它也不像过去那样听话了。她每天只能喂它一些农村的家常便饭，它不吃，看到它一天天消瘦，她的心碎了。

父亲给她心爱宝贝抓来了几只老鼠，它也不吃。父亲说，这天底下哪有不吃老鼠的猫，这还是头一次见到。父亲在一边唠唠叨叨，她很心烦。她们家老鼠多，它的身上被老鼠咬了很多伤口，它躺在她的怀里。像是一个刚打完架受伤的小孩子，她心疼地看着它抚摩着它，她哭了，她想，它应该有新的生活……

送你一瓶香水

小云和丈夫王亮结婚五年来，用眼下的话说，早已过了爱情保鲜期，小两口的恩爱程度大减。

按说，小云的婚姻还是挺幸福的。丈夫王亮在一家效益不错的单位上班，长得英俊潇洒不说，对小云关爱有加，小两口曾引得很多人的羡慕呢。可即便是这样，小云仍不知足。当问起小云理由时，她的回答让人很不解，她说王亮不懂浪漫。

同事们说这有什么，这样的男人好，靠得住，不花心。尽管这样，小云的心里还是有一种怪怪的感觉。

每逢情人节、结婚纪念日这样特殊的日子，看着单位的女同事，丈夫们有给送鲜花的、有给买衣服的、有给买化妆品的……小云打心眼儿里羡慕她们。

结婚以来，王亮没送过小云一朵花，也没给她买过一件衣服，最多在小云的唠叨下，领她去外面吃顿饭。至于其它的浪漫，什么也没有。一想到此，小云的眼里总流露出失望的表情。

有时小云说王亮，你怎么不学得浪漫一些，这么死板，让我在单位同事面前好没面子。听着小云的话，王亮当场就答应了。没想到到了第二天，又忘得一干二净。

为这事，小云没少和王亮怄气，每一次小云都是一副不依不饶的架势，王亮最后只得乖乖认错。看着王亮一脸的可怜样儿，小云的心就软了，小两口又和好如初。

小云有时心里也很矛盾，她既希望王亮浪漫，又害怕王亮浪漫。如果王亮真的变浪漫了，能保证他不学坏吗？王亮三十多岁，在单位事业有成，只要他学会浪漫，身边不愁没有女人，到时她怎么办？小云心里又害怕起来。

一天，小云和好朋友小雪说起丈夫的事，小雪对小云一脸的羡慕。小雪说小云，你别傻了，这样的男人多好，不像俺家的那个，他在外面风流倜傥，人见人爱，可没少招惹女人，现在我真的希望他不再浪漫，别看他对我这么好，一出去就像变了一个人，要不是因为孩子，我早和他离婚了……看着一脸愁云的小雪，小云的心里很不是滋味。

让小云想不到的是，最近王亮变得浪漫起来了。情人节那天，王亮破例送给她一瓶法国香水。拿着香水，小云的心里既高兴又不安。高兴的是结婚这么多年来，王亮总算学会了浪漫；让她不安的是，她担心王亮是不是学坏了。

从此以后，小云开始注意王亮的一言一行，一点也不敢掉以轻心。通过一段时间的观察，看到王亮没有什么异常的变化，小云脸上又露出了久违的笑容。

闻着沁人心脾的香水，小云脸上洋溢着一种说不出的幸福。小云在单位同事面前又恢复了自信。

晚上，小云躺在丈夫宽厚的怀里，闻着香水味，觉得自己就是世界上最幸福的女人。

一天，小云请小雪吃饭，看着打扮得花枝招展的小云，小雪向她投来羡慕的目光。小雪说，这几日不见，没想到你变化那么快！小云一脸幸福地说，那是，这都是老公给买的，还有这香水，你闻！……小雪说，衣服漂亮，这香水味道也纯正，没想到你老公也学会了浪漫。小云说，那是，正宗的法国货，王亮去法国考察时买的，你若喜欢，等他再去时，我让他给你捎一瓶……小雪连声说不用，一层红晕涌上脸庞。

小雪的电话响了，小雪对小云说，我还有点事，先走了。

小雪出了屋子，拿出手机说，没想到你那么狡猾，送小云的香水，居然和送我的是同一个牌子，这样你衣服上永远只有一种香水的味道，就不会被小云发现了，你真坏……电话里传出了王亮的笑声……

野百合也有春天

百合毕业于一所普通的专科学校，毕业后，一直没找到工作。

百合在人才市场呆了一天，也没敢把自己的简历递上去。百合一米五的个头，是那样的弱小，以致于感觉不到她的存在。

眼看着招聘就要结束，百合把希望寄托于一家公司上。百合在招聘台前转来转去，最后把自己的简历递了上去。百合想都没想到，在十多个人选中，她竟被选中了。

上班的第一天，人事部长笑着对百合说：欢迎你来我们公司上班。百合应了一声，一层红晕不自觉爬上脸庞。

百合学的是财务专业，在公司做出纳工作。在财务部，百合是那样的渺小。论学历，她是最低的；论长相，她是最差的。百合隐约感到有一种无形的压力。

百合来自农村，父亲为了供她上大学，家里欠了不少外债。现在百合最大的心愿就是多挣钱，把她上学时欠的钱还上。

周末，看到姐妹们一个个出去买衣服，吃好吃的，上班时，她们相互炫耀着谁的衣服漂亮，谁的化妆品高档，谁的男朋友英俊潇洒……百合什么也没有，她是那么的格格不入。

从同事们的谈话中，百合知道了人事部长是公司老总的儿子，毕业于哈佛大学商学院。

人事部长这几天总上财务部来。走后，他那英俊潇洒的外表成为姐妹们谈论的焦点，她们一个个想着法子讨人事部长的喜欢。不时来征求百合的看法，百合心不在焉地回答着，把目光投向了窗外。

公司有一次出差的机会，财务部出一人陪同人事部长出去考察。消息传来，财务部顿时变得热闹起来。一上午，除了百合之外，其余的八人都沉浸在喜悦之中，因为这一次出差与其说是一次出差，不如说是一次爱情邂逅，这是一次千载难逢的好机会。

下午，当人事部通知百合随同人事部长出差时，财务部犹如一石激起千层浪。百合听到这个消息，更是惊讶的不敢相信眼前的事实。

和人事部长出差的这几天，面对人事部长的询问，百合很谨慎地回答着。出差的这些天，百合无心观赏外面的风景，她感到了一股无形的压力。

出差结束，人事部长对百合说，我们还有一项工作，要去乡下。百合来得时候，公司没有说去乡下的业务，百合用疑惑的目光看着人事部长。人事部长笑着说，这是公司的临时决定。

一路上，人事部长不厌其烦地向百合打听着乡下的事情，百合很小心地回答着。

车在一处散发着香味的野百合花旁停下。人事部长说百合，在城里看惯了高楼大厦，还是感觉乡下好。百合说，乡下有什么好？人事部长说，你看这鲜花，这绿地，没有经过任何的刻意修饰，却长得这么好，这才叫美。说着，他掐了旁边的一朵野百合对百合说，你看这百合花多漂亮啊！这才是真正的百合啊，真美啊，真香啊！

人事部长拉着百合的手说，走，咱们踏青去，好好欣赏一下这大自然给予我们的馈赠，我们不能错过这个美丽的春天。

一股春风吹来，百合看到，路边的百合花正在竞相开放，野百合的春天到了。

亲爱的老婆我爱你

小强和丽丽处对象的时候，小强总对丽丽说，亲爱的老婆，我爱你。这时丽丽就会对小强说，还没结婚呢，别这么叫，让人多不好意思，说着说着，丽丽的脸上涌起一层红晕，一种幸福之感涌上心头。

小强长得英俊潇洒；丽丽长得温柔漂亮，在同事们的眼里，是令人羡慕的一对。小强平时对丽丽是言听计从，处处关心着丽丽，让丽丽感受到初恋的甜蜜。

同事秀说丽丽，别看小强现在对你这么好，结了婚，就变了，这男人啊，在没结婚前，想尽一切办法来讨你的欢心，一旦追到手，就会变，特别是结了婚，这种反差更大。秀举起了她的亲身经历，说起往事，秀的眼泪像断了线的珠子，噼里啪拉掉下，丽丽看在眼里，同情在心里。

自从听说了秀的事后，丽丽就多了一个心眼，她开始考察起小强来，不是今天生气，就是明天找借口，对小强大发一通脾气，没想到，小强像什么也没发生一样，默默地接受了。丽丽说小强，你结婚后还能这样对我好吗？小强一脸认真地说，费话，你是我老婆，我不对你好，对谁好?！你别听风就是雨，什么结婚是爱情的坟墓，现在都什么年代了，我不会变的……小强的一番话，让丽丽的心里高兴起来。丽丽躺在小强宽敞的胸膛上，感觉好幸福。

一年后，丽丽和小强结婚了。婚后的小强，还是一如既往地对丽丽好，每天见面最多的一句话就是：亲爱的老婆，我爱你。叫得丽丽心里美滋滋的。就连打手机的时候，小强的第一句话也是这么说，每当丽丽的手机在同事们面前想起的时候，手机里的声音总引得同事们的羡慕。这时候，丽丽的心里有一种说不出的甜蜜，甭提有多高兴了。

一天，丽丽一脸幸福地对秀说，还是结婚好。正说着，丽丽的手机里传来小强甜蜜的声音：亲爱的老婆，我爱你。秀说丽丽，你真幸运，找了一个这么好的老公，秀的眼睛里流露出羡慕的表情，丽丽看在眼里，高兴在心里。

这时，秀的手机响了起来，手机里传出：亲爱的老婆，我爱你。听到这里，丽丽说秀，你还说你不幸福，你老公对你多好，不是也叫你——亲爱的老婆，我爱你？你怎么不知足呢？秀说丽丽，这是我老公下载的彩铃，我得出去打个电话。说着秀离开座位。秀把电话打了过去：你这人怎么了，我现在和丽丽在一起，你还给我打电话，差一点让丽丽发现，幸亏我急中生智，要不然就惨了，以后不许这么叫了，我是你什么人，我顶多算得上是你的情人……说完秀挂断了电话。

秀回到座位上笑着对丽丽说，刚出来一会，我们家那口子，还盯的这么紧，只许州官放火，不许百姓点灯，不管他，咱们吃饭……说话间，秀的手机里又传出：亲爱的老婆，我爱你……

不要和陌生人说话

最近小城里传言纷纷，说是有许多人在街上遇到了陌生人。陌生人有一种特殊的药，只要他靠近你，让你一闻，你就会不由自主地听那陌生人的话。

一时间，“不要和陌生人说话”成了人们茶余饭后谈论的焦点。

这天，造纸厂的李二碰到一个陌生人向他问路。问路就问路吧，不知怎的，李二竟迷迷糊糊地把陌生人领回了家，把存折上的五千元钱取回来，给了陌生人。妻子晚上回家时，李二还躺在沙发上没睡醒呢，而手上存折里的钱已被全部取完！

第二天，李二到了单位，惟妙惟肖地讲述了昨天发生在自己身上的事。同事们听得瞪大眼睛，大气都不敢喘，仿佛在听恐怖故事。

下了班，李二的好朋友刘四找到他，对他说：“走，喝两盅去，今天哥给你压压惊。”

几杯酒下去，李二有点喝高了，他拉着刘四的手说：“还是大哥关心我，小弟非常……非常感动，再来一杯……”

刘四说：“你小子行啊，丢了五千元钱，没看出你心疼上火！”

李二说：“谁说不上火？该咱哥们倒霉，遇到了‘雷子’，只好认了。”

刘四一听糊涂了：碰上骗子骗钱，警察来了不正好吗？怎么遇上警察反而倒霉？刘四困惑地问：“你说什么？”李二哭丧着脸说：“其实，我是在和小姐干‘那事’时被警察抓住了，罚了五千元。哪是什么被骗！”

听到李二的话，刘四顿时满头是汗。他扔下酒杯，起身就往家赶：因为，昨天他妻子回家，也说自己被一个陌生人骗了五千元钱……

复制的问候

新年还没到，李同就开始忙碌起来，买书、看报纸，查字典……妻子说他：“平时不怎么看书，怎么快过年了，还学上习了。”李同一脸神秘地说：“你们女人家，头发长，见识短，懂什么，这不快过年了，我在找短信，找点好的到时发给朋友们，也显得咱有气，再说，我们单位今年搞祝福短信比赛，要对好的短信进行表彰呢。”妻子说李同：“也是，你不说我还忘了，你别忘了帮我找几条，我的同事每年给我发的短信都很美，你也知道我这水平，每一次给他们发，感觉挺丢人的，这一次我也要发一个好的。”妻子一脸的高兴样。

李同找了自认为最好的过年祝福短信，拿给妻子看，妻子看了，在他脸上亲了一下说：“我老公真有才，这下过年发短信不愁了，我也可以找回一下自信了。”

过年那一天，还没等吃完饭，李同就急不可待地打开手机对妻子说：“现在就发，过一会，信号不好，发不进去了，这祝福的话还是早点发好，也显示咱重视友情。”

妻子说：“瞅你那笨样，还一个个的发，多麻烦，群发不就完事了。”李同说：“还是老婆聪明，我咋就没想到呢?”在妻子的指导下，李同很快发完了祝福短信，像是完成了一项重要使命那样，如释重负地坐在沙发上长喘了一口气。

“庆幸我们赶上了这个好时代，能在最短的时间内送去对亲友们的祝福，真方便啊!”发完短信后，妻子对李同说。

李同说：“这些短信我可是查了好多书，又上网查了不少，短信内容可以说是优中选优，我相信我的这次祝福短信一定能获奖。”

妻子在旁边说道："我看也是，你一定能获奖，到时可要请我吃饭啊。"

过完节上班，办公室通知让过年期间每位发祝福短信的把短信内容上交到办公室，李同第一个交到办公室。回到屋里，看到同事们投过来的笑容，李同心里有一种说不出的甜蜜。

两天后，办公室通知所有参加短信评比的同志去会议室。李同按捺不住内心激动的心情早早来到会议室。随着办公室王主任宣读获奖名单，李同的心也跟着在动，七上八下的，紧张的都快要出来了。当宣读完毕，李同没想到，他的短信连优秀奖也没评上。获得一等奖的是门卫的李大爷，爆了一个大冷门，让在座的谁也没想到。李大爷一个六十多岁的乡下人，大字识不几个，他能获奖，李同一脸的困惑。

王主任在宣读获奖理由说："这一次我们总共收到过年祝福短信一千二百三十一条，其中重复的短信达到一千二百条，我们认真调查，发现只有十条短信符合参评条件，这二十条短信都入选了，其中以李大爷的短信最为感人，李大爷六十多岁的人了，为了参加这次活动，他请教孙子，学会了使用手机发短信，他的获奖短信内容是'新年好'，虽然只有这短短的三个字，但这三个字，是李大爷自己写出来的，一个个发出去的，没有群发。也许有人说，他的短信太过于简单，但李大爷的短信是发自内心的，代表了自己的心声，表达了真诚的问候，不像我们有的人，短信内容都是复制过来的，有的作者在转发短信时里面还有别人的名字。虽说现在通讯网络发达了，表达祝福有各种各样的方式，但有一条我们不能忘记：要发自内心，复制的短信语言固然优美，但并不一定取得好效果，现在请获奖代表李大爷发言……"

会场内响起热烈的掌声。

借钱

刘仁向林森借了二百元钱，过去了两个月，刘仁还没还给林森。

林森和刘仁同在一个办公室工作，平时两人关系处得很好。这二百元钱，林森不好意开口朝刘仁要。林森想，刘仁可能是忘了，没准过一阵就能想起来，等等再说吧。

有好几次，林森打算向刘仁说明此事，想把二百元钱要回来。一看到刘仁一脸笑呵呵的模样，哥哥长哥哥短地叫着，他真的开不了口，不想因为这二百元钱伤了哥俩的和气。

这一段时间，让这二百元钱闹得，林森心情格外得不好。一看到刘仁，他就会想起那二百元钱，心里就会莫名其妙地产生一股气。

有时，在办公室，林森会借故提起有关钱的话题，想引起刘仁的注意，刘仁对欠他的二百元钱还是只字未提。

林森给妻子小云说了林森借他二百元钱的事。小云说别要了，认倒霉吧，吃一堑，长一智，以后再遇到这样的事，不借就是了。林森想来想去也想不出更好的办法。

林森想，有了这一次，刘仁再向他借钱，他就不借了。

没想到，过了一段时间，刘仁又向林森借钱了。

让林森感到更可气的是，刘仁还是借二百元钱。看着一脸渴望的刘仁，林森本想说没带钱，他又一想，一个大男人，谁兜里还不揣个三百五百的，况且刘仁借钱时，当着那么多人的面，如果不借，刘仁没面子，他林森也没面子。尽管一百个不愿意，林森又把二百元钱借给了刘仁。

回到家，林森对妻子说起此事，小云一脸的不愿意。说林森图虚面子，这下子好了，原来借的二百元钱没要回来，这又赔了二百元钱。林森说，这一次刘仁没准能想起以前借的那二百元钱呢。小云说，保准肉包子打狗一去不回，你走着瞧吧。林森说，如果他这一次再不还，我就给他要。林森嘴上这么说，真要到了那种地步，他还是说不出口。

这借钱借的，林森每天看到刘仁，两人之间总像隔着一层膜似的，他脸上少了笑容，甚至一天也不跟刘仁说句话，刘仁还是有说有笑的，像什么也没发生一样。

这二百元钱不知不觉又借出去了一个多月，刘仁还没有还的迹象。这一天不还，林森的心情就一天高兴不起来。

好不容易等到开资的日子，刘仁还是没还，林森这回彻底失望了。

回到家，林森一夜辗转难眠，他在思考着怎么向刘仁张口要钱。

第二天上班，林森刚进屋，刘仁走过来对他说，大哥，借你的二百元钱还给你。林森接过刘仁递过来的钱，笑着说，着什么急，不够先用着。林森急忙伸手接过钱，脸上没有丝毫高兴的表情。

中午林森出去买东西，发现刘仁多给他二百元钱。看着眼前的四百元钱，林森想不明白了，刘仁还他的时候，明明说还二百元钱，怎么变成了四百，是不是他把上次的钱也还了？林森越想越不明白。

这个下午，林森被四百元钱折磨得坐立不好。

林森回来对小云一说，小云说，这还不好，多给了二百，把上次欠咱的给补上了。林森说，人家刘仁亲口说还二百，这小子平时毛手毛脚的，指定是拿错了，没准他能想起来，那多不好，好像咱爱占便宜似的。小云说，想起来又怎样，你就说他以前还欠咱二百呢。林森说，那事他早就忘了，咱这么大岁数能和他小年轻的一般见识，我看明天还是还给他。

两人吵来吵去，林森决定还是把这二百元钱给刘仁。

第二天一上班，林森对刘仁说，兄弟，借我的二百元钱，怎么还了我四百，我是到家后才发现的。刘仁说，是吗，我当时也没在意，刘仁掏出钱数了数说，可不是吗，昨天我还寻思，怎么少了二百元钱，原来给你了，谢谢大哥。

刘仁接过林森递过去的二百元钱。林森的心一下凉到了底，仿佛掉进了一个冰窖里。

刘仁拿着钱回到办公桌前，不一会又来到林森面前，说，大哥，真不好意思，我前一段时间借了你二百元钱，这一阵子事多给忘了，一直没还你，你怎么不提醒我呢？

林森说，你要不提我都忘了。

接过这失而复得的二百元钱，林森笑了，笑得很勉强。

警察与小偷

他和她再一次相遇，是在派出所的审讯室里。他是一名警察，她是一名小偷。

看着眼前的她，他深吸了一口烟，额头上皱成了“川”字形，看得出他很犯愁。眼前的她看上去二十几岁，粉白粉嫩的皮肤，还戴着一副近视眼镜，这么一个年轻漂亮的女孩，让你很难把她和小偷等同起来。

她坐在他面前，表现得很懊悔。含着泪对他说，您再相信我一次吧，离婚后，我一直没找到工作，还带着一个吃奶的孩子，实在没有办法，所以才……她还没说完，就被他打断了。他一脸气愤地说，你已经骗我不止一次了，干你们这行的，哪有讲真话的，这一次我一定不会放过你。他说话的语气很重，像是下了很大的决心。

她哀求他说，你再给我一次机会吧？要不你上我住的地方去看看，我真的没骗你……他跟她去了她住的地方。这是一个不足二十平方米的小平房，她打开门，一阵婴儿哭声传来，她顾不得他在场，赶紧抱起孩子，把乳头塞进了孩子的口中，婴儿笑了，她却哭了。看着她，他没再言语，临走扔给她五十元钱，一脸坚定地说，再穷也不能干这个，记住了，要走正道。

时间一晃二十年过去了，他退休了。

退了休的他，他不会打麻将，不会喝酒。整天一个人呆在家中，无所事事。唯一的爱好就是去楼下走一走。他走起路来和别人不一样，喜欢急速，不时审视着大街上来来往往的人群，好像在锁定一个个目标。

他和其他的老年人不一样，整天在一起侃一些不着边际的话题，什么英国又发生了口蹄疫、伊拉克战争、伊朗危机……对这些他不感兴趣，他觉得这些离自己很遥远。

最近这一段时间，他迷恋上了跑步，别看他六十岁的人了，跑起来，让有些年轻人也自叹不如，这一切的一切都与他的职业有着密切关系。

这几天，他居住的小区内接连发生了几起盗窃案，扰乱了小区人的正常生活。职业的神圣责任感，让他义不容辞地担当起小区义务联防员。他相信，一定能抓到这个狡猾的贼。这一生中，经他抓过的小偷他没有仔细算过，他家里的奖章，就足以说明他是一名过硬的“好猎手”。

他在小区连续作战已经好几天了，还迟迟未发现小偷的身影。他想，是不是自己老了，不中用了，判断有误，或者是小偷听到风声，躲起来了……他的脑海中闪过一次次以往的经历，他忽然又坚定了信心：越是最困难的时候也就是离成功最近的时候了。他自己给自己打了一下气，要坚持住，坚持到底就是胜利。

凌晨时分，在他前面突然出现了一个黑影。凭多年的职业感觉，他深信捕捉到了目标。

他跟着目标慢慢地移动，一楼、二楼、三楼……他一步步紧跟，目标在六楼停住了。他屏住了呼吸，这个贼开锁的手法还不错，动作异常熟练，而且没有声音，看来经过专门的训练。

他紧握手里的木棒，他知道欲速则不达的道理，抓人要有证据。他在估算着，该是出手的时候了，他进了屋子，与正要出门的贼碰个正着。照亮贼的那一刻，他的双眼立刻怔住了。他大喊了一声，贼吓得瘫在地上，他的喊声惊醒了屋子里的主人。

灯亮的一瞬间，一个他似乎熟悉的女性面孔出现在他面前，他在脑子里极力搜索着记忆，女主人也对着他发呆。他想起来了，女主人是他二十年前抓过的她。女主人也认出了他。在她的旁边，站着一位穿警服的小姑娘，年龄大约二十几岁。她对女儿说，快叫刘叔，他就是我以前常提起的你刘叔，要是没有你刘叔二十年前的信任和帮助，说不定，你妈现在还干这个呢！她指着躺在地上的贼说。

看着躺在地上的贼，他眼里盈满了泪水，因为地上的贼是他的儿子……

聚 会

他推了一下身边的妻子，说，我们又要聚会了。妻子一副心不在地焉的样子，不是刚聚完吗？他笑着说，这次是周锐从国外回来，借机把同学们聚一下。妻子斜了他一眼，你同学混得不错啊，都成海归了，应该聚一下。

毕业十多年了，他到现在还只是一名普通的科员。从平时的言谈举止间，他总能感觉到妻子是在讽刺他。他常说妻子，当官有什么好，我们现在不缺吃不缺穿，多好啊。妻子总说他是当代的孔乙已，他同学当科长的当科长，当局长的当局长，他还在原地踏步走着，一点也不上火。他一脸认真地说，他们当他们的科长、局长，我当我的科员，个人有个人的乐趣，何苦非把自己往“绝路”上逼。妻子说他是吃不着葡萄说葡萄酸。她最后给他下了一个结论：这辈子他注定与当官绝缘。

上一次同学聚会，他把她带去了。看着他的同学一个个都开着好车，把自己的妻子打扮得花枝招展，唯有他和她显得有点格格不入，她感觉很丢人。

那一次聚会回来后，她对他大发脾气，破天荒地和他吵了起来。说他不应该带她去，他一个人丢人也就罢了，还把她带去。他说她，有什么丢人的，你以为我们是去会外宾啊，你就是打扮得再漂亮，肚子里难道还没有屎了？

看着他一脸的气愤样，她竟没有了言语。从那以后，她说他，凡是他的同学聚会，她一概不去。她认为这是惩罚他最好的理由。

这一次同学聚会，他显然是在征求她的意见。因为他们聚会有个不成文的规定，每次都必须带家属。用他们同学的话说，带家属来可以让她们互相交流交流，学点管家治家的经验，尽管这是一种理由，他看得出这也是他们同学借以炫耀自己的一种表现。他有个同学找的对象比他小 15 岁。他说他的同学，你小子找的对象太小了。同学笑着说，没办法，她不愿意，这后面还有一排等着呢！谁让咱是局长呢！他把她推上前，说，小子，你别看你嫂子没多少文化，她对我可好了，他的一番话，她脸上涌起一层红晕。

回到家里，她一脸嗔怪道，你喝了多少酒，你们同学聚会，关我什么事。他笑着说，我没喝多，我要让他们看看我妻子是多么优秀，不比她们差。看着她，她一脸的幸福。

早上，他起了一个大早，把自行车擦得干干净净。她说，我不去。她嘴上这么说，脚步却不由自主地改变了方向，向屋里走去。

她就是这样的人，嘴上说的和心里想的永远不一样，尽管她每一次都这么说，她还是每次都去，他已经习惯了这样。

他用手拍了自行车后座，说，老婆大人，坐好了，我的“奔驰”要发动了。

到达聚会地点，他说周锐，小三小四呢（他们大学一个寝室的同学）？要是在往常，他们早就过来了。周同一脸无奈地说，不能来了。他一脸地疑惑，怎么了？周同说，你不知道啊，前一阵子他们俩因为贪污受贿进去了，现在在这座城市里，只有你和我团聚了。

一样的聚会地点，一样的饭菜，饭桌上少了往日的喜庆气氛。不胜酒力的他喝起酒来一杯接着一杯，喝得酩酊大醉。

回来的路上，她骑着车子，他坐在后面唠唠叨叨没完，要是他们都在就好了，我当初说他们就是不听，落得这个下场，说好的每年聚一次，这才几年，就不能团聚了……

她没有任何言语，任凭泪水湿透了她的后背，他的哭声回荡在城市的角角落落。

老王与王老

老王与王老有什么区别，是同一个人吗？老王与王老不是同一个人。老王是老王，王老是王老。老王是一名退休工人；而王老是一名离了休的老干部。

都说汉语是世界上最难学的语言，你现在体会到汉语的复杂性了吗？在我们这里，对上了岁数的平头老百姓，岁数大了，习惯在其姓氏的前面加个“老”字；而对一些在位时拥有权力的人离休后，习惯在其姓氏的后面加个“老”字。你可别小看这一前一后这两个“老”字，意义却非同寻常。前面带个“老”字的，在我们这里随处可见；而在后面加“老”字的在我们这里却并不多见。因为我们住的这个地方用现在人的眼光来看，属于被城市遗忘的角落。

王老是去年搬到我们这里来的。他和老王是上下楼的邻居，邻居住时间长了，也就熟悉起来。好在王老的老伴是个很和蔼的人，来了不到半年，就和周围邻居的关系处得非常好。相比之下，王老就差得多。自从来到这里，他很少出来，整天呆在家中。有人问王老的老伴儿，你们原先在闹市区住得好好的，为啥到这个地方来？王老的老伴儿说，原先住得房子太大，二百多平米的房子，就她老两口住，儿子又在国外，她和王老在楼上空得慌，就搬到这里来了。

老王是个热心肠的人，在王老搬来后，他就敲开了王老的家门，老王自报门姓说，我是住在你楼下的老王，一笔写不出二个王，以后是邻居了，有啥事，吱一声，互相帮助啊……就这样，王老和老王有了第一面之交。

退休后的老王，没什么事，整天提着一个鸟笼子，游荡在小区内各个角落。闲着无事，楼下小区成了他每天天南地北海侃的大舞台：大到国家大事，小到一些不着边际的新闻，没有他不知道的，什么伊拉克战争、伊朗核危机、明星绯闻……只要老王一天不出现，小区就像少了什么一样。在海侃之余，老王爱下象棋，没有正规的棋盘，随便在地上画上楚河汉界，就开始了拼杀。老王下棋，不论输赢，他像一个打了胜仗的将军，哼着小曲儿回家。回到家，喝上一盅儿小烧，好不自在快活。王老和老王比起来，他平时很少下楼，就是下来，仅局限于到信箱取份报纸，一看就是一天。老伴儿说他，下来走动走动，他就是不听，看着没有太多改变的王老，老伴儿看在眼里，急在心里，她寻思，照这样下去，王老早晚会出事。

王老的老伴儿找到了老王，向他求教。老王对王老的老伴儿说，我一个大字不识的大老粗，我能有什么法子，王老是知识分子，他和我们这些人唠不一块儿去，耐不住王老老伴儿的再三要求，老王对王老的老伴儿说，让我试试吧。

一天，老王敲开了王老家的门，老王对王老说，王老，咱们去钓鱼啊！听到老王的话，王老的脸上露出了久违的笑容。老伴儿这么长时间头一次见到王老脸上露出笑容。

老王和王老去钓鱼，晚上回来时，王老只钓回一条不足半斤的鱼，但王老很高兴。他对老伴儿说，快把它炖上，一会儿，我叫楼下的老王来喝两盅。老伴儿说，你以前出去钓鱼，能钓这么多，这回就这一条，还这么高兴！王老说，你不懂，以前那哪叫钓鱼，都是别人事先给装好的，这才是真正的钓鱼。看着王老的高兴样，老伴儿做了几个菜，叫来楼下的老王，这二位喝得很高兴。老王从家里端来自已腌制的小菜儿，王老和老王喝了一瓶茅台，外加老王带来的半斤小烧，要不是王老的老伴儿从中阻拦，他俩还要喝。今晚的王老出奇的高兴，拉住老王的手，久久不放，似乎有说不完的话，屋子里不时发出爽朗的笑声。为了不打扰他们俩，王老的老伴儿索性去了楼下老王家，楼上彻底成了二“王”的世界。

自从老王和王老的这一次邂逅，王老像变了一个人，每天不再待在屋子里，看那些不知看了多少遍的报纸，他成了老王的忠实“粉丝”。每天跟着老王，形影不离。老王教他怎样养花，怎样养鱼，怎样养鸟，怎样下象棋……王老成了一个大忙人，每天脸上荡漾着幸福的笑容。

一天老伴儿说王老，儿子来电话了，让咱们去美国。王老对老伴儿说，我现在挺好的，哪也不去。老伴儿又说，要不咱们搬回原来的房子去吧，这里太小。王老说，这里挺好，要去你去，看着一边忙着浇水，一边忙着喂鸟的王老，老伴儿眼里盈满了泪水。

时间长了，老王和王老成了无话不谈的好朋友。一天，老王在楼下喊，王老，咱们今天去钓鱼啊？没想到楼上的王老听后生了气。他对楼下的老王说，以后别叫王老了，多难听，我还不老。老王说，那叫你什么？王老说，就叫我老王吧。老王说，你叫老王，我叫什么？王老说，论岁数我比你小一岁，你以后就叫我小王吧！你才是真正的老王，我以后向你学的东西还多着呢！听着王老的笑声，老王笑了，王老也笑了，他们的笑声越过了楼层，传遍了小区的上空。

楼上楼下

吴强说妻子小红，咱们这一次搬了新家，可不能再像原来那个样子了，和左邻右舍的谁也不认识。俗话说得好，远亲不如近邻，和楼里的邻居好好处，有个大事小情也好有个照应。

等一切安排妥当，吴强和妻子来到了五楼。楼上的中年夫妻一看到吴强夫妻俩，一脸的惊愕样，吴强笑着说，叔，我是楼下刚搬来的邻居，以后还请您多关照。

一番交谈，吴强了解到楼上男的叫吴长发，女的叫刘彩云。吴强说，真巧啊，还是一家子呢！吴叔、刘婶您是长辈，以后有用到我小吴的地方，尽管吱声，就当我是你的孩子。

送走吴强，吴长发说妻子，这楼下新来的这两口子，年纪轻轻的挺懂事，又是我们老吴家的人，这一笔写不出两个吴，以后可得好好处。

回到楼下，吴强说小红，楼上的吴叔、刘婶，我一看到就感觉很亲切，真是缘分啊。

过了不两天，楼上的刘彩云给吴强家送来了一盘热乎乎的酸菜馅饺子。这有礼不往非礼也，吴强也不怠慢，让小红马上给楼上送去了两包茶叶。

这一来二往，隔三岔五，楼上做点好吃的，总能给楼下送点；每当小吴从外地出差回来，总忘不了给楼上买点东西。有时过年过节，两家人围坐在一起，其乐融融，像一家人一样。

一天，楼上吴长发家暖汽漏水，吴强知道后，第一个跑来帮忙，让吴长发很受感动。吴长发说妻子，你看看人家小吴两口子，人品没得说，咱家漏水漏得这么厉害，他们家也一定漏了，还过来帮忙，他们家可是新装璜的，咱得去看看。

吴长发到了吴强家一看，吴强家墙上和地板上尽是水。

回到楼上，吴长发说妻子，你看看咱家漏水给小吴家泡了，咱得给小吴家送点钱去，让人家收拾收拾。

在送多少钱的问题上，吴长发和刘彩云意见不统一。刘彩云说送五百，吴长发说送一千。吴长发说，送五百不好看，凭咱两家的关系，给他们送去，也不一定要，送多点面子上好看。

吴长发来到吴强家，说了一些客气话，递过去一千元钱，吴强说啥也不要，吴长发还是放下了。吴强说，吴叔，用不着这样，等小红回来给你送去。

吴长发回到楼上对妻子说，我说的没错吧，吴强说呆会让小红给送过来，咱要是送少了，多不好看，以后还处不处了，你们女人啊，就是头发长，见识短。

小红下班回来，吴强说小红，楼上的吴叔给咱们送来一千元钱，这钱要不要？小红说，怎么不要，你看看咱家的墙和地板都泡坏了。吴强说，收下不好吧，两家关系处得这么好，再说人家又不是故意的。小红说，你以为不收他们的钱，这关系就能好了，这一千元钱也太少了，咱们这地板可是三百多一平方的……

一天、二天、三天……刘彩云说吴长发，都过去好几天了，楼下怎么一点动静也没有。吴长发说，等一等吧。刘彩云说，轻微的漏水，能有啥损失，你看看楼下，这几天总吃好吃的，指定拿这钱买东西吃了，吴长发听了一脸的悔恨。

门外传来了敲门声，吴长发打开一看，是楼下的小红。吴长发笑着说，是小红啊，快进屋坐，刘彩云脸上乐起来。小红说，吴叔，刘婶，我还有事，不坐了，今天包了点饺子给您送来了。吴长发还想说什么，小红转身离开了。

送走小红，刘彩云说，我说的没错吧，他们要想不收钱，当时就不能收，还能等到现在。你看看她那笑容，一脸的虚伪，笑里藏刀。说着，刘彩云把小红送来的饺子倒在了垃圾筒里。

小红回到楼下对吴强说，我看到楼上的吴叔、刘婶好像有点不高兴。

吴强说，有什么不高兴的？小红说，反正说不出来的一种感觉。吴强说，不就收了他们一千元钱吗，不至于这样吧？

刘彩云说吴长发，遇到这样的邻居真倒霉，我真希望再漏一次水。

吴强说小红，咱们把楼上得罪了，这几天，我总感觉楼里的动静这么大啊，像是在装璜。小红说，哪有装璜的，是楼上的动静。吴强说，以后咱们可就遭罪了。小红说，我早就看出楼上的两口子不是什么好东西，什么邻里邻居的，没用，他们要是再有动静，我有办法对付他们……

吴长发、吴强、刘彩云、小红见面，脸上依然是笑容灿烂。只是他们谁也不再向谁家串门去了。